严家炎全集 ④

中国现代小说流派史

严家炎 著

新星出版社 NEW STAR PRESS

目 录

绪 论 …………………………………………………………… 1
  一、为什么要从流派的角度研究现代小说史？ ……………… 1
  二、防止和克服两种倾向 ……………………………………… 4
  三、中国现代小说史上有哪些流派？ ………………………… 7
  四、形成小说流派的诸因素 …………………………………… 10
  五、怎样估计各流派小说的现代化程度？小说现代化的主要标志
      有哪些？ …………………………………………………… 14

第一章 鲁迅、文学研究会影响下的乡土小说 ……………… 27
  第一节 一个令人注目的文学现象——问题小说的兴起和繁荣 … 27
  第二节 乡土文学的倡导、鲁迅创作的示范与乡土小说流派
         的形成 ……………………………………………………… 39
  第三节 鲁迅以外的主要乡土小说作家 ……………………… 50
  第四节 初期乡土小说流派的贡献 …………………………… 64

第二章 创造社影响下的自我小说及其浪漫主义、
         现代主义特征 ……………………………………………… 72
  第一节 前期创造社小说的主导面——浪漫主义辨析 ……… 73
  第二节 弗洛伊德学说在中国的早期传播及其对创造社小说
         的影响 ……………………………………………………… 80

第三节 表现主义对创造社的影响 …………………………… 90
第四节 创造社小说中的现代主义技巧 ………………………… 93

第三章 太阳社与后期创造社的"革命小说" …………………… 99
第一节 蒋光慈与"革命小说"的兴盛 ………………………… 99
第二节 "革命小说"派的功绩和特色 ………………………… 104
第三节 "革命小说"的弱点和不健康倾向 …………………… 114

第四章 新感觉派与心理分析小说 …………………………… 118
第一节 中国新感觉派的形成 …………………………………… 119
第二节 新感觉派主要作家 ……………………………………… 123
第三节 新感觉派小说的创作特色 ……………………………… 132
第四节 新感觉派小说的某些倾向性问题 ……………………… 145
第五节 心理分析小说的发展和张爱玲的出现 ………………… 152

第五章 社会剖析派小说 ………………………………………… 161
第一节 《子夜》的出现和社会剖析派的形成 ………………… 161
第二节 小说家的艺术,社会科学家的气质 …………………… 168
第三节 横断面的结构,客观化的描述 ………………………… 177
第四节 复杂化的性格,悲剧性的命运 ………………………… 183

第六章 京派小说 ………………………………………………… 189
第一节 从一场争论说起 ………………………………………… 190
第二节 京派小说的形成、发展与主要作家 …………………… 195
第三节 京派小说的风貌和特征 ………………………………… 210
第四节 京派小说的思想性质 …………………………………… 226
第五节 再析京派小说中的现代主义 …………………………… 231

第七章　七月派小说 ……………………………………………… 239

　　第一节　胡风的文学活动、理论主张与"七月"小说流派的

　　　　　　形成 ……………………………………………… 239

　　第二节　七月派小说主要作家 ……………………………… 248

　　第三节　七月派小说的风貌和特征 ………………………… 257

　　第四节　关于七月派作品的争议与评价 …………………… 277

第八章　后期浪漫派小说 …………………………………… 283

　　第一节　徐訏及其小说创作 ………………………………… 285

　　第二节　无名氏及其小说创作 ……………………………… 290

　　第三节　后期浪漫派小说的艺术特色 ……………………… 297

结束语 ………………………………………………………… 309

初版后记 ……………………………………………………… 319

二版后记 ……………………………………………………… 321

三版后记 ……………………………………………………… 323

附　录

　　近二十年国内外评论《中国现代小说流派史》和《新感觉派小说选》

　　的部分文章目录 …………………………………………… 325

绪　论

一、为什么要从流派的角度研究现代小说史？

"五四"以后的中国小说虽然只有几十年历史，但它的发展非同寻常，不仅篇幅浩繁，变化巨大，而且成就冠于其他各种文学体裁。要想准确而又概括地描述中国现代小说的发展过程，是摆在小说史研究者面前一个不算容易的课题。一些研究者正为此探索着多种多样新的研究角度和方法。

山东文艺出版社出版的由田仲济、孙昌熙先生主编的《中国现代小说史》，就是这种探索精神的一个成果。这部著作系统地考察了现代小说人物形象的发展状况，全书共八章，从第一章"反映着时代脉搏的知识分子形象"开始，二、三、四章分别考察了"解放途中的妇女形象""斗争中成长的工人形象""从昏睡到觉醒的农民形象"，第五章论述了"具有前驱者和领导者姿态的革命党人形象"，第六章论述了"改造和变化中的市民形象"，第七章写的是"嵌着时代印记的历史小说中的人物形象"，最后一章列述了其他人物形象——军官与士兵、地主与资本家、官僚和政客，等等。这种以不同身份的人物形象为纲的写法，确有它自己的特色。它的最大好处，是可以较清楚地显示出小说发展同时代发展的紧密关系，通过小说史从侧面反映出新民主主义革命的历史，看出时代车轮前进的辙印。但是，这种写法也容易带来两个问题：一是小说史可能成为人物系列论的汇编，不容易很有立体感地反映出现代小说丰富的层次和各个不同的方面。因为，构成小说的因素非常多样，绝不只是人物形象，除了通常所谓题材、主题、情节、结构之外，还有作者生活体验的不同角度，审美情趣的高低悬殊，创作方法的巨大差异，文艺思潮渊源的各不相同，艺术风格个性的千差万别，……这些都应该是小说史加以探讨的对象。只看人物形象的身份，很容易把小说的其他许多重要方面忽略过去。二是容易产生把作品割裂的毛病。因为，一部具体的作品很少只写一个人物或一类人物，而总是要写许多方面的人物，既写工人，也写资本家，既写农民，也写地主，还要写到知识分子、仆人，等等。像茅盾的《子夜》，李劼人的从《死水微澜》到《大波》，老舍的《四世同堂》，巴金的"激流三部曲"，都写到了大群的多种身份的人物，如果按人物形象分类论述，势必一个作品要分散在好几章里讲，这不是人为地制造麻烦吗？

更通常的研究小说史的方法，是按历史顺序、时间顺序逐个逐个地写作家作品，写出小说作家思想的变化、艺术的发展及其与时代潮流的关联。这样的小说史，有时容易成为作家、作品的评论集，并不一定能真正完成小说史应该完成的任务。$1+1+1<3$，这看起来似乎荒唐，按系统工程学的观点说却是真理。小说史总不能光是罗列、介绍单个的作家作品，而应该进一步把藏在这些作家作品背后的更本质的东西揭示出来，交代各种不同的小说兴衰、演变的根由，发现和总结小说发展的规律和经验，才有助于我们今天去思考种种问题。

这样，就很有必要从流派思潮的角度来研究小说史。流派是时代要求、文学风尚和作家美学追求的结晶；而且由于它不是只表现在个别作家身上，而是表现在一群作家身上，因此，这种文学现象更令人注目。植物学家不能只重视研究单株树木，他们更重视考察各种自然形成的植物群落，从它们的分布、演化中找寻各类植物发展、变迁的规律。文学上也有自然形成的群落，那就是创作流派和思潮。研究小说流派，可以帮助我们掌握和分析纷纭复杂的文学现象，从中整理归纳出某些脉络，发现和总结小说发展的某些规律与经验，不仅能指出同一时期内横的分化，而且也能指出前后不同时期的纵的关联。再加上研究者对各个流派的文学价值的评价高低，组成了一个三维的坐标系，通过它，可以把现代小说发展的主要过程及其特点描述得更加准确，更加接近于事实，而且能做到提纲挈领，简明适度。

譬如说，某个时期为什么会有某种小说现象？后来为什么又转瞬即逝？当代的某些小说现象与历史上的文学潮流有些什么关联？——这些都需要从思潮流派的角度加以揭示。

譬如说，我们曾被"文化大革命"结束后出现的"伤痕文学"震动过，争论过，有些人还困惑过。如果我们研究一点五四时期的"问题小说"，研究一下历史上出现的文学现象和小说思潮，就不会感到困惑。我们会从历史上小说流派、思潮的发展中得到许多启示。

又譬如说，文学主体性问题曾引起了热烈的反响和争论。如果从小说流派、思潮的角度作点历史的回顾，我们就会发现，这个问题其实并不是当代才出现的。诗人气质很重的一些创造社作家很早就提出要充分表现作者的主观。后来七月派的胡风、路翎等人，更是突出地强调了作者的主观战斗精神，把它看作艺术的生命所在，不久却受到了批判，遭遇了厄运。对照着看，就会觉得非常有意思，就会觉得许多事情的发生，都不是偶然的，几乎是一种历史的必然。一位哲人曾经说过这样意思的话：历史上的一些事情，第一次出现是悲剧，第二次出现就可能是喜剧。这句话又一次地应验了。

当然，任何事物有优点也会有缺点，有便利也会有困难。所谓"流派"，顾名思义，是处在不断流动、发展、变化中的。没有发展变化的流派简直不可想象。就其成员来说，他们在不断地分化与组合：起先属于某流派，后来却脱离变化了；起先不是的，后来却参加进来了。以文学研究会的许杰为例：20年代前半期写了不少乡土小说，到后半期，却在创造社影响下接受弗洛伊德学说，写了许多性心理小说，30年代又转到写具有革命倾向的小说，其间变化非常大。就派别本身来说，它也常常经历着从无到有、又从有到无的变化。同一个创造社，前后期就很不一样，代表着两种倾向，分属于两个流派。流派本身的这种流动性，给准确地说明它、研究它增加了某种困难。

此外，从流派角度研究现代小说史并不是什么问题都能解决。这是因为，小说流派史毕竟不能代替整个小说史。我们可以说，流派史是小说发展史中脉络最清楚、特点最鲜明的部分，但它远远不能包括小说史的全部。两者绝不可以等同起来。有些时候并没有明显的创作流派，而小说本身还是在发展着。再者，有些大作家并不一定属于哪个流派。像鲁迅，虽然对初期乡土小说有着很大的影响，但他并不局限于这个流派，而是开辟了多种创作方法、创作体式的源头。还有像巴金，在青年读者中很有影响，却不一定就直接形成小说流派。因此，我们不仅无意于用现代小说流派史来规范或取代现代小说史，而且恰恰相反，认为只有把小说流派的兴衰、嬗变放在整个小说发展的历史过程中去考察，才能对它本身做出恰当的说明。

二、防止和克服两种倾向

存在不同的小说流派是现代小说史上的客观事实。但是，我们的研究应该采取科学的态度。我们要反对小说流派研究中的两种倾向：既反对轻率地缺少根据地任意乱划小说流派，也不赞成无视小说流派，根本抹杀小说流派的存在。

那种轻率地、不科学地、缺少根据地乱划小说流派的现象是有的。譬如说，有的学者几乎把五四时期开始的每个刊物都算成一个流派，什么《新青年》派啦，《新潮》派啦，等等。这些其实都是综合性刊物。像《新青年》，除鲁迅之外，没有发表其他作家的多少小说作品。《新潮》上发表的小说多数很幼稚。它们连文艺刊物都不是，怎么能成为什么流派？要这样算流派，"五四"到新中国成立的三十年间，一百个、二百个都可以算，因为发表过小说的刊物少说也有几百种。又如，有的论文把"五四"以后的小说划分为"人生派""艺术派""乡土派""都市派""青年派"五个派别。所谓"人生派"，是指文学研究会；"艺术派"是指创造社；这虽然并非创见，也不尽确切，却还是有一定的根据的。接下去，"乡土派"是指鲁迅编选的《新文学大系·小说二集》里那些作家，这就已经不太科学了。而所谓"都市派"，是指写了《子夜》的茅盾和写了《骆驼祥子》的老舍；所谓"青年派"，是指写了"激流三部曲"的巴金以及其他写青年题材的作家（像写了《新生代》的齐同等）；这就简直有点叫人哭笑不得了。茅盾和老舍除了都写到都市生活之外，还有什么共同之处呢？巴金和齐同等人笔下的青年题材，又怎么能归到一起呢？创作流派的出现，总是要有某种共同的艺术追求，接受过某些共同的文艺思想的影响才行，怎么能仅仅根据题材的相近就胡乱归类呢？如果因为茅盾写过反映上海生活的《子夜》，就可以同写了北京生活的老舍归在一起，列为"都市派"，那么，茅盾又写过反映农村生活的《春蚕》《秋收》《残冬》，岂不应该又同写过《故乡》《风波》《阿Q正传》的鲁迅，同写过《丰收》《电网外》等农村题材的叶紫，都可以归入"乡土派"里边去吗？同一个茅盾，还写过《蚀》《虹》，主要反映大革命时期的青年知识分子生活，岂不又可以归入"青年派"吗？

我们说，创作流派是一种客观的存在，它是自然形成的，通过作品来显示了自己的特点的，而不是人为地主观地划分出来的。主观地人为地划分出来的创作流派一文不值。研究创作流派不能像切一盘豆腐，你可以横着切，我可以竖着切，他可以斜着切，而是必须根据客观事实，尊重客观事实。不凭客观事实，只凭主观臆断，科学研究就成了切豆腐，就成了开玩笑。我们应该反对这种轻率的作风和不科学的方法。

同时，我们也反对那种抹杀流派、对创作流派视而不见的态度。有的人认为文学根本无所谓流派，也不好划分流派。早年的徐志摩就持这种态度。1923年暑期，他在南开大学的一次讲演中说：

> 文学史是很有危险性的东西。……以科学的方法来研究文学，是很杀风景的。其实一个人作文章，只是灵感的冲动，他作时决不存一种主义，或是要写一篇浪漫派的文，或是自然派的小说，实在无所谓主义不主义。文学不比穿衣，要讲时髦；文学是没有新旧之分的。他是最高的精神之表现，不受任何时间的束缚，永远常新，只有"个人"，无所谓派别。①

这段话主要表现了徐志摩的浪漫主义的文学观，虽然不是一点道理也没有，但作为否定流派研究的一种理论，它当然是站不住脚的。说文学"无所谓派别"，显然不符合历史事实。徐志摩自己后来的文学实践，新月派本身的存在以及它的种种活动，都证明了这种理论的破产。尽管作家写作品时并没想他要当什么派，但他的审美趣味，他的文艺观点，他过去接触的作家、作品、思潮、流派的影响，无形中还是会支配着他，使他写出可能接近于这派或接近于那派的作品。从理论上说，只要有不

---

① 见徐志摩作《近代英国文学》的讲演，此文由赵景深作记录，收入赵编《近代文学丛谈》一书。后收入蒋复璁、梁实秋主编《徐志摩全集》第6辑，台湾传记文学出版社1980年版。

同的创作方法、不同的文艺思潮、不同的艺术追求，就有可能形成不同的创作流派。"五四"到新中国成立虽然只有三十年，但这是一个历史的大转变时期，国内活跃的各种文化社团和文学社团，国外传入的各种各样的文艺思潮、社会思潮，都争着做过表演。可以毫不夸张地说，欧洲从文艺复兴、启蒙运动以来两三百年里的文艺思潮，在中国"五四"以后二三十年时间里，都匆匆走了一遍，重演了一遍，这当然不免带来煮夹生饭的历史缺陷，但也为包括小说在内的各种创作流派的孕育准备了相当的条件。小说在西方近百年里是花样翻新得最多、最厉害的文学样式之一，中国现代小说自然也要受到某种影响，这就促进了多种小说流派的发展，其中也包括现代派小说的发展。有的学者不承认"西方现代主义文学思潮在中国的传播和影响"，认为现代主义在中国"从来没有正式形成一种比较持久的文艺运动，没有在文坛上产生重大影响"；"如果说，现实主义思潮在中国形成了文学研究会等社团，浪漫主义思潮形成了创造社，那么，象征主义、表现主义、未来主义，等等，并没有形成单纯而明确的社团。"这种说法也是与现代文学史的实际不尽相符的。我们知道，不但诗歌方面有象征派、现代派，小说方面也有过新感觉派。这些流派后来怎样发展是另外一回事，但我们总不能对这些流派采取闭眼不承认的态度，好像它们在文学史上根本没有发生过一样。如果不是由于文学史料掌握上的缺陷，那至少也是一种不科学的态度。

三、中国现代小说史上有哪些流派？

我觉得至少可以举出这样一些：

一、20世纪20年代中期在鲁迅影响下出现的以文学研究会一些成员为主的"乡土小说"派，这是个有理论有创作的初步成熟的现实主义流派，代表作家有鲁彦、许杰、潘训、徐玉诺、彭家煌、王任叔、骞先艾、许钦文、台静农等。广义地说，叶绍钧也是属于乡土文学派的。甚至像鲁迅称为"很少乡土气息"的黎锦明，其实也写了不少乡土作品，如《出阁》《复仇》等，而且写得相当简练，不过有的具有较多浪漫主义气息罢了。

二、以创造社郭沫若、郁达夫、陶晶孙、倪贻德、周全平等为主，也包括受创造社影响的浅草社的林如稷、陈翔鹤以及受郁达夫明显影响的王以仁等在内的"自我小说"或"身边小说"的流派，这是个浪漫主义同时又兼有现代主义成分的小说流派。

三、以蒋光慈为代表的"革命小说"派，这是患有"左"倾幼稚病的初期"普罗文学"的流派。代表作家主要是太阳社和后期创造社的成员，如洪灵菲、楼建南（适夷）、华汉（阳翰笙）、钱杏邨、李守章、刘一梦、冯宪章等。郭沫若在20年代末30年代初写的一些小说，基本特征与此相同。

四、30年代初期形成的以刘呐鸥、穆时英、施蛰存为代表的新感觉派，这是一个以弗洛伊德精神分析学说为基础，竭力将作者主观感觉客体化，采用一点意识流手法的现代主义流派。在他们手中，心理分析小说得到很大发展。

五、由茅盾的《子夜》所开创的社会剖析小说的流派，主要作家有茅盾、吴组缃、沙汀和稍后的艾芜等。他们不但在左翼作家中占有重要地位，而且在现代文学史上做出了较大贡献。他们用马克思主义观点解剖社会，并通过生活横断面再现社会，揭示中国社会的性质。这是个革命现实主义的流派，一直延伸到40年代，甚至新中国成立后周而复的《上海的早晨》还在学这个流派。后来修改《大波》的李劼人、写作《李自成》的姚雪垠也在一定程度上受这个流派的影响。

六、以废名、沈从文、凌叔华、萧乾等为代表的"京派"小说。他们的作品大体都与社会现实保持一定的距离，有自己的美学理想，追求一种冲淡、恬静、含蓄、超脱的风格。朱光潜可以说是这个流派的理论家。40年代出现的汪曾祺，则可以说是这个流派的领袖人物沈从文的难得的传人。京派在现代小说发展史上也做出了一定的贡献。

七、东北作家群。这是九一八事变后陆续流浪到关内的一批作家，包括萧军、萧红、舒群、罗烽、白朗、李辉英等。他们对故土的沦陷深感悲痛，对日寇的侵略满怀义愤，在他们的小说作品中，共同寄托了这种感情。这是个"准流派"。

八、从丘东平到彭柏山、路翎、冀汸等人的七月派的小说。他们也是个进步的现实主义流派。不过他们比较强调作者的主观精神，重视人物的心理分析，特别是某些畸形性格的分析，带有某种"心理现实主义"的特点。

九、40年代在国统区出现的以徐訏、无名氏为代表的浪漫主义流派。他们常常借用爱国题材甚至革命题材来写曲折离奇的东西。作品以抒情性和哲理性的某种结合见长。由于脱离现实，热衷编织故事，这种浪漫主义的消极成分比较多。也有些作品（如《野兽·野兽·野兽》）带有现代主义色彩。这个流派在国统区产生过一些影响。

十、在解放区，文艺实践着民族化、大众化的方向，小说流派也处于重新孕育的过程中。其中具有流派雏形的，是两部分人：一是赵树理、马烽、西戎、束为等山西土生土长的作家，他们的小说地方味、泥土味都很浓，却又不是简单的通俗文艺，而是多多少少、程度不同地融化、吸收了"五四"以后新小说的某些长处，这就是到50年代以后被称为"山药蛋派"的一个流派。二是孙犁、康濯等作家，他们的作品清新朴素，抒情味浓，富有新的生活情趣，有内在的美。到50年代经过发展，加进新的成员，就成了现在人们所说的"荷花淀派"。

此外，左翼作家如张天翼、蒋牧良、周文、万迪鹤等的讽刺小说是否可构成一个独立的流派，应加研究。

上面提到的这些流派，它们在小说史上的地位、作用、意义自然是很不一样的，不可同日而语。但既然作为流派，它们也必然会有各自的特点和长处。即使对一些毛病比较多一点的流派，像蒋光慈为代表的"革命小说"派和穆时英、施蛰存等的新感觉派，也要采取全面的科学分析的态度，不要简单地一味抹杀和否定。陶铸说：他是读了《少年漂泊者》，才去黄埔军校的。他对蒋光慈印象不错。这就是说，蒋光慈也有确实起了历史作用的很好的方面。我们决不可搞片面性。全盘抹杀或全盘推崇都是不科学的。对现代派采取不承认主义更是不对的。

四、形成小说流派的诸因素

形成小说流派的因素或条件是什么？

应该说，形成流派的因素非常复杂多样。有时，时代的政治的因素可以起很大作用，如"东北作家群"的出现，就与"九一八"后东北沦陷这一特定情况有关；京派的出现，也与国民党的高压政策不无关系——虽然政治因素很难成为长远起作用的因素。有时，国际上某种文艺思潮的传播也可以起很大作用，如以蒋光慈为代表的"革命小说"派，则是接受了苏联"拉普"与日本左翼文艺思潮的重大影响；刘呐鸥、施蛰存、穆时英等的新感觉派小说，主要受了日本新感觉派与西方意识流文学等现代主义文艺思潮的影响。没有外国文艺思潮的影响，单以中国国内的条件来说，当时未必会出现这些流派。至于哲学思想对一些小说流派的影响，有时也非常明显。如弗洛伊德的精神分析学在五四时期就影响了创造社一批重要作家，更影响了后来的新感觉派；历史唯物主义影响了茅盾、吴组缃、沙汀等社会剖析派作家；京派则较多接受了传统的儒、释、道乃至基督教哲学的某种影响。此外，大作家的带动和好作品的启示，对于乡土小说、社会剖析这些流派的形成，也直接起到了开辟道路的作用。而共同的文艺刊物，则往往成为一些流派的摇篮。

在众多的因素、条件中，对流派形成从根本上起作用的，恐怕还是作家们运用的创作方法，接受的文艺思潮。创作方法、文艺思潮决定着作家的美学追求。只要考察"五四"以后三十年小说流派的发展，我们就会看到，在各种流派兴衰消长的背后，正是现实主义、浪漫主义、现代主义这三种创作方法与文艺思潮在错综复杂、此起彼伏地相互作用，相互影响，从而构成三条粗细不一的贯穿线索。

下面，我们分别对这三种创作方法或文艺思潮在现代小说流派发展中的作用进行一些考察。

贯穿在流派发展中的现实主义这条线索，从20年代"乡土文学"到40年代解放区孕育的"山药蛋"等小说流派，可以说连绵不断，源远流长。由于现实主义要求作家按照生活本身的逻辑来反映生活，要求作家必须熟悉生活，扎根生活，因此，就给这种创作方法带来了防治生活贫血症的莫大长处，使这种创作方法具有先天的优越性。当然，现实主义也受过"左"倾幼稚病的干扰，走过曲折的道路，这就是所谓"辩证唯物论的创作方法"（在以蒋光慈为代表的初期普罗小说中表现得最为显著）。30年代出现的社会剖析派，则是一方面作为心理分析小说的对立物，克服它的资产阶级倾向；另一方面又纠正了辩证唯物论创作方法的庸俗化错误，使现实主义回到科学的轨道上来。这个流派的出现，标志着现实主义在中国的重要发展。即使如此，现实主义也依然是广阔的，绝不是"只此一家，别无分店"。社会剖析派之外的京派小说，就可以说大体保持了"五四"现实主义的水平。同时，现实主义本身也并非完美无缺，它需要吸收其他创作方法的某些优点。鲁迅的小说尽管以现实主义为主体，但也运用和吸收了浪漫主义、象征主义等其他非现实主义的方法，这使他的作品极大地开阔了思想容量和生活容量。乡土小说派的一部分作家，如鲁彦、叶绍钧、台静农等也同样写过一些并非现实主义的象征性作品，使这个流派增添了新鲜的活力。后来路翎等也吸收了心理现实主义的某些长处。

除了现实主义这条线索之外，浪漫主义在现代小说流派发展中，也起过不小的作用。提倡现实主义的《新青年》，最初确实没有把浪漫主义放在眼里，陈独秀说："吾国文艺，犹在古典主义、理想主义时代，今后当趋向写实主义。"[①] 他提倡现实主义是对的，但他认为当时中国已经有了近代的浪漫主义，那就不对了。中国在"五四"以前，其实并没有经历欧洲那种扫荡古典主义、实现个性解放的资产阶级浪漫主义运动。陈独秀和《新青年》在理论上的这种不正确判断，后来由鲁迅和创造社作了实际上的纠正。创造社狂飙突起，为浪漫主义争得了与现实主义流派并立的地位，弥补了新文学运动初年在一个方面的空白。这是创造社这个流派的重要贡献。但限于中国的社会历史条件，创造社的浪漫主义在小说中并没有欧洲浪漫主义的英雄气概和理想色彩（连诗歌《女神》中的那点气概也没有）；相反，它倒是以感伤主义的形态表现出来，还带上了一点颓废的色彩（浅草—沉钟、弥洒等倾向浪漫主义的社团创作，同样具有这种感伤颓废的色彩）。这也表明，浪漫主义在中国是先天不足的。而从20年代中期起，随着"左"倾文艺思潮的传入，浪漫主义又被宣布为一种唯心主义和没落阶级的艺术方法，被贬入了冷宫。连郭沫若自己也在《革命与文学》中公开宣称："我们对于反革命的浪漫主义文艺也要取一种彻底反抗的态度。"这就不但是先天不足，而且又落了个后天失调的毛病。它的命运除了在诗歌中略好一点之外，在小说中确实似乎有点奄奄一息的样子。但实践总会冲破理论的谬误，生活本身毕竟也需要理想。我们从30年代初期艾芜《南行记》一类作品中，从有些京派作家的小说中，从解放区一部分以专写美好心灵见长的小说

---

① 《答张永言信》，载《青年杂志》1卷4号，1915年12月。

作品中，以及从 40 年代国统区徐讦、无名氏等人的作品中，仍然看到了它的积极方面和消极方面的不同姿态、不同面影。

至于现代主义这条线索，过去人们长期采取回避的态度，以致到后来简直有点湮没无闻了。但它实际上在小说流派的形成、发展过程中，起着相当重要、相当活跃的作用。中国介绍现代主义各种思潮、作品，那是相当早的，可以说是同介绍和倡导现实主义同时并进的。《新青年》本身就介绍过柏格森、尼采这些与现代主义文学有密切关系的哲学家和哲学思潮。鲁迅早在"五四"前就翻译俄国象征派作家安特列夫等人的作品，后来又译介厨川白村深受弗洛伊德影响的《苦闷的象征》。创造社也大量介绍了从柏格森、尼采到象征派、表现派、未来派等的思潮和作品，他们自己的小说同弗洛伊德主义、同德国表现派有密切的关系，一部分小说还有明显的意识流成分。浅草—沉钟社还在他们的刊物上出过美国象征派、神秘派作家爱仑·坡的专号。未名社也译过安特列夫不少象征主义作品。此外，还有一些社团也与现代主义的传播密切相关，如狮吼社的拥护象征主义，摩社的介绍印象主义，等等。1923 年民智书局出版过一本《新文艺评论》，其中就收了这样一组介绍外国现代主义思潮、流派的文章：陈望道的《文学上各种主义》，汪馥泉的《文学上的新罗曼派》，沈雁冰的《未来派文学之现势》，刘延陵的《法国诗之象征主义与自由诗》，幼雄的《谜谜主义[①]是什么》等。这些对现代主义的介绍尽管也有某些分析，但绝不像某些人想象的那样采取了什么"批判态度"。即使是一些先进人物，当时也是欢迎现代主义文艺的介绍的，像瞿秋白的《那个城》在《中国青年》上发表时就叫作"象征派小说"，有个短剧《白骨》在《中国青年》上转载时就叫作"未来派剧本"（这同当时苏联文艺界一些人物也倡导现代派有关）。到 20 年代末 30 年

[①] 谜谜主义（Dadaism），今译达达主义。

代初，《小说月报》《文艺月刊》《现代文学评论》《现代》《文学》这几种杂志更进一步介绍了法国的象征派和超现实主义、英美的意识流、奥地利的表现主义、意大利的未来主义、日本的新感觉主义等思潮，并译载了阿保里奈尔、保尔·穆杭（以上法国），沃尔夫、乔伊斯（以上英国），福克奈（美），安特列夫（俄），横光利一、片冈铁兵（以上日本）等现代派小说家的代表性作品（仅横光利一的短篇小说被译载的就有十二三篇之多）。正是在这种情况下，我国才形成了刘呐鸥、穆时英、施蛰存等的新感觉主义小说流派。这个流派的出现，标志着现代主义思潮已从创造社时期对浪漫主义的依附中独立出来。尽管新感觉派小说存在的时间并不很长，它的几个作者有的后来住手不写了，有的投向国民党政府的怀抱高升了，有的复归到现实主义道路上来，但他们在刻画人物心理和表现都市生活方面，仍然留下了有意义的开拓和尝试，使一部分作品具有新感觉主义和心理分析小说的色彩。此后，我们从一些流派的小说作品中，依然可以辨认出现代派留下的混血的后裔（有时属于同现实主义结合，有时属于同浪漫主义结合），以致从创作方法上说，有时达到了"我中有你，你中有我"的地步。总之，现实主义、浪漫主义、现代主义这三种思潮、三条线索在不同历史条件下相互扭结，相互对抗，同时又相互渗透，相互组合，构成了现代小说流派变迁的重要内容。其中的线索虽然时隐时现，却依然有脉络可寻。我们要研究流派变迁，除了注意作家作品之外，不可不同时注意文艺思潮和创作方法。

五、怎样估计各流派小说的现代化程度？小说现代化的主要标志有哪些？

上面说的十个流派、三种思潮，是不是只有现代主义流派才算现代化的，而现实主义、浪漫主义流派不是现代化的或者已经过时了呢？我对这个问题说点看法。

所谓"现代小说流派",这里说的"现代",有两重意思:一是时间概念,即指"五四"以后新民主主义革命时期的小说流派;二是性质概念,即指不同于传统小说的新小说在自己发展过程中形成的一些流派,也就是现代化的或基本上现代化的小说的流派。像鸳鸯蝴蝶派、黑幕派,这些基本上属于半旧或旧小说范围,当然不属于我们讲的"现代小说流派"之列。

我是这样估计的:"五四"以后的新小说流派,不管它是现实主义流派也好,浪漫主义流派也好,现代主义流派也好,总的说来基本上都属于现代化的文学流派。中国文学的现代化是从五四时期开始的,而不是最近这几年才开始的。如果说,历史决定了我国工业、农业、国防和科技的现代化只能在新民主主义革命胜利之后才有条件提上日程的话,那么,作为意识形态之一的中国文学,其现代化的起点却早了整整三十年。这里有必要引述郁达夫1926年发表的《小说论》中的两段话:

> 新文学运动起来以后,五六年来,翻译西洋的小说及关于小说的论著者日多,我们才知道看小说并不是不道德的事情,做小说亦并不是君子所耻的小道。并且小说的内容,也受了西洋近代小说的影响,结构人物背景,都与从前的章回体、才子佳人体、忠君爱国体、善恶果报体等不同了。所以现代我们所说的小说,与其说是"中国文学最近的一种新的格式",还不如说是"中国小说的世界化",比较的妥当。
>
> …………
>
> 中国现代的小说,实际上是属于欧洲的文学系统的。[①]

[①] 见《小说论》第1章。

在郁达夫眼里,"五四"以后的中国现代小说是现代化的小说,是"世界化"的小说。应该说,这个看法完全符合文学史的实际。冯雪峰在50年代也说过一段话:

> 我们认为"五四"新文学在形式和精神上不同于旧文学,这正是中国文学的现代化。虽然在许多方面,它确实是"外国化"了;但实质上,这正是中国文学在中国革命的要求与推动以及世界进步文学的影响之下的现代化。所谓现代化,在当时就是在思想上向民主主义革命的精神前进,在文学形式上向更适合于新的内容的形式前进。这样的现代化,是必要的,是伟大的革命行动,也正是"五四"文学革命的目的。①

可惜我们从1955年批判胡风以后,就不大敢讲这类话了,好像一讲这类话,就把中国新文学纳入世界资产阶级文学的范围。这是完全不对的。世界文学并不就是资产阶级文学,也有国际无产阶级文学,冯雪峰说的就是"世界进步文学"。如果连世界文学对中国新文学的直接哺育和影响都不敢讲,那还有什么实事求是可言呢?所谓"世界化",其实就是现代化。它并非不要民族传统,只是主张对传统要加以改革,使我们的文学和世界文学取得同步的发展。新文学的奠基人鲁迅,本身就是文学现代化的开路先锋。虽然由于种种原因,文学现代化的这个过程有时也走过弯路,出现曲折,但总的来说,这个过程仍在持续不断地发展着。今天人们谈论的文学现代化,实际上正是"五四"以来这一历史过程的继续。我们决不能割断历史,把文学现代化看作今天才开始的无源

---

① 《中国文学中从古典现实主义到社会主义现实主义的发展的一个轮廓》,《雪峰文集》第2卷,人民文学出版社1981年版,第431页。

之水。前些年,我们报刊上关于文学现代化与现代派文学的讨论进行得很热闹,一些文章确实提出了不少足以发人深省的意见和问题。很可惜,就我读过的一部分文章来说,它们大多有一个共同的弱点,就是不大了解"五四"以来我国文学现代化的历史状况。有的同志把迄今为止、经过文学革命已六十多年的我国小说的特点概括为:"叙述离奇曲折或至少引人入胜的完整故事","对社会环境作客观的包罗万象的描写","其叙述角度往往都是一种,就是作者站在全知全能的角度",因而说它们属于所谓与现代小说对立的"传统小说"之列。[①] 这些说法恐怕都是不很准确,不很符合文学史实际的。其实,考察"五四"以后小说是否现代化,应该综合起来看,也就是从小说内容到小说形式,从创作方法到创作技巧,全面地衡量,而不是光看小说的叙述角度之类形式或技巧问题。"五四"以来小说的现代性在于:现代的思想主题获得了现代的存在形式,这是一种全面的根本的变革。我们之所以说"五四"以后的小说流派基本上是现代化的,是因为"五四"以后的新小说具有这样六个特点或标志:

第一,从内容上说,小说表现的意识与描写的对象都是崭新的,真正属于现代的。所谓现代意识,简单一点说,就是尊重人、把人当作人,就是民主的精神,人人平等的精神,既懂得自尊也懂得尊重别人的精神,以及尊重科学、尊重文明、热爱进步的观念,等等。"五四"后的小说作者,正是受了现代意识——民主主义和社会主义思潮的影响,对被压迫人民不但同情,而且和他们平等相待,感同身受,而不是居高临下。鲁迅如果没有现代意识,《故乡》里就绝不会有闰土叫一声"老爷"使"我"心灵震颤"似乎打了一个寒噤"这样的描写;《药》里也不会寄托革命者的血被愚昧的人们当作治病的"药"那样的悲痛。巴

[①] 李陀:《论各式各样的小说》,载《十月》1982 年第 6 期。此文有见地,可惜所概括的史实不够准确。

金的《家》过去曾被有的人讥笑为"《红楼梦》+革命",然而,实际上《家》与《红楼梦》的思想距离相当遥远。只要比较两部小说怎样对待丫鬟之死这一点就清楚了:《家》用浸透感情的笔写了鸣凤的死,这场悲剧不但震动了觉慧,使他终于离家出走,也大大震动了我们读者的心灵。《红楼梦》写了金钏的死,态度却相当冷漠,宝玉似乎无动于衷,没有多少感情上的反应。国外有的研究家对《红楼梦》如此冷淡地对待丫鬟的命运感到吃惊。① 这一对比就显出两者的思想距离。"五四"后的许多小说作者重视人的基本权利,赞颂人格独立,具有现代的"人"的观念。鲁迅的《狂人日记》尖锐地反对"吃人"制度的存在,叶绍钧的《一生》提出了"这也算一个人吗?"的民主主义启蒙思想,这些小说可以算是用艺术方式写的新《人权宣言》。尤其值得重视的是,许多小说中的觉醒者主人公不但反封建,而且具有现代人的内省精神和负罪意识(如鲁迅的一系列小说)。即使像京派作家,他们也并未忘记宗法制农村尚有冷酷、狭隘、蒙昧、落后的一面。不少现代小说体现出来的思想是:人们既要懂得自尊,也要懂得尊重别人;既要使自己不受压迫,也不能转而去压迫别人;坚决反对"威福、子女、玉帛"一类旧的封建的人生理想,也批评了小生产者的狭隘思想。《阿Q正传》既愤慨地揭露了假洋鬼子不准阿Q革命,也沉痛地批评了阿Q不准小D革命。这些都名副其实地显示了现代人的思想立场。完全可以这样说:如果没有现代意识,就根本不可能有我们中国的现代小说。彭家煌有篇小说叫《Dismeryer先生》,写一个在上海做工的德国人失业之后的狼狈处境,他无力维持生活,只好租用别人家一间厨房来住,靠不断变卖东西度日,经常吃了上顿没下顿。邻居P先生想起自己过去在法国勤工俭学时的窘迫,就对这个飘零在异邦的德国工人很同情,想帮他找个合适的职业,

---

① 见 Francis A.Westbrook 所写的《论梦、圣人和魔鬼:〈红楼梦〉与〈白痴〉中的真与幻》一文。

却又实在无能为力。有一次偶然留德国人吃了一顿饭，德国人就误认为他们夫妇经济比较宽裕而又热情好客，以后他就常常在 P 先生夫妇吃饭时出现，还尽量帮 P 先生家里做点杂务。日子长了，P 先生夫妇实在负担不起，却又不好意思说出来。某天 P 先生的夫人就偷偷摸摸地不到亮灯时间提前开了晚饭。这位可怜的德国人到时间又来敲门，还带来了他变卖最后一点东西换来的菜，但看到的已经是碗盘狼藉的场面和夫妇俩非常尴尬的表情，于是他心里对一切都明白了，颓丧地退了出去。等到 P 先生责备夫人，他夫人也觉得自己做得不应该，再去诚心诚意地请他吃饭时，德国人推说自己已经吃过了。而且，从第二天起，人们在这栋房子里再也见不到这个德国工人了。小说细致真切地写出了处于困境中的三颗善良而又各有个性的心灵，他们相濡以沫，但又自觉地不愿给对方增加负担——物质的负担或精神的负担。他们懂得自尊，同时也懂得尊重别人，不愿伤害别人的自尊心。赶走一个不相干而来吃饭的人，甚至骂他几句，给他一点难堪，这在有些人太容易了，而在 P 先生做起来却很困难。作品并没有唱什么国际主义的高调，但却真实地表明现代人应有的觉悟。这是一篇很有代表性的表现现代思想内容的小说。

同作品这种现代思想内容相适应，"五四"以后小说的描写对象也从总体上发生了巨大变化，即从封建时代小说中的帝王将相、才子佳人，从近代谴责小说中的官僚商贾、政客妓女，一变而为"五四"以后日常生活中的普通人——普通的农民、工人、知识分子和市民，而且是按照生活本来的样子在写他们，这同样体现了现代民主主义的倾向。中国近代小说中，几乎完全没有劳动人民的形象，到"五四"以后，大批劳动者形象进入小说，这是一种很能说明问题的文学现象。一百多年前，当欧洲出现一批以下层人民为表现对象的小说作品时，恩格斯曾经热情地说："近十年来，小说写作的风格发生了一场彻底的革命；先前这类故事的主人公都是国王和王子，现在却是穷人、被歧视的阶级，而构成小说主题的，则是这些人的遭遇和命运，欢乐和痛苦。"他把"作家当中的这个新流派"称誉为"时代的旗帜"。[①] 中国小说里发生"一个彻底的革命"，就是从五四时期开始的。尤其值得注意的是：中国小说中描写对象的这种变化，比欧洲小说中发生的同类变化要快得多，迅速得多。欧洲尽管自19世纪起出现了现实主义思潮，但最初二三十年里小说写的还是贵族、官僚、公爵、伯爵夫人、公子哥儿或者像于连这样向上爬的个人主义者以及新起的资产阶级。中国小说却从帝王将相、才子佳人、官僚商贾、政客妓女一下子变到写受压迫的农民、工人、妇女、市民以及普通知识分子。这种变化的迅速，体现了中国的资产阶级民主革命已经由无产阶级来领导的这种不同于欧洲的时代特点。

第二，性格小说的出现。中国古典小说大体上都属于情节小说的范围，它们并非不刻画性格，但都是寓性格描写于故事情节的叙述之中，出发点和落脚点都是讲故事，连《快嘴李翠莲》那样比较集中地写性格的也不多。而且大部分古典小说的性格刻画常常突出某个主要点，有过于单纯化的倾向，像诸葛亮突出智慧，关云长突出忠义，张飞突出威猛，曹操突出奸诈，刘备突出仁厚，海瑞突出刚正，武松突出勇武，李逵突出粗鲁莽撞，等等。这是古典小说的长处，也是它的短处。这种单纯化的写法带有中世纪的现实主义发展不充分的特点。像《红楼梦》那种性格刻画的丰富性是比较少的。欧洲19世纪以来的情形很不一样，在个性解放思潮的推动和表现性格丰富性的要求下，发展起了性格小说，"五四"以后的中国小说受了欧洲性格小说的很大影响，大量的作品出发点和落脚点都是在刻画人物性格，并不追求曲折离奇的故事情节。像鲁迅的《故乡》《孔乙己》等有什么突出的故事情节？至于像黎锦明的《出阁》、燕志儁的《守夜人》，更是只有一个场面，几乎完全

[①]《马克思恩格斯全集》第3卷，人民出版社2002年版，第556页。

没有情节，然而人物性格和诗情画意却给人较深的印象。周作人很早就从小说理论的角度作了宣告，他说："内容上必要有悲欢离合，结构上必要有藤葛、极点与收场，才得谓之小说，这种意见，正如17世纪的戏曲三一律，已经是过时的东西了。"①公开把情节与高潮（即所谓"极点"）之类扔到了一边。而且，新的小说对人物性格的理解也不一样了：不是像古代那样把性格看成是天生的、命定的、前世种下的因果，而是把性格看作主要是后天决定的，是环境决定的。闰土少年时代很聪明活泼，到中年变得那么麻木、安于命运，这些都是环境造成的。洪深有篇文章，题目就叫《环境怎样造成人物》②。因此，"五四"以后的小说作者大多在刻画人物性格的同时注意描写作为背景的环境，这里往往体现出作者朴素的现代唯物主义思想。郁达夫在《小说论》第六章《小说的背景》中，曾具体指出："近代小说里的背景和人物的关系，最显而易见的，是这些人物的职业、身份和社会制度的背景。……在性格小说中，决定人物的性格的背景，尤其是指不胜屈。"这里实际上论述了典型人物与典型环境的关系。西方自然主义流派那种把人物性格看成生物学的遗传——父亲是酒鬼，儿子也一定酗酒，父亲生活糜烂，儿子也一定乱伦——这种简单化的看法，在中国作家中相信的不多。中国作家一般都认为是社会环境决定或影响人的性格，这是半封建半殖民地的社会现实教育作者的结果。

第三，新的小说结构、体式的出现。中国过去的长篇小说是章回体，短篇小说则是长篇故事的压缩。文言短篇小说的开头总是"某生者，某地某村人也"，然后就把这个人一生中经历的长篇故事压缩成短的篇幅来讲。这类小说的结构形式完全与情节发展过程重叠复合在一起，故事的起头也就是小说的开头，故事的收场也就是小说的结束，在

---

① 《〈晚间的来客〉译后附记》，载《新青年》第7卷5号，1920年4月。
② 载王平陵等编：《文艺月刊》第7卷第1期。

这类小说里，故事情节之外就无所谓结构。这种写法，虽然并非没有剪裁，但布局究竟比较呆板，也不经济。19世纪三四十年代以来的欧美短篇小说，则很重视结构，很讲究结构，把结构提高到一个重要的位置上。小说作者常常截取一个横断面，把人物的一生集中到这个横断面里来表现，犹如植物学中通过年轮来研究树木，医学中通过切片来观察细胞一样，显得很经济，很科学。既然要集中到一个横断面里表现，当然就带来手法上的革新，产生倒叙、插叙的大量运用。起先是短篇小说通过横断面来写，后来连长篇小说也采用这种方法。如苏联作家卡达耶夫的《时间啊，前进》，就通过一个建设工地上一天二十四小时的生活，表现了苏联社会主义建设的比较宏伟的场面和相当众多的人物；茅盾的《子夜》以吴荪甫三个月经历为中心，在错综复杂的矛盾中表现了30年代初期的整个上海社会；它们都具有多线索发展的真正现代化的复杂结构。这种横断面的写法，后来在社会剖析派作家如吴组缃、沙汀等人作品中，获得很大的发展，取得了出色的成就。除了横断面，还有其他各种结构方法，如取几个点联结起来构成纵剖面，或采用电影蒙太奇式的组接法，等等。还有赵景深所谓用"情调"或"情绪"来贯穿的现代"情调小说"。[①]此外，也还有新的小说体式，如日记体、书信体之类，这些都是中国过去所没有的。胡适在五四时期写过一篇文章叫作《论短篇小说》，介绍欧美现代短篇小说的特点和结构方法，对"五四"以后中国小说的现代化起过很好的作用。小说既然这样讲究结构，情节在作品中的地位、作用也就自然下降了。甚至出现了像《呼兰河传》这类"没有贯穿全书的线索"，"不像小说"，然而被茅盾称为"比'像'一部小说更为诱人些"[②]的作品——抒情成分很重的作品。这也正是小说现代化的一种标志。

[①] 参阅赵景深的《短篇小说的结构》一文，载《文学周报》合订本第5卷。
[②] 茅盾：《〈呼兰河传〉序》。

第四，叙事角度有了变革，由作者当叙述人的全知全能的角度开始突破。这是西方认为现代小说技巧区别于传统小说的很重要的标志。中国古代白话小说在叙事角度上存在两个问题：一是由说书人充当叙事者。即使在文人写的作品中，也往往保留了说书人的姿态、语调和套话（什么"花开一朵，话分两头"啦，什么"欲知后事如何，且听下回分解"啦，什么"话说……""看官且慢……"啦，等等）。这种叙事方式，相当程度上助长了模式化倾向，限制、削弱了作者的创造力和艺术个性的发挥。二是这些小说中，作者都以全知全能的姿态出现。书中任何人物、任何时间里的任何内心活动，作者全都知道，有时给人一种不近情理的感觉。正像郁达夫在一篇文章中所批评的：当小说作者"屡屡直叙这第三人称主人公的心理状态的时候，读者若仔细一想，'何以这一个人的心理状态，全被作者晓得这样精细'，那么一种幻灭之感，使文学的真实性消失的感觉，就要暴露出来"。郁达夫认为，这是"文学上的一个绝大危险"[①]。这种情况，在欧洲很长时期内也是存在的。直到19世纪后期，陀思妥耶夫斯基和康拉德[②]的小说出现之后，西方作家才逐渐自觉起来：为了取得读者的信任，给予读者更强的真实感，便将传统小说的全知角度改变为特定的观察者的角度来进行叙述。这个特定的观察者，有时是作品中的主要人物（即所谓"次知视角"，仅次于全知的作者的那种视角），有时是作品中的次要人物（乃从旁观察者，即所谓"旁知视角"），有时通过第一人称"我"来叙述（即所谓"自知视角"），这样，就突破了单一的作者全知全能的叙述角度。"五四"后的中国小说，正是这样做的。它彻底放弃了沿续千年之久的"说书人"的面具，同时又开辟了多种多样叙事途径，使作者获得充分显示个性的用武之地。鲁迅的小说首先就打破了传统小说那种由无所不知的作者来叙

---

① 郁达夫：《文艺论集·日记文学》。
② 康拉德（Joseph Conrad，1857—1924），原籍波兰的英国小说家。

述的角度和方法。从他第一篇白话小说《狂人日记》起,甚至从更早的《怀旧》起,都是由特定的观察者角度来叙述的:在《狂人日记》中是狂人,在《孔乙己》中是那个酒店小伙计,在《故乡》中是"我"。因此,夏志清先生的《中国现代小说史》也承认鲁迅是中国运用现代技巧写小说的第一个人。白先勇在《社会意识与小说技巧》[①]一文中,也认为鲁迅是第一个运用西方技巧写小说的,并举《孔乙己》为例说它用了"第一人称旁观者的叙述角度"。可见,从鲁迅起,中国小说在这方面也开始现代化。尽管现代作家中有些人不太注意这一点,叙述角度有时比较混乱,但总的情况与过去大不一样了。这显然是一种进步。那种笼统地认为"五四"以后的小说"叙述角度往往都是一种,就是作者站在全知全能的角度"[②]的看法,显然是与文学史实际不符的。

第五,注重心理描写和心理分析。由于中国传统小说是从说书发展来的,因此它注重故事情节,注重从人物行动中刻画性格,除《红楼梦》外,一般都比较少写心理,尤其缺少很细致的心理描写。即使写一点心理活动,多半出于交代情节发展的需要。如《三国演义》第六十一回写曹操与孙权对阵、相持不下之后,有这样一段心理描述:"操还营自思:'孙权非等闲人物,红日之应,久后必为帝王。'于是心中有退兵之意。又恐东吴耻笑,进退未决。"这些笔墨完全是为曹操得孙权信后退兵的情节做铺垫的,只有依附作用,难以构成独立的存在。小说中心理描述如此简单,最多只能勉强适应写古代人的生活。到了近代,社会生活的发展变化,使人们的思想心理活动愈来愈趋于复杂和细密;近代心理科学的发展,也为作家进行细致的心理描写提供了某种理论上的根据,这就使欧洲 19 世纪以来小说中那种复杂细密的心理分析成为必要和可能的了。后来的意识流的写法正是在这一基础上发展起来的,它扩

---

①载《明报月刊》总第 166 期。
②李陀:《论各式各样的小说》,载《十月》1982 年第 6 期。

大了心理描写的领域（潜意识），而且尽可能不加整理地展现人物心理活动的原貌，使心理小说获得独立的发展。恩格斯在给拉萨尔信中早就说过：古代人性格刻画的手段到今天已经不够用了。现代小说中心理描写、心理分析的发展，再次证实了恩格斯这一论断的正确。"五四"以后小说创作吸取了欧美小说心理描写、心理分析方面的这一特点，并且创立了心理小说的新体制，这同样是中国小说现代化的一个重要标志。

最后，上面这些变化归结到一点上，就是创作方法的现代化和多样化，就是以自觉的现实主义为主体的各种新的创作方法（包括浪漫主义、象征主义、表现主义、新感觉主义）的运用。这些新的创作方法的运用，使文学与生活的距离一下子缩短了，使新小说比过去任何时期的小说都和现实的人生结合得更紧密了。我有个看法：不仅现代主义显示着文学的现代化，而且自觉的现实主义本身，也是小说现代化的标志。现实主义当然很早就有，但那是不自觉的。作为文艺思潮的自觉的现实主义，只能产生于欧洲资本主义社会的成熟时期，即各种固有矛盾暴露得相当充分的时期。在这个时期，人类的自我认识开始达到一个比较科学的阶段（马克思主义的出现就是这方面的一个标志）；文学早已不再热衷于表现神或半神化的人，普通人的日常生活愈来愈受到人们的关注；加上近代自然科学的发展，于是就直接启发了现代小说中那种截取横断面的表现方法，并推动作家去突破全知全能的叙述角度，也为细致的心理描绘、心理分析准备了条件。这一切都证明：自觉的现实主义思潮的出现，是世界文学史上的一个飞跃。五四时期把这种文艺思潮和创作方法引进中国，是一种巨大的进步，是文学现代化的重要标志。现实主义不但不应该被排除在现代化文学之外，而且从小说戏剧的领域来说，它可能还是主体和基础（诗歌领域不一样，诗以现实主义为主很困难，它的主体大概只能是浪漫主义、象征主义和现代主义）。现实主义并没有"过时"，也不可能过时——因为它还在继续发展着。我们决不能把文学现代化同现代派文学混为一谈，好像只有现代派才是真正的现代文学。事实上，即使现代主义文学，有很大一部分也是以现实主义为基础或者大量吸取了现实主义成分的。可以预期，古老的情节小说、近代的性格小说和心理小说，这三种形态在今后相当长的时期内都会共存下去；把这三种小说看成从低级到高级的发展，企图让心理小说取代性格小说、情节小说，这些说法和做法终将证明是行不通的。至于中国现代的浪漫主义文学，不仅现实主义成分很重，而且常常与现代主义有某种结合，它和当年欧洲的浪漫主义已经不一样了，因此，说它也是现代化的文学，我想大体上是符合实际的。而现代主义，不但"五四"以来存在，今后无疑还将在中国小说领域内得到较大发展。实际情形正像郁达夫30年代在《现代小说所经过的路程》一文中说的那样："现代的中国小说，已经接上了欧洲各国的小说系统，而成了世界文学的一条枝干。"[①]冯牧考察美欧回来也说：中国现代文学同世界现代文学相比，从艺术水准、文学技巧、现代化程度来说，并没有比较大的距离。[②]这些判断，我以为是有道理的。

[①]载《现代》月刊第1卷第2期。
[②]参阅冯牧《我们的文学向何处前进》（1982年）一文。

第一章　鲁迅、文学研究会影响下的乡土小说

由鲁迅首先创作，到1924年前后蔚然成风的乡土小说，是"五四"文学革命之后最早形成的小说流派之一。它的作者主要是文学研究会以及倾向与之相近的语丝、未名社的一部分年轻成员。乡土小说流派的形成，标志着《新青年》和文学研究会倡导的"为人生"的文学主张和写实主义的创作方法，经过一批作家的自觉实践，终于结出了为数可观的果实。但是，这一目标的实现，却经历了一个发展过程，绝不是直线完成的。文学研究会作家最早写的并不是乡土小说，而是问题小说。从问题小说到乡土文学，可以说是文学研究会小说创作的一般趋势，其中隐含着"为人生"的文学向前发展的某些内在规律。

第一节　一个令人注目的文学现象——问题小说的兴起和繁荣

研究中国现代小说史，碰到的第一个令人注目的现象，就是"问题小说"的兴起和繁荣。问题小说只是文学现象，它本身并不构成流派，但要讲小说流派，必须从这里开始。

"问题小说"是中国过去所没有而到五四时期才产生的。它的出

现，标志着我国小说终于与封建时代告别，开始跨入世界现代进步文学的行列。周作人在一篇文章里说过：中国过去只有"教训小说"，却没有"问题小说"。① 只是到"五四"文学革命之后，以民主主义和社会主义两大思潮的传播为背景，"问题小说"才随着一批新小说作者的出现而兴盛起来。从《新青年》上的鲁迅起，到《新潮》上的罗家伦、叶绍钧、汪敬熙、杨振声，《晨报》上的冰心，《每周评论》上的胡适，《星期评论》上的沈玄庐，再到稍后文学研究会的其他一些作家像王统照、庐隐、许地山、孙俍工等，他们都写了"问题小说"。鲁迅在《英译本〈短篇小说选集〉自序》中说：他之所以要将"上流社会的堕落和下层社会的不幸"用短篇小说的形式写出来，"原意其实只不过想将这示给读者，提出一些问题而已，并不是为了当时的文学家之所谓艺术"（着重号为引者所加）。他的第一篇白话小说《狂人日记》，提出的就是家族制度和封建礼教"吃人"这样一个异常重大的问题；以后的《药》，又提出革命者的血如果只能成为于群众毫无益处的"药"，那将是多么悲哀的问题；……胡适很少写小说，但写的有限的几篇却几乎都是"问题小说"。刊载在《新生活》杂志1919年第二期上的《差不多先生传》，就专门揭露、批判了中国人什么都马马虎虎这种"国民劣根性"。小说主人公把各种不同的事物都看成"差不多"，得了病不请医生而请兽医，终于导致自己的死亡。同年7月，胡适在《每周评论》上发表的小说《一个问题》，尽管技巧十分幼稚，也还代表了当时的时代思潮。《新潮》上的小说，像汪敬熙的《谁使为之？》，罗家伦的《是爱情还是苦痛？》，叶绍钧的《这也是一个人？》，连题目都带着问号。冰心在1919年、1920年最初两年里写的也几乎全部是"问题小说"，如《两个家庭》《斯人独憔悴》《秋风秋雨愁煞人》《去国》《最后的安息》等。这些作品

---

① 《中国小说里的男女问题》，载《每周评论》第7号，1919年2月。

中，有不少在当时引起过较大的反响。我们且不说吴虞曾为鲁迅的《狂人日记》写过《吃人与礼教》的专文，《新潮》上也有受《狂人日记》影响而写得颇有情趣的《新婚前后七日记》；单就冰心的一些"问题小说"而言，《斯人独憔悴》发表后不久，就被学生剧团搬上话剧舞台，《去国》在《晨报》刊出以后，有人评论说："对于这篇《去国》，我决不敢当他是一篇小说，我以为他简直是研究人材问题的一个引子。"① 可见这些小说在读者心目中具有何等分量了。尽管作者本身对社会问题的答案并不一致，有的作品连答案都提不出来，是所谓"只问病源，不开药方"；但"不开药方"本身，也正是"问题小说"的特点之一。

五四时期，"问题小说"的题材、主题相当广泛，它们从各种角度接触到当时严重的社会问题，透露出"五四"前后特有的时代气息。如《斯人独憔悴》通过"五四"爱国运动中父子两代方兴未艾的矛盾冲突，揭露了封建当权势力的极端专横腐朽，表现了青年一代爱国意识与民主思想的觉醒。虽然官僚父亲与顽固校长相勾结，软禁了颖铭、颖石兄弟，使之报国无门，连上学的权利也被剥夺；他们本身也由于长期处在封建专制淫威之下，不免染上了精神软骨病。然而，时代的阳光既已照临这个墓穴般阴森的封建家庭，新的一代的觉醒和走向反抗最终将是不可遏阻的。作品用洗练的笔墨和讲究的构思，从一个封建官僚家庭的特定角度，表现了时代潮流的有力激荡。《去国》则写了主人公英士怀抱科学救国之志学成归国，却面对封建军阀统治下极其污浊、混乱的社会，无法施展其报国之才，终于痛心离去，显示了当时的黑暗政局已到了扼杀一切生机的地步。这些小说中的矛盾冲突虽未能充分展开，而提出的问题本身，却还是相当尖锐并富有时代色彩的。

综观这个时期的"问题小说"，写得较多的大致有这样四类：

---

① 《晨报》，1919年10月4日。

第一类，表现下层人民受压迫的悲惨境遇，提出要改变劳动者命运的问题。杨振声的《渔家》《一个兵的家》，汪敬熙的《雪夜》，叶绍钧的《低能儿》《苦菜》，冰心的《还乡》《三儿》等，都属于这一类型。它们共同表现了现代民主主义的思想倾向。其中，《低能儿》通过对阿菊及其家庭环境的描写，比较真切地揭示了造成所谓"低能儿"的真正原因是社会，《三儿》写了贫家孩子为拾弹壳进入靶场以致被打死的惨剧，思想和艺术上都很有不一般之处。叶绍钧的《苦菜》，则通过农民福堂因苦于交租而致厌恶种地的经历，提出了消灭寄生虫、消灭剥削制的问题，表明了作者实际上所受的社会主义思潮的影响。

第二类，提出妇女问题的小说也相当多。如叶绍钧的《这也是一个人？》，冰心的《两个家庭》《庄鸿的姊姊》《最后的安息》，孙俍工的《家风》，黎锦明的《社交问题》，等等，这些作品分别提出了妇女受残酷虐待、缺乏教育、与男子不平等以及如何破除旧道德观念束缚、实现妇女人格独立、经济自立等各方面的问题。《家风》提出的问题尤为重要：一个二十几岁起就守寡的妇女，在她儿媳失去丈夫时仍不许儿媳自由恋爱；压迫妇女的制度恰恰由受尽痛苦的妇女本身维护着，这难道不值得深思么？《这也是一个人？》用平静的语气叙述一个农妇牛马般的一生：她因不能忍受丈夫与婆婆的毒打，逃到外面当用人，但在丈夫死后仍被押回来卖给别的人家，尽她最后一番义务——用自己的身价充当丈夫葬殓的费用。叙述的语气越平静，控诉的意味就越强烈。叶绍钧在发表这篇小说的前一期《新潮》上，还曾刊出过一篇论文《女子人格问题》，可见在他来说形象思维与逻辑思维是并进的，这实在是很值得研究者重视的一种现象。

第三类，提出青年恋爱婚姻问题，其中包括反对封建包办婚姻、倡导自由恋爱以及探讨对待爱情的态度。这类作品的数量更多，在"五四"

后短短三四年间恐怕就数以百计。①其中，最早的大概要算罗家伦的《是爱情还是苦痛？》。这篇小说很有代表性地写了当时青年一方面"有爱情而不得爱"，另一方面又被迫"强不爱以为爱"的苦痛，提出婚姻的原则究竟是"礼教"还是"人性"的问题。叶绍钧的《两封回信》，则切实地提出了男女相互采取正确的态度对待爱情：既不要把女子当作笼子里的画眉，也不要把女子看成主宰男子的"超人"。一直到几年以后鲁迅的《伤逝》，实际上也是这类题材中更深刻的意义上的"问题小说"。

第四类，探讨人生的目的、意义问题。这类小说的流行，也是五四时期一个特有的现象。其中最早的当推胡适的《一个问题》。小说的主人公是个知识分子，生活的重担压得他喘不过气，三十刚出头就白了头发，"面上很有老态"，背也有点驼了。为了使老婆、孩子能有口饭吃，他每天只睡四五个小时，那情形比我们现在从《人到中年》中看到的，当然要远为严重。结尾时主人公发问道："像我这样养老婆、喂孩子，就算做了一世的人吗？"所提出的这个问题本身，是具有积极意义的。但作者避开客观的社会经济制度的原因，而将问题单纯归结到主观的人生态度上，这种认识却未免过于肤浅了。叶绍钧的《一个朋友》也是探讨人生意义的，小说采用第一人称，从朋友的儿子当天举行婚礼的情形，回想到朋友本人当年举行婚礼的情形，鞭挞了那种把结婚、生儿育女当作最大"福分"的庸俗无聊的人生态度。结尾一段说：

> 我忽然想起，假如我那位朋友死了，我替他撰《家传》，应当怎样地叙述？有了！简简括括只有一句话："他无意中生了个儿子；还把儿子揿在自己的模型里。"

---

① 据郎损（茅盾）《评四五六月的创作》一文的统计，仅1921年4—6月，全国报刊发表的一百二十多篇小说中，98%是写恋爱的，其中有不少"问题小说"，可见当时风靡的程度。

作者实际上讽刺了"威福、子女、玉帛"这套封建性的人生理想，有促人猛省的作用。然而这些作品对人生究竟是什么并不作正面解答。企图作正面解答的，是冰心、庐隐、孙俍工和许地山等人的小说，而答案又很不一样：冰心认为人生应该是"爱"；庐隐认为人生就是"灰暗与苦闷"，因而在《海滨故人》等作品中主张恨世、厌世；孙俍工在《海的渴慕者》中对人生的答案是悲观、虚无的，与庐隐有点相似；许地山小说对人生的答案既不是"爱"，也不是"恨"，而是主张我行我素，听其自然，他的《命命鸟》《商人妇》《缀网劳蛛》等作品被茅盾称为"都是穿了恋爱的外衣而表示了作者的宇宙观和人生观"的问题小说。这一类探讨"人生究竟是什么"的作品，今天的读者也许不大感兴趣，但在"五四"当时，却确实激动过不少知识青年的心。

此外，反映教育问题、儿童问题、劳工问题、军阀混战带来的战祸问题等各种社会问题的小说，也有一定数量。比较不一般的，还有像朴园的《两孝子》那样提出了什么才是应该有的对待父母的"孝道"的问题。这篇小说的好处，是没有在当时高涨的反对旧礼教的声浪中把传统道德问题简单化，也没有用人为的逻辑去代替生活的逻辑。尽管人物形象不丰满，作品却通过两种行为的对比，提出了"社会所认为'孝'的儿子只是'形式的虚伪的'，而社会所认为'不孝'的儿子却实在真懂得怎样去'孝'"[①]。张纯朴实诚恳，不务虚名，敢于在父亲想去户外活动时让他随意活动，敢于在母亲生病时违抗母命，不请巫婆而请医生，结果却因为母亲终于去世而落了个"不孝"的罪名，被世人议论，尽管他本人毫不在乎。另一个孝子刘文，非常谨小慎微，总觉得人言可畏，一切按照父母的旧思想和周围的世俗观念去做，明知不该请巫婆治病却还是请了巫婆，倒也碰巧，父亲的病后来真好了，于是到处受到村里人

[①] 茅盾：《中国新文学大系·〈小说一集〉导言》，上海良友图书印刷公司1935年版。

夸奖。这两个人谁的行为合理，小说把结论留给读者自己去做。作品没有排除生活中偶然性的作用：让巫婆治病的人后来好了起来，让医生看病的反倒一命呜呼。正因为这样，所以才把究竟哪一种行为是正确的这个问题提得更尖锐、更深刻了。这篇小说对于我们今天如何正确地对待长辈、对待领导，甚至也还会有启发意义。

五四时期"问题小说"为什么这么多呢？是不是中国的社会问题，一到五四时期突然多了起来？当然不是！半殖民地半封建中国的种种问题，其实早就堆积在那里了，堆积如山，非常严重。但"五四"以前，觉醒的人少，用近代民主主义观点思考的人少，人们见怪不怪，习以为常，没有引起大家注意，也没有人用文艺作品来加以反映。到五四时期，随着新思潮的广泛传播，原先关在封建"铁屋子"里的知识青年大批地觉醒过来，他们睁眼看社会现实，思索并探讨着各种各样的问题：从国民性改造问题，人生目的问题，劳工问题，妇女问题，青年问题，一直到家庭问题，婚姻问题，等等。所以，"问题小说"在五四时期的流行，主要反映了这个时期知识青年、文艺青年大批地觉醒，它是当时思想启蒙运动的一种需要，又是当时思想启蒙运动的一种结果。冰心1920年有篇小说《一个忧郁的青年》，它的主人公彬君就曾说过这样一段话：

> 从前我们可以说都是小孩子，无论何事，从幼稚的眼光看去，都不成问题，也都没有问题。从去年以来，我的思想大大的变动了，也可以说是忽然觉悟了。眼前的事事物物，都有了问题，满了问题。比如说："为什么有我？"——"我为什么活着？"——"为什么念书？"下至穿衣，吃饭，说话，做事，都生了问题。从前的答案是："活着为活着"——"念书为念书"——"吃饭为吃饭"，不求甚解，浑浑噩噩的过去。可以说是没有真正的人生观，不知道人生的意义。现

在是要明白人生的意义,要创造我的人生观,要解决一切的问题。

这是典型的"五四"青年的心理状态,它有助于我们理解"问题小说"的盛行与青年们思想觉醒的关系。一个觉醒的时代,总是会把传统的一切放到理性的审判台前,重新加以检验和审查,正像鲁迅通过狂人之口说的:"从来如此,便对么?"这就会带来"问题小说"和"问题戏剧"的大发展。五四时期如此,"四人帮"被粉碎以后的1978年到1980年间也是一样,这可以说是一种带规律性的现象。中国现代小说一开始就是"问题小说",说明小说是和反封建的思想启蒙运动紧密结合着的,这是中国小说史上的光荣。

提倡"问题小说",在五四时期是自觉地进行的。胡适在1918年4月发表的《建设的文学革命论》中,就公开要求文学作品描写"今日新旧文明相接触,一切家庭惨变,婚姻痛苦,女子之位置,教育之不适宜……种种问题"。一年以后,他自己也试做一些小说来实践他的主张。周作人在1918年写的《人的文学》中,就主张新文学应以"人道主义为本,对于人生诸问题,加以记录研究"。到1919年2月发表的《中国小说里的男女问题》则进一步说:"问题小说,是近代平民文学的出产物。这种著作,照名目所表示,就是论及人生诸问题的小说。……中国从来对于人生问题不大关心,又素以小说为闲书,这种小说自然难以发生。"而当前则应当提倡。他认为"问题小说"和传统的"教训小说"是很不一样的:"凡标榜一种教训,借小说来宣传他,教人遵行的,是教训小说。提出一种问题,借小说来研究他,求人解决的,是问题小说。问题小说有时也说出解决的方法,但与教训小说截然不同。教训小说所宣传的,必是已经成立的过去的道德。问题小说所提倡的,必是尚未成立、却不可不有的将来的道德。一个是重申旧说,一个是特创新例,大不相同。"周作人把问题小说同未来的新道德联系在一起,这是很有见地的,他点出了问题小说的灵魂所在,生命所在。其他一些作者也有相似的说法,像一开始就写问题小说的冰心,在1919年11月11日《晨报》上发表的《我做小说,何曾悲观呢?》中说:"我做小说的目的,只是要感化社会,所以极力描写那旧家庭的不良现状,好叫人看了有所警觉,才能想去改良。"1921年,《民国日报》副刊《觉悟》上,刊载过沈雁冰、刘大白、李达、陈望道四人共同编写的《文学小辞典》的不少条文,其中就有"问题小说""问题剧"的专门条目。由陈望道撰写的回答什么叫"问题小说"的那条说:"以劳工问题、女子问题以及伦理、宗教等问题中或一问题为中心的小说。"回答什么叫"问题剧"的那条说:"以社会上种种问题为题材的戏剧。"这样自觉地从理论上倡导"问题小说""问题剧",说明我们的新小说和新文学一开始就具有鲜明的启蒙主义的性质,一开始就站在民主主义以至社会主义的思想立场上密切关心着现实人生问题。

五四时期"问题小说"的流行,也和当时新文学接受世界进步文学的影响有关,特别同接受俄国文学、东欧文学、北欧文学的影响有关。丹麦文学史家勃兰兑斯在他的《十九世纪文学主潮》一书的序言中说:"在现代,我们知道文学之所以能活着,是在它能够提供问题这一点上的。"这话可以说概括了整个欧洲进步文学的传统。给予中国新文学很大影响的俄国文学,就是以能够提出种种社会问题为特点的。高尔基曾经在《俄国文学史·序言》中,称俄罗斯文学为"提出问题的文学",甚至自豪地说:"没有一个问题是它所不曾提出和不曾企图去解答的。"这个判断确实很深刻。近代俄国正是问题文学繁荣的地方,像赫尔岑的小说《谁之罪?》,车尔尼雪夫斯基的小说《怎么办?》,涅克拉索夫的长诗《在俄罗斯谁能快乐与自由?》,便是这方面的杰出代表。列宁谈到列夫·托尔斯泰时也说:"列·托尔斯泰在自己的作品里能提出这么多的重大问题,能达到这样巨大的艺术力量,从而使他的作品在世界文学中占有第一流的地位。"① 中国现代小说从"问题小说"开始,这是同俄国文学的影响有关系的。另一个因素是易卜生的影响。中国新文学倡导人一开始就介绍挪威作家易卜生,《新青年》为此出过专号,介绍易卜生的"问题剧"。沈雁冰在"五四"当时写的一篇文章《近代文学体系的研究》②中说:"文学中讨论到社会上种种问题,实是易卜生开始。"1920年1月发表的《小说新潮栏宣言》,也开列了要翻译的一批欧洲问题小说与问题剧书目。后来他回顾"五四"新文学时还说:在俄国文学与易卜生作品的影响下,"那时我也是'问题小说'的热心人"③。

五四时期问题小说也有自己的局限和弱点,这就是不少作品思想胜过形象,提出了问题而艺术没有跟上去,有的还缺少新鲜活泼的生活气息,出现图解观念的现象。用茅盾在《中国新文学大系·〈小说一集〉导言》里的一句话来说:"那时候发表了的创作小说有些是比现在各刊物编辑部积存的废稿还要幼稚得多呢。"为什么会这样?除了艺术修养不足之外,关键在于有些作者接受新思潮、新观念之后没有来得及同自己的生活实践融合起来,没有化为有血有肉、比较深切的实际生活感受。有些作者"太热心于'提出问题'"了。所以我赞成茅盾的说法:"要点不在一位作家是不是应该在他的作品中'提出问题',而在他是不是能够把他的'问题'来艺术形象化。"④(虽然这个说法也多少有点简单。)按照车尔尼雪夫斯基的说法:"如果一个人的智力活动被那些由于观察生活而产生的问题所强烈的激发,而他又赋有艺术才能的话,他的作品就会有意识或无意识地表现出一种企图,想要对他感兴趣的现象作出生动的判断……就会为有思想的人提出或解决生活中所产生的问

---

① 《列·尼·托尔斯泰》,《列宁全集》第20卷,人民出版社1989年版,第321页。
② 见《中国文学变迁史》,新文化书社1921年版。
③ 茅盾:《中国新文学大系·〈小说一集〉导言》,上海良友图书印刷公司1935年版。
④ 同上。

题。"① 五四时期有些问题小说恰好不是从生活出发,而是从观念(当然是新的观念)出发。就拿茅盾认为"那时候比较成功的作品"②——朴园的《两孝子》来说,虽然确实有某些突出的优点,但照我看也有不容忽视的弱点:过于单纯。一篇作品如果单纯到了只想提出问题,除此之外什么都不管,那就过于急功近利了,那就容易使作品干巴,失去生活的新鲜和光泽,失去刚从生活之树上采摘时的露珠和香味。成功的问题小说,总是既作为问题小说,又不单纯是问题小说,它比通常意义上的问题小说要丰富得多。鲁迅的问题小说,以及冰心的《斯人独憔悴》《去国》,叶绍钧的《一个朋友》《低能儿》等,就属于这种情形。《斯人独憔悴》通过封建大官僚家庭内部父与子的交锋,不仅写活了四个各有性格的人物,而且从一个侧面表现了爱国运动风起云涌的"五四"时代,读者从这篇六千字左右的小说中,仿佛看到了当年爱国群众焚烧日货的热烈场面,听到了学生街头讲演时激昂慷慨的声音,还仿佛目睹了青年反抗军阀武装镇压的浴血战斗,并从化卿先生口里领教了北洋军阀政府大臣们那套反动逻辑和卖国嘴脸。连大官僚家庭内部都出现了颖铭、颖石这样的热血青年,足见"五四"爱国运动的浪潮已汹涌激荡到何等程度。小说作者撷取这个浪潮中的一朵浪花,表现出了一个惊天动地的大时代,因而就能触发人们联想和思考许多东西。鲁迅说得好:"删夷枝叶的人,决定得不到花果。"③太单纯,太热心于提问题,太急功近利了,实际上就会使问题小说走向自己的反面。这也算是一点经验教训吧。

再有,人们常常要求问题小说解答问题,有的作者也果真这样做。这种要求和想法其实未必合理。有些问题小说就毁在勉强解答问题这一点上。契诃夫在给阿·谢·苏沃陵的信中,就认为"解决狭小的专门问

---

① 《艺术与现实的审美关系》,人民文学出版社 1979 年版,第 102 页。
② 茅盾:《中国新文学大系·〈小说一集〉导言》,上海良友图书印刷公司 1935 年版。
③ 《且介亭杂文末编·"这也是生活……"》,《鲁迅全集》第 6 卷,人民文学出版社 2005 年版,第 624 页。

题不是艺术家的事"。他说：

> 您要求艺术家对自己的工作要有自觉的态度，这是对的，可是您混淆了两个概念：解决问题和正确的提出问题。只有后者才是艺术家必须担承的。在《安娜·卡列尼娜》里，在《奥涅金》里，一个问题也没有解决，然而这些作品还是充分使您感到满足，这只是因为书中所有的问题都提得正确罢了。①

契诃夫的这个见解，应该说是十分重要的。

那么，五四时期"问题小说"在创作方法上属于什么性质？它既然那么关切着现实的人生，是否就属于现实主义的呢？诚然，不少"问题小说"具有现实主义的倾向。就多数情况说，"问题小说"与现实主义之间确乎存在一定的联系。然而，文学类别与创作方法之间的关系又远不是这样简单的。从现实生活里提出的问题，不一定采取现实主义方法来表现。例如俞平伯的小说《花匠》，就借盆景工人任意修剪、使花木畸形发展，提出了这种违反自然、违反本性的培养方法是否应该的问题，其手法是象征性、暗喻性的。鲁迅的小说主要是现实主义的，但是像《狂人日记》提出了那么重大问题的小说却有很多象征主义成分，可以说现实主义与象征主义两种创作方法兼而有之。至于其他一些作家的"问题小说"，有些大体上是现实主义的，有些却基本上是浪漫主义的——特别是当一些作品提出问题之后再开药方的时候，开的往往是空想色彩很浓的浪漫主义的药方。例如冰心的小说《超人》与《悟》，就开出了用"母爱"或"博爱"来沟通人间隔阂、救治"冷心肠"青年的药方；王统照的《沉思》《微笑》等小说，也同样把"美"和"爱"作

---

① 契诃夫1888年10月27日致阿·谢·苏沃陵的信，《契诃夫论文学》，人民文学出版社1958年版，第108—109页。

为弥合缺陷、美化人生的处方。《微笑》一篇里的小偷阿根,在狱中因为女犯人的一次"微笑"就受了感化,出狱后"居然成了个有些知识的工人",这岂不在渲染"爱"的近乎神秘的魔力吗?叶绍钧早年也有与此相似的小说,《潜隐的爱》写一个尝尽苦痛的寡妇,"命运和愚蠢使伊成为一个没人经心的人。伊仿佛阶前一个小的水泡,浮着也好,灭了也好,谁还加以注意呢?"然而她从邻居一个可爱的孩子身上获得精神寄托,倾注在这个孩子身上的"爱",使她看到了"四围何等地光明!何等地洁净!"同样蒙着一层虚幻的色彩。可见,五四时期的《新青年》和文学研究会尽管提倡现实主义,但作家写出来的小说不一定就属于这种创作方法。真要写现实主义作品,必须有相应的生活经验,有对生活比较深入的观察和感受。而这一点,对当时那些涉世未深的青年作者来说,是较为困难的。正因为这样,我们说文学研究会作家总体上倾向于现实主义,但并不一定开头就写起现实主义的小说。有的作家,像许地山,较多作品甚至还是浪漫主义的,要通过很长一段时间的实践才转到现实主义道路上来。

这种情况也告诉我们:"问题小说"是五四时期的一种文学风尚,却并未构成一个统一的小说流派。真正现实主义的小说流派要到1924年前后一大批乡土文学作家出现时才开始形成。

第二节 乡土文学的倡导、鲁迅创作的示范与乡土小说流派的形成

1923年以后,当问题小说之风渐次衰歇的时候,一种新的风尚——乡土文学,却正在小说创作领域内兴起。它的作者大多是文学研究会的成员或者是在《小说月报》《文学周报》以及早年《晨报副刊》上发表小说的青年作家,少数则是基本倾向与文学研究会十分近似的语丝社、

未名社的成员。较早的潘训，1922年、1923年就发表了《乡心》《人间》《晚上》等乡土气虽不浓却颇为朴实真挚的短篇。继起的许杰、许钦文、鲁彦、徐玉诺、王思玷、蹇先艾、彭家煌、台静农、黎锦明、王任叔等，各以其写故乡生活的若干作品（其中颇有圆熟出色之作），受到读者的重视。叶绍钧自《隔膜》起，也在表现苏南村镇风土民情方面取得可喜的进展（如《金耳环》《外国旗》《遗腹子》）。连后来变得愈来愈怪涩的废名（冯文炳），早年写的《竹林的故事》《浣衣母》等，其实也是乡土小说。以文学研究会成员为主的这个作家群的出现，标志着现代小说史上第一个现实主义流派终于形成。

从问题小说到乡土文学，其间有没有某些内在的规律性可寻呢？回答是肯定的。问题小说与乡土文学都体现着"为人生"的文学主张。但前者是新文学运动初年的产物，它看重思想，较多地从思想观念出发，除了少数优秀的作品外，多数作品存在着"思想大于形象"这一类毛病，尚未摆脱实践"为人生"的主张时那种幼稚而有点蒙昧的状态，多少带有梁启超把小说当作工具的味道；后者则显示着新文学逐渐走向成熟的趋势，它吸收前者的长处而克服着前者的短处，更看重生活和艺术本身，作者较多地从生活经验出发，能够把现代意识与真切的生活感受结合起来，充分发挥着写自己最熟悉的题材这个优势。近代中国原是农业国，"五四"以后文艺青年大多来自农村，在这样的历史条件下，"为人生"派的文学从问题小说开头而走上乡土文学的道路，几乎是必然的。这种发展，不仅意味着小说艺术上获得的长足的进步，而且标志着小说观念上出现的健康的更新。

我们可以从当时乡土文学的理论主张中，看到这种发展的脉络。

"五四"以后乡土文学理论的最重要的倡导者是周作人。他从1921年起，就在一些文章中表示"对于乡土艺术很是爱重"，认为"风土在文艺上是极重大的"，如果"因反抗国家主义遂并减少乡土色彩"，那

"是觉得可惜的"(《旧梦》序)。他为什么要提倡乡土文学呢?综合起来,大致有这样三条理由、三点根据:

第一,他认为"五四"新文学是从国外引进的,应该在本国、本地的土壤中扎根。而提倡乡土文学,就是促使新文学在本国土壤中扎根的重要步骤。1921年8月,他在翻译了英国作家劳斯(W. H. D. Rouse)为《希腊岛小说集》写的序文后说:

> 中国现在文艺的根芽,来自异域,这原是当然的;但种在这古国里,吸收了特殊的土味与空气,将来开出怎样的花来,实在是很可注意的事。希腊的民俗研究,可以使我们了解希腊古今的文学。若在中国想建设国民文学,表现大多数民众的性情生活,本国的民俗研究也是必要,这虽然是人类学范围内的学问,却于文学有极重要的关系。

——收入《永日集》

在另一篇文章里,他又说:"风土与住民有密切的关系,大家都是知道的;所以各国文学各有特色,就是一国之中也可以因了地域显出一种不同的风格,譬如法国的南方普洛凡斯的文人作品,与北法兰西便有不同。在中国这样广大的国土当然更是如此。"(《地方与文艺》)也就是说,要使新文学的种子在中国本土生根开花,就得倡导乡土文学,就得研究本国的民风民俗。这是一个很好的见解。

第二,周作人认为,要克服文学革命后小说中出现的思想大于形象的偏向,要克服新文学在某种程度上的概念化的毛病,也应该提倡乡土文学,提倡有地方色彩的文学。他在1923年3月写的《地方与文艺》一文中说:

> 这几年来中国新兴文艺渐见发达，各种创作也都有相当的成绩，但我们觉得还有一点不足。为什么呢？这便因为太抽象化了，执着普遍的一个要求，努力去写出预定的概念，却没有真实地强烈地表现出自己的个性，其结果当然是一个单调。我们的希望即在于摆脱这些自加的锁纽，自由地发表那从土里滋长出来的个性。

他又说：

> 现在的思想文艺界上也正有一种普遍的约束：一定的新的人生观与文体。要是因袭下去，便将成为新道学与新古文的流派，于是思想和文艺的停滞就将起头了。我们所希望的，便是摆脱了一切的束缚，任情地歌唱，……只要是遗传、环境所融合而成的我的真的心搏，只要不是成见的执着主张、派别等意见而有意造成的，也便都有发表的权利与价值。这样的作品，自然的具有他应具的特性，便是国民性、地方性与个性，也即是他的生命。
>
> 我们不能主张浙江的文艺应该怎样，但可以说他总应有一种独具的性质。我们说到地方，并不以籍贯为原则，只是说风土的影响，推重那培养个性的土之力。尼采在《察拉图斯忒拉》中说："我恳愿你们，我的兄弟们，忠于地。"我所说的也就是这"忠于地"的意思，因为无论如何说法，人总是"地之子"，不能离地而生活，所以忠于地可以说是人生的正当的道路。现在的人太喜欢凌空的生活，生活在美丽而空虚的理论里，正如以前在道学古文里一般，这是极可惜的，须得跳到地面上来，把土气息、泥滋味透过了他的脉搏，表现在文字上，这才是真实的思想与文艺。这不限于描写地方生活的"乡土艺术"，一切的文艺都是如此。

第三，周作人还认为，中国新文学要想在世界文学之林中获得应有的地位，就必须发展乡土文学，必须发展充分具有本民族特色的文学。他在为刘大白《旧梦》写的序中说：

> 我相信强烈的地方趣味也正是"世界的"文学的一个重大成分。具有多方面的趣味，而不相冲突，合能和谐的全体，这是"世界的"文学的价值，否则是"拔起了的树木"，不但不能排到大林中去，不久还将枯槁了。我常怀着这种私见去看诗文，知道的因风土以考察著作，不知道的就著作以推想风土；虽然倘若固执成见，过事穿凿，当然也有弊病，但我觉得有相当的意义。

可见，周作人提倡乡土文学，是有针对性的，是针对新文学存在的问题而做出的一种引导。周作人曾经在五四运动的当年提倡"问题小说"，给"问题小说"以很高的评价。但当"问题小说"出现概念化倾向、出现不好的苗头的时候，他又转而提倡乡土文学，这是很切合当时中国新文学运动的实际状况的。他当时的这种引导，是沿着"为人生"的路线进行的，并不像30年代那样背弃了"为人生"的路线。

沈雁冰也是针对新文学初年出现的某些不健康倾向而加以引导的一位文学理论家。他和郑振铎同样倡导乡土文学，不过他有时把这叫作"农民文学"或"文学上的地方色彩"罢了。他在1921年写的《评四五六月的创作》一文中，批评了一些作家"只见'自然美'，不见农家苦"这类现象，主张像鲁迅那样真实地描写农村。他说："过去的三个月中的创作，我最佩服的是鲁迅的《故乡》。"他还认为，"鲁迅去年发表的《风波》"的价值，在于"把农民生活的全体作为创作的背景，把他们的思想强烈地表现出来"。当许地山的小说《换巢鸾凤》在《小说月报》第十二卷第五号刊出时，郑振铎以"慕之"的笔名写了一段

《附注》：

> 这篇小说，是广东一个县的实在的事情。所叙的情节，都带有极浓厚的地方的色彩（Local color）。广东的人一看就觉着他的"真"——非广东人也许不能领略到。中国现在小说界的大毛病，就在于没有"写实"的精神。上海有一班人自命为是写实派，可是他们所做的小说的叙述，都是臆造的。只有《新青年》上的鲁迅先生的几篇创作确是"真"气扑鼻。本报上的《命命鸟》①与此篇我读之也有此感。

沈雁冰在和陈望道、刘大白、李达共同编写的《文学小辞典》中，还专门设立了《地方色》一条来解释文学的地方色彩："地方色就是地方底特色。一处的习惯风俗不相同，就一处有一处底特色，一处有一处底性格，即个性。"② 正是在沈雁冰、郑振铎等人推动下，《小说月报》《文学周报》成了倡导乡土文学的有力的阵地。这些刊物上发表的文章主张："故乡的环境——即其风土情调——无论怎样都要反射到作家的胸中"③；"希望中国也有农民文学家，也有显克微支和莱芒忒"，成为"民族灵魂的化身"，成为"二三万万农民"的"代表呐喊者"④；……当许杰短篇小说集《惨雾》出版时，《文学周报》发表李圣悦的评论文章——《〈惨雾〉的描写方法及其风格》，给予热情鼓励，把这类描写乡间穷苦农民生活的作品称为"不可多得的文艺"。可见，文学研究会的

---

① 《命命鸟》刊于《小说月报》第 12 卷第 1 号，郑振铎在《附注》中称它为成功地写出了缅甸风土人情的作品。
② 《民国日报》副刊《觉悟》，1921 年 5 月 31 日。
③ 厂晶（李汉俊）译：《犹太文学与宾斯奇》，载《小说月报》第 12 卷第 7 号，1921 年 7 月。
④ 化鲁（胡愈之）：《再谈谈波兰小说家莱芒忒的作品》，载《文学周报》第 156 期，1925 年 1 月。

理论批评家——从周作人到沈雁冰,再到郑振铎、胡愈之等,无不是乡土文学的倡导者和拥护者。

蹇先艾先生在《文艺报》1984年第一期上发表过一篇文章,认为20年代并没有乡土文学理论,因而也没有乡土小说流派。蹇先艾先生作为当事人,他的意见应该受到尊重。但是,上面我们列举的这些材料已经证明:20年代的中国不但有过乡土文学理论,而且这种理论在实际上还产生了较为广泛的影响。正因为这样,连创造社的郑伯奇,也在1923年年底写的《国民文学论》中对要不要倡导"乡土文学"的问题表示这样的态度(尽管他并不赞成"乡土文学"口号而主张"国民文学"口号):

> 无论什么人对于故乡的土地,都有执着的感情。离乡背井的时候,泪湿襟袖的,固然多是妇孺之流,大丈夫所不屑为;但是一旦重归故乡的时候,就是不甘槁首乡井的莽男儿,也禁不得要热泪迸出。爱乡心的表现,不仅在这冲动一时的感情上。在微妙的感情里,也渗入了不少的爱乡心。故乡的山川草木亭园,常常萦绕在我们的梦想里。不要紧的一种特别的食物,也可以引起我们很丰富的故乡的记忆。这种爱乡心,这种执着乡土的感情,这种故乡的记忆,在文学上是很重要的……实在是一部分文学作品的泉源。所谓乡土文学、乡土艺术,便是这种。国民文学不是这样狭小,它要把这乡土感情提高到一个国民共同生活的境地上去。乡土文学固然是很必要的,但是国民文学与写实主义结合到某程度上,它自然也可以发达。所以在现在提倡乡土文学,不如先建设国民文学:这是顺序上必然的道理。

我们从他这段话里,也可以知道当时不但有人提倡乡土文学,而且文学界还为此发生过争论。可见,蹇先艾先生虽然是过来人,他的有些记忆和判断不一定可靠。从历史事实出发，我们只能得出这样的结论：20年代初期的乡土文学理论，对于乡土小说流派的形成，是起了重要作用的。

当然，比理论倡导甚至更起作用的，还是鲁迅在乡土小说创作方面的示范和影响。

正像"问题小说"是鲁迅首先开辟的一样，乡土文学的最早开辟者、实践者也是鲁迅。《呐喊》《彷徨》中的多数小说，发表的当时已被人目为杰出的乡土作品。张定璜在评论鲁迅的《呐喊》时就说："他的作品满熏着中国的土气，他可以说是眼前我们唯一的乡土艺术家。"[①]的确，鲁迅笔下的生活，是地道的20世纪头二十五年中国东南沿海的农村生活。鲁镇与未庄那套古老的缺少变化的生活模式，咸亨酒店，曲尺形的柜台，过旧历年祝福祭祖的风习，临河空地上的社戏，活动其间的形形色色的人物，……这一切无不充满了浙东水乡浓郁的地方色彩，读起来无比亲切，令人心醉。

鲁迅的乡土小说，至少有这样三方面的示范性贡献：

第一，这些小说充分具有生活本身那种迷人的丰富性和生动性。且不说风土人情的描绘是那样动人，即使是一些极次要的人物形象，也都十分生动而有丰富的内涵。《故乡》里那个豆腐西施杨二嫂是个次要又次要的人物，但她身上又藏有多少深厚丰富、耐人寻味的内容！这位"凸颧骨，薄嘴唇"，站在那里像个圆规似的女人，是一个极难得的乡村市镇上小市民的生动形象。她一见迅哥儿，第一句话就是："不认识了么？我还抱过你咧！"一副倚老卖老的口气。讨木器没有达到目的时，马上就编造出一些话去压对方，什么"你放了道台了"，"你现在有三房姨太太，出门便是八抬的大轿"，并且挖苦说："阿呀阿呀，真是愈有钱，便愈是一毫不肯放松，愈是一毫不肯放松，便愈有钱……"一张

[①] 《鲁迅先生》，载《现代评论》，1925年1月。

嘴巴尖利得像刀。自己埋在灰堆里的碗碟拿不到手了，反过来诬陷闰土想偷。这个次要人物，在作品里只有几百字，却具有极大的魅力，无论从思想上或艺术上都发挥着非常重要的作用。

第二，鲁迅的乡土小说在内容上具有难以比拟的深刻性。它们以人物灵魂刻画之深，使读者感到有一种震撼人心的力量。像吕纬甫说自己就像苍蝇似的"飞了一个小圈子，便又回来停在原地点"，祥林嫂直到临死之前还在执拗地提出到底有没有地狱的疑问，都把人物所受精神上的苦刑写得极其深切。鲁迅的乡土小说不同于问题小说，却像问题小说那样异常深刻地提出着问题：阿Q革命如果成功以后，未庄将会怎样？（想想这一点，或许会感到相当可怕，因为不但赵太爷将被杀掉，连王胡的脑袋也保不住，小D所以被留下来仅仅由于要他为阿Q搬床、搬家具，搬得不快还要打嘴巴，未庄的一切都归阿Q所有，他想要什么就会有什么。阿Q就是未庄的土皇帝。所以鲁迅担心，中国二三十年后还会有阿Q式的革命。）魏连殳当上军阀顾问官，有钱有势，他胜利了，然而却不断发出夜半狼嚎似的比哭泣更悲哀、痛苦的声音，这又是为什么？《离婚》中那个爱姑，平时那样泼辣，敢于反抗夫家的欺压，甚至扒了夫家的灶，到七大人面前却又为何变得那样驯顺？可以说，鲁迅的乡土小说远远推进了问题小说，更深刻地批判着国民劣根性，批判着中国传统的封建文化，也批判着小生产思想。这些小说具有特有的思想深度，体现着作者那种用现代意识充分武装了的、既是文学家又是思想家的独到的特色。

第三，鲁迅小说艺术上是真正圆熟的，是丰富而又单纯的，达到了真正有意境这样一种很高的审美境界。日本一位评论家曾称《故乡》为"东方的伟大的诗"。尤其是一些象征性细节的运用，在鲁迅手里达到了出神入化的地步。像《故乡》中闰土要的那个烛台，孔乙己穿的那件又脏又破却舍不得脱下的长衫，祥林嫂用积年劳动所得捐的那条任千人

47

踏、万人踩的门槛,子君喂养的油鸡与阿随,吕纬甫所说的飞了一圈又回到原地的苍蝇,……这些具有象征意味的器物与细节——意象,都收到了言有尽而意无穷的艺术效果。鲁迅以自己圆熟的短篇小说,大大缩短了中国现代小说发展和成熟的进程。

鲁迅的乡土小说启发了许多从农村来的有一定生活经验的爱好文艺的青年,帮助他们开窍,使他们懂得怎样动用自己的审美积累。当时出现的乡土小说作家,有些是经常与鲁迅接触的青年(如许钦文、台静农),有些是听鲁迅讲课的学生(如鲁彦、蹇先艾),有些是鲁迅直接扶植的文学社团的成员(如冯文炳),更多的是仰慕鲁迅的文学爱好者(如王任叔、彭家煌),他们几乎没有哪一个不受鲁迅的影响。这里可以摘引一些作家自己写的文字。

许钦文在1931年写的《从〈故乡〉到〈一坛酒〉》中说:"时常有人说到我底作品很多是受鲁迅先生底影响的。当时关于创作的方法和理论委实太少可作参考的了,鲁迅先生的确是强有力的引导者,他在北京大学大楼讲《中国小说史略》,每星期一小时,我是一定到的,因为他所讲的并非只是史底事实,而是重在批评,使我得到了许多关于描写的方式和原则。我在《晨报》副刊上发表一篇小说后,往往由孙伏园氏传来他底评语。后来我同他熟识了,去访时他常把刚写成的他自己的文稿给我看,并且说给我听他底作意,又随时直接评论我底作品,这是我受他底影响最重要的地方。"[①]

蹇先艾在他的《短篇小说选·后记》中说:"我写短篇小说,一开始就受了鲁迅先生的作品很大的影响。"

鲁彦是被公认为"更多地师承了鲁迅的笔致、风格"的一位作家,他在1936年写的《活在人类的心里》一文中谈到了鲁迅讲课给予他的

[①] 《文艺创作讲座》第2卷,光华书局1936年版。

深刻印象:"大家在听他的中国小说史的讲述,却仿佛听到了全人类的灵魂的历史。"

王任叔在《边风录·我和鲁迅的关涉》中说:"读到鲁迅的文章,大约是民国十年。那时候,在一个朋友的书案上,偶然翻翻合订本的《新青年》,于是给我发现了《狂人日记》这小说,首先给我的是一种深重的压力和清新的气息。……从此,我的生命,仿佛不能和这两个字分离了。"

沈从文在1945年写的《湘人对于新文学运动的贡献》一文中说:"新文学运动中小说部门,自鲁迅先生用乡村风光为背景写成他的《呐喊》《彷徨》后,当时湖南青年作家从中取法,使作品具有一种新的风格。得到鲁迅称赞的,为黎锦明先生作品。又罗皑岚、彭家煌诸先生,也是前期有成就的小说作家。"[1] 沈从文在他的《小说集·题记》中还说:"由于鲁迅先生起始以乡村回忆做题材的小说,正受广大读者欢迎,我的用笔,因之获得不少的勇气和信心。"可以补充的是:彭家煌也很受鲁迅小说的影响,鲁迅《呐喊》在1923年8月刚出版,他就买了一本送给自己的爱人孙珊馨。

至于许杰,据他回忆录中自述,五四时期也是《新青年》《新潮》的热心读者,受了鲁迅乡土小说的影响的。更不必说台静农这样经常与鲁迅在一起的青年作家了。

从作品本身看,许钦文的《鼻涕阿二》,鲁彦的《阿长贼骨头》,无论笔调、风格都明显地学着《阿Q正传》,而台静农的《天二哥》,王任叔的《疲惫者》,蹇先艾的《水葬》,其主人公性格也多少有着阿Q的印记。许钦文的《疯妇》,显然受了《祝福》等影响。当然,这些还只是从表面上看的。鲁迅对青年作者最深刻的影响,是在帮助他们及早完成

---

[1] 见《沈从文文集》第12卷。

了"寻找自己"这一过程,使他们发挥自己的优势。

总之,我们可以毫不夸张地说,乡土文学正是在周氏兄弟影响下以鲁迅的创作为示范而形成的一个小说流派。

第三节 鲁迅以外的主要乡土小说作家

20年代的乡土小说作家很多。鲁迅而外,这里着重介绍四位:许杰、鲁彦、彭家煌、台静农。

许杰(1901—1993),浙江天台人。1922年开始在《越铎日报》附刊《微光》上发表小说,表现乡间劳动者的疾苦。1924年在《小说月报》上发表的小说《惨雾》,引起人们的重视。此后三四年内,他写了一系列反映农村题材的作品,如《大白纸》《台下的喜剧》《琴音》《隐匿》《赌徒吉顺》等,表现封建的陈规陋习和父权、夫权等封建家长制度怎样给农村劳动者带来痛苦,怎样扼杀了青年们爱的权利和葬送了妇女们的终身幸福,同时也表现了沿海农村在资本主义都市风气侵袭下人们思想意识的变化以及正在发生的一些新的悲剧。许杰可以说是从问题小说到乡土文学的过渡型作家。他的作品相对来说知识分子气味比较重。单纯叙述故事还好一点,一描绘,一写对话,弱点就露出来了,往往显得同描写对象"隔"了一层,从语言到气质、到感情往往缺少一点农村劳动者的特点。作者不大善于通过白描和活脱脱的对话来刻画人物,这也增加了一部分作品和读者之间"隔"的感觉,很影响作品的艺术效果。这些都说明,作家对自己家乡的农村生活观察不很细致,不算十分熟悉。但许杰也有很大的长处:一是敏感,他能抓住时代的反封建的脉搏,从这方面去开掘生活;二是勤奋,他从家乡生活取材,写得很多,很努力,在 20 年代共出版了四个短篇小说集:《惨雾》①《飘浮》《暮春》和《火山口》;三是有较强的有条不紊地组织故事、叙述故事的能力,有些作品在较大规模上反映了比较复杂的生活内容,尤其像《惨雾》这篇。即使是从侧面写一个戏班子演员和农村妇女私奔的《台下的喜剧》这种速写式的作品,表面上看,似乎很单纯,但实际上要想通过广场上许多观众嘈杂的喊叫和厢楼上家庭妇女们纷乱穿插的谈话,把事件交代清楚,也是很不容易的,同样需要很好的组织能力。能够较好地体现许杰这些长处的,主要是《惨雾》《赌徒吉顺》《大白纸》《隐匿》等几个短篇小说。

《惨雾》是一篇以"反战"为主题的问题小说,同时也是一篇较有规模的乡土小说。它写了村与村之间械斗所造成的悲剧,颇能震动读者的心魄,在发表的当时产生过一定的影响。玉湖庄和环溪村本是两个好端端的邻村,一水之隔,常有嫁娶之类亲事往来。像玉湖庄的香桂姑娘,就出嫁到环溪村,她同丈夫感情很好,同周围人事也处得不错。可是,她刚回娘家没有两天,两个村庄却因为争着开垦一片河滩地,在一些争强好胜的年轻人带动之下,演出了械斗的惨剧,而且由小到大,越闹越凶,越斗越红眼,终于死伤了许多人,亲家成了仇家。造成惨剧的根本原因,还是封建宗族思想作祟:同姓为亲,异姓为仇,这一族必须压倒那一族。虽不是封建地主势力在操纵,却确实是封建思想在起支配作用。小说没有把械斗原因简单地归因于两个村的地主,只是写了玉湖庄的大户、当过秀才的春舟大伯在械斗发生后起了一定的指挥作用,这种写法还是有分寸的,而且从根本上说还是接触到了封建主义的危害的。作品通过新婚回娘家的香桂的眼睛和想法来写,这个角度取得很好,从消极方面说,可以避开正面描写群众性武斗那种很不好写的场

---

① 1926 年 10 月商务印书馆初版,文学研究会丛书之一。

面，从积极方面说，它大大增强了作品的艺术表现力和感染力。香桂是始终不愿意两个村子打仗的，因为一边是她的夫家，一边是她的娘家。而大规模械斗的结果，是她的丈夫与她的族弟同时死亡，她本人也因昏厥从楼上跌下而受了重伤。通过这个特定的角度，小说增强了对封建宗法观念批判与控诉的力量。还有，小说结构严整而不刻板，也有独到的成就。这场械斗前后过程达三四天，中间经过从小型接触到扩大战斗再到大规模武斗的三个回合，如不加以严密组织，那是很不容易写好甚至会写乱的；依次写来，读起来也容易单调呆板。作者在表现这场头绪纷繁复杂的武斗过程时，组织得有条不紊，恰到好处：该虚则虚，该实则实，虚实得体，层次井然，显示了自己出色的才能。像癞头金最初被环溪人欺负而挑起事端，当天晚上他又遭到环溪人偷袭杀害，这些情节在小说中都采取了暗场处理。即使正面写到的三个回合的战斗，由于实写与虚写结合，也显得活泼多姿。在1924年这个新文学的初期，许杰以一个二十三岁的青年就能写出《惨雾》这样相当有气魄的作品，很不容易。当然，《惨雾》也有弱点，这就是人物写得多而性格刻画不够突出，能稍稍给人留下印象的只有癞头金、江林公、多理、春舟大伯几个。作者不善于通过活脱脱的对话来写人物，这个毛病在《惨雾》中也同样显露出来了。另外，叙述角度不统一，也是许杰小说的一个缺点。《惨雾》从香桂姐的角度表现这场械斗，本来是最合适的，但作者同时又安排了第一人称的"我"——一个十几岁的女孩。既然有了这第一人称，那就应该一切都通过小女孩的眼睛和头脑来表现吧，却又不完全是。譬如癞头金领着玉湖庄一批人第一次到河滩地去教训环溪人时，作者并没有让"我"跟去，反以全知角度描述了武斗和驱赶的场面。又如写香桂丈夫临牺牲的情景，全通过香桂的眼睛和头脑，还写了她极其悲痛的内心活动，这显然又把第一人称的"我"甩到一边去了。叙述角度的这种混乱、不统一，说明《惨雾》描写技巧上的不够成熟和稳定。

许杰的另一篇颇有影响的作品,是1925年写的《赌徒吉顺》。这大概是一篇最早写了典妻制度的小说,比柔石的《为奴隶的母亲》和罗淑的《生人妻》都要早。吉顺是个二十八九岁的泥瓦匠,父亲早亡,少年时受岳父照管,跟岳父学到一手好工艺。后来在城里交上几个游手好闲、不务正业的朋友,滋长了投机心理,染上了赌博的习惯,一心想靠运气发财。却不料越赌越输,越输越赌,欠下一身债务,终于答应把妻子典给别人。小说细致地描述了吉顺第一次拒绝典妻,到后来答应典妻,内心又极度痛苦的心理变化过程;同时作为陪衬,也刻画、抒写了他妻子温顺、贤良然而过于软弱可欺的悲剧性格以及十分令人同情的命运。吉顺的堕落和他妻子被典的遭遇,显示了半殖民地半封建中国农村在资本主义金钱势力入侵下社会心理的某种变化和妇女们更其痛苦的境遇。吉顺是中国封建社会沦为半殖民地社会这个大转变时期的产物。他的畸形性格,证明他是社会转变过程中"被生活的飞轮抛出来的渣滓"(茅盾语)。这是一个具有某种典型意义的形象。

此外,在小说《隐匿》中出现的善金这个由农村流浪者成为外轮上海员的形象,他那种与中国传统农民完全不同的对家庭生活相对淡漠的态度,也从一个侧面表明了许杰的乡土小说确实反映了近代中国社会特别是东南沿海农村正在发生着的变化。这些都是许杰作品值得我们注意的新因素。

当然,在乡土文学作家中,最能反映资本主义金钱势力入侵后东南沿海农村人们思想变化的,还是鲁彦。只要读读他的《自立》《黄金》《许是不至于吧》《桥上》《阿长贼骨头》等几篇小说,我们就会感到农村半殖民地商业化过程中市侩心理的发展是多么严重、多么令人吃惊了。

鲁彦(1901—1944),原名王衡,浙江镇海人,出生在农村一个小有产者的家庭中。父亲从小出外当学徒。鲁彦少年时代在农村度过,后来也到上海的商店中当学徒。他靠着勤工俭学,在"五四"之后到北京

53

上学,听过鲁迅在北大讲的中国小说史课程。他早年的作品侧重抒发主人公的主观感受,颇具热情,有散文诗的风味;稍后,作者转变风格,逐步将热情掩藏在世态人情的冷峻刻画的背后,这就有了《自立》以后一系列作品的问世。代表作《黄金》通过如史伯伯家道衰落后一连串难堪的遭遇,淋漓尽致地写出了陈四桥这个农村小镇上市民们趋炎附势、世情淡薄的状况,狠狠地鞭挞了人们之间那种冷酷可怕的关系。如史伯伯是个农村小有产者,原先在陈四桥有一定的地位,但由于自己年老力衰,也由于儿子年轻,一下子挑不起家庭经济重担,所以家道骤然衰落下来,连日常生活费用也成了问题。这就使他受尽了以势利著称的陈四桥人们的奚落、嘲弄与欺凌。他们见如史伯伯家有了不幸,就幸灾乐祸地把消息传遍全镇,似乎唯恐这种不幸太轻。当如史伯母去阿彩婶家串门时,阿彩婶认为她来求借,不但冷淡地敷衍她,事后还传出许多难听的话。镇上人家办喜事时,昔日德高望重的如史伯伯,席间竟受到肆无忌惮的嘲笑与捉弄。为做羹饭,也受到本族人的无理欺侮。连"强讨饭"阿水知道他们穷了,也"故意来敲诈"。……总之,如史伯伯已陷入凄惶不可终日的窘境,他是跌落到生活的陡壁上了,不可避免地将滚入破产的深谷。作品结尾时,如史伯伯做了一个好梦,梦见儿子做了官,而且汇款来了,那些欺侮、嘲弄他的人"都跪在他的面前磕着头"。这个结尾实在是意味深长的,它表明,这种好景只能出现在梦中。跟冷酷的现实相对照,这个圆满的梦,便更带有嘲讽的意味,既体现出作者对主人公不幸命运的同情,也包含了对主人公身上思想弱点的鞭挞。作品通过如史伯伯女儿之口,提出了"陈四桥人性格"的问题:

> 你有钱了,他们都来了,对神似的恭敬你;你穷了,他们转过背去,冷笑你,诽谤你,尽力的欺侮你,没有一点人心。

可见沿海农村在半殖民地化过程中意识形态上变化的剧烈。

《桥上》写南货店老板伊新叔在竞争中破产的故事。他原先靠自己的勤劳、厚道、守信用，置起一份家产。但在资本主义经济发展的过程中，实力雄厚的商业资本家林吉康把他挤了下去，使他一败涂地，债台高筑。结尾时，林吉康的机器示威地响着"轧轧轧轧"的声音，无数个黑圈漫山遍野地向他滚来……这些作品都将农村沦落期中现实生活的严酷景象展现在读者面前。一百多年前，欧洲两位文化巨人曾说：资本主义的兴起"无情地斩断了把人们束缚于天然尊长的形形色色的封建羁绊，它使人和人之间除了赤裸裸的利害关系，除了冷酷无情的'现金交易'，就再也没有任何别的联系了"[①]。鲁彦的《桥上》和《黄金》正是成功地再现了资本主义渗入中国农村过程中的这一特有情景。在反映村镇的世态人心方面，在反映小生产者的私有心理方面，鲁彦以他真实而有深度的作品，做出了自己独到的贡献。

鲁彦早年还有一些风俗画色彩极浓的小说，像《菊英的出嫁》，同样是早期乡土文学中颇为出色的代表作。

鲁彦的乡土小说在表现方法和艺术境界上，都受到了鲁迅和俄国、东欧某些现实主义作家（如显克微支）的影响，甚至还带有陀思妥耶夫斯基心理描述有点严峻而冷酷的特点。鲁彦的小说到30年代还有新的发展。不但写了一批较为成熟的短篇小说，还写过长篇《野火》（即《愤怒的乡村》），在相当规模上反映了农村的生活斗争。可惜他只活了四十三岁就在抗战末期（1944年8月）被疾病夺去了生命。

彭家煌（1898—1933），湖南湘阴人，从小生长在洞庭湖边的小镇上。湖南省立第一师范毕业，曾准备参加旅法勤工俭学。舅父杨昌济去世后，考入中华书局和商务印书馆工作。由于为人正直，不满黑暗现

[①]《马克思恩格斯文集》第2卷，人民出版社2009年版，第34页。

实，被政府当局逮捕坐牢。在监狱里，他的胃病越来越重，出狱后不久就去世，只活了三十五岁。他出版过五本小说集和一部中篇：最早的是1927年8月出版的短篇集《怂恿》，其次是1928年出版的《茶杯里的风波》，再以后就是《皮克的情书》（中篇）、《平淡的事》、《出路》、《喜讯》。从第一个短篇集《怂恿》开始，彭家煌就同时显露了两副笔墨、两手本领：既能写具有浓重湖南乡土气息的农村生活，也能用细腻而带有嘲讽的笔法写知识分子、写市民。他写知识分子和市民的一些好作品，不亚于叶绍钧和张天翼，像《Dismeryer先生》《贼》《父亲》《莫校长》《茶杯里的风波》等，写得都较为精彩。20年代写知识分子就能达到像他这种程度，这是不多的。他的乡土小说，比许杰的要活泼风趣，比许钦文的要深刻成熟。尽管他的乡土作品不算很多，在乡土作家中，他却是一个佼佼者。有人曾经作过这样的评论："彭君那有特出手腕的创制，较之欧洲各小国有名的风土作家并无逊色。""如果家煌生在犹太、保加利亚、新希腊等国，他一定是个被国民重视的作家。"[①] 这些话有一定的道理。总之，彭家煌是一个有成就的但在文学史上尚未得到应有的评价的作家。

彭家煌乡土小说的显著特点是用细腻而又简练的笔触，生动地反映了湖南洞庭湖边闭塞、破败的农村，真实地描写了活动在这个环境里的形形色色的人物。这里非常闭塞，但却并不宁静，不仅有土豪劣绅飞扬跋扈，军阀部队鱼肉百姓，还有各种习惯势力和陈规陋俗残害着人们——特别是妇女和青年。这里还闹着天灾人祸：有瘟疫，有兵灾，以及其他种种灾荒。就像鲁迅小说常常用鲁镇、未庄做背景，彭家煌的一系列乡土作品也通常把人物安置在一个叫"豀镇"的农村小镇里。他早年的《怂恿》写的是豀镇，《陈四爹的牛》写的是豀镇，《喜期》写的是

---

① 黎君亮（黎锦明）：《纪念彭家煌君》，载《现代》第4卷1期。

豁镇,一直到30年代创作的《喜讯》,也还是写豁镇。这说明作家对豁镇这类内地的农村小镇生活非常熟悉,非常有感情,他大概一闭上眼睛就能想见活动在这类农村小镇上的形形色色的人物,深知他们的外貌和灵魂,所以才这样热心地写他们。

彭家煌笔下的农村人物绝不单调,而是色彩斑斓,多种多样。他写了贪婪的当地土财主,也写了强横的恶霸地头蛇,他写了可怜的被侮辱、被损害者,也写了凭一张能说会道的嘴巴混饭吃的农村流浪汉,这些人物形象都带着扑面而来的洞庭湖滨有潮味的泥土气息。以《陈四爹的牛》为例,它着重刻画了土财主陈四爹和他的外号叫"猪三哈"的看牛倌这两个人物。陈四爹是个"有钱有地而且上了年纪的人,靠着租谷的收入,本来可以偷安半辈子",但他仍极贪婪、吝啬,简直想要从石头里榨出油来。他雇了猪三哈看牛,却不让吃饱饭,竟然说:"酒醉聪明汉,饭胀死呆驼,其所以你不灵活么,全是饭吃多了哟!"逼得猪三哈这个一生受尽欺侮的窝囊人饿着肚子,丢失了牛,终于自杀。《美的戏剧》更是完全用白描手法写了一个外号叫"秋茄子"的乡间裁缝怎样因为没有活干,只好凭他能说会道的两片嘴皮骗饭吃。作品一开头就写他在戏场上怎样非常得体地分别恭维周围的财主、商人、农妇,简直是个出色的农村外交家;然而熟人们只跟他搭讪一两句就远远躲开他,好像多说两句就会有虱子、臭虫爬到他们身上。即使在这种情况下,秋茄子也有办法混日子。他把目标放在外地来的戏班子身上。看戏时先为一个演包公的黑头大声叫好,使演员对自己留下印象,然后等演员卸了妆就到后台闲聊,借机巧妙地吹捧对方,把这个演员吹捧得飘飘然。——而且这一切都做得不露痕迹。于是这个从外地来的演员把秋茄子引为知己,请他留下来吃饭。他不但美美地白看了一上午戏,而且还美美地白吃了一顿午饭。小说主要用富有湖南地方色彩的对话写成,通过对话把秋茄子形象塑造得极为生动。发表《美的戏剧》的《新文艺》杂志编者曾称赞彭家煌这篇小说"描写的手腕已经达到圆熟的地步了"[①]。这个说法是符合实际的。

彭家煌小说具有相当多的喜剧色彩。即使有些悲剧内容，经过他的处理，也带有不少喜剧成分。这可以说也是彭家煌乡土作品的独特风格。他的小说读起来所以使人感到非常亲切，原因正在这里。上面提到的《陈四爹的牛》《美的戏剧》都是这样。当然，最能体现他喜剧风格的还是《怂恿》和《活鬼》这两篇。

《怂恿》写了封建乡绅牛七利用家族势力与冯姓财主斗法而将族内名叫政屏的一对老实夫妇当作牺牲品的故事。"牛七是谿镇团转七八里有数的人物"，光绪年间用钱买过一个"贡士"出身。他是个恶讼师，平时诡计多端，又学过一点武艺，在地方上横行霸道。但他却在两次较量中输给了外号叫"雪豹子"的冯雪河家族，甚至被县官革去了"贡士"。旧恨新仇积在一起，他总想千方百计对开设裕丰店的冯家报复。有一天他找到了机会：原来裕丰店收购了牛七的族弟政屏家里喂养的两头猪，却没有来得及当场付款，于是牛七就教唆政屏故意找碴，逼对方把已经宰杀了的猪"还原"，还出主意叫政屏妻子死到冯原拔家里去，硬栽人家一条人命，把事情闹大。请听牛七对政屏说的一席话：

> "政屏，'要活猪还原'，这不过是一句话；'要二娘子去死'，雅不过是小题大作，装装样子。我的意思是跟他俚闹翻了，二娘子，就悄悄的到隔壁去上吊。你们即刻在外头喊'寻人'，并且警告原拔；事情是为他俚起的，他俚当然会寻人。人既然在他家里，他自然要负责。你屋里有我做主，你就赶快把信二娘子的娘家蒋家村，叫几十个打手上他俚的门，只要一声喊，就够把原拔、裕丰吓倒的。

[①]《新文艺》杂志1929年第3期。

将来人是好生生的,就敲点钱算了。如果人真的死了,那就更好办!"牛七说到这里,顿住了,在腿上拍了一下,"政屏,裕丰有的是田庄屋宇,哼哼,叫他俚领教领教我七爹的厉害!"

政屏是个极老实、窝囊的人,被封建家族观念迷住了心窍,又因为平常要到牛七家买粮食,非常害怕牛七这条地头蛇,不敢得罪他,就只好一切听从牛七的安排。他妻子也不愿意到冯家去上吊,知道这个计划以后"关着房门痛哭了一场",但在"出嫁从夫"这种旧礼教的束缚和家族制度所谓"族长说了算"这套陋规的胁迫下,她只好听从人家的摆布。然而,尽管牛七如此处心积虑地周密策划,这场斗争的结果,却大大出乎他的意料:政屏妻子虽然到冯家上吊,不久却被发现,采用所谓"上下通气"的方法救活了,没有栽到人家的赃,反而自己出了丑;借二娘子娘家的人来大打出手,也没有多大成效,被冯家有势力的人出场镇住了。牛七再次落了个败局,陷入"赔了夫人又折兵"的困境。作品的喜剧性,正是通过这个恶霸地头蛇阴谋的失败,非常辛辣地显示出来的。整篇小说不是靠情节取胜,而是靠生活和艺术的真功夫来吸引读者。具体来说,一是靠有血有肉的喜剧场面的出色描绘,二是靠真实生动的细节摹写,三是靠活脱脱的富有地方风味又有性格特点的人物对话,使作品取得很大的成功。出现在小说里的主要人物,几乎写一个活一个,给人留下较深的印象,如蛮横狡诈的牛七,懦怯昏庸的政屏,老实可怜到愚昧无知程度的二娘子,喜欢吹点牛、有一张买卖人伶牙俐嘴却还不失为比较单纯的禧宝,等等,都写得活灵活现。特别是牛七和二娘子两个形象,可以说具有相当的典型意义。从牛七身上,我们看到了中国地痞恶霸式的农村封建势力的野蛮和凶残,连族人、亲属也只是他们斗法逞威风的工具。从受害最深的二娘子形象身上,我们看到了旧中国妇女尤其农村妇女命运的极其悲惨,她们竟可以被族人操纵,受丈夫支配,为两头死猪去殉葬（不是猪为人殉葬，而是人为猪殉葬），可见她们的实际地位连动物都不如。二娘子"关着房门痛哭了一场"，说明她对丈夫的顺从到了在他面前公开哭一场都不敢的地步。对于这个人物来说，喜剧色彩的背后，实际上隐藏的是巨大的悲剧内容。作品收尾前交代道："二娘子呢，可怜，她自从死过这一次，没得谁见过她一次。真个，她是被活埋了。"可见，作者对二娘子这种不幸的妇女是取同情态度的（虽然有些议论未能适可而止）。茅盾在《中国新文学大系·〈小说一集〉导言》中说："彭家煌的独特的作风在《怂恿》里就已经很圆熟。……他写出朴质善良而无知的一对夫妇夹在'土财主'和'破靴党'之间，怎样被播弄而串了一出悲喜剧。浓厚的'地方色彩'，活泼的带着土音的'对话'，紧张的'动作'，多样的'人物'，错综的故事的发展——都使得这一篇小说成为那时期最好的农民小说之一。"这个评价是很公道的。

  同样，《活鬼》也是一篇富有喜剧性的作品。它通过农村小学一个厨子利用向学生讲鬼故事做烟幕来捣鬼的情节，嘲讽了旧中国某些农村中流行的小孩子娶大媳妇的风俗习惯。小说叙述一个家有五六百亩田产的富农，因为人丁不旺，放纵媳妇偷汉，但并没有什么成绩。这个富农在临死前，又给十三四岁的孙子荷生娶了一个年龄大十几岁的孙媳妇，这才放心地归天而去。据说由于"阴盛阳衰"，荷生家里经常闹鬼，屋瓦上常落下石块。荷生就去请他的好朋友、小学厨师住到家里驱鬼，虽然有时仍然出现异常的征象，总算平静得多。不闹鬼了，厨子就没有理由再住下去了。但"赶鬼人"一走，"鬼"又闹起来了。有一个晚上，石子又在屋瓦上响，荷生看见一堆黑影朝室内移，就拿出猎枪瞄准黑影打了一枪。黑影退走了。第二天，荷生到小学校去向他的好朋友报告活鬼重新出现的坏消息，以求取得他的帮助，不料这个厨子已经不在，而且以后再也找不到他了。作品写得诙谐含蓄，妙趣横生，可以看作彭家煌又一篇代表作。

彭家煌这些乡土作品的又一特点,是很讲究结构而又做到了相当自然,没有多少人工的斧凿的痕迹。读这些作品,我们就像在看有趣的生活本身一样。有人说,彭家煌小说篇篇都很"隽妙",这么说可能夸张了一点;但从结构和艺术构思上说,他的作品确实是几乎每篇都写得很认真、很讲究的。连每篇小说的题目,也都花费了一番心血。我们看:明明写的是兵灾、悲剧,小说的标题却是《喜期》,这就构成强有力的反衬,用表面上的"喜"来反衬实际上的"悲"。明明写的是陈四爹的一位看牛倌,小说的标题却是《陈四爹的牛》,这不是由于作家的随意和粗心,而正说明作家颇费匠心,使作品变得意味深长,它暗示这位看牛倌本身就是一头牛,比牛还像牛,其地位甚至连牛都不如。《怂恿》这个题目本身就点了题,我们且不说它。至于《活鬼》,把含义完全相反的两个字组合到一起,很令人注目,引起读者的兴趣,同时也含蓄地透露了故事的秘密或谜底在哪里。《美的戏剧》这个标题也是双关的,从主人公秋茄子的角度说,他不但美美地白看了一场戏,而且还美美地白吃了一顿饭,当然使他感到美满与快活;从读者的角度说,通过作者的描绘,我们不但看到了黑头演的戏,还看到了真正的天才演员——秋茄子所表演的一场更精彩的戏,可以说是"戏外有戏"。这些题目都很有令人回味之处,是所谓标题的艺术。彭家煌的小说也很讲究结尾含蓄,留有韵味。《活鬼》在《小说世界》发表时,最末一段是:"荷生的灵魂,那几天差不多又侵入恐慌中了,满盼着咸亲来家,商量对付之法,但是等待着,等待着,仍是音信渺然。荷生便走到学校去,想将当日的情形,报告他的良友。可是到校一看,厨子的职务已有人在代理。好友咸亲,听说是于几日前被人用枪打伤,现在用白布裹着头,卧在医院里。"这是一种比较直露的写法。收入短篇集《怂恿》时,作者做了修改,并删去最后一句,这就显得含蓄而耐人寻味了。在彭家煌那里,没有粗制滥造的现象,作品往往要经过多次修改才拿去发表。这些小说尝试着多种多样的形式、手法、体制:有的以活泼的白描写实取胜,有的以精妙的心理刻画见长;有的采用着书信体,有的尝试着日记体,有的则是速写;几乎每篇都有自己的创造。他在艺术上的这种严谨态度,大约得力于契诃夫、鲁迅的影响。

  上述文学研究会成员之外,乡土小说作家中还有一位相当杰出的,那就是未名社的台静农(1903—1990)。他出生于安徽西部与河南交界的霍邱县,作品也大多反映那一带乡间村镇上极端闭塞落后的生活,尤其是压在底层的人民的"酸辛和凄楚"①。他比一般乡土作家更为自觉地"从民间取材"②。《地之子》这本集子中十四篇小说,可以说篇篇揭示着长期封建制度所造成的惊人愚昧,倾吐着农村下层人民的辛酸血泪。当时一般乡土作家对于农民被压迫者,大体停留在民主主义的同情上,而台静农则已用更进步的观点分析生活,咀嚼生活,对农村题材的开掘比一般作家更深刻。生活、思想、艺术这三个方面在他作品中融合得比较和谐,比较自然,构成了朴实、亲切、单纯而又凝练的风格。他善于抒写场面,烘托气氛,造成比较深沉的意境,给人留下难忘的印象(在这一点上,台静农真正学到了鲁迅小说的长处)。《红灯》中那个守了一辈子寡的母亲,总算好不容易把孩子抚养大了,却因为饥寒交迫,儿子铤而走险,以致被杀害了。如今临到阴历七月半这个"鬼节"的晚上,年老体衰的母亲乞讨竹子来做了红灯,超度她儿子的灵魂。作品结尾时,老太太在人们的热闹的打趣声中,悲哀地看着河面上远远飘走的小红灯,觉得儿子已经得到了超度。《新坟》里的四太太,女儿被大兵强奸致死,儿子被大兵打死,做母亲的发了疯,她总想象成为女儿出嫁了,儿子正在娶媳妇,办喜事,口里不断念念有词地说:"多喝一杯,……新郎看菜,……招待不周,诸亲友多喝一杯喜酒……"深更半夜还在街

---

① 台静农:《地之子·后记》。
② 同上。

头这样叫着,这声音和打更的声音混合在一起,听起来分外凄凉,使读者的心灵直打战。这些作品都用了王夫之所说的"以乐景写哀"的方法,越写得气氛热闹,越使人感到悲怆。台静农小说里有些细节也运用得非常出色。天二哥连喝两碗尿解酒这一个细节,就把几层意思表现得淋漓尽致:一是对传统陋习的嘲讽;二是对人物的愚昧作了鞭打;三又是刻画天二哥"这一个"人物的有力的一笔——不喝这两碗尿不成其为天二哥!使人既难以置信,又不得不信!一个天二哥,就把周围的社会环境是一种什么样的环境——它的迷信、落后、闭塞、恃强凌弱等暴露无遗,把生活在这个环境中的人们的命运——像猪在泥潭中打滚的那种命运暴露无遗。鲁迅对台静农的小说,评价是相当高的。他说:"在争写着恋爱的悲欢,都会的明暗的那时候,能将乡间的死生,泥土的气息,移在纸上的,也没有更多、更勤于这作者的了。"[①]在鲁迅编选的《新文学大系·小说二集》中,选上四篇小说的作家只有三个:一是鲁迅自己,一是陈炜谟,另一个就是台静农;可见鲁迅对台静农的重视。

除以上四位作家的创作以外,早期乡土文学还有一些优秀作品,如叶绍钧的《外国旗》《遗腹子》,许钦文的《疯妇》,蹇先艾的《水葬》,黎锦明的《出阁》,罗皑岚的《来客》等。限于篇幅,这里不能一一详述。

如此众多的乡土小说作家在 20 年代中期出现,说明了什么呢?

它说明了鲁迅所开拓的乡土文学创作,这时已经蔚然成风;说明了文学研究会为主的一批作家经过一段摸索,已经在写自己最熟悉的题材过程中形成各自的艺术个性,达到初步成熟的境地;说明了文学研究会作为一个现实主义流派,到这时已经真正形成。如果说,作家的成长,流派的形成,都需要经历一个作者在艺术上"寻找自己"的过程的话,那么,到了 20 年代中期,文学研究会有一批作家可以说已经"寻找"

[①]《中国新文学大系·小说二集序》,《鲁迅全集》第 6 卷,人民文学出版社 1981 年版。

到了"自己"。他们尽管借鉴了欧洲文学，但主要是扎根在本民族生活的土壤里，从而大大推进了这个时期现实主义创作的发展。中国现代小说经过七八年的孕育，形成这样一个乡土文学的流派，它的意义是不寻常的。

第四节　初期乡土小说流派的贡献

乡土小说作为一个流派，它的贡献在哪里呢？

第一，这个流派在近代以来小说史上第一次提供了中国农村宗法形态和半殖民地形态宽广而真实的图画。

初期乡土小说相当真切地反映了辛亥革命前后到北伐战争时期中国农村的现实生活，表现了农村在长期封建统治下形成的惊人的闭塞、落后、野蛮、破败景象，表现了农民在土豪压迫、军阀混战、帝国主义势力逐步渗入下极其悲惨的处境。从彭家煌的《喜期》、台静农的《新坟》、叶绍钧的《金耳环》、徐玉诺的《一只破鞋》等作品中，我们看到了半封建半殖民地中国所特有的兵灾带给人民怎样的痛苦：这些军阀乱兵任意骚扰农村平静生活，几乎毁灭了所有美好的事物，《喜期》中的静姑那样有美好心灵的姑娘，只好投水自杀。从许杰的《赌徒吉顺》、彭家煌的《怂恿》、许钦文的《疯妇》等作品中，我们又看到了那时的妇女过的是一种怎样的日子；吉顺的妻子可以任意被丈夫典卖；政屏的妻子二娘子被族人操纵，为两头猪去殉葬。从《陈四爹的牛》《天二哥》等小说中，我们又看到了那时的农民流浪汉又过着怎样一种牛马不如、愚昧到难以想象的生活！鲁彦、许杰等江浙一带作家的乡土小说，同时也表现了沿海农村在资本主义发展过程中人们增长着的那种市侩心理和各种令人生厌、令人窒息的风气，以及中国农民在自己的土地上生活却要依靠插外国旗来保护的极其反常和可耻的社会景象（如叶绍钧的《外国旗》《潘先生在难中》所反映的)。台湾的赖和在大陆乡土文学影响下创作的小说《一杆"称仔"》《斗闹热》《善讼人的故事》等,则表现了日本占领下台湾地区作为殖民地的畸形生活。北伐战争时期农民运动的风暴曾经怎样席卷南部中国,曾经怎样使地主乡绅恐慌,这在一些乡土小说中也有生动的反映(如罗皑岚的《来客》);彭家煌有篇小说《今昔》甚至批评了农民运动中的"痞子"现象。这些作品加在一起,简直成为了解那个时期中国农村社会经济、政治、思想、文化各方面状况的最宝贵的形象的史料,具有现实主义作品所特有的很大的认识价值。

第二,这个流派为现代文学提供了许多题材多样、色彩斑斓的风俗画。

施蛰存在鲁彦的《黄金》《重印题记》中说:"鲁彦曾译过一些欧洲的民间文学,也懂得一些民俗学,大概多少受到爱罗先珂、周作人、江绍原等人的影响。因此,他的作品里,明显地透露着他对民俗学的趣味。"其实,不仅鲁彦的作品如此,其他作家的乡土作品也是这样。由于乡土小说大多注重描绘风习民情,风俗画味道很浓,涉及的方面又很广,我们几乎可以从这些作品里看到形形色色、包罗万象的社会风俗画面。其中有两种不同情况:

一种情况是风俗相当野蛮残酷。像蹇先艾《水葬》所写的贵州边远地区抓住了小偷要绑上石头沉入江河的风俗,像许杰笔下写到的浙江农村受封建宗法思想支配相互械斗以及丈夫竟然典出妻子的习俗,像台静农《烛焰》所写的未婚夫病重却要未婚妻嫁过去"冲喜"以致一辈子守寡的习俗,像彭家煌《活鬼》写到的小孩子娶大媳妇的习俗,以及像叶绍钧《遗腹子》所写的重男轻女观念严重到了由于接连生下七个女儿,当最后出生的男孩一旦病死的时候,做父亲的竟然跳河自杀的悲剧,等等,这些都可以说是长期封建社会所留下的相当野蛮、残酷的风习。作者在小说中通过客观描绘,对这些封建冷酷的习俗进行深刻的揭露和鞭挞，从而使作品具有鲜明的现代民主主义性质。

也有另一种情况：有些风俗并不那么野蛮残酷，它们只是体现了由于长期宗教、伦理、教育、文化所形成的民族传统心理，以及带有民族特点、地方特点的各种传统方式和生活习惯；这在乡土小说中同样有着反映。如鲁彦《菊英的出嫁》中所写的为死去的儿女举行"冥婚"（或称"阴配"）的风俗，黎锦明《出阁》中所写的姑娘被抬上轿必须一路哭到夫家的风俗，台静农《拜堂》中所写的汪家在半夜子时郑重其事地拜堂的场面，以及《红灯》中所写到的阴历七月十五鬼节那天在河上放灯超度鬼魂的习俗，都属于这种性质；它们带有落后、迷信的成分，但称不上野蛮、残酷，写进作品去还可增添生活的情趣。事实上，这类小说写风俗的部分都相当出色。以写"冥婚"的小说为例，据我所知，20年代就发表过好几篇（如《妇女杂志》1925年12月出版的那一期上，就有车素英的《冥婚》），鲁彦的《菊英的出嫁》只是其中之一。这篇小说可惜结尾没有写好，缺少与开头呼应的一段文字，显得不完整，但通篇看还是很有特点的。作品完全采用倒装的写法：先用隐约其事的笔法写菊英的母亲怎样爱女儿，挂念女儿，要张罗着为她定亲。又接着写怎样办嫁妆，怎样送嫁，直等写到送亲的仪仗中出现棺材，读者才知道原来菊英已是死了多年的。点明了这是"冥婚"之后，然后倒转笔锋写菊英患病和死的情形。而写得最精彩的，正是冥婚的部分。为死去的女儿办婚事，也要合八字，讲门户，出嫁时也要用轿（纸的），而且还要置办一大套嫁妆（男方送来四百元大洋做聘金），一路上还有长长的仪仗队，从此活着的两户人家就成了亲家，这一切都使人感到十分有趣。尤其令人感兴趣甚至不免惊奇的是：菊英母亲为死去的女儿办这件婚事，丝毫不带一点应付从事、敷衍塞责的态度，她是极度认真、极度快乐地做着这一切的。在这位母亲的想象中，菊英此刻一定是既高兴，又害羞。作品对母亲的心情有这样一段非常传神的描写：

第一章 鲁迅、文学研究会影响下的乡土小说

她进进出出总是看见菊英一脸的笑容。"是的呀，喜期近了呢，我的心肝儿"，她暗暗对菊英说。菊英的两颊上突然飞出来两朵红云。"是一个好看的郎君，聪明的郎君哩！你到他家去，做'他的人'去！让你日日夜夜跟着他，守着他，让他日日夜夜陪着你，抱着你！"菊英羞得抱住了头想逃走了。"好好的服待他，"她又庄重地训导菊英说，"依从他，不要使他不高兴。欢欢喜喜的，明年就给他生一个儿子！对于公婆要孝顺，要周到。对于其他的长者要恭敬，对幼者要和蔼。不要被人家说半句坏话，给娘争气，给自己争气。牢牢的记着……"

可见，相信女儿在阴间需要结婚并且会对婚事满意，这种思想在菊英的母亲已经深入骨髓，到了如醉如痴的地步。在迷信的背后，这里隐藏着多么深沉的母亲对女儿的爱！这样的母亲，实在使我们既感到可怜，又很被感动。这些都是极其出色的笔墨。同样，台静农《拜堂》里所写的汪二结婚拜堂的情景，也是一幅泥土味极其醇厚的风俗画。汪二按经济条件，根本不可能结婚，他父亲主张把守寡已经一年的嫂子卖了再给汪二办婚事，汪二不愿意，他还是愿意跟寡嫂结婚。即使这样，也还必须当了小夹袄，才能换来一点举办仪式用的香烛。由于他们请不起客人，又因为叔嫂结婚被认为并不光彩，所以他们选了半夜子时才拜堂。但婚礼毕竟是关系一辈子的事，再穷也要郑重地办。因此，从堂上摆设到身上穿戴，也还是要按固有的风俗讲究一番。小说把这户特定人家的特定仪式，写得极有特色，极有情致：汪大嫂脱了戴孝的白鞋，换上黑鞋，扎上红头绳，穿戴得周周正正；汪二也穿了一件蓝布大褂，将过年的洋缎小帽戴上，于是，仪式开始。

烛光映着陈旧褪色的天地牌位,两人恭敬地站在席上,顿时显出庄严和寂静。

"站好了,男左女右,我来烧黄表。"田大娘说着,向前将表对着烛焰燃起,又回到汪大嫂身边。"磕吧,天地三个头。"赵二嫂说。

汪大嫂本来是经过一次的,倒也不用人扶持;听赵二嫂说了以后,静静地和汪二磕了三个头。

"祖宗三个头。"

汪大嫂和汪二,仍旧静静地磕了三个头。

"爹爹呢?请来,磕一个头。"

"爹爹睡了,不要惊动吧,他的脾气又不好。"汪二低声说。

"好罢,那就给他老人家磕一个堆着罢。"

"再给阴间的妈妈磕一个。"

"哈(即"还"——引者)有……给阴间的哥哥也磕一个。"

然而汪大嫂的眼泪扑的落下地了,全身是颤动和抽搐;汪二也木然地站着,颜色变得难看,可怕。全室中的情调,顿成了阴森惨淡。双烛的光辉,竟暗了下去,大家都张皇失措了。终于田大娘说:

"总得图个吉利,将来还要过活的!"

汪大嫂不得已,忍住了眼泪,同了汪二,又呆呆地磕了一个头。

小说作者就是在这番掩映如画的风俗描绘中,不知不觉揭示出人物感情的内在波澜,自然而然地将作品引向一个高潮。这些作品中的风俗画描摹,都使小说大为增色:艺术形象变得更加有血有肉,读起来倍感亲切,反映现实的深度既有增进,又给作品带来扑鼻的生活芳香。

风俗画对于文学,绝不是可有可无的。无数艺术实践的经验证明,文学作品写不写风情民俗,或者写得深沉不深沉,其结果大不相同:它区分着作品是丰满还是干瘪,是亲切还是隔膜,是充满生活气息还是显得枯燥生硬。世界上许多生活底子雄厚的大作家和大作品，都是注意写风俗民情的。约翰生在《莎士比亚戏剧集·序言》中，就说莎士比亚"是一位向他的读者举起风俗习惯和生活真实的镜子的诗人"。巴尔扎克也把"风俗研究"作为自己小说要完成的重要任务，他的《人间喜剧》可以说是那时法国社会的一部风俗史。风俗是民族历史的重要组成部分。按照卢梭的说法，历史往往只对轰轰烈烈的场面和突变事件感兴趣，而把风俗遗忘。真正记录了风俗史的常常不是历史学家，而是文学家。与作品内容有机地渗透在一起的风俗画的出现，实际上正是文学显示民族风格、民族特色的重要标志。乡土小说作为一个流派，其功绩也正在自觉地开拓了风俗这个前所未有的新的审美领域；它在促进新文学自觉地描绘风俗画、加深文学的民族风格方面，起到了良好的作用。

第三，乡土小说流派也促进了新文学地方色彩的发展。

文学作品的地方色彩问题是一个极重要的问题。鲁迅在30年代写的一封信中曾经提出一个论断：文艺作品越有地方色彩，就越有国际性。他从木刻谈起，然后说："现在的文学也一样，有地方色彩的，倒容易成为世界的，即为别国所注意。"[①] 这话恐怕是颠扑不破的真理。鲁迅、老舍的小说创作之所以受到世界读者的重视，这是个很重要的原因。老舍的第一个长篇小说《老张的哲学》，就被鲁迅称为"地方色彩浓厚"。他对北京市民特别是旧北京下层人民——那些唱戏的、当巡警的、拉洋车的、吃皇粮的、游手好闲的那套生活（包括他们请安、作揖、赔笑脸、玩鸟儿、斗蛐蛐之类）真是熟悉透了，因而作品里充满着北京地方色彩。乡土小说作家在这方面的贡献，实在也是不可忽视的。由于乡土小说家注重客观地描绘各地农村的现实生活，尤其注重描绘风土人情，这就使他们的作品自然地带来浓厚的地方色彩。有些作家笔下

[①]《致陈烟桥信》（1934年4月19日），《鲁迅全集》第12卷，人民文学出版社2005年版。

的景物描写也很有地方特点，如王任叔《龟头桥上》里的写景，就很得浙东水乡的风韵。此外，乡土小说在语言上也有地方特点。作家有选择地用了不少方言（特别在人物对话中），这也增强了作品的地方色彩。像彭家煌写农村人物用湖南话，台静农写农村人物用安徽话，鲁彦写农村人物用浙江话，蹇先艾写农村人物用贵州话，这些经验都是可供借鉴的。这同样是乡土小说派的一个功绩。

第四，促进了小说创作中现实主义的发展和成熟。

比起《新潮》上那些小说，乡土小说的现实主义大为增进。正像鲁迅所说，《新潮》上的作品，尽管注意反映民间疾苦，但往往"过于巧合，在一时中，在一个人身上，会聚集了一切难堪的不幸"[①]。而乡土小说则不是这样，显得平实自然得多。它不但摆脱了"大团圆"的俗套，而且改变了那种过于夸张的善则尽善、恶则尽恶的"戏剧腔"。这是很大的进步。这个流派还在最大程度上打破了全知式叙述角度，使小说在艺术上更显得逼真。在一些比较成熟的作品中，很少间隔式的心理描写，作家尽量隐去，让画面和细节直接在读者面前显现，用人物的口吻代替作家的口吻，语言个性化程度大大增强。其中台静农的小说在视角运用方面尤其取得最佳效果。一部分圆熟的乡土小说在美学上的贡献，是带来了意境。这也是乡土小说派的一个重大成就。

应该说明：乡土文学在乡下是写不出来的，它往往是作者来到城市后的产物。文学创作总要有点距离，有距离才能唤醒作者的审美感情，建立作者的审美视角，触发作者的审美灵感，才能激发、加深作者那些或怀恋，或沉痛，或神往，或惊悸的感受。对城市生活的厌倦与格格不入，也会引发、加深乡土之情，极易造成对乡村生活的反顾，导引作者去写乡土小说。所以，乡土文学题材虽是乡村，视角却属于城市——鲁

---

① 《中国新文学大系·小说二集序》，《鲁迅全集》第6卷，人民文学出版社1981年版。

迅甚至称之为"侨寓文学",就是这个道理。

有人说,乡土文学是任何民族、任何阶段都会有的现象。实际情形完全不是这样。在奴隶社会、封建社会中,何来乡土文学?那时有各种各样英雄传奇,有才子佳人小说,有田园诗、边塞诗,却没有乡土小说。那时的文人作者根本不会注意这类题材。中外都是这样。乡土文学总是在近代民主主义与现实主义这两种思潮传播的条件下才兴盛的。民主主义思潮使作家有可能将历来不受注意的下层人民特别是农民的生活收入自己的眼帘,正视并同情乡间民众的疾苦。现实主义思潮使作家有可能以审美眼光注视这类题材,从中感受到一种审美的情趣,使之成为艺术内容,并用生活本来的面目加以再现。在欧洲,乡土小说开始盛行于19世纪。在中国,乡土文学只能产生在"五四"文学革命以后。

20年代还只是中国乡土文学的形成期,但它为后来乡土文学的发展尽了开辟道路的作用。不同籍贯的作者,写不同地区的生活,而能构成一个流派,这只能在新文学发展初期这种特定历史条件下才会出现。30年代的乡土文学已经不是一个统一的流派,随着创作倾向的不同,实际上作家们已经分道扬镳(如京派、社会剖析派),而且30年代乡土小说的成就更多地集中在中长篇小说方面(像沈从文的《边城》,端木蕻良的《科尔沁旗草原》,萧军的《第三代》,萧红的《生死场》《呼兰河传》等)。到40年代以后,更朝向具有地区特点的流派(如山药蛋派、荷花淀派)发展。但这些都是由20年代奠定了基础的。因此,20年代以文学研究会成员为主的乡土小说流派的功绩,是不可磨灭的。

第二章　创造社影响下的自我小说及其浪漫主义、现代主义特征

创造社是继文学研究会之后有重大影响的新文学社团。成员郭沫若（1892—1978）、郁达夫（1896—1945）、成仿吾（1897—1984）、陶晶孙（1897—1952）等都是留日学生。不同于文学研究会的文学为人生的主张，创造社力主艺术要忠于自己的内心要求。郭沫若在《创造》季刊第一卷第二期《编辑余谈》中说："我们的主义，我们的思想，并不相同，也不必强求相同。我们所同的，只是本着我们内心的要求，从事于文艺的活动罢了。"成仿吾《新文学之使命》一文也认为："如果我们把内心的要求作一切文学上创造的原动力，那么艺术与人生便两方都不能干涉我们，而我们的创作便可以不至为它们的奴隶。"这种文艺思想引导他们成为一个与文学研究会相对峙的流派。他们的小说创作显示了与乡土小说迥异的色调，侧重自我表现，有浓重的主观抒情或表现的色彩，较少客观生活的细致描绘与深入剖析。郭沫若谈到自己的《文艺论集》所表现的艺术倾向时说："这儿所表现的不仅是我一个人的思想，同时是

前期创造社和它的同情者们的一种倾向。"① 这个论断是符合实际的。

下面，我们将就创造社小说的有关问题做些具体的考察。

第一节　前期创造社小说的主导面——浪漫主义辨析

创造社作家的小说，以自我表现为其显著特色。它们往往以身边琐事为题材，带有自叙传的性质，而且常用第一人称来写。郑伯奇曾称之为"身边小说"②，我们则叫它"自我小说"。其所以这样称呼，不仅因为这些小说着重在抒写作家自我体验，表达自己的苦闷和对不合理现实的反抗情绪，还因为他们在哲学上受过自我扩张思潮的影响。郁达夫在 1923 年发表的《Max Stirner 的生涯及其哲学》③一文中说："'自我就是一切，一切都是自我'，个性强烈的我们现代的青年，那一个没有这种自我扩张的信念？"这种哲学思想，确实强烈渗透在前期创造社作家（张资平除外）的许多小说中，构成了它们的特殊色调。郭沫若在《梅花树下醉歌》中曾经这样歌唱："我赞美我自己！我赞美这自我表现的全宇宙的本体！"不但郭沫若的诗是这样，就连他和创造社作家的小说，其实也无不是自我表现的产物。如果说乡土小说重客观描绘，那么，自我小说就重主观表现，两者正好遥遥相对。

我们已经说乡土小说是个初步成熟的现实主义流派，那么，创造社的自我小说在创作方法上具有什么特征呢？直到目前，这还是一个有争论的问题。

30 年代以来，创造社有时被人们称为与"人生派"相对立的"艺术派"，有时被人们称为与现实主义流派相对立的浪漫主义流派。目前把

---

① 《前记》，《沫若文集》第 10 卷，人民文学出版社 1959 年版。
② 《中国新文学大系·〈小说三集〉导言》。
③ 《创造周报》1923 年 6 月第 6 号，后由作者改题为《自我狂者须的儿纳》。

创造社称为"艺术派"的已经很少了，因为创造社尽管也受过"纯艺术论"的某种影响，却根本不是"为艺术而艺术"的。但创造社是否就算浪漫主义流派呢？也有人对此表示怀疑。在有的学者看来，"五四"以后浪漫主义究竟是否形成过流派，这还是个问题。对创造社在小说方面最主要的一位作家——郁达夫，他的作品究竟属于现实主义，还是主要属于浪漫主义，国内和海外的学者（其中包括一些成就卓著的学者）都有不同意见。曾华鹏、范伯群先生在他们写的《郁达夫论》中，就认为郁达夫是"一个现实主义文艺家"[①]。1982年第四辑《中国现代文学研究丛刊》上，发表了香港中文大学吴茂生博士的文章《浪漫主义英雄？——论郁达夫小说里的零余者》，这篇论文也反驳了那种把郁达夫看作浪漫主义作家的说法，认为郁达夫主要受了屠格涅夫的影响，他的小说创作是现实主义的。这些文章的作者，都是我很尊敬的朋友；我赞赏他们的治学态度和学术成就；但我的看法和他们并不一样。我既不赞成把初期郁达夫主要说成现实主义作家，更不赞成把创造社说成并非浪漫主义的流派。我认为：不但初期的郁达夫主要是个浪漫主义的小说作家，而且创造社前期还是一个浪漫主义兼有现代主义成分的小说流派。下面我想着重讲讲对这个问题的看法。先从郁达夫的小说创作谈起。

郁达夫的小说，当然是有一定的现实主义成分的，有些作品——从《春风沉醉的晚上》《薄奠》到《出奔》——现实主义成分还相当多。但郁达夫初期小说的主要特征还是浪漫主义的，或者说浪漫主义色调是非常重的。这里有几个根据：

第一，郁达夫的小说侧重在自我表现，带有浓重的主观抒情色彩，同乡土小说作家重视客观描绘显示了很大的不同。创作是尊重客观还是尊重主观，是强调客观描绘还是强调主观表现，这是现实主义同浪漫主

---

① 《现代四作家论》，人民文学出版社1981年版。

第二章 创造社影响下的自我小说及其浪漫主义、现代主义特征

义甚至同现代主义的一个重要分界线。郁达夫的作品属于后者,他是强调主观表现,强调忠实于"内心的要求"的。他小说中的人物,无论是第一人称的"我",或者是"于质夫",或者是"文朴",或者是"伊人",常常是他自己思想性格的化身;连《采石矶》里所写的那个历史人物清代诗人黄仲则,实际上也都含有作者自我寄托的成分。郁达夫在他的《小说论》第五章中说过这样一段话:"小说家在小说上写下来的人物,大抵不是完全直接被他观察过,或间接听人家说或在书报上读过的人物,而系一种被他的想象所改造过的性格。所以作家对于人物的性格心理的知识,仍系由他自家的性格心理中产生出来的。"也就是说,郁达夫认为小说人物都有作者自身性格心理的烙印。这是一种地道的浪漫主义的小说创作理论。他自己的小说,正是按照这种理论去实践的。他对于周围世界的图像,总是通过主观感情的有色眼镜去摄取,而很少客观的冷峻的描写。王国维在《人间词话》中说:"有我之境,以我观物,故物皆着我之色彩。"用这话形容郁达夫小说中的景物描写,是十分贴切的。郁达夫写的景往往是"感时花溅泪,恨别鸟惊心"式的。试读他的《还乡记》里一段写景文字:

> 城外一带杨柳桑树上的鸣蝉,叫得可怜。它们的哀吟,一声声沁入了我的心脾,我如同海上的浮尸,把我的情感,全部付托了蝉声,尽做梦似的站在丛残的城堞上看那西北的浮云和暮天的急情,一种淡淡的悲哀,把我的全身溶化了。

这是在描绘客观景物吗?不,这是在借景物来表达主观感情,这里的蝉鸣和浮云、晚烟都已经主观感情化了。在郁达夫笔下,树上的蝉鸣成了"可怜"的"哀吟",天上的浮云也透露出"淡淡的悲哀"。我们不能说这里面就没有真实,但这不是客观景物的真实,而只是主观感情的

真实。《庄子·秋水》里不是曾经记载过庄子和惠子的一场争论吗?当时很得意的庄子说:"河里这条鱼游得从容,一定很快乐。"惠子嘲笑他说:"你不是鱼,怎么知道鱼快乐?"庄子回答说:"你不是我,怎么知道我不懂鱼的快乐?"惠子又批驳他说:"我不是你,固然不知道你;但你不是鱼,所以你实在也不知道鱼啊!"庄子如果活到现在,而且想写小说,他当然可以写他的《鱼乐篇》;但我们读者心里清楚:这鱼儿的快乐自然是作家感情物化的产物,这种写法自然是浪漫主义的,而不是现实主义的。文艺作品当然都是含有感情的,但感情有两种表达法:一种是隐藏在客观描写的背后,像恩格斯所说的,感情倾向从场面、情节中自然流露出来,而且愈隐蔽愈好,这是现实主义的要求;另一种是直抒胸臆,用各种方法宣泄感情和愿望,这是浪漫主义的写法。郁达夫和乡土文学作家一样,都是对当时黑暗污浊的社会现实不满的;然而不同的是,乡土文学作家们的不满,渗透在对现实本身做出的冷静的描写和细密的剖析之中,郁达夫以及与他相近的郭沫若、陶晶孙、倪贻德、王以仁等作家,却把自己的不满通过热烈的直抒胸臆,大胆的诅咒呼喊,直接宣泄出来。《沉沦》的中间和结尾常是:"中国呀中国,你怎么不强大起来!""祖国呀祖国,我的死是你害我的!"这种主观色彩很重的写法,就明显地具有浪漫主义成分。

第二,郁达夫小说虽然写的并非理想人物、英雄人物,而是些普通人、零余者,但那些人物的所作所为,其实有许多夸张和想象的成分,并非实写自己。我们不要被他说的"文学作品,都是作家的自叙传"①这句话所欺蒙,以为郁达夫真是那么忠实地照着自己的模样在写人物。他写了那么多主人公自杀和变相自杀,他自己并没有自杀过一次。作者在实际生活中的地位,比他作品中人物的命运毕竟好得多。实际生活中

---

① 《过去集·五六年来创作生活的回顾》。

第二章 创造社影响下的自我小说及其浪漫主义、现代主义特征

的郁达夫,三十几岁就出了全集,稿费很不少,藏书就有几万册,还能在西湖边造一座被他命名为"风雨茅庐"的别墅,何至于像《烟影》那篇小说所写的穷到没有脸面回乡的地步!郁达夫自己说:"在常人感受到五分痛苦的地方",创造社作家们"所感到的痛苦,非增加到十分或二十分不可"[①]。这可能就是理解问题的秘密所在。他所写的变态心理,变态到了简直可怕、几乎不近情理的地步(如《茫茫夜》等),这里面也有不少有意夸张、纯属想象和虚构的成分。按照鲁迅的印象,真实的郁达夫为人"稳健和平"[②],完全不至于像《还乡记》里写的那样跳窗户进去偷女人的鞋的。文学史上这样的作家还不止一两个。像日本的谷崎润一郎(1886—1965),在小说里写了不少性变态的很不堪的内容,但西乡信纲等著的《日本文学史》里特意写明:"他本人却意外地正常,抱着合乎常情的生活欲望,没有世纪末文学那种理智的苦恼。"[③] 所以我们不要被作家的描写所骗了。郁达夫自己有一次还特意出来解释过:他所说的"文学作品都是作家的自叙传",那意思是说作品里写的往往有作家自己的经验和体验在内,并不是说作品真是作家的自传。[④] 在《小说论》第三章里,郁达夫也明确表示:小说"表现的材料,是一种想象的事实",不是生活里的真事。他认为:"真实是抽象的在理想上应有的事情。"创造社另一位代表性作家倪贻德谈到《玄武湖之秋》时也说:"我这里面所描写的,与其说它是写实,倒不如说是由我神经过敏而空想出来的好;与其说它是作者自身的经验,倒还不如说它是为着作者不能达到幸福的希望因而想象出来以安慰自己的好。"可见,这种浪漫主义的夸张、想象,是创造社作家的共同特点。

在《胃病》这篇小说里,郁达夫还透露:主人公在创作时"头朝着

[①] 《〈鸭绿江上〉读后感》,《郁达夫文集》第5卷。
[②] 鲁迅:《三闲集·怎么写》。
[③] 西乡信纲等著,佩珊译:《日本文学史》,人民文学出版社1978年版,第322页。
[④] 《达夫代表作·自序》。

天花板，脑里想出了许多可怜的光景来"。可以说，郁达夫小说里那些人物，很多就属于这种想象的艺术结晶。当然，郁达夫不是凭胡思乱想来写，他是顺着他那类人的性格逻辑和感情逻辑来想象的；为了取得预想的艺术效果，他总是把人物的处境想象得比实际所有的更穷困、更可怜一些，把人物的行为、心理想象得比实际所有的更卑下、更不堪一些，然后反过来把自己责备、痛骂一顿。有些评论家说他作品中的人物是些"伪恶者"（郑伯奇语）、"模拟的颓废派"，这是有道理的。从这方面说，郁达夫作品的特征主要是浪漫主义的。

　　第三，要正确地判断郁达夫小说的创作方法，还需要对浪漫主义本身有一个全面的理解，对郁达夫浪漫主义的特点有一个准确的把握。有些研究者一提起浪漫主义，总认为就是英雄气概、理想人物、超凡离奇的情节，等等，而这些确实不是郁达夫作品所有的，因此就认为郁达夫的创作方法不是浪漫主义而是现实主义或自然主义的。其实，这样理解浪漫主义是不全面的。浪漫主义不一定都是以英雄的、理想的形态表现出来，也可以以感伤的忧郁的形态表现出来；以哪一种形态表现出来，取决于历史的现实的种种条件，它不是一成不变的。欧洲资产阶级革命时期的浪漫派（像拜伦、雪莱、雨果）虽然以叛逆的英雄气概的形态表现出来，但欧洲浪漫派文学中也有伤感的忧郁的形态。且不说高尔基称之为消极浪漫主义的那些作家和作品了，即使积极浪漫主义的作家，也有一些作品是相当忧郁的感伤的。歌德的《少年维特之烦恼》不就是这样的吗？还有，像拜伦的《哈罗尔德游记》（特别是第三章对主人公离群索居、寄情山水生活的描述），雪莱的一部分抒情短诗，它们都表现了理想得不到实现、希望一旦破灭后的忧郁、伤感和悲哀。席勒有篇文章，题目叫《论朴素的诗和感伤的诗》，他所谓"朴素的诗"，指现实主义文学，而"感伤的诗"，则指浪漫主义文学。这种情况并不奇怪。当时的浪漫派作家，大多处于个人和社会对立的地位，因此他们容易在

第二章 创造社影响下的自我小说及其浪漫主义、现代主义特征

幻想里讨生活,个人的一切往往特别脆弱,理想破灭后很容易孤寂伤感。至于近代中国,由于社会历史条件的限制,由于资本主义发育的不充分与资产阶级本身的软弱,浪漫主义存在先天不足的弱点,它的底气不足,这就导致它在小说中更多地以伤感忧郁的面目呈现出来。郑伯奇说:创造社作家对外国资本主义和中国半殖民地"感受到两重失望,两重痛苦","未回国以前,他们是悲哀怀念;既回国以后,他们又变成悲愤激越"[1];这个分析是很剀切的。当然,并不是说创造社作品就一点英雄气都没有了。鲁迅在《总退却》序中说:"五四以后的短篇里",虽然"新的智识者登了场,……然而总还不脱古之英雄和才子气"[2],这里指的是创造社。如果说郭沫若作品里"英雄气"多一点,那么郁达夫作品里就可以说"才子气"多一点——尽管这个"才子"是以沦落不得志和抑郁伤感的"多余的人"的形态表现出来的。我们不应该有这种误解:以为一写"多余的人"就是现实主义。"多余的人"其实也有两种:现实主义者创造"多余的人"是采取解剖、批评甚至鞭挞的态度的,如奥勃洛莫夫和罗亭;浪漫主义者笔下的"多余的人",则往往是作者在骨子里所欣赏、所赞美的。郁达夫笔下的"零余者"形象,基本上属于后一种。对于这种浪漫主义文学,我们不应该认不出来,更不应该认出来了还不承认。

从审美角度看,郁达夫和创造社的浪漫主义带来了一种新的小说,就是情调小说。它确实可以说是创造社的一个创造。

读者可能都会感到,郁达夫小说的特点是直抒胸臆,流畅自然,没有多少情节,也不讲究结构。郁达夫本人在《忏余独白》中就说:自己写小说完全是任感情流泻,"什么技巧不技巧,词句不词句,都一概不

---

[1] 《中国新文学大系·〈小说三集〉导言》。
[2] 《南腔北调集·〈总退却〉序》,《鲁迅全集》第4卷,人民文学出版社2005年版,第638—639页。

管，正如人感到了痛苦的时候，不得不叫一声一样，又那能顾得这叫出来的一声，是低音还是高音？或者和那些在旁吹打着的乐器之音和洽不和洽呢？"他又说："历来我持以批评作品的好坏的标准，是'情调'两字。只教一篇作品，能够酿出一种'情调'来，使读者受了这'情调'的感染，能够很切实的感受着这作品的'氛围气'的时候，那么不管它的文字美不美，前后的意思连续不连续，我就承认这是一个好作品。"①创造社相当一部分作品，重情绪的氛围，重情调的一致，没有完整的故事情节，只有生活片断的连缀。它的缺点是一泻无余，长处则是用它奔腾的感情来把读者卷进去。赵景深在《短篇小说的结构》②中就把这种小说称作"情调小说"，把这种结构称作"情调结构"。他说："或者有人要问，最近的小说像郭沫若的《橄榄》，郁达夫的《茑萝》，王以仁的《孤雁》等都喜欢写自己的故事，随便写下去，那又有什么结构呢？不知事实上的结构固然没有，情调却依然是统一的，所以仍旧是有结构的了。"这个总结是真正抓住了创造社小说的特点的。"情调小说"，确实可以称为创造社小说创作在审美上的一个新贡献。

第二节　弗洛伊德学说在中国的早期传播及其对创造社小说的影响

上面，我已就创造社小说的主导面——浪漫主义作了辨析。但创造社小说不仅是浪漫主义的，它还有现代主义这一面。创造社被称为"异军崛起"，这"异"，一是异在与现实主义不同的浪漫主义上面，二是异在与现实主义不同的现代主义上面。以郁达夫为例，他的第一篇小说《银灰色的死》，一方面表明他的浪漫主义带有很重的感伤色彩，另一方

---

① 《我承认是"失败"了》，《郁达夫文论集》，浙江文艺出版社1985年版。
② 《文学周报》合订本第5卷。

第二章 创造社影响下的自我小说及其浪漫主义、现代主义特征

面又说明他的小说还有现代主义的影响。光从题目来看就很明显:"死"怎么会有"银灰色""金黄色"之类色彩上的区别呢? 郁达夫显然用了现代派常用的通感手法,使之带有象征、朦胧的意味。应该说,指出创造社小说具有现代主义成分,这并不是我的发现,早在30年代就有人这么说过。郑伯奇在《中国新文学大系·〈小说三集〉导言》里曾经提到:创造社等"所谓'艺术派'实包含着浪漫主义以至表现派、未来派的各种倾向"。又说:"创造社的浪漫主义从开始就接触到'世纪末'的种种流派";"象征派,表现派,未来派,也都经创造社的同人介绍过。这些流派,实在和浪漫主义在思想上,是有血缘的关系。"谈到创造社具体作家时,郑伯奇还说:"郭沫若受德国浪漫派的影响最深,他崇拜自然,尊重自我,提倡反抗,因而也接受了雪莱、惠特曼、太戈尔的影响;而新罗曼派和表现派更助长了他的这种倾向。郁达夫给人的印象是'颓废派',其实不过是浪漫主义涂上了'世纪末'的色彩罢了。"作为创造社元老之一,郑伯奇这里指出的创造社与现代主义思潮有密切关系,应该说基本符合事实(需要纠正的仅仅是这样一点:由于郭沫若等人对未来派不感兴趣①,郑伯奇提到的未来派,对创造社实际上并无影响)。可惜,长期以来,人们对这些意见不予重视,不加认可。因此,我现在所做的工作,实在只是恢复创造社小说的本来面目而已。

现代主义对创造社究竟有些什么影响? 我以为,弗洛伊德学说——精神分析学对创造社的浸润,就是一个极重要的方面。有位研究现代主义文学的外国学者库纳(F. una)说得好:"没有弗洛伊德,许多现代主义思想是不可想象的。"② 因此,我们有必要首先考察创造社小说和弗洛伊德学说的关联。

西格蒙德·弗洛伊德(Sigmund Freud,1856—1939)是奥地利的一

---

① 参阅郭沫若的《自然与艺术——对于表现派的共感》《未来派的诗论及其批评》诸文。
② 转引自 W. Bradbury & J. Mcfarjane 所编《现代主义》一书,第120页。

位精神病学家,专治精神病的医生,也是西方一位重要的心理学家。他从19世纪末年(1895年)起,在研究治疗精神病的过程中,逐渐创立了一套新的心理学理论体系,对西方现代文学产生巨大的影响。弗洛伊德把人的"心灵"划分为"本我""自我"和"超我"三个层次。所谓"本我",就是指人的本能的原始的欲望,相当于他早期所说的无意识(亦即下意识、潜意识),他对之作了重点研究。在他看来,"本我"是按照"快乐原则"来活动的,其中最重要的是"性的冲动"和"侵犯冲动"。他认为"性欲在神经官能症中起支配作用",精神病起源于性的压抑;而且令人惊讶地提出了所有儿童生来就有性的驱使力的观点,认为男孩的性动机通过结在母亲身上(所谓"恋母情意结"),女孩的通常结在父亲身上。弗洛伊德所说的人的"心灵"的第二层次叫作"自我"。按照他的说法,"自我"要满足"本我"的要求,同时又要按"现实原则"行事,这就相当于理性的指导(但也不完全是理性,因为其中仍有"无意识"在内)。人的"心灵"的第三层次是所谓"超我",这大致相当于人们通常所说的"良心"。"超我"代表的是道德的限制,它的作用是指导"自我"去限制"本我"的冲动。弗洛伊德还对人的本能冲动受到"压抑"后的情况以及怎样会"转移"等问题进行了解释,他把被压抑、被围困的"性能量"称为Libido(中译"力必多"或"离比多"),给予很大重视,认为文艺和人类文明就来源于性的压抑苦闷:由于"性本能的冲动是非常有可塑性的","如果现实不允许这方面的满足,那么另一方面的满足可提供充分的补偿"。弗洛伊德的精神分析学应当怎样估价?我以为它有科学贡献,有合理成分,也有荒唐之处。弗氏对潜意识的研究有成绩(如梦的解释),对性因素在人类生活中的作用也部分地作了科学的揭示,他主张用疏导法对待精神病人也很有道理。然而他过分夸大性的作用,则是很荒唐的。科学试验证明,性意识是孩子成长到一定阶段才有的,婴儿无所谓性意识。鲁迅说:"佛洛伊特恐怕是有

第二章 创造社影响下的自我小说及其浪漫主义、现代主义特征

几文钱,吃得饱饱的罢,所以没有感到吃饭之难,只注意于性欲。有许多人正和他在同一境遇上,就也轰然的拍起手来。诚然,他也告诉过我们,女儿多爱父亲,儿子多爱母亲,即因为异性的缘故。然而婴孩出生不多久,不论男女,就尖起嘴唇,将头转来转去。莫非他想和异性接吻么?不,谁都知道:是要吃东西!"① 至于弗洛伊德对人类文明和历史的解释(所谓 Libido 理论),更没有多少道理,将来我们讲新感觉派小说时,还要深入展开讨论。由于西方 19 世纪末年和 20 世纪初年社会矛盾极度尖锐,弗氏学说作为对精神现象和社会现象所做的一种新的理论解释,引起了人们的注意,被欧美一部分知识界所接受,产生了比较大的影响。

弗洛伊德学说在中国传播,既不开始于 70 年代末,也不开始于三四十年代,而是在"五四"以前。早在 1914 年 5 月,《东方杂志》第十卷十一号刊载钱智修《梦之研究》一文,就开始介绍弗洛伊德的精神分析学。② 其中两段文字值得注意:

> 近岁以来,思想界之变动至为剧烈,凡前此荒诞不经,为巫觋术士所持以欺人之事,多突起而占科学上之位置。如睡眠时之梦,亦此中之一事已。梦之问题,其首先研究者,为福留特博士(Dr. Sigmund Freud)。嗣后实验心理学家,尤多所发明。即法国大哲学家布格逊教授(Prof. Henri Bergson),亦于此事三致意焉。
>
> 福留特氏,谓吾人所不愿遇见之者,乃至吾人所欲为、所欲得者,常于梦中实现之。蒙泰纳氏(Montaigne)之说,亦复如是。凡椎鲁无知识之人,所持意见,大都与福氏相似,惟其解释之法,较怪诞而涉于迷信耳。

---

① 《南腔北调集·听说梦》,《鲁迅全集》第 4 卷,人民文学出版社 2005 年版,第 483 页。
② 在此以前,王国维于 1907 年翻译的《心理学概论》,就讲无意识和梦。

弗洛伊德学说在国际学术界获得肯定，是1909年（这年弗氏去美国讲演）。五年之后，钱智修就根据美国报刊上的资料，正式向中国读者介绍弗氏学说。虽属零星片断，却显示了他的敏感，其功不可没。1916年12月，《东方杂志》译载《晰梦篇》，转述了弗洛伊德分析梦的理论。当然，中国人接触精神分析学，最初可能是鲁迅这类在日本学医的留学生。但目前因资料不足，只能存而勿论。到五四时期，精神分析学被作为新思潮的一种，得到较大规模的介绍。像《新青年》刊载的陈大齐的《辟灵学》，《新潮》刊载的汪敬熙的《心理学之最近的趋势》，杨振声的《谭嗣锐的〈新心理学〉》，《东方杂志》刊载的朱光潜的《福鲁德的隐意识说与心理分析》，《民铎》杂志刊载、《时事新报·学灯》予以转载的张东荪的《论精神分析》，《心理》杂志刊载的陆志韦的《心理学史》，余天休的《分析心理学》《佛洛德学说及其批评》，谢循初的《佛洛德释梦》《佛洛德传略及其思想之进展》等，都正面介绍或涉及弗洛伊德学说。稍后还有谢六逸、陈大悲、朱光潜、章士钊等的文章和著作。汪敬熙在《心理学之最近的趋势》一文（载1920年6月出版的《新潮》二卷五号）中说：

> 自佛洛依德于二十余年前创"精神分析"之后，疯狂心理之研究，始有长足之进步。佛洛依德之学说，以前不免甚遭一般学者之反对；然此次大战中，治疗战时精神病之经验，颇足证明其说之不谬。其说对于一般心理学，亦有二种重大之影响。一，证明往日注重知的研究之不当，及本能与情绪实在人心理中占更重要之位置。二，证明实有无意识之存在。此二点也是予一般心理学以重大之打击者。

第二章 创造社影响下的自我小说及其浪漫主义、现代主义特征

汪敬熙当时译了 B. Hart 的《疯狂心理学》，由新青年社出版。杨振声则将弗洛伊德精神分析学的各种范畴如"本能""无意识""Libido"等均做了介绍。值得注意的是，五四时期介绍弗洛伊德学说的人，其中有一批是新文学家。他们不但从学理上介绍"精神分析"，而且在创作和评论中贯彻着这种学理。像杨振声写白日梦的小说《磨面的老王》，写性心理的小说《贞女》；鲁迅"解释创造——人和文学的——缘起"的小说《不周山》，还有《肥皂》；创造社作家写性心理和变态心理的一大批小说；王以仁、许杰受创造社影响而写的一些小说；周作人对郁达夫《沉沦》的评论：它们都显然直接间接地受了弗洛伊德学说的影响。

虽然如此，20 年代中国文学团体、流派中，真正显示出精神分析学的影响而且范围相当广泛、时间持续较久的，还只有一个创造社。从文艺产生的根源，到作品反映的内容，再到艺术表现的手法，创造社作家可以说多方面地受到了弗洛伊德学说的浸润。

创造社作家对于文艺产生根源的看法，同弗洛伊德精神分析学如出一辙。郭沫若早年"信奉的文学定义是：'文学是苦闷的象征'"[①]。郁达夫认为："孤单的凄清就是艺术的酵素"。成仿吾也认为："艺术是因为反抗这种孤单的凄清而生出来的。"创造社作家喜欢写性心理和变态心理。用成仿吾的话来说："我们的取材，多关于两性问题的"[②]。郁达夫也在《文艺赏鉴上的偏爱价值》一文中说："性欲和死，是人生的两大根本问题，所以以这两者为材料的作品，其偏爱价值比一般其他的作品更大。"如果说爱情和死亡是人们公认的文学史上两大常见主题的话，那么，把性欲看成与文学密不可分，这始作俑者只能是弗洛伊德。郁达夫这话不仅说出了他之所以在许多作品中爱写性心理、变态心理的原因，而且显示了弗洛伊德学说对他的影响。郭沫若因为学医，可能很早

[①] 郭沫若：《暗无天日的世界》，载《创造周报》第 7 号。
[②] 成仿吾：《创造社与文学研究会》，载《创造季刊》第 4 期。

就接触到弗洛伊德学说。①他最早一篇小说《骷髅》,就有弗氏的影响。从1921年开始,他就用精神分析学来论述文艺创作。在《〈西厢记〉艺术上的批判与其作者的性格》一文中,他用弗洛伊德学说批判中国的封建礼教,认为封建礼教不合人性,造成性变态,并且从《西厢记》对三寸金莲的欣赏,推断作者王实甫也有一点变态心理。郭沫若说:"照近代精神分析派的学理讲来,这部《西厢记》也可以说是'离比多'(Libido)的生产。"又说:"精神分析派学者以性欲生活之缺陷为一切文艺之起源,或许有过当之处;然如我国文学中的不可多得的作品如《楚辞》,如《胡笳十八拍》,如《织锦回文诗》,如王实甫的这部《西厢记》,我看都可以用此说说明。屈原好像是个独身生活者,他的精神确是有些变态。……蔡文姬和苏蕙是歇司迭里性的女人,更不消说了。如此说时,似乎减轻了作者的声价和作品的尊严性,其实不然,唯其有此精神上的种种苦闷才生出向上的冲动,以此冲动以表现于文艺,而文艺之尊严性才得确立,才能不为豪贵家儿的玩弄品。假使屈子不系独身,则美人芳草的幽思不会焕发;蔡、苏不成为歇司迭里,则《胡笳》《回文》之奇制不会产生。假使王实甫不如我所想象的一种性格,则这部《西厢记》也难产出。瓦格奈(Wagner)有句话说得好:'生活能如意时,艺术可以不要,艺术是到生路将穷处出来的。'到了无论如何都不能生活的时候,人才借艺术以鸣,以鸣其所欲。"这段话完全是用弗洛伊德学说来解释文艺的。郭沫若自己说:直到1924年4月他离开上海返回日本时,精神分析学"还有一个很执拗的记忆留在我的头脑里"②。可见弗洛伊德学说对他影响之深。

具体说来,弗洛伊德学说对创造社小说的影响,大约有这样三种情况:

---

①但郭沫若似未接触弗洛伊德的较多原著,他在《创造十年续篇》中称自己只有"一些半生不熟的精神分析派的见解"。
②《创造十年续篇》。

第二章 创造社影响下的自我小说及其浪漫主义、现代主义特征

第一种是按弗洛伊德学说来写潜意识、写梦,如郭沫若的小说《残春》。作者对此曾有解释:"主人公爱牟对于S姑娘是隐隐生了一种爱恋,但他是有妻子的人,他的爱情当然不能实现,所以他在无形无影之间把它按在潜意识下去了。——这便是构成梦境的主要动机。梦中爱牟与S会于笔立山上,这是他在昼间所不能满足的欲望,而在梦中表现了。"正在这时,"白羊匆匆走来报难。这是爱牟在昼间隐隐感觉着白羊为自己的障碍,故入梦中来拆散他们。妻杀二儿而发狂,是昼间无意识中所感受到的最大的障碍,在梦中消除了的表现。"① 可见,郭沫若完全按弗洛伊德对梦的解释来写梦。应当说明,文学作品中写做梦那是很早就有的,并不一定就能归之于弗洛伊德的精神分析学。譬如唐传奇就有《枕中记》《南柯太守传》《三梦记》,后来汤显祖写有《临川四梦》,一直到《红楼梦》,等等,真是多极了! 但那些梦尽管也能曲折地说明问题,却都带有古老的迷信的色彩。那些作品中的梦,往往是神鬼和人之间交往的桥梁:神鬼可以托梦,人也可借梦与神鬼交接。真正给了梦以接近于科学的解释的,那是近代精神分析学的功劳。郭沫若对于为什么要在《残春》这篇小说中这样来写梦,自己有过比较清楚的说明,他说:"我听见精神分析学家说过,精神分析的研究最好是从梦的分析着手。……此派学者对于梦的解释,是说'梦是昼间被抑制于潜在意识下的欲望或感情强烈的观念之复合体,现于睡眠时监视弛缓了的意识中的假装行列'。更借句简单的话来说,便是我们俗语所说的'日有所思,夜有所梦'。"② 因此,作者在回答批评家的批评时,满有把握地说:"我自信我的步骤是谨严的。"③ 郭沫若有意识地按照精神分析学来写梦,把梦作为潜意识的一种表现的小说还很多,如《月蚀》,如《喀尔美萝姑

---

① 《批评与梦》,《沫若文集》第10卷,人民文学出版社1959年版,第116页。
② 同上。
③ 同上。

娘》等。郁达夫也有按弗洛伊德学说来写梦境的小说,如《风铃》(后改名《空虚》)。这篇作品中的主人公质夫,在温泉邂逅少女后,竟做了一梦——用刀砍去少女的手臂,这正是白天见少女与表哥相好而产生的忌妒心在梦中的实现,如同郭沫若《残春》中主人公梦见妻杀其儿女一样。

第二种情况,是在小说中按弗洛伊德学说来写变态心理和变态性心理。弗洛伊德是从治疗精神病入手来研究心理学的,他的学说打有精神病的烙印,即把正常人心理都看成有几分变态的色彩。受他这种学说影响,西方现代派作品常常把正常人写成疯子模样。创造社一些作家也重视写变态心理。郁达夫且不说,即使像陶晶孙,最初一些作品几乎都写疯子,短剧《黑衣人》①就写一个二十多岁的青年,由于家族所遗传的精神病,他立誓要为姊姊向死神复仇,把风声当作仇人,结果打死了亲弟弟,最后自己也自杀而死。整个作品从题材到表现方法,都可看出现代派的影响。他的另一个短剧《尼庵》,写青年尼姑高高兴兴和爱人一起奔回家乡,半路上却莫名其妙地自杀了。创造社作家写的性心理,也往往是变态的。按照弗洛伊德的说法,儿童就有性意识;郭沫若的小说《叶罗提之墓》,陶晶孙的小说《木犀》,便都表现少年的变态性心理。《叶罗提之墓》写少年叶罗提对堂嫂产生奇怪的爱情。后来,当这位堂嫂病死时,叶罗提竟然吞服堂嫂平时缝衣服用的一枚顶针,自杀致死。郭沫若在回忆录中曾说到过自己童年时代有过某种类似的体验,他大概是用弗洛伊德学说对此做了分析整理并夸张地加以描写,于是产生了这篇小说。陶晶孙的《木犀》与此相似,它写的也是一位早熟少年的带有变态心理的爱情故事。通过主人公素威的回忆,追叙了他小学毕业不久和"年龄要差十岁"的女老师Toshiko之间的恋爱,后来女老师患肺结核病死去,少年便永远深情地怀念。这本来是一种不常有的感情,但作

---

① 载《创造季刊》第1卷第2期。

者把它写得很圣洁：月夜，木犀花（桂花）的香味，穿着白衣的女教师……这一切使作品笼罩着一种诗的气氛，现代主义与浪漫主义在这里得到了结合。

第三种情况，是按弗洛伊德学说来写所谓"力必多"（即受压抑而转移的性能量）创造了文化和文明。郭沫若的小说《Löbenicht 的塔》就是这样的作品。这篇小说是写真实的历史人物——德国哲学家康德的，它完全用弗洛伊德学说来解释主人公的心理状态。小说写道："康德教授虽然到了六十三岁都还不曾结婚，但他对于女性的崇拜却不输于他精神上的师傅卢梭。他最爱他的母亲，不幸在十三岁的时候便早见背弃了。""他在年轻时候并且也曾起过三次结婚的念头，"但为饥寒所迫，"他的对象已经为捷足者先得了"。于是他发愤著述，成了大学者，但有时常在心头涌起一些莫名其妙的烦恼情绪（如讨厌鸡叫）。这天早晨康德被叫醒后就很烦躁，想发泄出来，他忽然觉得窗外白杨树很碍眼，要求仆人去告诉邻居将白杨树砍掉。邻居女主人对康德很尊重，以前接受过康德献的蔷薇花，她果然满足了康德的要求。康德讲课回来，遮住窗口视线的白杨已经没有了，他看到了空旷的远处，看到了 Löbenicht 的塔，于是心情很舒坦。他的"《第三批判书》的受胎便在这个时候"。作品含蓄地点明了文化生产与性的关系。不了解弗洛伊德学说，就不大能了解这篇小说。郑伯奇把它说成"寄托小说"，似乎没有读懂。

从创造社作品所受上述三个方面的影响来看，我们确实感到弗洛伊德学说对现代派文学的作用不能低估。弗洛伊德学说既帮助作家开拓新的描写领域——尤其是潜意识领域，又引导作家去写许多变态以及"力必多"之类的内容：它的作用显然是双重的。

第三节　表现主义对创造社的影响

接受德国表现派的文学主张,强调创作不是反映外部的客观生活,而是表现作者的内心创造,这是创造社一部分作家受现代主义文学影响的又一个标志。

德国表现派(先锋派的一支)是第一次世界大战期间德国文学的主要潮流。他们认为,艺术的任务就是把作者个人的心智和气质在最大限度内表现出来。他们的作品不是根据客观世界的实际来进行描述,而是凭自己的"灵魂"来表现,并且特别强调运用"激情"。这派的理论家朗慈白葛(Landsberger)教授有句名言:"艺术是表现,不是再现。"在他们看来,艺术的美不在于和外界一致,而在于和艺术家的内界一致。到第一次世界大战以后,表现派中的极端分子就发展成为达达主义。

德国表现派对创造社的郭沫若、郁达夫等人有较大影响。特别是郭沫若,他在1922年、1923年前后作的三篇文章《自然与艺术——对于表现派的共感》《文艺的生产过程》《论国内的评坛及我对于创作上的态度》和一个讲演《印象与表现》①中,对德国表现派的文学主张表示完全支持。他说:"'艺术是(表)现,不是再现'——朗慈白葛教授这句简明的论断,把艺术的精神概括无遗了。"②他认为,艺术是从内部进行的创造,不是外部来的反射:"一切从外面借来的反射不是艺术的表现。"③在他看来,文艺作品一定要像作者自己,而不是去像外界的自然物,他打比方说:"母亲取摄自然物以营养自己和胎儿,但她所养出的胎儿不与她所摄取的任何自然物相似,只是像她自己。"④郭沫若认

---

① 《印象与表现——在上海美专自由讲座演讲》,载《时事新报》1923年12月30日,未收入《文艺论集》或《沫若文集》。
② 《文艺的生产过程》,《沫若文集》第10卷,人民文学出版社1956年版,第97页。
③ 同上。
④ 同上,第98页。

为，"19世纪的文艺是受动的文艺。自然派、象征派、印象派，乃至新近产生的一种未来派，都是摹仿的文艺。他们都还没有达到创造的阶级（段）"。"20世纪是文艺再生的时代；是文艺再解放的时代；是文艺从自然解放的时代；是艺术家赋与自然以生命，使自然再生的时代"[①]，其代表就是表现派。文艺复兴时代的画家达·芬奇为了强调艺术家要效法自然，不要效法别人的作品，所以提出了"艺术家应该做自然的儿子，不应该做自然的孙子"这个口号。而郭沫若则叫出了："艺术家不应该做自然的孙子，也不应该做自然的儿子，是应该做自然的老子！"[②] 所谓"做自然的老子"，用郭沫若的话，就是"赋与自然以生命，使自然再生"，就是"创造"。郭沫若最后呼唤："德意志的新兴艺术表现派哟！我对于你们的将来寄以无穷的希望。"这几篇文章里的表现主义倾向确实很强烈。

郁达夫对德国表现派作家的小说创作也是称颂的。他在1923年5月发表的《文学上的阶级斗争》一文中，对新旧浪漫主义特别是新浪漫主义（即先锋派）里的表现派很感兴趣，评价极高。他认为："表面上似与人生直接最没有关系的新旧浪漫派的艺术家，实际上对人世社会的疾愤，反而最深。"谈到德国表现派的一些作家时，郁达夫还说："德国是表现主义的发祥之地，德国表现派的文学家，对社会的反抗的热烈，实际上想把现时存在的社会的一点一滴都倒翻过来的热情，我们在无论何人的作品里都可以看得出来。"[③] 在1926年的《小说论》中，他还谈道："大战后的表现派的小说"，"颇有人称颂"。这种表现主义的文艺思想同浪漫主义文艺思想相结合，就构成了创造社一部分作家小说创作的特殊风格（连成仿吾也写有被称为"新浪漫派小说"的《深林的月

[①] 见《自然与艺术——对于表现派的共感》一文，收入《沫若文集》第10卷。
[②] 同上。
[③]《文学上的阶级斗争》，载《创造周报》1923年5月27日第3号。

夜》)。一般来说，他们的小说都不采用社会生活中的重大题材，而是借一点身边琐事或个人无意中的细小经历，通过富有浪漫气息的抒情或分身、梦幻之类的特殊手法，虚构幻化出一番不免令人唏嘘感伤的情景，以表现一种特定的有时颇为微妙的心境，显示作者个人的才情、性格、气质、品性。郁达夫的《青烟》，便是受德国表现派影响的代表性作品。这篇小说从所写的主题和题材内容来说，几乎同《茑萝行》一样：两者都写到了男主人公由父母包办而与一个没有多少文化知识的女子结了婚，都写到了男主人公由于对婚姻不满等种种原因而远走他方以及妻子所过的孤独痛苦的生活，都写到了第一人称的男主人公产生投水自杀的念头。然而从手法上说，《青烟》与《茑萝行》却显示了很大的不同：如果说《茑萝行》采用通常的抒情与叙事结合的手法表现一种浪漫主义情调，那么《青烟》则采用很有德国表现派特点的"分身"法：作品中的男主人公在烟雾缭绕的气氛中忽然分裂成了两人，这个"幻影"（A Phantom）居然在黄昏时分穷愁潦倒地回到了家乡，见到了破落的家门和自己由包办结婚的孤苦伶仃的妻子（而妻子却认不出他），然后跳在家乡的江水里自杀了，借此表达作者内心那种忧伤愤懑的感情。再以郭沫若为例，从1922年的《残春》起到1926年的《湖心亭》止，一共十七篇小说，大体上都具有这种浪漫主义加表现主义的情调。这些作品采用了不少幻影、梦境之类手法，甚至连《牧羊哀话》这种反帝爱国作品，不但全篇浸透着浪漫情调，结尾还有一个怪异的梦。小说结构往往很散漫，难以找到什么高潮之类，但是在表现人物特定的心境、表现某些微妙的心理活动以及表现作者才情个性方面，确实是有长处的。被郑伯奇称为"恢奇诡异"的《喀尔美萝姑娘》，便是一篇浪漫主义与表现主义兼而有之的作品。小说写"我"作为有妇之夫，爱上了糖食店里一位美丽姑娘（"喀尔美萝"是一种糖饼），他放纵感情而不能自拔，如醉如痴，连做梦也觉着两个人相爱，实际上却只是一厢情愿的幻觉。当喀尔美萝姑娘出嫁的消息传来后,"我"竟至跳水殉情。尽管被救上来,从此沉溺在感情旋涡里。贤惠的妻子体谅他,不愿拖累他,愿意带着孩子与他离婚。但最终仍未能挽救他。"我"最后已奄奄一息了。小说在表现郭沫若特有的气质以及他那种爱情的热烈、疯狂方面,可以说到了淋漓尽致的地步。如小说写"我"尾随姑娘上了电车,却因到了站,不得不下车时的一段心情:

> 车掌(日本对电车司机的称呼——引者)催着我下了车,我立着看那比我力量更大的电车把我的爱人夺去。我恨我没有炸弹,不然我要把电车炸成粉碎,我要把那车掌炸成粉碎!我要和她一道死!

这类小说不管主人公属于何等身份,确实都是一种与自我扩张的哲学思潮相联系的强烈地表现自我的作品。我们之所以把创造社作家的小说称作"自我小说",除了因为他们确实受过日本自我小说(即"私小说")的影响外,还有这样多层的意义:一是他们常从身边琐事即自我经历中取材,二是他们常用第一人称即自我描述的手法,三是作品里往往浸染着一层自我扩张的思想色彩,四是小说本身侧重于表现作者自我的心境,袒露作者自我的性格、气质、灵魂。这些特点,正是创造社的浪漫主义加上表现主义文艺思想给小说创作带来的。

第四节　创造社小说中的现代主义技巧

最后还应该指出的是,创造社前期小说已开始运用现代派的某些技巧。

由于创造社成员比较看重表现潜意识和性心理,因此,有些作家已经在小说中运用意识流技巧。郭沫若《残春》所写的"我"在火车上的思想活动，就是跳跃式而缺少严格的逻辑联系的。"我"不但从白羊与送行者脱帽挥手告别，想到贺君脱帽跳海的姿势，又想到海妖的引诱，还产生了这样几段互不衔接的想法：

——我和我的女人，今宵的分离，要算是破题儿第一夜了。我的儿子们今晚睡的时候，看见我没有回家，明朝醒来的时候，又看见我不在屋里，怕会疑我是被什么怪物捉去了呢。

——万一他（指同学贺君）是死了的时候，那他真是可怜！远远来到海外，最终只是求得一死！……

——但是死又有什么要紧呢？死在国内，死在国外，死在爱人的怀中，死在荒天旷野里，同是闭着眼睛，走到一个未知的世界里去，那又有什么可怜不可怜呢？我将来是想死的时候，我想跳进火山口里去，怕是最痛快的一个死法。

——他那悲壮的态度，他那凯旋将军的态度！不知道他愿不愿意火葬？我觉得火葬法是最单纯，最简便，最干净的了。

——儿子们怕已经回家了，他们回去，看见一楼空洞，他们会是何等地寂寞呢？……

以上五段不连贯的思想活动，都出现在火车上"我"刚离开妻子、孩子而要去看自杀被救的同学的时候。随着火车飞快开动的节拍，人物的意识也在跳跃，也在流动，这是合乎情理、毫不难懂的。至于这篇小说里的梦境，更是"我"的潜意识在放松监视的情况下的一种升华，同样是容易理解的。作者自己就说："我那篇《残春》的着力点并不是注意在事实的进行，我是注意在心理的描写。我描写的心理是潜在意识的一种流动。——这是我做那篇小说的奢望。若拿描写事实的尺度去测量它，那的确是全无高潮的。若是对于精神分析学或梦的心理稍有研究的人看来,他必定可以看出一种作意,可以说出另外一番意见。"① 可见,郭沫若当时是明确地自觉地开始运用意识流的写法的。

郭沫若的另一篇小说《阳春别》开头几段,也完全用跳跃式的文字,通过人物的感觉,来写出近代企业职员紧张的工作场面和快速的生活节奏:

> 一九二四年六月十日午前十时。
>
> 上海三菱公司码头,N邮船公司的二层楼上。
>
> 电话声、电铃声、打字机声、钢笔在纸上赛跑声,不间断地,在奏着近代文明的进行曲。栗鼠的眼睛眼睛眼睛,毛虫痉挛着的颜面筋肉,……随着这进行曲的乐声,不断地跃进,跃进,跃进。空气是沸腾着的,红头巡捕、西洋妇人、玉兰玉兰水的香气、衣缝下露出的日本妇人的肥白的脚胫……人是沸水中浮游着的水滴。

这种扫描印象式的新奇写法,也明显地具有现代主义的特点。

陶晶孙的小说《木犀》,则采用了一点电影镜头的跳跃式,节奏也比较快。有些片断完全顺着主人公意识的流动来写,打乱了情节发展的时间次序。如素威回忆少年时与女老师Toshiko之间的暧昧感情:

> 金色的栏杆不倦地璀璨着。素威时而把嘴唇去亲它一下,时而又把面庞去挨它一下。
>
> "怎么做呢?"他只是这么想。——应该要去谢谢先生——但是这是多么害羞的一种道谢呢!
>
> 但是就这么回去,也很寂寞。他在金色的栏杆上用手指画写着

---

① 《批评与梦》,《沫若文集》第10卷,人民文学出版社1959年版。

"Toshiko""先生"等字。

最初先生到这学校里来的时候。

"我是 Toshiko——"

说了，随后才说出姓来，所以什么人都不叫她的姓的，细长而清爽，万事精明的——此外没有字来可以形容的美的 Toshiko 先生！

应该说，陶晶孙1925年、1926年的小说已受日本新感觉派影响，讲究用语的新奇。他善于运用形象化的词汇和比喻使抽象的事理易于捉摸，增强可感性。如《音乐会小曲·春》里，已经用这样的语言形容乐曲的暂停："伴奏在休止符里。"为了显示低音提琴演奏的出色，作者写道："Cello（低音提琴——引者注）的 Cadenza（终句——引者注）好像小流瀑的摇飞"，等等。陶晶孙也许是中国第一个受日本新感觉派影响的作家。

西方现代派作家喜欢捕捉一刹那间的新奇感受，这在创造社前期小说中也已有所表现。如《喀尔美萝姑娘》写到男主人公陷入感情的深坑不能自拔时，把眼前一切景象都和女主人公联系起来：夕阳从"云层中洒下半轮辐射的光线"，被"我"看作"那是她的睫毛！她的睫毛！""玫瑰色的红霞令我想起她的羞色"。"空气中一切的闪烁都是她的眼睛，眼睛，眼睛……她是占领了我全部的灵魂。"这些特定情景中的笔墨，都显得相当真切而富有表现力。

在创造社影响下，浅草社有些作家的作品，也同样呈现了现代主义的色彩。林如稷1923年写的《将过去》（载《浅草》一卷四期），就是其中的代表。这篇小说在内容情调上很像郁达夫的《沉沦》，而在写作上却更多地采用了现代派跳跃式地写意识活动的方法。它借主人公若水来往京沪两地的生活片断，侧重表现"五四"后知识青年忧郁苦闷的心情。作者并不想向读者揭示这种忧郁烦闷心情的现实根源，也不想讲述完整有趣的故事情节，而仅仅满足于表现这种忧郁烦闷心情本身。小说有意打乱普通作品中的时间空间顺序,跳跃式地写幻觉,写梦境,写潜意识,写酒醉时的感受,写火车上难以打发时光的无聊和烦闷心情,以及写他后来在香佛寺隐居几个月的孤独感。作品中有些比喻、联想很是奇特,如:"吻,吻着,吻那像西藏产的红花似的发……;吸,吸着,吸那如马来群岛上的人嚼槟榔流出来的唾……";"屋前几棵满头戴孝的槐树"。这些也显然接受了现代派的影响。《将过去》是一篇现代派气味很浓的作品。

用现代主义方法表现主人公的苦闷心理确有方便活泼之处。但同时也带来一个问题:使作品的现实内容变得较为稀薄。对意识流的醉心,可能导致作者放松了作品社会内容的挖掘,使之稀释到不能再稀的程度。作者忽略了表现主人公苦闷心理的现实根源。对于人物所处的背景,作品只在无意中提了一句:"政局变得太厉害"——也就是说,军阀混战,荼毒百姓,中国处于一片黑暗中。这本来可能是人物苦闷的重要原因。但作者对此完全没有兴趣作为艺术内容进行描述。郁达夫作品在表现主人公忧郁、苦闷、愤世等感情时,对于造成这种情况的社会根源还是有所触及的;而运用现代主义方法的林如稷,在这点上似乎还不如运用浪漫主义方法的郁达夫。

总之,创造社系统的自我小说,有一部分已经尝试着运用了意识流、新感觉等现代派技巧。艺术表现上的这种状况,加上题材内容上的弗洛伊德情调,创作方法上的表现主义色彩,三者组合在一起,就构成了创造社前期小说的现代主义成分。从思想意义上看,创造社这部分具有现代主义倾向的小说,可能比不上作为主体的浪漫主义作品;但它们在艺术上却开辟了一些新的领域和新的途径,做出了颇有意义的新的探索。创造社确实是一个最早接受西方现代派文学影响的流派,它为后来现代派小说的发展开了先河。

当然,创造社作家到了办《洪水》半月刊和《创造月刊》的时期,思想有了很大变化。郭沫若1925年编《塔》这部戏剧小说集时，就把有些情绪不太健康的作品作为"青春时期的残骸"来看待，愿意把它们埋藏起来。1926年，郭沫若、成仿吾等参加实际革命工作。郭沫若到那时自己就把浪漫主义批判了（他接受国际上"左"倾思潮影响下的流行说法，认为浪漫主义就是唯心主义），同时也把弗洛伊德学说批判了，从此就告别了浪漫主义和现代主义，走上了后期创造社写"革命小说"的道路。

第三章　太阳社与后期创造社的"革命小说"

创造社革命化以后，郭沫若、成仿吾等投身实际革命工作，郁达夫则因为与社内某些成员意见不合退出去了。这时蒋光慈还在文学战线上，他先与创造社年轻成员合作，借创造社刊物介绍俄苏文学，发表革命小说《少年漂泊者》《鸭绿江上》等；1927年又和钱杏邨、孟超等结成太阳社，随后与后期创造社、我们社等共同提倡无产阶级革命文学，创作了更多的作品。这就形成了20年代末期到30年代初的"革命小说"流派。

第一节　蒋光慈与"革命小说"的兴盛

蒋光慈是无产阶级文学运动中最活跃的人物之一，也是"革命小说"最有代表性的作家。

中国文学界中倡导无产阶级文学运动的，大致有两部分人：一部分是受日本左翼文学运动影响的创造社作家，如郭沫若（麦克昂）、成仿吾、冯乃超、李初梨、彭康、朱镜我等；另一部分是直接受苏俄文学运动影响的，如瞿秋白、蒋光慈、曹靖华。这两部分人在实际工作中往往有所结合，但由于后者直接来自十月革命后的苏俄，便具有不可替代的重要性。蒋光慈正是后一方面的一位代表人物。

蒋光慈（1901—1931），原名如恒，号侠生（侠僧），早年笔名蒋光赤。生于安徽省霍邱县白塔畈（现属金寨县）一个小商人家庭。五四运动时在芜湖安徽省立第五中学上学，曾是当地学生运动中的风云人物。不久在上海加入社会主义青年团，并习俄语。1921年赴苏联留学，入莫斯科东方共产主义劳动大学中国班。次年转为中国共产党党员。在苏联接触无产阶级文化派的理论与列夫派的文学主张，后译过"拉普"作家里别津斯基的中篇小说《一周间》。1924年回国，曾在冯玉祥将军处当过苏联顾问翻译，又经瞿秋白介绍，在上海大学社会系任教。此年冬，与沈泽民等组织"春雷文学社"，借《民国日报》副刊出版《春雷周刊》。1925年元旦，蒋光慈发表《现代中国社会与革命文学》，踏倒五四时期新文学前辈，呼唤为劳苦群众呐喊的"革命之歌"。他在"五卅"前夜出版的诗集《新梦》自序中说："我生值革命怒潮浩荡之时，一点心灵早燃烧着无涯际的红火。我愿勉力为东亚革命的歌者！"中篇小说《少年漂泊者》，也被作者称为"花呀，月呀"声中"粗暴的叫喊"。小说写一个佃农的儿子受社会迫害而逐渐觉醒、最后参加革命军在作战中英勇牺牲的故事。作品不算成功，却同稍后的《鸭绿江上》《弟兄夜话》《短裤党》等小说一样，充满鲜明的爱憎和浪漫主义激情。当时，苏联"拉普"与国际左翼文学界已指责浪漫主义为"唯心主义""没落阶级的产物"，郭沫若也在《革命与文学》中申斥"浪漫主义的文学早已成为反革命的文学"，但蒋光慈仍坚决认为革命需要浪漫主义，公开为"革命的浪漫蒂克"辩护。郭沫若在《创造十年续篇》中曾回忆这件事说：

但我却要佩服光慈，他在"浪漫"受着围骂——并不想夸张地用"围剿"那种字面——的时候，却敢于对我们说："我自己便是浪漫派，凡是革命家也都是浪漫派，不浪漫谁个来革命呢？"

他这所说的"浪漫"大约也并不就是所谓"吊尔郎当"。但他很恳切，他怕我们还不能理解，又曾这样为我们解释过几句：

"有理想，有热情，不满足现状而企图创造出些更好的什么的，这种精神便是浪漫主义。具有这种精神的便是浪漫派。"（大意如此，就作为我自己的话也是无妨事的。）

光慈的确是这样一种人；……

"四一二"政变给了蒋光慈很深刺激。他在愤怒与忧伤中奋起，写了《哀中国》《哭诉》等集子中的许多诗篇。1927年5月，他在武汉与钱杏邨、孟超、杨邨人等筹建太阳社。但不久武汉也清党，于是逃回上海。此年冬天正式办春野书店，1928年初出版《太阳月刊》。据杨邨人30年代写的回忆录①，太阳社成员相当多：有蒋光慈、钱杏邨（阿英）、孟超、杨邨人、王艺钟、刘一梦、洪灵菲、戴平万、林伯修（杜国庠）、冯宪章、沈端先、楼建南、殷夫、祝秀侠、卢森堡（任钧）。蒋光慈在太阳社刊物上发表了《关于革命文学》等相当多的论文和作品（包括重要长篇小说《咆哮了的土地》）。1929年至1930年，还主编过《时代文艺》《海风周报》《新流月报》《拓荒者》。中国左翼作家联盟在上海成立时，被选为常务委员会候补委员。1931年8月31日在上海虹口同仁医院因结核病逝世。

蒋光慈还曾经是创造社成员。由于他和创造社之间这层特殊关系，也由于他一贯推崇郭沫若（即使在《现代中国社会与革命文学》一文中，他骂倒了五四时期许多新文学作家，却没有忘记赞美郭沫若），因而使太阳社与后期创造社保持了密切的联系。这两个社团之间虽也曾为

---

① 杨邨人：《太阳社与蒋光慈》，载《现代》第3卷第4期。

"革命文学发明权"有过争议,但总的来说,还是在共同倡导无产阶级革命文学方面实现了较好的协同配合。

革命小说流派作家除蒋光慈外,还有:长篇小说《流亡》三部曲和中篇小说《大海》、短篇集《归家》的作者洪灵菲,长篇小说《地泉》三部曲和中篇小说《女囚》、短篇集《十姑的悲愁》的作者阳翰笙,短篇集《挣扎》《病与梦》以及《盐场》等小说的作者楼建南,短篇集《革命的故事》《义冢》《欢乐的舞蹈》《玛露莎》的作者钱杏邨,短篇集《出路》《都市之夜》《陆阿六》的作者戴平万,短篇集《跋涉的人们》的作者李守章,短篇集《失业以后》的作者刘一梦,《炭矿夫》的作者龚冰庐等。他们几乎都是太阳社或后期创造社的成员。郭沫若这时也写了《一只手》《骑士》等短篇小说,倾向与上面这些作家的作品非常相似。蒋光慈编过两本《中国新兴文学短篇创作选》,可以说是这个流派在短篇小说方面的代表作。

革命小说在20年代后期,曾经风靡一时。那时的知识青年中出现过"蒋光慈热"。陶铸有一次曾说,他是读了《少年漂泊者》才去上黄埔军校的。无独有偶,胡耀邦在一次讲话中,也说他和当时许多进步青年一样,受了《少年漂泊者》影响去参加革命。郁达夫在《光慈的晚年》一文中,还写过这样一段文字:"一九二八、一九二九以后,普罗文学执了中国文坛的牛耳,光赤的读者崇拜者,也在这两年里突然增加了起来。"[①] 一些盗版书商,甚至把别人的作品换上蒋光慈的名字来偷印(如上海月明书店把邹枋的《三对爱人儿》改成蒋光慈著)。可见,直到20年代末,蒋光慈小说的影响还有继续增长、扩大的趋势。这种现象只能用革命小说本身和时代浪潮具有紧密联系来做解释。可以这样说:革命小说的兴盛,一方面是第一次国内革命战争对文学产生巨大推动的结果

---

① 载《现代》第3卷第1期。

第三章 太阳社与后期创造社的"革命小说"

(连黎锦明也写了《尘影》,叶永蓁也写了《小小十年》),另一方面又是1927年以后革命现实深入发展的反映。后期创造社成员李初梨曾说:

> 在中国革命的初期,因为它内包的要素底复杂,所以它反映到意识方面来的,只是一个混合型的革命文学。
>
> 然而经过国内布尔乔亚氾及小有产者知识阶级相继叛变底两个阶段以后,即中国普罗列塔利亚特的Hegemonie(领导权——引者)确立了的今日,革命文学当然被奥伏赫变(扬弃——引者)为普罗列塔利亚文学。这也可以说是一个文学上的方向转换。①

无产阶级单独领导中国革命的新形势,要求新文学运动从第一个十年"混合型的革命文学",向前推进到正面倡导"普罗列塔利亚文学"的新阶段。革命小说在一定程度上适应了这种需要,因而赢得了相当广大的知识青年读者。鲁迅在《二心集·我们要批评家》中提到了李守章《跋涉的人们》、刘一梦《失业以后》等作品,称它们"总还是优秀之作"。沈从文还从文学本身发展的角度,肯定了革命小说兴起的价值,他在《论中国创作小说》一文第五节中说:

> 诚实的制作自己所要制作的故事,清明的睥睨一切,坦白的申述一切,为人生所烦恼,便使这烦恼诉之于读者,南方创造派所形成的风气实较北方语丝派为优。浮浅幼稚,尚可望因时代而前进,使之消灭;世故聪明,却使每个作者在写作之余,有泰然自得的样子,文学的健康性因此而毁了。民十六年革命小说兴起,一面是在对文学倾向有所提示,另一面也是掊击到这种不良趣味,这企图,

---

① 李初梨:《请看我们中国的堂吉诃德的乱舞——答鲁迅〈醉眼中的朦胧〉》。

在创作方面，是不为无益的。

革命小说的兴盛，还有特定的国际背景。20年代中后期正是国际无产阶级文学运动蓬勃发展的时期。在苏联，20年代中期起，许多老作家向革命方面靠拢和转化，无产阶级文学运动相当活跃，起先是"莫普"（莫斯科无产阶级作家协会），稍后是"拉普"（俄罗斯无产阶级作家协会），起着主导作用，他们曾在1924年发表《告全世界革命的无产阶级作家书》，对许多国家都有影响。德国在20年代中期也出现一批工人作家，到1928年，成立了德国无产阶级作家联盟。在东亚，无产阶级文学影响正日益扩大，朝鲜在1927年成立了"卡普"（高丽无产阶级艺术同盟），日本早在1925年12月就组成了日本无产阶级文艺联盟，不久虽然分化，但1928年3月又建立了"纳普"（全日本无产者艺术联盟）。这种情况给了中国革命作家以推动和鼓舞。1928年和1930年在莫斯科和哈尔科夫先后召开了两次世界革命作家大会，第二次会上还成立了"国际革命作家联盟"，以及在此前后一些国家展开的工农通讯员运动和对"无产阶级小说特征"的探讨，也都给了中国小说作家很大的影响。正是这种背景，推动了中国革命小说的建立与发展。

第二节 "革命小说"派的功绩和特色

以蒋光慈为代表的革命小说流派，在中国现代小说史上显示了自己的功绩和特色。

它的一个重要的功绩和特色，就是站在鲜明的革命立场上，反映属于时代尖端的现实革命斗争题材，将革命史上一些重大历史事件和真实的历史人物引进了小说创作的领域。初期无产阶级小说采用某些真实的历史事件和报告性的材料，这几乎成为一种国际性的现象。苏联的《恰巴耶夫》《铁流》《毁灭》，便不同程度地具有这种性质。以蒋光慈为代表的革命小说派虽然艺术上远没有富尔曼诺夫、法捷耶夫那么成熟，但他们将一些重大历史事件和现实革命斗争题材写进小说，使小说兼有报告文学的某些长处，这也是具有开创意义的。例如，《少年漂泊者》通过主人公汪中的经历，展现了从"五四"到"二七"再到"五卅"这个时期的社会斗争风貌，其中"二七"大罢工林祥谦的牺牲等部分就写得相当有声有色。《短裤党》满怀激情地正面描写了中国共产党领导下的上海工人第二次、第三次武装起义，而且在起义取得胜利后十一二天就写成了书，其取材和写作速度都是令人惊异的。正像作者所说，"本书是中国革命史上的一个证据"，证明中国无产阶级具有何等的英雄气概和首创精神。《咆哮了的土地》表现大革命时期的农民运动以及最后向井冈山的进军，其题材更具有重要的意义。郭沫若的《宾阳门外》《双簧》《骑士》这几篇小说写了北伐军攻打武汉以及占领武汉后的斗争生活，也为第一次国内革命战争摄下了一些颇有意义的侧影。当然，题材本身并不能决定创作的地位，比题材更有意义的，是小说在表现作者较为熟悉的一部分革命者形象方面所取得的成就。以《短裤党》为例，这里写了许多真实的历史人物。作者在书前小序中说："我真感谢我的时代！它该给与了我许多可歌可泣的材料！""当写的时候，我为一股热情所鼓动着，几乎忘记了自己在做小说。"书里的许多人物都是有原型的，有些人物连名字简直就是真名。反面人物中，像"沈船舫"其实就是孙传芳的谐音，"张宗长"就是直鲁军阀张宗昌，"李普璋"就是上海防守司令李宝章，国民党右派人物"章奇"就是西山会议派的张继。如果说，这些反面形象相当简单化、漫画化的话，那么，一些革命者形象写得就比较有生活实感。"史兆炎"其实就是赵世炎，他政治上清醒沉着而恋爱上羞涩胆怯，这两个方面真实、和谐地统一在一起，显示了革命者纯洁、坚强的性格。杨直夫和秋华这一对夫妇写得也很亲切感人。"杨直夫"者,杨之华之夫也,就是瞿秋白;"秋华"者,秋白之华也,就是杨之华;这两个形象完全根据蒋光慈最熟悉的瞿秋白夫妇实写的。秋华作为一个受过现代教育的妇女,既看重妇女独立的人格,又非常爱直夫,她为直夫感到骄傲。小说写道:"她为着直夫不惜与从前的丈夫、一个贵公子离婚;她为着直夫不顾及一切的毁谤,不顾及家庭的怨骂;她为着直夫情愿吃苦,情愿脱离少奶奶的快活生涯,而参加革命的工作。"这些可以说都是杨之华思想经历的真实写照。至于杨直夫的形象,更在相当程度上把瞿秋白的气质表现了出来。作品通过秋华的观察和思考,用这样一段文字介绍了直夫:"这个人倒是一个特别的人!他对于我的温柔体贴简直如多情的诗人一样;说话或与人讨论时,有条有理,如一个大学者一样;做起文章来可以日夜不休息;做起事来又比任何人都勇敢,从没有惧怕过;他的意志如铁一般的坚,思想如丝一般的细。……他无时无地不想关于革命的事情,……"甚至发着烧、患着很重的肺结核病仍不请自到地赶去参加党的江浙区委会议,显示出高度的革命责任感;这些描述都是相当真切感人的。小说里还写了一位党的重要领导人林鹤生,他三十岁不到就一把大胡子,两眼炯炯放光,对革命极其忠诚,富有自我批评精神,这个人物写的是谁?熟悉历史的读者想一下就会明白:周恩来!可以说:《短裤党》在写这些真实的历史人物方面,尽管不丰满,却还是取得了一定成就的。有趣的是,20年代末30年代初,小说里写瞿秋白的远不止一篇《短裤党》。像郭沫若《骑士》中的白秋烈,丁玲《韦护》中的韦护,便都是以瞿秋白为原型来写的(《骑士》写于1930年,发表已到瞿秋白牺牲之后,所以人物取名"白秋烈")。这几篇小说中的瞿秋白形象,可以说各有千秋:《短裤党》写出了瞿秋白文静从容的气质,突出了他对革命的忠诚和对工作的深思熟虑,看问题的一针见血;《骑士》着重描写了瞿秋白的潇洒的风度,机智的谈吐,以及某种浪漫诗人的性格特点,同时也表现了他在关键问题上观察的锋利和深刻;《韦护》是丁玲根据瞿秋白和最早的爱人王剑虹的恋爱故事加以改造虚构而成的①，事迹不一样了，性格的热烈真诚则依然如故。这些作品今天读来仍饶有风味，使我们了解到从一般作品中很难了解到的当年革命者的真实的思想风貌以及那种多少有点罗曼蒂克的生活情趣和袒露着的内在灵魂，完全没有后来有些作品那种由矫揉造作而产生的"隔"的味道。此外，像《宾阳门外》里写的邓演达和纪德甫，《双簧》里的"我"和李鹤龄，《咆哮了的土地》中李杰、张进德，也都不失为一些写得比较生动真切的革命者形象。这些成就的取得，首先由于作者对人物本身相当熟悉，同时也与法捷耶夫《毁灭》、富尔曼诺夫《恰巴也夫》对中国革命文学的好的影响有关。

革命小说派的代表作是蒋光慈的《咆哮了的土地》，它也是蒋光慈最好的接近于成熟的一部作品。这部小说不但以它写湖南农民运动和最后向井冈山进军的题材的重要性引人注目，而且在描写革命和革命者本身的复杂性方面也取得了一定的成就。小说初步而又比较生动地写出了农民在革命斗争中需要自我教育也能够自我教育的过程。由于封建思想的长期统治和毒害，由于私有制和小生产本身的局限，农民身上是有不少弱点、毛病的：一方面落后迷信不觉悟，另一方面小部分农民还沾染了一些不良习气、游民习气（如赌博、虐待妻子、互不团结等）。作品没有把革命群众神圣化，而是大致上写出了农民在斗争烈火中既改造着农村、也铸炼着自己的过程，写出了他们从不觉悟到觉悟、从落后到进步、从存在着各种毛病到逐渐克服这些毛病的过程。小说以生活本身的逻辑证明：农民中有痞子存在，但不能简单地把共产党领导下的农民运动归结为"痞子运动"。同时，小说也立体地相当深刻地写出了革命者、革命知识分子本身的复杂性。书里面有两个革命知识分子：一个李

---

① 丁玲并不属于"革命小说"派，虽然《韦护》如她自己所说，有点陷入"光赤式的井里"（见《我的创作生活》）。

杰,一个何月素,他们背叛了自己出身的地主阶级,跟农民站在一起反过来向封建阶级进行斗争,从而取得了农民的拥护、爱戴。但这是要经过痛苦的自我斗争的。他们必须经过几个"关":生活关(在农民家里吃住)、感情关(是孤芳自赏、格格不入还是同农民打成一片)、家庭关(直接斗争到自己家庭时怎么办)。特别最后这一关,是最严峻的考验。小说相当成功地写出了李杰所经历的激烈的思想斗争:烧不烧自己家的房?在革命锋芒直接对准自己家庭时还能不能坚决同农民群众站在一起?这里经历着一场灵魂的拷问、灵魂的苦刑,小说真实地写出来了,因而具有惊心动魄的效果。当然,《咆哮了的土地》思想和艺术上毛病都还不少,对它的评价也不宜过高。

在形式上,革命小说也做过一些新的探索与实验。有些作品故意采用串联式的结构方式。不少作品把真实的文件、新闻报道、事实材料、流行歌曲都引进小说,以增强真实感和新鲜感。正因为这样,30年代甚至产生了"报告小说"这种名词。所有这些,都同向国外同类小说的借鉴有关(如《短裤党》就借鉴过里别津斯基的《一周间》)。

革命小说流派也有自己的风格特色。

革命小说是创造社转变方向的产物,许多作品比前期创造社增多了现实主义成分,但也还有相当一部分小说保留着前期创造社的风格:放任感情,直抒胸臆,袒露作者的浪漫主义气质,是表现而非再现。以洪灵菲的《流亡》为例,这是一部生活实感较重的长篇,但风格上仍有前期创造社的特点。作者竭力要把激荡奔放的感情,直接从笔尖流泻出来。如写革命者沈之菲刚流亡到香港时,用了这样的笔墨:

> 下午四点钟的时候,之菲离开杨老板的住家,独自在街上走着。街上很拥挤,印度巡捕做着等距离的黑标点。经过了几条街,遇见了许多可生可死的人,他终于走到海滨去了。

第三章 太阳社与后期创造社的"革命小说"

这时候,斜阳壮丽,万道红光,浴着远海。有生命的,自由的,欢乐的浪花在跳跃着,在奔流着,在一齐趋赴红光照映的美境下去!他们虽经过狂风暴雨之摧残,轮船小艇之压迫,寒星凄月之诱惑,奇山异岛之阻隔;他们却始终是自由的,活泼的,跳动的!他们超过时间空间的限制,永远是力的表现!

岸上陈列着些来往不断的两足动物。这些动物除一部分执行劫掠和统治者外,余者都是冥顽不灵的奴隶!黑的巡捕,黄的手车夫,小贩,大老板,行街者,小情人,大学生……满街上都是俘虏!都是罪人!都是弱者!他们永远不希望光明!永远不渴求光明!他们在监狱里住惯了,他们厌恶光明!他们永不活动,永不努力,永不要自由!他们被束缚惯了,他们厌恶自由!他们是古井之水,是池塘之水,是死的!是死的!他们度惯死的生活,他们厌恶生!

"唉!唉!死气沉沉的孤岛啊!失了灵性的大中华民族的人民啊!给人家玩弄到彻底的黑印度巡捕啊!我为尔羞!我为尔哭!起来!你披霞带雾的郁拔的奇峰!起来!你以数千年文物自傲的中华民族的秀异的人民!起来!你魁梧奇伟,七尺昂藏的黑印度巡捕!起来!起来!大家联成一条战线!叱咤喑呜,使用我们的强力,把罪恶贯盈的统治阶级打倒!打倒!打倒!打倒!我们要把吮吸膏血,摧残自由,以寡暴众的统治阶级不容情地打倒!才有面目可以立足天地之间!……"之菲很激越慷慨地自语着,这时他对着大海,立在市街上挺直腰子,两眼包着热泪,把拳头握得紧紧,摆在胸前。

"全世界被压迫阶级联合起来,打倒资本帝国主义!国民革命成功万岁!世界革命成功万岁!……"

这几个被他呼得成为惯性的口号,在他胸脑间拥挤着。

视活泼涌动的浪花为追求自由的象征,以居高临下的心态俯视芸芸众生，时时处处都要进行革命的鼓动：这些景物描写具有多么强烈的抒情成分和主观色彩！我们从中难道不能感受到郁达夫、郭沫若的气息吗？！这类作品虽然以革命的面目出现，却实在是些没有郁达夫的郁达夫式的小说。无怪乎后来孟超也直言不讳地说：洪灵菲"以浪漫主义的表现方法，在革命的故事中糅杂了不少的恋爱场面，我们也不能否认在风格上是受了郁达夫的影响（自然他没有郁达夫的颓废的一面）。"[①] 其实，岂止一个洪灵菲如此，蒋光慈一些作品何尝不是这样。即如钱杏邨的小说，也常常是革命的愤激和个人的穷愁混合着的，而且喜欢插进清代薄命诗人黄仲则的许多伤感的诗句，分明同样有着郁达夫的情调。总之，革命小说虽然是革命化的产物，已有了不少现实主义成分，但骨子里仍渗透着浪漫主义的抒情气质，这是革命小说的又一个特色。

革命小说流派的再一个显著特色，是在作品中注意塑造群像，以此体现集体主义思想。当时的作家和理论家都把能否塑造群像，作为是否具备"无产阶级小说（或新小说）特征"的一个重要标志。这种思想在20年代末期和30年代初期，曾经牢固地掌握着一部分左翼作家。蒋光慈在写完《短裤党》以后半年，写过一篇题为《关于革命文学》的论文，其中说：

> 旧式的作家因为受了旧思想的支配，成为了个人主义者，因之他们所写出来的作品，也就充分地表现出个人主义的倾向。他们以个人为创作的中心，以个人生活为描写的目标，而忽视了群众的生活。他们心目中只知道有英雄，而不知道有群众，只知道有个人，而不知道有集体。……
>
> 革命文学应当是反个人主义的文学，它的主人翁应当是群众，

[①] 孟超：《我所知道的灵菲》，《洪灵菲选集》，开明书店1951年版。

而不是个人；它的倾向应当是集体主义，而不是个人主义……

因为要体现集体主义思想，于是作品主人公竟然不能用个人，必须用群众，这在今天看来是一种多么幼稚可笑的思想！对于典型概括的理论是多么无知！然而它在当时却得到许多作家的真诚信奉。譬如，沈端先在1930年写的《到集团艺术的路》一文（《拓荒者》第四期）中说："从来的文学，——尤其是小说，彻底地拘束在个人主义性这一种致命的艺术样式之内，一方（面），一切被选为小说之内容的东西，都是个人的劳力所造成的以个人的思想感情乃至行动为主题的作品；他方（面），赏鉴这种作品的也都是隔离了的个人。在现在这样一个伟大的革命的飞跃时代，这种个人主义的性能，对于从来的文学形式——尤其是小说——招致了一个致命的障碍。"怎么办？他认为无产阶级文艺要从描写个人的圈子中摆脱出来，表现的"对象也不该是'孤立地把握了的个人'"。洪灵菲的《普罗列塔利亚小说论》所论述的无产阶级小说第一个特性，就是它的集团的力量；他认为无产阶级小说应该表现集团力量，而不是个人，因此提倡写群像。冯雪峰在《北斗》二卷一期上发表《关于新的小说的诞生——评丁玲的〈水〉》一文中，也把塑造群像作为新小说的一个特点来看待，他称赞丁玲"有了新的描写方法；在《水》里面，不是一个或两个的主人公，而是一大群的大众，不是个人的心理的分析，而是集体的行动的开展"。巴尔在《文艺新闻》第四十三号上发表文章批评穆时英的《咱们的世界》《南北极》时，也说："若照着新小说观点必是集团的一点来说，作者更是失败了。"[1]这种理论观点从哪里来的呢？是中国左翼作家自己的发明吗？不是，它是从苏联来的。苏联"无产阶级文化"派的头目波格丹诺夫，很早就给无产阶级诗人们开出了处

---

[1] 见《一条生路与一条死路——评穆时英君的小说》。

方：应该用"我们"来取代"我"字，认为以"我"为抒情主人公的是资产阶级诗歌，以"我们"为抒情主人公的才是无产阶级诗歌[①]。在这类观点影响下，不仅苏联产生了包括《铁流》（绥拉菲摩维奇）、《铁甲列车》（伊凡诺夫）、《一周间》（里别津斯基）在内的"塑造群像"的小说，连德国的约翰内斯·贝歇尔（1891—1958）、维利·布莱德尔（1901—1964）、安娜·西格斯（1900—1983）也从20年代中期到30年代初期分别创作了没有主人公、只有群像的一批长篇小说，像《莱维斯特或唯一正义的战争》（约翰内斯·贝歇尔）、《N和K机器厂》（维利·布莱德尔）、《同伴们》《人头悬赏》（均为安娜·西格斯）。美国作家约翰·杜司·帕索斯（John Dos Passos，1896—1970）曾被称为"新的社会主义写实主义者"，他的第一部写群像小说《曼哈顿中转站》出版于1925年，30年代又写了《四十二纬度》《一九一九》等，"在他的小说里，我们看不到个人，只看到整个的活的社会在向前行进着，书中几个比较清晰的人物，他们的任务，也只是在完成这社会的使命而已"[②]。而据说，这位"新起的帕索斯的作品在苏联造成甚至比在美国更大的轰动"[③]。可见，无产阶级小说不写中心人物而塑造群像，实在是一种国际性的思潮。郁达夫1932年在《现代小说所经历的路程》一文中谈到世界范围内小说的发展时说："目下的小说又在转换方向了，于解剖个人的心理之外，还须写出集团的心理；在描写日常的琐事之中，要说出它们的对大众、对社会的重大的意义。向这新的小说方面，大胆奋勉地作不断尝试者，是许多新俄的少壮的作家。"[④] 其中透露的正是这种信息。沈端先则谈得更明确具体，他在《到集团艺术的路》中说："依据布格达诺夫（即波格丹诺夫——引者）所指出的布尔乔亚艺术特质，我们可

---

① 《列宁和俄国文学问题》，中国社会科学出版社1982年版，第439页。
② 赵景深：《美国小说之成长》，载《现代》第5卷第6期，1934年10月。
③ 《现代美国文学专号导言》，载《现代》第5卷第6期，1934年10月。
④ 载《现代》第1卷第2期，1932年6月。

以从尖锐地对踱的和这种艺术对立的普洛列塔利亚艺术里面，找出它的特有的性能。"① 他还提到苏联"拉普"在工农兵通信员写报告文学的运动中，形成了所谓"集团艺术"的论点②。这就证明，中国左翼作家中流行的这种简单化庸俗化的理论，直接间接地都是从苏联来的，尤其是从无产阶级文化派那儿来的。我们过去研究中国革命文学所受的"左"的影响时，往往只归根于"拉普"，这其实是不确的。应该说，"左"的影响首先来源于"无产阶级文化派"。他们很早就提出了"要把佛罗贝尔、普希金扔进大海"这类口号。蒋光慈所以会在1925年初发表《现代中国社会与革命文学》那样否定叶绍钧、冰心等作家的"左"的文字，就因为受了"无产阶级文化派"的影响。"拉普"实际上并不像中国无产阶级文学倡导者那么"左"。他们是提倡现实主义而反对浪漫主义的。"拉普"成员法捷耶夫就写过《打倒席勒》的著名文章，反对把人物形象作为时代精神的传声筒。他们还主张在坏人身上要表现可能有的好的东西，在好人身上要表现可能有的不好的东西；甚至主张搞"心理现实主义"。20年代苏联最优秀的几部小说像《毁灭》《铁流》《恰巴耶夫》《静静的顿河》第一部等，全是"拉普"派作家写出来的，这点很值得我们深思。"拉普"也有"左"的错误，有宗派主义。但如果把"左"的根源全归之于"拉普"，这就与历史实际不甚符合了。要讲苏联来的写群像这类"左"的影响，首先应该注意"无产阶级文化派"这个根子。

总之，由苏联传入的"写群像"这种理论，曾影响了国内的小说创作，削弱了小说中典型形象的塑造和人物个性的刻画，给左翼文学的发展带来了挫折和偏差（当然，作为一种试验，也未尝不可）。它既是革

---

① 沈端先：《到集团艺术的路》，载《拓荒者》第4期。
② 沈端先在该文中说："和其他的部门一样，（小说）这里也已经产生了集团艺术的雏形。由工场、农村、兵营等特殊群集团体通信员所产生的报告、记录——包含一切正确、机敏、频繁地传达各种战线的战争情况和生活状态的通信，这些，都是唆示着集团主义文学的新型。"

命小说的一个特点，又是这个流派的一个弱点。

第三节 "革命小说"的弱点和不健康倾向

此外，以蒋光慈为代表的革命小说派的创作，还有两个弱点或不正确倾向，同样值得我们注意：

其一，作者思想虽然革命化了，但生活感受和感情变化这两方面都还跟不上去。因此，作品中的工农形象多数往往比较苍白甚至概念化。洪灵菲《流亡》三部曲写革命知识分子的流亡生活较有实感，但一到《大海》写农民的生活斗争就大为逊色了。生活上不熟悉，只好靠空想去填补，在这种情况下，作者原有的小资产阶级感情就容易暴露以至泛滥，这也就形成了当时小说作品中相当突出的"革命的浪漫蒂克"倾向。所谓"革命的浪漫蒂克"，是指作品里表现出来的革命小资产阶级知识分子的狂热情绪，对革命的不切实际的幻想，以及把恋爱作为生活调料，脱离特定生活内容故意在作品中安排一些"革命加恋爱"的情节，等等，它与我们通常说的"革命浪漫主义"毫不相干，一贬一褒，含义恰好是相反的。以作品为例，蒋光慈《丽莎的哀怨》一类小说里的芜杂内容且不去说，即使像阳翰笙的《地泉》三部曲，那里面也有不少为鲁迅在"左联"成立会上所指出的对革命抱有的不切实际的幻想。如第一部《深入》中，革命者汪森振臂一呼，群众蜂拥而上，地主的庄园就被攻克，革命变得意外地容易，以致暴动的农民欢呼起来："不难，不难！啊啊不难！"老罗伯也连连感慨："我还没有料到我们竟会这样轻轻便便地就把陈镇完全占据了啊！——硬拼的结果，我们终究把料不到的胜利得到了。"阳翰笙自己在《谈谈我的创作经验》中提到《深入》时说：

> 《深入》，我本想去反映那时咆哮在农村里的斗争的，但我在写的时候，却把本来很落后的中国农民，写得那样的神圣，我只注意去描画他们的战斗热情，忘记了暴露他们在斗争过程中必然要显露出来的落后意识。这样的写法，不消说，我是在把现实的斗争理想化。①

有的作品甚至把革命胜利仿佛看作唾手可得的事，如洪灵菲的《家信》中，主人公认为："假若我们把这（未来的）美丽的社会比作一只鸟，那么这一只鸟，是在我们的鸟笼里面，而不是在空中，在林际，在田野上，只要一伸手，便可以把它得到了。"这种纯粹出于空想的情况，在蒋光慈作品中确实不少。《菊芬》和《最后的微笑》中的主人公，都把对付反动统治者的希望寄托于暗杀之类的个人恐怖手段（李守章的《秋之汐》，倾向也与此相同）。《冲出云围的月亮》中的女主人公王曼英，则以肉体为"武器"去"报复"敌人，作者为她的堕落涂上一层革命的油彩："从前曼英没有用刀枪的力量将敌人剿灭，现在曼英可以利用自己的肉体的美来将敌人捉弄。""曼英是在向社会报复，曼英是在利用着自己的肉体所给与的权威，向敌人发泄自己的仇恨。"这类空幻不切实的内容，实际上只表现了作者感情深处存着许多不健康的东西。此外，夸张式的描述，突变式的人物，都表明了这类作品带有比较严重的主观随意性。郁达夫在《光慈的晚年》一文中曾经这样回忆说："我总觉得光慈的作品，还不是真正的普罗文学，他的那种空想的无产阶级的描写，是不能使一般要求写实的新文学读者满意的。这事情，我在他初期写小说时，就和他争论过好几次……"（《现代》三卷一期）这番话说得相当中肯。蒋光慈本人却对"革命的浪漫蒂克"缺乏分析辨别的能力，他在《革命与罗曼蒂克——布洛克》一文中说："诗人——罗曼蒂

---

① 《创作的经验》，天马书店 1933 年 6 月初版。

克更要比其他诗人能领略革命些!""唯真正的罗曼蒂克才能捉得住革命的心灵,才能在革命中寻出美妙的诗意,才能在革命中看出有希望的将来。"① 在《死去了的情绪》一文中,他直白地说:"有什么东西能比革命还有趣些,还罗曼蒂克些?"② 可见,蒋光慈归根结底是个浪漫空想气质很重的作家。

其二,简单化地理解艺术与思想、艺术与政治的关系,把革命的艺术简单地还原为革命的政治,一方面接受"拉普"的说法,把浪漫主义粗暴地等同于唯心主义,似乎很肯定现实主义;另一方面却又背离现实主义原则,在创作中演绎哲学思想和政治思想。苏联的列夫派曾经鼓吹复述政治事件本身就是革命的文艺,这使中国无产阶级文学的倡导者也受到影响。钱杏邨、阳翰笙作品中都有不少议论、说教的内容;其他一些作家的作品中即使没有直接的议论、说教,形象本身有不少也还是相当概念化的。瞿秋白、茅盾等批评《地泉》时,都指出了这方面的问题。瞿秋白在《革命的浪漫蒂克》中说:《地泉》里面那些"最肤浅的最浮面的描写","连庸俗的现实主义都没有能够做到";他认为:"《地泉》正是新兴文学所要学习的'不应当怎么样写'的标本。"茅盾也在《地泉》序中说:《地泉》三部曲"只是'深入''转换''复兴'三个名词的故事体的讲解","缺乏感情地去影响读者的艺术手腕";他还认为:《地泉》的这些毛病"不是单独的,个人的,而是1928年到1930年间大多数(或者不妨说是全体)此类作品的一般的倾向"。这些批评都是相当尖锐而又切中要害的。《地泉》作者阳翰笙同样也认识到这一点,他在《谈谈我的创作经验》一文中,不但承认《地泉》有"解说多于描写,概念化而不形象化"的缺点,而且认为这三部曲"严格的说,

---

① 见丁丁编:《革命文学论》,泰东书局1928年3月版。
② 同上。

都还不是唯物辩证法的现实主义的作品"①。

　　列宁说:"世界上任何地方的无产阶级运动都不是也不可能是'一下子'就产生出来,就具有纯粹的阶级面貌……无产阶级的阶级运动只有经过最先进的工人、所有觉悟工人的长期斗争和艰苦工作,才能摆脱各式各样的小资产阶级的杂质、局限性、狭隘性和各种病态,从而巩固起来。"(《俄国工人报刊的历史》)文学运动也是这样。"革命小说"派是无产阶级文学建立初期一个带"左"倾幼稚病的流派。随着实践本身的发展,这个流派的"小资产阶级的杂质、局限性、狭隘性和各种病态",才逐渐被人们深入地认识。"左联"成立后,对革命小说创作中的不健康倾向就进行"自我批判"。1930年5月,阳翰笙在《读了冯宪章的批评以后》中曾明确表示:"现在是我们坚决地实行公开的'自我批判'的时候了。"长篇小说《咆哮了的土地》(蒋光慈)和短篇小说《盐场》(楼建南)等在《拓荒者》上连续出现,表明这个流派的一些作家为摆脱幼稚病、争取走向成熟所进行的艰巨而有成效的努力。但真正标志着"革命小说"派的错误倾向得到克服的,是1932年《地泉》合订本的出版和书前五篇序的发表。它显示着左翼文艺思潮史上的一大转折,说明中国左翼作家对"革命的浪漫蒂克"之类"左"倾幼稚病有了新的觉悟,坚决实行自我清算。这是现代小说发展史上的一件大事。没有对"左"的错误的自我批评、自我清算,《子夜》就不容易出现,社会剖析这样的新小说流派更不容易诞生。从这个意义上说,无论是革命小说派的成就、挫折、经验或是教训,都应该成为我们一笔重要的思想财富。

---

① 《创作的经验》,上海天马书店1933年6月版。

第四章　新感觉派与心理分析小说

在中国现代小说史上，第一个具有现代主义成分的流派是创造社。它的成员受德国表现派的影响，强调"艺术是表现，不是再现"①，并按照弗洛伊德精神分析学来写潜意识、性心理和变态心理，创作了《Löbenicht 的塔》《叶罗提之墓》《喀尔美萝姑娘》《青烟》《木犀》等短篇小说。在一部分作品（如《残春》《阳春别》）中，还片断地运用了意识流手法。②虽然如此，创造社主要还是一个浪漫主义的流派，它的现代主义成分仍然依附于浪漫主义而存在。真正在小说创作领域把现代主义方法向前推进并且构成了独立的小说流派的，是 20 世纪 20 年代末期到 30 年代初期的刘呐鸥、施蛰存、穆时英等人——这就是当时所称的"新感觉派"。

---

① 郭沫若：《文艺的生产过程》《自然与艺术——对于表现派的共感》二文。
② 郭沫若在《批评与梦》一文中曾说："我那篇《残春》的着力点并不是注意在事实的进行，我是注意在心理的描写。我描写的心理是潜在意识的一种流动。——这是我做那篇小说的奢望。若拿描写事物的尺度去测量它，那的确是全无高潮的。若是对于精神分析学或梦的心理稍有研究的人看来，他必定可以看出一种作意，可以说出另一番意见。"

第一节　中国新感觉派的形成

新感觉派首先崛起于20年代的日本。它同以德国为中心的表现派，以法国为中心的超现实派，以意大利为中心的未来派，以英美为中心的意识流文学，都属于20世纪西方现代派文学的范畴。所谓新感觉派，这是日本文艺评论家千叶龟雄给日本《文艺时代》杂志周围那批作家（横光利一、川端康成、中河与一、片冈铁兵等）起的名称，同这些作家最初在创作实践上、随后在理论主张上追求的一种新的艺术倾向[①]有直接关系。日本新感觉派受欧洲现代派文学的影响，与传统的写实主义相对立。川端康成在《新进作家的新倾向解说》中曾说："表现主义的认识论，达达主义的思想表达方法，就是新感觉派表现的理论根据"；"也可以把表现主义称做我们之父，把达达派称做我们之母。"这些作家不愿意单纯描写外部现实，而是强调直觉，强调主观感受，力图把主观的感觉印象投进客体中去，以创造对事物的新的感受方法，创造所谓由智力构成的"新现实"。横光利一的短篇小说《头与腹》、长篇小说《上海》，川端康成的《伊豆的舞女》，便代表了这种作风。因此，有人把这种主张叫作"主客观合一主义"。横光利一那篇《新感觉论》，就提倡新的文学要以快速的节奏和特殊的表现为基础，从理想的感觉出发进行创作，把自然主义或现实主义作为过时的墓碑加以抛弃。所谓"特殊的表现"，就是从直觉、主观感觉出发来革新小说的技巧，包括革新表达方式和语言辞藻等。横光利一的短篇小说《日轮》中，就有这样的文字："他捡起一块小石头，扔进森林。森林把月光从几片柏树叶子上掸掉，喃喃地自言自语。"用这种写法，力图使描写对象获得生命并显示出作

[①] 在理论主张上，横光利一写有《新感觉论》（发表时初名《感觉活动》），川端康成写有《新进作家的新倾向解说》《新感觉辩》，片冈铁兵写有《新感觉派的主张》《告年轻的读者》等文，都是阐明这种新的艺术倾向的。

者的个性。片冈铁兵曾说:"要使作者的生命活在物质之中,活在状态之中,最直接、最现实的联系电源就是感觉。"① 可见他们把追求新奇的感觉当作创作的关键。他们的杂志《文艺时代》寿命很短:从1924年创刊,到1927年就停刊了。成员随即也发生了分化:片冈铁兵向左转,参加到日本无产阶级文学运动中去;而横光利一、川端康成等自1930年起又走上新心理主义的路,更多地接受了英美意识流文学的影响,写出了《机械》《时间》《水晶幻想》等小说,后来又或早或晚地回到传统文学的道路上。

中国新感觉派小说是在日本的影响下发展起来的。它的酝酿,应该从1928年9月刘呐鸥创办的《无轨列车》半月刊算起。最早的尝试者就是刘呐鸥自己。《无轨列车》发表的稿件,内容倾向于进步,艺术形式上则追求创新。经常撰稿人除刘呐鸥外,有写着现代派诗并热衷于介绍法国文学的戴望舒,有外国文学的翻译家徐霞村,有正在尝试着写多种形式的小说的施蛰存,还有译、作兼擅的杜衡、林微音等人(冯雪峰在革命文学论争期间为鲁迅辩护的著名论文《革命与知识阶级》,也是发表在这个刊物上的)。当时,给了日本新感觉派较大影响的法国作家保尔·穆杭(Paul Morand 1888—1976)恰好来华,《无轨列车》第四期译载了《保尔·穆杭论》,介绍了他的生平和创作上印象主义、感觉主义的特点,还翻译了他的两篇很短的作品。编后记中说:"《无轨列车》这一期可算是穆杭的一小专号。穆杭在中国虽然很少有人知道,可是他现在不但是法国文坛的宠儿,而且是万人注目的一个世界新兴艺术的先驱者。"(其实,穆杭也还只是法国一个二三流通俗作家,虽然他的《夜

---

① 《告年轻的读者》,亦见西乡信纲等著《日本文学史》中译本,人民文学出版社1978年版,第348页。

开着》①《夜闭着》颇有名)《无轨列车》共出八期②,到1928年年底就被国民党政府封闭,但从发表的诗和小说来看,已初步显示了现代主义倾向。

《无轨列车》停刊以后,1929年9月,施蛰存、徐霞村、刘呐鸥、戴望舒又结合在一起,共同创办了《新文艺》月刊(四人均任编委)。在冯雪峰推动下,《新文艺》政治上支持成立"左联",第五期《编辑的话》说:"1930年的文坛终于将让普罗文学抬头起来,同人等不愿自己和读者都萎靡着永远做一个苟安偷乐的读书人,所以对于本刊第二卷起的编辑方针也决定改换一种精神。"确实,一卷六期以后的《新文艺》,无产阶级文学的色彩更浓了起来。但同时,创作上的新感觉主义倾向也有了发展。刘呐鸥写了八篇用感觉主义和意识流方法表现现代都市生活的小说,不久编集为《都市风景线》正式出版。他还翻译印行了日本作家横光利一、片冈铁兵、池谷信三郎等的一本短篇小说选集《色情文化》③,书前的《译者题记》说:"文艺是时代的反映,好的作品总要把时代的色彩和空气描出来的。在这时期里能够把现在日本的时代色彩描给我们看的也只有新感觉派一派的作品。这儿所选的片冈、横光、池谷等三人都是这一派的健将。他们都是描写着现代日本资本主义社会的腐烂期的不健全的生活,而在作品中表露着这些对于明日的社会,将来的新途径的暗示。"可见,刘呐鸥对日本的新感觉派评价很高。另一本横光利一的短篇小说集《新郎的感想》,这时也由郭建英翻译过来。而施蛰存,在早年写的抒情味很重的短篇小说集《上元灯》出版以后,创作注意力也转到自觉地运用弗洛伊德学说来分析、表现人物的心理,这

---

① 《夜开着》另一译名为《不夜天》。
② 施蛰存在《最后一个老朋友——冯雪峰》(《新文学史料》1983年第2期)中说《无轨列车》出六期被禁,当系记忆有误。
③ 《色情文化》,是刘呐鸥选译的"现代日本小说集",共收有日本新感觉派和无产阶级作家的小说七篇,以片冈铁兵的一篇为书名,1929年9月由上海水沫书店出版。

就有了《鸠摩罗什》《将军底头》等小说，开始显示出另一种特色。到1930年春天，穆时英的小说《咱们的世界》也发表在《新文艺》第六期上。编者"特别向读者推荐"道："《咱们的世界》在Ideologie（即意识形态——引者）上固然欠正确，但是在艺术方面是很成功的。这是一位我们可以加以最大的希望的青年作者。"尽管穆时英最初发表的几篇小说（后收入《南北极》集）与新感觉特点并无干系，但他毕竟已经和这个流派的骨干刘呐鸥、施蛰存等取得了联系，为后来进入这个流派准备了条件。《新文艺》出到1930年初夏，又被国民党政府封闭，他们的尝试再次搁浅，有时写些作品，只好在《小说月报》《文艺月刊》等其他刊物上发表。

1932年5月，《现代》杂志创刊，标志着这些作家作为一个流派已经集结在一起。尽管《现代》杂志在《创刊宣言》中声称"本志并不预备造成任何一种文学上的思潮，主义，或党派"，但实际上，编者施蛰存（稍后还有杜衡）对穆时英、刘呐鸥的作品给予很高的评价。如创刊号将穆时英小说《公墓》发在首篇，《编辑座谈》还说："尤其穆时英先生，自从他的处女创作集《南北极》出版了之后，对于创作有了更进一层的修养，他将自本期所刊载的《公墓》为始，在同一个作风下，创造他的永久的文学生命，这是值得为读者报告的。"二卷一期发表穆时英的《上海的狐步舞》、刘呐鸥的《赤道下》，编者施蛰存写的《社中日记》说，穆的《上海的狐步舞》"是他从去年起就计划着的一个长篇中的一个断片，所以是没有故事的。但是，据我个人的私见看来，就是论技巧，论章法，也已经是一篇很可看看的东西了"。他还说："我觉得在目下的文艺界中，穆时英君和刘呐鸥君以圆熟的技巧给予人的新鲜的文艺味是很可珍贵的。"杜衡在一卷六期答复舒月的批评时也说："时英的创作，与其说是用了旧的技巧，实无宁说是用了新的技巧，而且确实是在这新技巧的尝试上有了相当成功的。"可见，他们对穆、刘二人的作品都是高度赞赏并积极鼓吹的。穆时英具有流派特点的那些代表作，如《夜总会里的五个人》《街景》《本埠新闻记事栏废稿中的一段故事》《上海的狐步舞》《Pierrot》等，都发表在《现代》杂志上，先后共有十几篇之多，有一段时间几乎达到每期一篇的程度。在这前后，施蛰存那些按弗洛伊德学说写的心理分析小说也扩大了影响。《现代》上就有《将军底头》这本集子的评论和赞誉。《梅雨之夕》集里的作品发表后也引起种种反响。其中如《四喜子底生意》，在取材、写法、语言等方面，都受了穆时英的影响。此外，《现代》杂志还介绍了更多外国现代派小说作家，如英国的詹姆斯·乔伊斯，美国的福克纳，法国的阿保里奈尔，日本的横光利一、池谷信三郎等。所以，我们尽管不能说《现代》杂志是一个现代主义流派的刊物，但我们却可以说：《现代》杂志里确实存在一个现代主义小说流派——新感觉派。这样说是符合实际的。

第二节　新感觉派主要作家

中国新感觉派主要有三名作家：刘呐鸥、施蛰存、穆时英。

刘呐鸥（1900—1940），原名刘灿波，笔名洛生。台湾省台南县人。

据《新文艺》创刊号《编辑的话》，刘呐鸥是自小"生长在日本的，他对于文学的修养，都是由彼邦著名教授那里得到的"。年轻时在东京青山学院专攻文学，日本庆应大学文科毕业，日文、英文都很好。回国后，20年代中期又在上海震旦大学法文特别班攻读法文，并在这里结识了班内同学杜衡、施蛰存、戴望舒。因此，对刘呐鸥来说，日本文学、法国文学都有一定的根基。20年代末期，刘呐鸥是个倾向进步的作家。1928年，他先创办第一线书店；被查封后，第二年又经营水沫书店，出版了许多进步书刊，其中值得特别重视的是那套《马克思主义文艺论丛》（出了两种以后改名《科学的艺术论丛书》）。刘呐鸥自己也翻译过进步书籍（如苏联弗里契的《艺术社会学》）以及日本新感觉派小说集。水沫书店当时是左翼文学的大本营。它还造就了一些新进作家，像戴望舒、杜衡、施蛰存等都在书店里担任过经理与编辑之类职务。《无轨列车》《新文艺》被国民党政府封闭后，刘呐鸥又创办过《现代电影》（出了七期）。到1932年1月水沫书店毁于"一·二八"战火后，刘呐鸥一度远走日本。1936年又和穆时英等合编文学刊物《六艺》。

全面抗战爆发后，东南沦陷。汪精卫1939年准备建立南京汉奸政府。刘呐鸥也到上海，奉命筹办汉奸控制下的《文汇报》，被任命为社长。报纸未出版，这年秋天就为人所暗杀。暗杀者据说是国民党特工人员。但据施蛰存提供的材料，"刘呐鸥是被黄金荣、杜月笙的青红帮打死的。主要是因为争夺赌场的经济问题，与流氓的矛盾，不是政治问题"①。

刘呐鸥著作有短篇小说集《都市风景线》以及集外的《赤道下》《A Lady to Keep You Company》等少量小说，还有《电影节奏简论》《关于作者的态度》（均载《现代电影》）等论文。《都市风景线》包括作者1928—1929两年中写的八篇小说，出版于1930年4月，这是中国第一本较多地采用现代派手法技巧写的短篇小说集，当时被一些作家认为"看不大懂"。之所以如此，就因为作者采用了适应于现代都市生活快速节奏的跳跃手法、意识流手法、心理分析方法以及并不见得高明的象征讽喻手法。这些小说着重暴露了资产阶级男女腐朽、糜烂、空虚、堕落的生活，他们把一切都化为赤裸裸的金钱关系，无所谓纯真的爱情，只剩下逢场作戏而已（《游戏》《两个时间的不感症者》《礼仪和卫生》等篇都属于这种性质）。有一两篇也接触到资产阶级的对立面——无产者的反抗和斗争，多少暗示了新兴阶级的远大前途（如《流》）。但是，刘呐鸥小说在暴露资产阶级的腐朽、堕落生活时，实际上也不无欣赏，这

---

① 《施蛰存谈〈现代〉杂志及其他》，载《鲁迅研究资料》第9辑，人民出版社1982年版。

就使他的作品带有不健康的内容。《都市风景线》在运用新的形式、技巧方面的意义，大于作品的思想意义。进入30年代后，刘呐鸥写得很少。他的集外小说的作风，大体也与《都市风景线》相似。

施蛰存（1905—2003），原名施德普，后名施青萍，曾用笔名安华，出生于杭州，幼年随父母去苏州，辛亥革命后又长期迁居松江。他后来的小说除写上海之外，往往以这三处为背景。

施蛰存中学毕业后先入杭州之江大学，1923年到上海，入上海大学。1926年秋，转入震旦大学法文特别班。同年，加入共青团。1927年"四一二"事变后，回松江任中学教员。1928年秋天以后，为帮助刘呐鸥做书店的编辑出版工作，常往来于上海松江之间。先后参加过《无轨列车》《新文艺》等刊物的编辑。1932年应上海现代书局之聘，主编大型文学月刊《现代》（先独编，后与杜衡合编），从此成为专业文艺工作者，到1935年出至六卷二期后才因故辞职；还编过《文艺风景》。在此前后又应上海杂志公司之聘，与阿英同编《中国文学珍本丛书》，出了七十多种。全面抗战爆发后去内地，先后在云南大学、厦门大学等校任教。1947年回沪，又在暨南大学、光华大学执教。1952年院系调整后在华东师大中文系任教授。

施蛰存1926年在震旦大学法文班时，就曾和戴望舒、杜衡、刘呐鸥等创办了一个小型文艺刊物《璎珞旬刊》，但只出四期就夭折了。此后在《小说月报》上发表小说。最早的小说集是自费印刷的《江干集》《娟子姑娘》和《追》这三本。其中《追》这篇写上海工人第三次武装起义中的一个插曲，破绽较多，只能说是施蛰存的学艺之作，除了说明作者曾经是共青团员的进步立场外，其他方面意义不大。作者自己后来"悔其少作"，不愿意提到《追》《娟子姑娘》等集子，而将1929年10月出版的《上元灯》称为"我正式的第一个短篇集"。《上元灯》集里的十篇作品，抒情气息较重，艺术上颇有特色，得到文艺界的好评。这些作品大多以成年人怀旧的感情来回顾少年时代的某段经历，某次邂逅，某种青梅竹马之情，抒发人生的感慨，带着淡淡的哀愁，犹如江上的暮霭，夜半的笛音，写得单纯，有诗的意趣，感情也比较纯洁。除《渔人何长庆》一篇外，其他九篇都是第一人称。《上元灯》通过元宵节前扎灯、赏灯的活动，活泼、真切地写出了少年男女最初萌发的爱情。《栗芋》《闵行秋日纪事》则在较为复杂的背景下反映了社会世态的某些侧面，表现了一些出人意料的事件、人物和性格。《栗芋》中那位女主人公，当她还是奶妈时，待主人家两个孩子非常好，但到她成为主妇以后，原先那点慈爱、贤惠却无影无踪，待两个孩子极其残酷和苛刻，表现了一种令人可叹的世情。《闵行秋日纪事》中那位活泼聪明能干的姑娘，却原来是个剽悍的盐贩子。《周夫人》《宏智法师的出家》两篇，则开始显示出弗洛伊德学说的影响，预示着施蛰存后来的变化。从总的方面看，《上元灯》这本集子不以人物形象刻画的饱满取胜，而以蕴含诗情、烘托气氛见长。

　　施蛰存有意识地运用精神分析学来创作的小说，主要是这样三本集子：《将军底头》《梅雨之夕》《善女人行品》。这是他接受奥地利心理分析小说家显尼志勒影响的结果。《将军底头》收了四篇近于中篇的小说，除《阿鉴公主》稍有不同之外，都是用精神分析学观点来写古代历史人物的。作者在《自序》中说："自从《鸠摩罗什》在《新文艺》月刊上发表以来，朋友们都鼓励我多写这一类的小说，而我自己也努力着想在这一方面开辟一条创作的新蹊径。但是草草三年，所成者却一共只有这样四篇。"这里所谓"开辟一条创作的新蹊径"，也就是运用弗洛伊德的精神分析学来解释历史上的种种事件和人物，通过心理分析方法加以表现。用作者自己的话说，"《鸠摩罗什》是写道德和爱的冲突，《将军底头》却写种族和爱的冲突。至于《石秀》一篇，我是只用力在描写一种性欲心理"。其中较有代表性的，恐怕还是《石秀》和《鸠摩罗什》两篇(《将军底头》除弗洛伊德主义之外,还有较重的浪漫气息)。但是,更多地体现施蛰存心理小说的特点的,应该是收在《梅雨之夕》《善女人行品》两集里写现实生活的作品。这二十二篇中,有不少是典型的心理分析小说,作者也说《梅雨之夕》"都是描写一种心理过程的"①,《善女人行品》则又增加了较多讽刺的色彩。这些作品大多在日常题材的处理中,寄寓着反封建以至反资本主义的社会意义。例如《雾》,写一个相当守旧的神父的女儿,二十八岁还没有找到理想的对象,有一次因为赶到上海去参加表妹的婚礼,在火车上碰到一位青年绅士,交谈之下颇为中意,对方也给她留下了名片准备以后通信联系。然而当表妹羡慕地告诉她,留下名片的男子原来是一位出名的电影明星时,这位神父的女儿竟"好像受了意外的袭击",她觉得自己受了欺骗和侮辱,内心里骂这个男子是"一个下贱的戏子",她"不懂表妹为什么这样羡慕一个戏子"。小说表明,在20世纪30年代,即使有些受过教育的女性,封建守旧的思想意识其实还是深入骨髓的。至于《善女人行品》中《春阳》等篇,其内涵更可以说相当丰富和深刻。也有一些作品,例如《魔道》,虽然说不上一定有多少社会意义,它只是借"我"的一次周末旅行,描画了一个敏感多疑的妄想症患者的病态心理,但在艺术上却称得上是颇为出色的创造。小说运用较为圆熟的意识流手法,从黑衣老妇出现在车厢中开始写起,完全通过日常生活场景在精神病患者身上引起的反应——种种错觉、幻觉和妄想,既生动刻画了病人的性格,又活灵活现地营造出一种神秘乃至恐怖的气氛。直到结尾时,家中电报还传来三岁女孩的死讯,而且"我又看见黑衣裳老妇孤独地踅进小巷",依然保持了神秘的扑朔迷离的魔幻效果,这不能不说是小说的很大成功。

施蛰存最后一本短篇小说集是1936年出版的《小珍集》,这时他已

---

① 施蛰存:《梅雨之夕·自跋》。

经从现代主义又较多地回到现实主义道路上来了。《小珍集》所反映的社会生活内容比较开阔，揭露了江南地区发生的形形色色的怪现象，思想意义比较鲜明。当然，所谓回归到现实主义道路上来，这并不是简单的复归，并不能理解为兜了一个圈子又回到了老地方。这是一种前进，一种发展，它扬弃了某些非理性的方面，保留了心理分析小说的一些长处。像《鸥》这一篇，就较多地保留了新感觉派小说的某些特点。而《名片》这一篇，则在现实主义基础上吸取了心理分析小说的长处。

施蛰存没有收到集子中去的最后一篇小说是《黄心大师》（发表在朱光潜主编的《文学杂志》上），这是试用传统手法来写的小说，但我们依然可以从中闻出弗洛伊德主义的气味。可见，直到最后，施蛰存小说创作中精神分析学的烙印还是没有完全泯灭的。

穆时英（1912—1940），笔名伐扬、匿名子，浙江省慈溪县人，父亲是银行家。

穆时英幼年随父亲来到上海，在上海读完中学和大学（毕业于光华大学）。1929年开始写小说。1930年春天在《新文艺》上发表《咱们的世界》《黑旋风》等作品时，他还不足十八岁。施蛰存把他的《南北极》推荐到《小说月报》发表后，引起了文艺界的重视。这些最初发表的小说，后来都收入1932年1月出版的《南北极》。集子里五篇小说，大多以闯荡江湖的流浪汉为主人公，写出了贫富对立、阶级压迫、自发反抗乃至革命造反等内容。它们全部是第一人称，而且纯熟地运用了都市下层人民的口语，麻利、泼辣、粗犷，没有知识分子气，同作品所写的人物和所要表现的内容比较和谐，这在当时是相当难能可贵的。但穆时英的小说从一开始就流露出流氓无产者的气味，无论是作品的人物或体现的思想，都有一点不正，都有一点疯狂性。从这方面说，穆时英后来的发展变化，绝不是偶然的。

《南北极》中的作品，并没有新感觉派的味道。穆时英小说具有新感觉派特点，是1932年开始的事。① 收入《公墓》(1933年6月出版)和《白金的女体塑像》(1934年7月出版)两集里的小说，用感觉主义、印象主义方法，写了上海社会中的形形色色，人物尤以舞场男女为多，它们给当时文坛造成了一种描写都市爱情生活的甜腻腻而又轻飘飘的"海派文学"或者"洋场文学"的风气，使一些人竞相模拟②，有人将穆时英誉为"中国新感觉派圣手"。中国最早介绍日本新感觉派的是刘呐鸥，而穆时英的小说不久在数量和质量上都超过了刘呐鸥。穆的小说在题材与人物方面都很接近于刘，却比刘写得活泼，更见才华，更有新感觉派特点。有人形容穆时英是："满肚子堀口大学式的俏皮语，有着横光利一的小说作风，和林房雄一样的在创造着簇新的小说的形式。"③可见，他是自觉地在学习日本新感觉派，自觉地在探索中国新感觉派的创作道路。他的小说写法、风格确实比较多样：既能用纯熟的市民口语写《南北极》那样的作品，也能用意识流、感觉主义、心理分析写《夜总会里的五个人》《街景》《上海的狐步舞》《白金的女体塑像》这类新感觉派代表作，还能用流畅、细腻的散文笔调写《公墓》《莲花落》《父亲》这类抒情小说——他可以说是个有几副笔墨的多面手。

---

①我的这个判断，与穆时英自己在《公墓·自序》中所说的《南北极》与《公墓》两个集子的小说"是同时写的"恰好抵触，但它却是以无可辩驳的事实为根据。试加对照：《南北极》中作品写于1929年、1930年这两年；而《公墓》中，《Craven "A"》写于1932年2月2日，《公墓》写于1932年3月16日，《夜总会里的五个人》写于1932年12月22日，《黑牡丹》写于1933年2月7日，《莲花落》《夜》《上海的狐步舞》这三篇据作者说写作时间都晚于《公墓》，当在1932年春天以后，剩下《被当做消遣品的男子》一篇，既然和《公墓》都属于"比较早的东西"，推想写于1931年年末、1932年年初大约不会错。由此可见，《公墓》集里的小说，比《南北极》里的整整晚写了约有两年。作者宣扬"两种完全不同的小说却是同时写的"，恐怕乃别有所图。
②如人民文学出版社出版的《新感觉派小说选》所收黑婴的《五月的支那》，叶灵凤的《朱古律的回忆》。茅盾在《新作家与"处女作"》一文中说："黑婴此篇的作风同穆时英非常相像；如果说穆时英的作品在形式上的技巧而外，多少还有些内容（正确与否，另一问题），那么，黑婴此篇在内容上非常贫弱。"
③迅俟：《穆时英》，见杨之华编《文坛史料》，上海《中华日报》社1944年版，第321页。

在政治思想上，穆时英前后态度有很大变化。最初，左翼作家对穆时英小说既肯定其成就，也指出其具有流氓无产者意识等缺点。穆时英当时对左翼作家这种批评，看来是接受的，他稍后写的《偷面包的面包师》《断了条胳膊的人》，题材与早年《南北极》里小说差不多，而内容则纯正、干净得多了。但到1933年前后，由于尚不清楚的原因，穆时英开始过起纸醉金迷的生活，政治上也发生变化，参加了官方图书杂志审查会。这种变化，在他1934年5月写的《白金的女体塑像》一书的《自序》中可窥见端倪，他说：

> 我是去年突然地被扔到铁轨上，一面回顾着从后面赶上来的一小时五十公里的急行列车，一面用不熟练的脚步奔逃着的在生命的底线上游移着的旅人。二十三年来的精神上的储蓄猛地崩坠了下来，失去了一切概念，一切信仰；一切标准、规律、价值全模糊了起来；……

作者实际上承认了自己政治上转向，终于被时代列车抛弃的事实。在1933年2月写的《公墓·自序》中，他也承认："也许我是犯过罪的。"正是政治思想上的这种变化，急剧地影响到他的创作的内容，使他写出《Pierrot》那样的作品。后来穆时英除了写少量新感觉派小说外，还去写间谍小说（如《G. No. 8》），并出版了第四本小说集《圣处女的感情》。

穆时英也写长篇小说。处女作《交流》就是他自费出版的长篇试作。1932年起，作者正式写作了一部他自视为很有时代性的《中国行进》。小说"写1931年大水灾和九一八的前夕中国农村的破落，城市里民族资本主义和国际资本主义的斗争"[①]，包括上海的"一·二八"战争

---

① 1936年1月上海《良友》画报第113期为《中国行进》所载的广告词。

等内容,写完后未能立即出版。近期已经发现,这部小说曾分别以"上海的季节梦""中国一九三一""田舍风景""我们这一代"几部分为题,连载于1932年末到1936年初的《大陆杂志》《十日杂志》《文艺画报》《时代日报》上,共十六七万字。我们已将这些篇幅编入北京十月文艺出版社出版的《穆时英全集》[①]中。

1935年,穆时英与叶灵凤合编《文艺画报》,不久又去筹办《文艺月刊》。此后,他就离开上海到香港去了。

全面抗战初期,穆时英从香港返回上海。关于他的结局,有这样两种说法:一说是他投靠汪精卫汉奸集团,主持《中华日报》的《文艺周刊》及《华风》副刊,并主编《国民新闻》,在该报《文艺》版上宣传"和平文学"。后来接受汉奸头目丁默村的委任,为《文汇报》社长,于1940年6月被国民党特工人员暗杀身死。也就是说,穆时英的结局是当了汉奸。另一种说法是1973年10月号香港《掌故》月刊上嵇康裔的文章提出来的,说穆时英是被国民党地下工作人员所误杀的。文章题目叫作《邻笛山阳——悼念一位三十年代新感觉派作家穆时英先生》,其中说:

> 穆时英死了!他死得冤枉!他蒙了一个汉奸的罪名而死了!但他不是汉奸,他的死,是死在国民党的双重特务(制度)下,他是国民党中央党方的工作同志,但他死在国民党军方的枪下。国民党抗日先烈的名字中没有他,国民党遗属抚恤项下也没有他,但他确确实实为国民党中央工作的,他死得实在冤枉。

文章作者嵇康裔自称是国民党中统特工人员,1939年11月亲手安排穆时英到东南沦陷区任伪职。由于那时"中统"与"军统"在上海的特工人员没有横向联系,上层领导又未能充分及时地交换情报,以致造成这

[①] 见《穆时英全集》第2卷,北京十月文艺出版社2008年版。

一可悲的结局。而在国民党军统势盛,并且"已经邀了功"的情况下,这位嵇康裔和他所属的中统特工组织"只有牺牲了穆时英",沉默了许多年。

两种说法,到底哪一种是正确的呢?

香港学者司马长风非常关心这件事。他曾做过不少调查,包括给嵇康裔写信、打电话,质疑嵇的说法。1976年8月24日还约嵇康裔面谈了一次,将所有问题摊开来,终于使"疑虑之点均告澄清",证实了这位嵇先生(康裔并非真名)所写是真实的。原来,"嵇先生浙江湖州人,为陈立夫的亲戚。当他安排穆时英回上海时,中统局长为朱家骅,负实际责任者为徐恩曾。战后,徐氏因过错被南京最高当局解职,批示'永不录用'。而另一方面军统局负责人戴笠则如日中天。刺死穆时英既已记为军统一'功',在中统负责人失势的情况下,遂难以翻案;穆时英遂地下含冤,直到今天。"①

第三节　新感觉派小说的创作特色

在快速的节奏中表现半殖民地都市的病态生活

中国新感觉派受到日本新感觉派的影响,与他们很有相似之处,却也有自己的特殊性。中国新感觉派实际上是把日本这个流派起先提倡的新感觉主义与后来提倡的新心理主义两个阶段结合起来了。其中,刘呐鸥、穆时英的作品如果说具有较多新感觉主义的特点,那么,施蛰存的小说主要是新心理主义的产物,也可以说是典型的心理分析派作品。尽管如此,作为一个流派,他们毕竟又有一些共同的创作特色。

中国新感觉派创作的第一个显著特色,是在快速的节奏中表现现代

---

①司马长风:《中国新文学史》下卷,香港昭明出版社1983年2月再版,第48页。

大都市的生活，尤其表现半殖民地都市的畸形和病态方面。可以说，新感觉派是中国现代都市文学开拓者中的重要一支。

鲁迅在 1926 年谈到俄国诗人勃洛克时，曾经赞许地称他为俄国"现代都会诗人的第一人"，并且说："中国没有这样的都会诗人。我们有馆阁诗人，山林诗人，花月诗人……，没有都会诗人"[①]。如果说 20 年代前半期中国确实没有"都会诗人"或"都会作家"的话，那么，到 20 年代末期和 30 年代初期可以说已经产生了——而且产生了不止一种类型。写《子夜》的茅盾，写《上海狂舞曲》的楼适夷，便是其中的一种类型，他们是站在先进阶级立场上来写灯红酒绿的都市的黄昏的（《子夜》初名就叫《夕阳》）。另一种类型就是刘呐鸥、穆时英等受了日本新感觉主义影响的这些作家，他们也在描写上海这种现代大都市生活中显示出自己的特长。他们写大都市中形形色色的日常现象和世态人情，从舞女、少爷、水手、姨太太、资本家、投机商、公司职员到各类市民，以及劳动者、流氓无产者，等等，几乎无所不包。这种描写常常采取快速的节奏，跳跃的结构，如霓虹灯闪烁变幻似的，迥异于过去小说用从容舒缓的叙述方法表现恬淡的农村风光，宁静的生活气氛。有人在介绍刘呐鸥的小说集《都市风景线》时说：

> 呐鸥先生是一位敏感的都市人，操着他的特殊的手腕，他把这飞机、电影、JAZZ（爵士乐——引者）、摩天楼、色情（狂）、长型汽车的高速度大量生产的现代生活，下着锐利的解剖刀。在他的作品中，我们显然地看出了这不健全的、糜烂的、罪恶的资产阶级的生活的剪影和那即刻要抬起头来的新的力量的暗示。[②]

[①]《集外集拾遗·〈十二个〉后记》，《鲁迅全集》第 7 卷，人民文学出版社 2005 年版，第 311 页。
[②] 载《新文艺》第 2 卷第 1 号。

这种说法大体上是切中特点的。当时左翼作者的文章也说:"意识地描写都市现代性的作家,在中国似乎最初是《都市风景线》的作者呐鸥。"① 本来,新感觉派的先驱者往往都以描写大都市生活见长:像法国拉博(Valery Larbaud,1888—1957)就被称为善于以"头等车上旅客"的身份描绘"都市风景线"——表现现代都市的物质文明;保尔·穆杭的《夜开着》《夜闭着》,横光利一的《上海》,也都是以描写现代大都市生活著称的长篇。刘呐鸥的小说集所以叫作《都市风景线》,就同这些外国作家的先导和影响有关。他的小说场景,涉及赛马场、夜总会、电影院、大旅馆、小轿车、富豪别墅、滨海浴场、特快列车等现代都市生活的各个方面,其中心主题则是暴露资产阶级男女的堕落和荒淫。

继刘呐鸥小说而起的,就是穆时英那些收在《公墓》《白金的女体塑像》等集子里的作品。他在创作都市文学方面的地位,实际上比刘呐鸥还重要些。杜衡在30年代初期说:"中国是有都市而没有描写都市的文学,或是描写了都市而没有采取了适合这种描写的手法。在这方面,刘呐鸥算是开了一个端,但是他没有好好地继续下去,而且他的作品还有着'非中国'即'非现实'的缺点。能够避免这缺点而继续努力的,这是时英。"② 苏雪林也说:"穆时英……是都市文学的先驱作家,在这一点上他可以和保尔·穆杭、辛克莱·路易士以及日本作家横光利一、堀口大学相比。"③ 以穆时英的《夜总会里的五个人》为例,它取一个周末的夜总会作为场景,从这个横断面反映了旧上海这个大都市的生活,可以说是上海的一个缩影。作品里这五个主人公,一个是在交易所投机失败以致破产的资本家胡均益,一个是失了恋的大学生郑萍,一个是失

---

① 壮一:《红绿灯——1932年的作家》,载《文艺新闻》第43号。
② 《关于穆时英的创作》,载《现代出版界》第9期。
③ 苏雪林:*Present Day Fiction and Drama in China*,英文本《当代中国小说戏剧一千五百种提要》,1948年北京怀仁学会出版,1966年香港龙门书店翻印。

了业的市政府职员缪宗旦,一个是失去了青春的交际花黄黛茜,一个是整天研究《哈姆雷特》各种版本、迷失了方向、越研究越糊涂的学者季洁,他们都带着自己的极大苦恼,在星期六晚上拥进了夜总会,疯狂地跳着舞,从疯狂中寻找更大的刺激,一直跳到第二天黎明的最后一支乐曲为止。出门时,破产了的"金子大王"胡均益终于开枪自杀,其余人把他送进了墓地,为他送葬。这就是20世纪30年代上海的一个周末。《上海的狐步舞》则更进一步接触到上海这个半殖民地都市的某种本质:"造在地狱上的天堂。"应该说,这些描写是有真实性的。小说有异常快速的节奏,电影镜头般跳跃的结构,在读者面前展现出眼花缭乱的场面,以显示人物的半疯狂的精神状态,所有这些,都具有现代主义的特点。此外,穆时英在采用刘呐鸥惯用的题材时,往往能写出人物内心的悲哀,这也是他比刘呐鸥显得深沉的地方。他的人物尽管"戴了快乐的面具",却都有大大小小的精神伤痕。作者在《公墓·自序》中说:"在我们的社会里,有被生活压扁了的人,也有被生活挤出来的人,可是那些人并不一定,或是说,并不必然地要显出反抗、悲忿、仇恨之类的脸来;他们可以在悲哀的脸上戴了快乐的面具的。每一个人,除非他是毫无感觉的人,在心的深底里都蕴藏着一种寂寞感,一种没法排除的寂寞感。每一个人,都是部分地或是全部地不能被人家了解的,而且是精神地隔绝了的。每一个人都能感觉到这些。生活的苦味越是尝得多,感觉越是灵敏的人,那种寂寞就越加深深地钻到骨髓里。"的确,"在悲哀的脸上戴了快乐的面具",这可以说是穆时英小说人物的一个特点。《黑牡丹》里那个外号叫作"黑牡丹"的舞女的命运,已经算是够好的了:她在一个深夜为了躲避舞客的奸污,从汽车中脱逃狂奔,在一所别墅外边被狼狗扑倒咬伤,得到别墅主人的救护,终于成为这位男主人的妻子而摆脱了原先那种疲倦、紊乱、不安定的生活。但她一直没有对丈夫说出自己的舞女身份,也要求一切知情人为她保密,她不愿再去触动自己灵魂深处的那块伤疤。也正因为这样，穆时英的作品常常充满着一种"同是天涯沦落人，相逢何必曾相识"的人生慨叹和感伤情绪。

　　稍有不同的是施蛰存，他的作品题材范围最为宽广，不仅写上海这个大都市，也写到上海附近一些小城镇的生活，表现出半殖民地半封建环境的一些重要特点，而且作品的内容也比较干净一点。他写大都市生活的那些小说，如《薄暮的舞女》《四喜子的生意》《特吕姑娘》《失业》《鸥》等，偏重在写都市中的下层人物，但节奏也是比较快的。《薄暮的舞女》主要通过电话上的对话，表现舞女的悲哀和辛酸。女主人公渴望结束舞女生涯，急盼情人如约到来，以便终身有靠。她回绝了舞场老板签订合同的要求，也婉言谢绝了舞客的邀请。然而她所等待的人却一等再等仍不见踪影。最后得到消息：她的情人原来在投机事业中失败，已经破了产。这位舞女绝望了，只得赶紧给已经谢绝了的舞客打电话，赔笑脸，表示接受对方的邀请。作者怀着很深的同情而又很冷峻地刻画了女主人公素雯在一个黄昏时刻的心理变化过程，表现得相当活泼生动。《失业》写一个洋行小职员被解雇，领了最后一次薪水以后一路烦恼、混乱、惊恐、焦虑的心情。他在熙熙攘攘的马路上碰见一个不很熟的老同学，就好像溺水者抓住一块木片，捞到一点希望。拉着对方一起进了冷饮店，却忘了叫食品和抢先付钱。很想开口托老同学为他找个职业，却又不敢谈起自己现在已经失业，怕对方瞧不起。回到家，闷坐不开口，无故打孩子，最后才在纸上给妻子写了三个字："失业了"。写得惟妙惟肖，既有现实主义的通常写法，也有新感觉主义的跳跃手法。另如《特吕姑娘》等，也都写出了半殖民地都市下层人物的悲哀。总之，30年代新感觉派作家在尝试着打开都市文学道路方面是有功的。如果说20年代中国现代小说的成就是在"乡土小说"和表现知识青年生活的"自我小说"方面，那么30年代都市文学的兴起在现代小说史上就是突出的发展，其中也就包括新感觉派所做的一些贡献。

第四章 新感觉派与心理分析小说

主观感觉印象的刻意追求与小说形式技巧的花样翻新

新感觉派小说在表现都市生活内容的过程中，刻意捕捉新奇的感觉、印象，并对小说的形式、手法、技巧作了一定程度的革新。

这个流派的主要艺术特色，是将人的主观感觉、主观印象渗透融合到客体的描写中去。他们那些具有流派特点的作品，既不是外部现实的单纯摹写和再现，也不是内心活动的细腻追踪和展示，而是要将感觉外化，创造和表现那种有强烈主观色彩的所谓"新现实"。刘呐鸥《两个时间的不感症者》是这样开头的：

> 晴朗的午后。
> 游倦了的白云两大片，流着光闪闪的汗珠，停留在对面高层建筑物造成连山的头上。远远地眺望着这些都市的墙围，而在眼下俯瞰着一片旷大的青草原的一座高架台，这会早已被为赌心热狂了的人们滚成为蚁巢一般了。紧张变为失望的纸片，被人撕碎满撒在水门汀上。一面欢喜便变了多情的微风，把紧密地依贴着爱人身边的女儿的绿裙翻开了。除了扒手和姨太太，望远镜和春大衣便是今天的两大客人。但是这单说他们的衣袋里还充满着五元钞票的话。尘埃，嘴沫，暗泪和马粪的臭气发散在郁悴的天空里，而跟人们的决意，紧张，失望，落胆，意外，欢喜，造成一个饱和状态的氛围气。可是太得意的 Union Jack（英国国旗——引者）却依然在美丽的青空中随风飘漾着朱红的微笑。There, they are off! 八匹特选的名马向前一趋，于是一哩一挂得的今天的最终赛便开始了。

通过"流着光闪闪的汗珠"的白云，使人了解到上海某一天很高的气温；通过天空里发散的"尘埃，嘴沫，暗泪和马粪的臭气"，使人体会到赛马场的紧张的气氛；……读了这段写赛马场的文字，我们难道不觉得它的写法异乎寻常吗？是的，通过视觉、听觉、嗅觉、味觉、触觉的客体化、对象化，使艺术描写具有更强的可感性，具有某种立体感，这正是新感觉派要追求的效果。例如《夜总会里的五个人》写上海租界繁华区的夜景，作者没有一般化地说商店的霓虹灯光如何变幻闪烁，街上行人如何熙熙攘攘，卖报的孩子如何在叫卖晚报，……而是作了这样三段具体描写：

>　　"《大晚夜报》!"卖报的小孩子张着蓝嘴，嘴里有蓝的牙齿和蓝的舌尖儿。他对面的那只蓝霓虹灯的高跟儿鞋尖正冲着他的嘴。
>
>　　"《大晚夜报》!"忽然他又有了红嘴，从嘴里伸出红舌尖儿来，对面的那只大酒瓶里倒出葡萄酒来了。
>
>　　红的街，绿的街，蓝的街，紫的街，……强烈的色调化装着的都市啊！霓虹灯跳跃着——五色的光潮，变化着的光潮，没有色的光潮——泛滥着光潮的天空，天空中有了酒，有了烟，有了高跟儿鞋，也有了钟……

猛然读到卖报孩子"张着蓝嘴，嘴里有蓝的牙齿和蓝的舌尖儿"时，读者会惊异的。接下去，读到五光十色的霓虹灯的描写，不但不再惊异，而且会感到很真实。像这样把卖晚报孩子的叫卖与周围亚历山大鞋店、约翰生酒铺等商店霓虹灯光的闪烁变化综合起来描写，写出形体、声音、光线、色彩诸种可感因素的交互作用，加上幻觉和想象，就克服了平面感，产生了如临其境的感觉，使人感受到殖民地、半殖民地都市的畸形繁华与紧张跃动的气氛，加深了读者的印象。这种例子不胜枚举。即使在施蛰存的心理分析小说中，感觉的描写也占有重要地位。《魔道》一篇中的心理分析，实际上是建立在某些特殊的感觉——幻觉、错觉的基础上的。黑衣老妇人一出现在车上,主人公就感觉对方满脸"邪气",它引导人物想入非非,成为整篇小说发展的基础。《梅雨之夕》里那个"我"在打伞送少女的过程中,也有几处使读者感兴趣的感觉描写:一是"我"感到这少女忽然像年轻时的女伴,二是"我"偶尔看到一家店里站柜台的女子,便仿佛感到对方眼神里有着嫉妒和忧郁,因而怀疑那是他的妻子。这些莫名其妙的感觉,对于刻画主人公特定的心理,起着重要的作用。特别是《魔道》中描写病态的主人公欣赏夕阳下的村野景色竟也产生幻觉、想入非非,那是相当精彩的:

> 种种颜色在我眼前晃动着。落日的光芒真是不可逼视的,我看见朱红的棺材和金黄的链,辽远地陈列在地平线上。还有呢?……那些一定是殉葬的男女,披着锦绣的衣裳,东伏西倒着,脸上还如活着似的露出了刚才知道陵墓门口已被封闭了的消息的恐怖和失望。——永远的恐怖和失望啊!但是,那一块黑色的是什么呢?这样地浓厚,这样地光泽,又好似这样地透明!这是一个斑点,——斑点,谁说的?我的意思是不是说玻璃窗上那个斑点?那究竟是一点什么东西呢?……

这样一段正常人觉得不可思议、莫名其妙的文字,用在小说里那个思维已经有点不正常的主人公身上,却是相当贴切,可以说恰到好处地表现了他当时的心境。这里的感觉、幻觉写得如此富于色彩,"朱红""金黄""黑色"的对比衬托是这样鲜明而强烈,都体现了新感觉派的某些特点。可惜,这方面的描写,有时不尽成功。譬如《上海的狐步舞》中写到建筑工地发生事故,抬木头的工人摔倒受重伤以致死亡时,有这样一段文字:

> 脊梁断了，嘴里哇的一口血，……弧灯……碰！木桩顺着木架又溜了上去……光着身子在煤屑路上滚铜子的孩子……大木架顶上的弧灯在夜空里像月亮……捡煤渣的媳妇……月亮有两个……月亮叫天狗吞了——月亮没有了。

这是企图写受伤工人一刹那间的感觉和心理。从"月亮有两个"到"月亮没有了"，表现他产生幻觉到终于死亡的短暂过程，本来是允许的。但从技巧上看，这段描写有两个缺点：一是叙述角度的紊乱，本来通篇是由作者的角度在写，这里忽然又钻到了垂死工人的头脑中，真成了"全知全能"的了，不免显得幼稚；二是在死亡前的刹那间想得太多了，什么"光着身子在煤屑路上滚铜子的孩子"啦，什么"捡煤渣的媳妇"啦，也许是受伤者在思念自己的家属吧，其实片刻间是想不了那么多的。不过这类缺点并不能否定新感觉派小说重视感觉这个根本特色，不足以否定他们追求的这个美学原则。

正因为新感觉派重视写各种感觉，有时将视觉、听觉、嗅觉、味觉、触觉这些不同的方面复合起来写，因而容易出现所谓"通感"的现象。西方现代派本来就主张在感觉上"五官不分"，托麦斯有这样的诗句："我听到光的声响，我看到声音的光"，"我的舌头大叫，我的鼻子看到"[①]。新感觉派由于追求感觉的新奇，更需要在"通感"上下功夫。《上海的狐步舞》就有"古铜色的鸦片烟香味"这类句子。以穆时英的感伤气味很重的爱情小说《第二恋》为例，其中更运用了不少"通感"手法。当天真稚嫩的女主人公玛莉第一次露面时，小说通过男主人公"我"的感觉写道：

[①] 转引自袁可嘉：《外国现代派作品选·前言》，上海文艺出版社1981年版。

> 她的眸子里还遗留着乳香。

两人感到虽很投合，但因为男方经济地位太低，不敢向女方求婚，于是造成了终生的遗憾。九年以后，玛莉已成为两个孩子的母亲，"我"在景物依旧、人事全非的境况中，准备与玛莉再次见面，这时的心情是：

> 我觉得很痛苦，同时有一点孩子气的高兴，我坐着，然而在笑里我听得见自己的心的沉重的叹息。我是拖着一个衰老的、破碎的灵魂走回记忆里边来了，走回蜜色的旧梦里边来了。

相见之后，倾诉别情，玛莉为了排解"我"的痛苦，把手"按到我头上来，抚摸着我的头发"，这时"我"产生了这样的感觉：

> 那只手像一只熨斗，轻轻熨着我的结了许多皱纹的灵魂。

应该说，这类"通感"手法运用的贴切和成功，为新感觉派作品增色不少。

此外，他们在借鉴电影的表现手段，吸取西方意识流手法，以及将诗歌中的叠句运用到小说中创造某种气氛等方面，也都是有特点、有成就的。像《上海的狐步舞》那种场景切换的方法，那种跳跃的镜头和快速的节奏，没有对电影的借鉴是不可思议的。至于小说《街景》[①]，连时间、空间也是有所颠倒，写得颇有特点的。

总之，新感觉派小说在形式、手法、技巧等方面很重视创新，而且

[①] 穆时英短篇小说《街景》开头写三个修道女的几段文字，曾被《现代》的读者揭发是改头换面地抄袭日本作家池谷信三郎《桥》的最末段。穆时英自己承认曾参考和局部地搬用那篇作品，但他说那是"取巧"，不是"抄袭"。

取得了一定的成就。苏汶答复舒月批评时所说穆时英"在这新技巧的尝试上有了相当成功"①，这个说法并非没有根据。左翼作家楼适夷在《施蛰存的新感觉主义》一文中，批评了施蛰存《在巴黎大戏院》《魔道》这些小说的思想倾向与艺术倾向，但也肯定了作者在艺术形式、手法上所做的新探索。他说："《在巴黎大戏院》与《魔道》无疑地是中国文学上一个新的展开，这样意识地重视着形式的作品，在我的记忆中似乎并不曾于创作文学里见到过。"②对于新感觉派小说这方面的特点与成就，我们不应忽视。

潜意识、隐意识的开掘与心理分析小说的建立

在挖掘与表现潜意识、隐意识、日常生活中的微妙心理、变态心理等方面，新感觉派同样显示出重要的特色，并且获得了相当的成就。30年代新感觉派小说中，有一部分专门表现一种心理过程。像刘呐鸥的《残留》，完全用内心独白的方式写成，撇开它感情内容方面的问题暂且不谈，艺术表现上是颇有特色的。发表时《新文艺》编者曾说："《残留》是刘呐鸥先生自己很满意的新作，全篇用着心理描写的独白，在文体上是现在我们创作上很少有的。"③穆时英的《白金的女体塑像》，施蛰存的整本《梅雨之夕》集子和《春阳》《莼羹》等，都属于这种性质。这些作品发展丰富了心理小说的表现手段，增强了心理分析的深刻程度和细密程度，表明了弗洛伊德学说对小说创作影响的积极方面。这里着重以施蛰存的若干作品为例，进行一些探讨。

弗洛伊德主义对施蛰存小说产生影响，也许该从《周夫人》算起。这篇作品通过十二岁的男孩子的眼睛和感受，表现出一个守寡的年轻妇

---

① 《现代》第1卷第6期。
② 《文艺新闻》第33号，1931年10月26日。
③ 《新文艺》第2期《编辑的话》。

女内心的深沉痛苦,她由于对亡夫的长期思念,以致把这种感情变态地加到了这个可能同亡夫长得多少有点相像的十二岁男孩子身上。如果小说早出现几年,放到五四时期,肯定会在社会上引起很大轰动。虽然如此,从表现方法来说,《周夫人》毕竟不是典型的心理分析小说。

真正圆熟地写现实题材的心理小说开始于《梅雨之夕》。小说几乎没有什么情节,只是写一位有雨具的男子在街头碰上一个躲雨的姑娘主动将她送回家时一路上的心情。一次完全没有结果的萍水相逢,作者却有本事把人的心理过程写得极为曲折细微而又富有层次。开头是把姑娘作为美的对象来欣赏;以后侧面看姑娘的脸型像自己少年时代的女朋友而发问;再后来雨停了,姑娘道谢告别,男子心里竟埋怨老天爷何不再多下半点钟;最后回到家里怅然若失,甚至有点失魂落魄:这一切都写得很能吸引住读者,不断使人发出会心的微笑。不会写的人常常把这类细微的心理过程给拉直了,而施蛰存却能把它写得这样曲折和引人入胜,这是很不容易的。莫泊桑在《"小说"》[①]一文中认为,心理分析小说能够"表现一个人精神的最细微的变化和决定我们行动的最隐秘的动机","它也能给我们一些和其他一切工作方法同样美好的艺术作品";因而主张要使心理分析小说与客观写实小说并存。施蛰存的小说创作实践,同样证明了莫泊桑这一论点的正确。

施蛰存的心理分析小说中,最值得重视的是那些具有较多的反封建意义,而且艺术表现上也相当精致的作品。如《春阳》一篇,细致地写了一个三十多岁的中产阶级妇女内心的隐秘活动。十二三年前,她为了要得到夫家一大笔产业,在未婚夫病死后抱着丈夫的牌位举行了婚礼。不久公婆也去世,她掌握了遗产,然而被族中人虎视眈眈地窥伺着,只

[①] 莫泊桑《"小说"》一文作于1887年,发表于《费加罗》报文学副刊。最早的中译文刊载于1926年《北新》杂志第1卷第718期。此处所引用的中译文载《文艺理论译丛》1958年第3辑,柳鸣九译,李健吾校。

能孤身生活下去。作品从她某天来到上海银行里取钱以后写起，写了她在春天暖和的阳光照耀下内心一些微妙的活动（包括意识和深一层的潜意识），表现她渴望得到爱情、得到幸福的热切心情。然而周围的男子都把她看作有夫之妇，称她为"太太"。她只好颓丧地离开上海回家。小说采用某些迹近意识流的手法来写，但写得明白好懂，绝不晦涩费解。另如《莼羹》一篇，写"我"与妻子之间为各自维护自尊心而在究竟由谁做一碗莼菜上产生的家庭生活矛盾，题材完全属于日常琐事。但作者发掘了夫妇双方内在的微妙心理，给人一种新鲜感。妻子因为丈夫有一次许愿说要动手做一碗莼菜汤，于是一定要他兑现，弄得丈夫在稿子写不出来的情况下心情非常烦躁，两人意气用事而口角起来，妻子就哭泣了。后来丈夫从妻子撒娇地说的"莼菜还没有下锅，晚上还是要你做汤的，我一定要尝尝你给我做的菜肴底味道"这句话中，发现妻子的娇气里潜伏着"一重恋爱的新欲"，才感到"我是完全误会了她"，才感到自己身上原来有大男子主义在作怪。他在心里暗暗责备自己："我拿一个卑劣男子的心测度她了！""高傲壅塞了我的恋爱的灵感，我的确使她大大失望了。"主人公有了这种体会以后，突然对所译诗作的"意象"也有了新的深一层的感受。小说作者从日常生活琐事中发现了残留的大男子主义这种封建思想，对它着力鞭挞。这些作品都把人物心理的分析与社会内容的发掘较好地结合起来，使两者相得益彰，因而成为既有某种思想容量又有鲜明艺术特色的力作，至今仍可供我们借鉴。正是沿着这一方向，施蛰存在复归于现实主义道路之后，仍然以圆熟的笔法，写了《名片》《失业》等保留不少心理分析特点的作品。它们与《春阳》《梅雨之夕》等心理小说一起，共同构成了施蛰存作品中最有价值的部分。夏志清在《中国现代小说史》中，一笔抹杀这部分作品的思想意义与艺术成就，显然是不公正的。

新感觉派的创作实践表明：弗洛伊德关于潜意识的学说，为推进心理分析小说，深入表现人物心理，开辟了新的天地；而这种小说的健康成长，则有赖于作家对人物心理的社会内容做出深入的开掘。这两个方面的结合，乃是心理分析小说得以发展的康庄大道。以施蛰存为代表的新感觉派作家，正是在这个重要的方面迈出了最初的步伐，取得了一定的成就。

第四节　新感觉派小说的某些倾向性问题

新感觉派小说是30年代海派文学中有成就有贡献的流派，但同时也带来过某些倾向性问题和不很好的后果。这个流派的失误也有一定的代表性，值得我们研究。

首先，醉心于表现"二重人格"，而且较少批判地表现"二重人格"。新感觉派作家是着力描绘二重人格的，这是他们的兴趣所在。刘呐鸥、穆时英等作家笔下写得最多、最通常的是两类人：一类闲得无聊，把生活的一切方面（包括爱情、婚姻在内）都当作游戏。刘呐鸥小说《方程式》里的Y先生，半个月可以谈三次恋爱，认识才两天就可以结婚；另一篇小说《游戏》中的女主人公，把爱情与两性关系完全看作逢场作戏，刚和未婚夫定亲又和别人同居。在他们看来，人生不过是玩弄别人和消磨日子而已。而穆时英小说中的人物，则据说又是些专门爱看刘呐鸥小说的人（像《被当做消遣品的男子》这篇里的女主人公）。另一类则是在生活的轨道上被压扁或挤出了轨道的人物，如《夜总会里的五个人》那样。这两类人里就有许多二重人格的人物。例如刘呐鸥小说《残留》中的女主人公霞玲，一方面据说极端思念刚死去的丈夫，非常悲痛，连走路都失去了气力，这一切似乎都很真挚；另一方面，料理完丧事的当天晚上就希望有别的男子代替丈夫来陪伴她。她挑逗一个男朋友没有如愿之后，竟独自在深夜走上街头，任外国水手拥抱、侮辱，这种二重人格，简直到了让人无法理解的程度。当然，施蛰存的作品不止写了上述两类人，他的人物范围比较宽广，而且，他不但写了当代人，还写了古代人，这就是《将军底头》集里的人物。但值得注意的是，这些古代人，在施蛰存笔下，也往往具有二重人格。例如《鸠摩罗什》里的那个西域高僧，内心就充满着宗教和情欲的冲突；《石秀》里的主人公石秀，内心就充满着友谊和情欲的冲突；如此等等。当时就有评论者（而且是赞扬施蛰存作品的评论者）指出，《将军底头》集子里的四篇小说，有"一个极大的共同点——二重人格的描写。每一篇的题材都是由生命中的两种背驰的力的冲突来构成的，而这两种力中的一种又始终不变地是色欲"①。其中鸠摩罗什已成为多重人格、玩弄魔术的骗子。作品写道："鸠摩罗什从这三重人格底纷乱中，认出自己非但已经不是一个僧人，竟是一个最最卑下的凡人了。现在是为了衣食之故，假装着是个大德僧人，在弘治王底庇护之下愚弄那些无知的善男子、善女人和东土的比丘僧、比丘尼。当初在母亲面前的誓言和企图，是完全谈不到了。他悲悼着自己。"

新感觉派小说家所以热衷于表现二重人格，这同弗洛伊德学说主张人的"本我"都包含着与"性的冲动"相平行的"侵犯冲动"这种理论有直接关系。在弗洛伊德看来，人的本能就是自私的，总想"侵犯"或"占有"别人的。一旦"本我"受到"自我"（理智）或"超我"（道德）的限制，就会形成矛盾。因此，二重人格或多重人格，这是弗洛伊德学说几乎必然会得出的结论。接受弗洛伊德这种观点，当然就会醉心于刻画二重人格乃至多重人格。

应该说，我们并不笼统地、一概而论地反对写二重人格。生活中确实存在着一定数量的二重人格的人物，因此，作品中描写这类人物不但

---

① 《现代》第1卷第5期所载关于《将军底头》的评论。

是可以的，而且是需要的；如能描写得真实和深刻，揭示出这类现象产生的社会根源，进行正确的引导，对于读者认识这类人物甚至认识当时社会，都是很有意义的。但是，第一，我们不赞成把人们都看成二重人格或本性就是自私的。弗洛伊德认为人本能地都有"侵犯""占有"他人的欲望，这是一种并不科学的见解。婴儿饿了想吃东西，会哭会闹，这是他的本能，但他并不必然要去"侵犯""占有"别人。把要吃的本能引申为每人都有"侵犯冲动"，这在逻辑上至少是不谨严的。人并不都是自私的，不要说现代革命的过程中产生过数以万计、十万计的为了崇高理想而英勇献身的志士，就是在封建社会或资产阶级革命时代，也还有大批自觉地为捍卫民族利益与阶级利益而赴汤蹈火、不惜牺牲的人物——被鲁迅称为"中国的脊梁"式的人物，如岳飞、文天祥、史可法、海瑞、秋瑾等。我们反对把人神化，但也反对那种在"不要神化"的名义下抹杀事实、把人兽化、把每个人都看成"二重人格"的自私的伪君子。第二，我们也不赞成让文艺作品专门去大写特写"二重人格"的人物。文艺作品有多方面的功能。文艺作品应当充分表现出生活的复杂性，但表现生活的复杂性与刻画"二重人格"的伪君子是两回事，不能混为一谈。第三，还应当看到，刘呐鸥、穆时英、施蛰存一些作品中的二重人格，并不完全是从生活出发的，恰恰相反，有时是从作者主观臆测出发的，是作者主观思想的投影。穆时英就曾经坦白承认自己具有"二重人格"[①]。作者的这种二重人格，恐怕未必不会对人物形象的塑造产生影响，未必不会投射到人物形象身上。30年代曾经有人称赞施蛰存《将军底头》这本集子特别是《石秀》的最大好处，是没有将古人现代化，是忠实地写出了古代人的思想面貌。[②] 对于这一点，我们实在不敢苟同。《将军底头》里有些作品特别是《石秀》的问题，恰恰在于将古

---

① 《公墓·自序》。
② 《现代》第 1 卷第 5 期所载关于《将军底头》的评论。

人现代化，将古人弗洛伊德主义化。作者是按照弗洛伊德、蔼理斯这些现代人的理论主张来写古代人的。在施蛰存笔下，石秀几乎完全成了一个现代的色情狂和变态心理者，成了弗洛伊德学说所谓"性的冲动"与"侵犯冲动"的混合物，他不但因私欲不遂、出于忌妒而挑唆杨雄杀死了潘巧云和迎儿，甚至还变态到了专门欣赏"鲜红的血"何等"奇丽"，从被宰割者"桃红色的肢体"，"觉得一阵满足的愉快"。小说三次写到了石秀"欣赏""鲜红的血"的变态心理，近乎嗜血成性！弗洛伊德理论原是在研究精神病患者基础上建立起来的一种学说，它有贡献，也有不尽科学之处，最大的荒谬便在于把正常人都当作疯子。从小说《石秀》的主人公视丑恶为美好，把残酷当有趣，我们就可以感受到这种学说的消极方面。用这种思想塑造出来的石秀，显然没有多少宋代人的气息，分明打着现代色情狂者的印记！生活中即使有这种人物，那也绝不是石秀，只能是另一种人。对于石秀这样一个古代的急公好义的起义英雄来说，究竟是《水浒传》的写法更接近于历史的真实，还是新感觉派作家的写法更接近于历史的真实呢？尽管《水浒传》是一部浪漫主义气息很重的作品，但我们宁可相信《水浒传》所描写的石秀，更接近于历史的真实。

其次，新感觉派小说创作还受弗洛伊德学说的唯心史观的影响，对一些事件和人物作了不正确的解释。弗洛伊德学说夸大性欲的作用，认为性是起根本作用的因素，认为性能量的转移可以创造了不起的事物，是所谓"力必多"（Libido），几乎把人类的一切现象（也包括许多文化现象）都用性心理来解释。有的新感觉派作家企图按照弗洛伊德主义来解释各种历史事件和历史人物，这就形成了历史唯心主义倾向。日本作家横光利一写过一篇著名的短篇小说，叫作《拿破仑与金钱癣》，就把拿破仑攻打俄罗斯的重大军事行动归因于拿破仑性心理的变态。据说，拿破仑有个习惯，他的手老是插在腹部的衣扣里面。小说作者想象：拿破仑的腹部生了一大块癣,他不断地要用手去抓痒。这种癣发作起来奇痒无比,有时要俯伏在冰凉的花岗石地上才能减少痛苦。自从娶了奥地利年轻貌美的公主路伊萨做皇后以后,拿破仑害怕公主发现这种病,腹部老是系着一个布兜。在拿破仑看来,"哪怕单是为了要看他所爱的路伊萨微微一笑,俄罗斯也是应该去征服的。他是这样的爱恋着路伊萨的啊!但他愈是爱她,愈觉得被这位崇高优美的哈布斯堡的新娘看到他那丑肚子上的金钱癣,是最可怕的了。如果可能的话,他这时候为了法兰西皇帝拿破仑·波拿巴特的庄严的肉体的价值起见,也许愿意把他的意大利和腹部的金钱癣交换一下。"不料,有一个晚上,拿破仑腹部长癣的秘密终于被路伊萨皇后发现了,这位奥地利公主非常害怕,也非常厌恶,从此不愿跟拿破仑生活在一起。于是平民出身的拿破仑感到受了贵族公主的侮辱,他滋长出了一种报复心理,"感到有这样的一种冲动,要把金钱癣这种平民病堂堂正正地传到那非常高贵而全欧闻名的哈布斯堡的女儿身上:我是一个平民的儿子,我可征服了法兰西,征服了意大利,征服了西班牙、普鲁士与奥地利。我将蹂躏俄罗斯、蹂躏英吉利和东洋。看啊,哈布斯堡的女儿……""翌日,拿破仑便不顾任何反对者,发表了远征俄罗斯的决心。"他要向路伊萨显示一下"予他以皇帝之尊的他那最得意的军事征服手腕"。可以看出,作者横光利一完全按照弗洛伊德学说来解释拿破仑东征俄罗斯这个重大历史事件。到30年代施蛰存等手里,这类小说写得更多。《将军底头》里唐朝的这位吐蕃族将军,在性意识驱使下,抑制了背汉归国的念头;也正是这种性的欲望,造成他被敌人砍去了头颅,而失去头颅以后,还能骑在马上奔回心爱的姑娘身边。《黄心大师》在原先的纯宗教传说中,也隐隐掺进了一些性的因素:小说写南宋时一个名叫恼娘的妇女,在婚姻生活受尽折磨之后,看破红尘,当了尼姑。但铸钟八次,却都失败。后来发现施主原来就是她最初的丈夫。她"明白了一切的因缘",于是在第九次浇铸时,她一边高声念着佛号，一边奋身跳进沸滚的熔炉中，终于用她的血肉之躯，帮助铸成了一口传之后世的大铜钟。这些都是真实的历史人物。小说作者运用弗洛伊德学说，从性心理这个角度，对原有的故事传说重新做了解释。这种解释对不对？像拿破仑企图征服俄国这样重大的历史事件，能不能用奥地利公主对他不喜欢，于是他产生复仇心理来解释？像唐朝将军英勇作战，掉了脑袋仍不倒下，能否用他喜欢一个姑娘来解释？像南宋时尼姑黄心跳进熔炉里去，能否用潜在的性因素及其大彻大悟来解释？有点头脑、有点文化历史知识的人都不难做出回答。其实，这些作品都在不同程度地图解弗洛伊德主义。我们说，任何图解都不是真正的文学创作，图解马克思主义不行，图解弗洛伊德主义也不行。鲁迅前期也曾经受过弗洛伊德学说的影响，他写《补天》，最初就试图在神话题材中用弗洛伊德学说"解释创造——人和文学的——的缘起"[①]。但在实际创作过程中，他的态度有所改变。他把女娲炼石补天的场景写得那么壮丽多彩，把女娲抟泥做人的劳动写得那么庄严和充满喜悦，就说明他实际是在用生活的逻辑（其实是神话曲折地反映生活的逻辑）去匡正他头脑中先入为主的关于"性的发动"[②]之类弗洛伊德的观点。而施蛰存写《石秀》这样的小说，情况恰好相反：他恰恰在很大程度上脱离了石秀这个急公好义的起义英雄的特定情境，用弗洛伊德学说去修正历史生活的逻辑，使作品成为弗洛伊德理论的一种插图。因此，到底从生活出发，以生活的逻辑去限制和匡正弗洛伊德学说，还是从弗洛伊德学说出发，修改生活本身的逻辑，使生活图景成为弗洛伊德学说的注脚？——这两种创作路子之间的距离和教训，实在是很能发人深省的。

再次，新感觉派有一部分作品（主要是刘呐鸥、穆时英的一些作品）存在着相当突出的颓废、悲观乃至绝望、色情的倾向。一些左翼

[①]《故事新编·序言》，《鲁迅全集》第2卷，人民文学出版社2005年版，第353页。
[②]《南腔北调集·我怎么做起小说来》。

第四章 新感觉派与心理分析小说

作家以及朱自清等进步作家在当时就加以批评,这是必要的(尽管批评中也有某些"左"的简单化倾向)。我们不妨举出穆时英的小说《Pierrot》[①]来解剖一下。小说头两节写了主人公潘鹤龄与自己的日本情人琉璃子的凄然告别以及对她的思念。第三、四节写潘鹤龄与朋友们相处,当他从友人口中得知他们对自己作品的各种"妙论"时,"潘鹤龄先生怔住了,他听到他的自信,他的思想,他对于文学的理解,全部崩溃下来的声音",他奇怪:"为什么他们会从我的作品里边看出和我自己所知道的我的思想完全不同的思想?"由此,潘鹤龄进一步思考:"批评家和作者的话是靠不住的,可是读者呢?读者就是靠得住的吗?……他们要求我顺从他们,甚至于强迫我;他们给我一个圈子,叫我站在圈子里边,永远不准跑出来,一跑出来就骂我是社会的叛徒,就拒绝我的生存。我为什么要站在他们的圈子里边呢?不站在里边又站在哪儿呢?"既然朋友、批评家和读者都不可靠,主人公于是决定:找我的琉璃子去,"只要不寂寞,还是到东京去做一个流浪者吧"。第五节,潘鹤龄到了日本,发现琉璃子并不忠实于自己,她竟是有情夫的。主人公经过反省,得出结论:"这就是文化,就是人类,就是宇宙!每个人都把自己放在最前面,放在一切前面。我爱琉璃子,是为了我自己,而不是为了她。她也为她自己而出卖我对她的忠诚。……只有母亲是不自私的。伟大的母亲啊!回家去吧!家园里该有新鲜的竹笋了吧。"第六节,潘鹤龄回乡,却听到了父母亲要把儿子"当摇钱树"的一番密谈。失望之余,他"跟老实的庄稼人谈话","在这些贫苦的、只求保持着最低限度的生存的、穿着褴褛的人们中间,发现了一颗颗真实的心,真的人类";"忽然,他对于十月革命神往起来"。第七、八、九节写潘鹤龄为群众的热情所感动,积极参加工农斗争,以致被警察抓走。在狱中,他并不屈

---

① Pierrot,法语"丑角""傻瓜"之意。

服，出狱后却被自己的同志认为向敌人投降，没有一个人肯信任他。他终于颓废绝望，精神崩溃，成为虚无主义者。整篇小说宣扬了从批评家、读者、朋友到情人、父母亲，再到工农群众、革命组织，所有的人全不可靠，几乎对人类只能绝望的思想。这是一种骨子里很阴暗的思想。因为按照这种"天下乌鸦一般黑"的思想逻辑，是与非、白与黑、正义与邪恶等一切界限全被泯灭了。与其说这里反映了现实世界太可怕，倒不如说反映了作者思想太可怕。从我们所掌握的穆时英生平资料来看，这篇小说并非作者的自叙传，而是他为了要宣传一种阴暗思想才为主人公拼凑了这些经历的（小说发表于1934年2月，当时穆时英已开始爬上政府书报检察官的高位）。作品的这种悲观主义思想倾向，在30年代新感觉派小说中，具有一定的代表性。它并不是偶然出现的：一方面，反映了作者本身的虚无思想和阴暗心理，另一方面，也表明了当时这个流派在哲学、心理学和文艺思想上无批判地接受西方现代主义所带来的消极影响。

如同新感觉派小说的功绩不应被遗忘一样，新感觉派创作中出现的这些倾向性问题，我们也应该予以分析和评论。

第五节 心理分析小说的发展和张爱玲的出现

30年代是心理分析小说获得较大发展的时期。即使不是《新文艺》和《现代》杂志周围的作家，也曾写过不少心理分析小说。较早的丁玲，就写过《一个女人和一个男人》《他走后》《潜来了客的月夜》等作品。1934年出现在南京的另一女作家沈祖棻（笔名绛燕），也在《诗帆》等刊物上用历史题材写了《马嵬驿》（写杨玉环）、《茂陵的雨夜》（写卓文君）等短篇，颇受时人注意。这些心理分析小说大多用内心独白的方式写成，较20年代的一般水平有明显提高。只要对照"五四"时杨振声写的《贞女》和30年代施蛰存写的《春阳》这两篇题材相似、思想上都受过弗洛伊德学说影响的小说，就可以了解心理分析小说在中国走过了多么漫长的路程才开始趋于成熟。到40年代初出现张爱玲，则使心理分析小说达到一个小小的高峰。

张爱玲受过新感觉派影响，这不但有她的作品可供分析，而且有她自己的话可作证明。她在散文集《流言》的《写什么》一文中说："初学写文章，我自以为历史小说也会写，普洛文学，新感觉派，以至于较通俗的'家庭伦理'，社会武侠，言情艳情，海阔天空，要怎样就怎样。越到后来越觉得拘束。"在另一处——《流言·童言无忌》中，她也说少年时曾读穆时英的一些作品。可见，说张爱玲曾得益于新感觉派，大概是可以的。但自然，不能据此简单地把她当作新感觉派作家。

张爱玲（1920—1995），曾用笔名梁京[①]。出身于上海一个贵族家庭。祖父张佩纶光绪初年曾为都察院左副都御史，中法马尾战事期间因贻误战机而被革职充军，后为李鸿章幕僚，并成为李之女婿，在张爱玲出生前十多年去世。祖母是李鸿章的女儿。父亲性情暴戾，染有纳妾、抽鸦片之类纨绔子弟的恶习。母亲黄姓，也是名门世家出身，婚后曾去欧洲留学，与丈夫因感情破裂而离婚。张爱玲很早失去母爱，父亲和继母对她又相当冷酷，只得从阅读中外小说中寻找自己的乐趣，养成孤僻的性格。她喜欢阅读《红楼梦》等古典小说和清末民初的通俗小说，也爱读新感觉派小说和英国作家毛姆等人的作品。从监禁她的父亲家中出逃后，张爱玲考入香港大学，连续就读三年，直至太平洋战争爆发后返回上海，开始创作生涯。最早的一批小说如《沉香屑——第一炉香》《茉莉香片》《心经》《倾城之恋》《金锁记》《封锁》等，分别发表在上海沦陷时期的《紫罗兰》《杂志》《万象》《天地》等刊物上，后结集为《传

[①]《十八春》在上海《亦报》连载时，用此笔名。

奇》出版。

张爱玲的中短篇小说,着重表现上海、香港这类大都市里的两性心理,尤其是女性心理。这些作品都有弗洛伊德思想的烙印。如《沉香屑——第二炉香》写了性欲压抑者在走投无路时的自杀;《茉莉香片》表现男主人公聂传庆因得不到父母温爱而变态地对女同学言丹朱嫉恨与报复;《封锁》写城市戒严这段特定时间里一对在电车中邂逅的中年男女微妙的内心活动,颇似施蛰存的《梅雨之夕》;《心经》甚至写父女恋爱,表现弗洛伊德所谓"恋父情意结";《金锁记》则写小家碧玉曹七巧嫁到官宦人家做一个残废人的老婆,"她戴着黄金的枷"在姜家过了三十年,没有得到过真正的爱情,性格趋于变态。由于自己没有尝到幸福,她也不让儿女得到幸福,甚至异常可怕地亲自动手去破坏儿女们的幸福。从张爱玲小说表现的生活内容与思想基础来说,它们确实和刘呐鸥、穆时英、施蛰存的作品有着一脉相承之处。

然而,张爱玲小说的实际成就却高出上述新感觉派作家,她做到了新感觉派作家们想做而没有很好做到的事情,达到了新感觉派作家们想要攀登而未能达到的高度。

张爱玲小说的成就,首先在于两性心理刻画上具有前所未见的深刻性。《金锁记》写的曹七巧这类不幸遭遇,"五四"以来的小说曾经不断地加以表现;像杨振声的《贞女》,台静农的《烛焰》,彭家煌的《喜期》,施蛰存的《春阳》,也都在一定程度上实现了各自的意图,获得了不同的成就。但是,把主人公心理写得如此复杂、深刻和透彻,把这类悲剧的后果写得如此细致入微,而又如此震撼人心的,却只有张爱玲的《金锁记》。小说中的曹七巧,自己没有得到幸福而竟要子女也得不到幸福,不仅蛮横逼死儿子长白的媳妇,还要活活拆散女儿长安和童世舫的婚姻,她的这种变态心理,以及她那些刀子似的不断在他人心灵上划出伤痕的话语,实在大长了读者的见识,令人战栗。请读读作者不动声色地写到的七巧破坏女儿长安婚事这一段：

然而风声吹到了七巧耳朵里。七巧背着长安吩咐长白下帖子请童世舫吃便饭。世舫猜着姜家是要警告他一声，不准他和他们小姐藕断丝连，可是他同长白在那阴森高敞的餐室里吃了两盅酒，说了一回话，天气，时局，风土人情，并没有一个字沾到长安身上。冷盘撤了下去，长白突然手按着桌子站了起来。世舫回过头去，只见门口背着光立着一个小身材的老太太，脸看不清楚，穿一件青灰团龙宫织缎袍，双手捧着大红热水袋，身旁夹峙着两个高大的女仆。门外日色昏黄，楼梯上铺着湖绿花格子漆布地衣，一级一级上去，通入没有光的所在。世舫直觉地感觉到那是个疯人——无缘无故的，他只是毛骨悚然。长白介绍道："这就是家母。"世舫挪开椅子站起来，鞠了一躬。七巧将手搭在一个佣妇的胳膊上，款款走了进来，客套了几句，坐下来便敬酒让菜。长白道："妹妹呢？来了客，也不帮着张罗张罗。"七巧道："她再抽两筒就下来了。"世舫吃了一惊，睁眼望着她。七巧忙解释道："这孩子就苦在先天不足，下地就得给她喷烟。后来也是为了病，抽上了这东西。小姐家，够多不方便哪！也不是没戒过，身子又娇，又是由着性儿惯了的，说丢，哪儿就丢得掉呀？戒戒抽抽，这也有十年了。"世舫不由的变了色。七巧有一个疯子的审慎与机智。她知道，一不留心，人们就会用嘲笑的，不信任的眼光截断了她的话锋，她已经习惯了那种痛苦。她怕话说多了要被人看穿了。因此及早止住了自己，忙着添酒布菜。隔了些时，再提起长安的时候，她还是轻描淡写的把那几句话重复了一遍。她那平扁而尖利的喉咙四面割着人象剃刀片。

长安悄悄的走下楼来，玄色花绣鞋与白丝袜停留在日色昏黄的楼梯上。停了一会，又上去了。一级一级，走进没有光的所在。

恰到好处的文字产生了令人惊心动魄的效果。七巧出场时背光而立的幽灵般的身影，她作为母亲竟用尽计谋乃至不惜说谎来断送女儿的终身幸福，……这一切都使读者如童世舫般感到"毛骨悚然"，产生难以忘却的深深的悲剧感。作品结尾时有这样一段叙述："七巧似睡非睡横在烟铺上。三十年来她戴着黄金的枷。她用那沉重的枷角劈杀了几个人，没死的也送了半条命。她知道她儿子女儿恨毒了她，她婆家的人恨她，她娘家的人恨她。她摸索着腕上的翠玉镯子，徐徐将那镯子顺着骨瘦如柴的手臂往上推，一直推到腋下。她自己也不能相信她年青的时候有过滚圆的胳膊。……"委实使人怜悯，引人叹息，又发人深思。七巧无疑是新文学中最复杂、最深刻、最成功的妇女形象之一。此外，《沉香屑——第一炉香》里那个毒蜘蛛似的梁太太，《倾城之恋》里那对上流交际场中的男女——范柳原与白流苏，《红玫瑰与白玫瑰》里那个自以为逢场作戏、实际却既贪又怯的佟振保，他们在张爱玲解剖刀般的笔下，也都被刻画得入木三分。张爱玲的心理分析小说之所以如此出手不凡，其原因在于她不是单纯依靠从书本上得来的弗洛伊德观念，而是植根于生活，得力于生活；依靠从生活中得来的深切感受，依靠长期的观察和深刻的体验。如果说，穆时英、施蛰存还是从外部来写舞女、少爷和各种市民的话，那么，张爱玲本身就是从这个圈子里来的，她对于自己要写的人物——尤其都市中上层女性，真正做到了"烂熟于心"。《流言》集里有篇文章叫《写什么》，正好说清楚了这层道理，张爱玲说：

> 我认为文人该是园里的一棵树，天生在那里的，根深蒂固，越往上长，眼界越宽，看得更远，要往别处发展，也未尝不可以，风吹了种子，播送到远方，另生出一棵树，可是那到底是艰难的事。

"根深蒂固","天生在那里的",——这就透露了张爱玲获得成功的秘密。她还曾向一位访问者这样表示:"我写的东西,总得酝酿上一二十年。"① 正由于生活体验、人生体验的深切,艺术上又经过长时间的反复酝酿,才保证了张爱玲能写得那样深和细,写出了施蛰存、穆时英所写不出的那种深刻和微妙之处。

张爱玲小说的另一个独到的成就,在于意象的丰富与活泼传神。这些意象大多鲜活而富有艺术魅力。例子俯拾即是。《金锁记》里,七巧怀着又爱又恨的复杂感情,掷团扇打翻了玻璃杯,赶走了姜季泽,这时,"酸梅汤沿着桌子一滴一滴朝下滴,象迟迟的夜漏——一滴,一滴,……一更,二更……一年,一百年。真长,这寂寂的一刹那。"此种意象,同七巧当时又气、又爱、又恨、又悔、又躁急、又空虚的心境是何等吻合,衬托得多么精妙有力。而接着,苏醒的爱情推动七巧,使她跌跌绊绊地赶上楼,"要在楼上的窗户里再看他一眼",终于看到:"季泽正在弄堂里望外走,长衫搭在臂上,晴天的风象一群白鸽子钻进他的纺绸裤褂里去,哪儿都钻到了,飘飘拍着翅子。"这一意象,出自七巧这个情人眼里,又能引起多少遐想,它和七巧的心事又配衬得多么微妙!至于多次提到的七巧家楼梯的意象:"一级一级,通向没有光的所在",更具有象征性而发人深思。《第一炉香》写梁太太出场时:"一个娇小个子的西装少妇跨出车来,一身黑,黑草帽檐上垂下绿色的面网,面网上扣着一个指甲大小的绿宝石蜘蛛,在日光中闪闪烁烁,正爬在她腮帮子上,一亮一暗,亮的时候象一颗欲坠未坠的泪珠,暗的时候便象一粒青痣。"从这时起,绿宝石蜘蛛的意象,便给读者留下极深的印象,随着梁太太为人的越发被人了解,这印象便越发加深。后来薇龙进入梁府,"一抬眼望见钢琴上面,宝蓝磁盘里一棵仙人掌,正是含苞欲放,

---

①水晶:《蝉——夜访张爱玲》。

那苍翠的厚叶子，四下里探着头，象一窝青蛇，那枝头的一捻红，便象吐出的蛇信子"。虽然似乎失之浅露，但同样加深着读者对梁宅的观感、印象。这类意象在张爱玲作品中，常常如泉涌而出，自然活泼，玲珑剔透，增强了小说蕴藉含蓄的力量。

还应该说，张爱玲小说造语新奇，"通感"手法运用得多，艺术感觉异常锐敏精微，具有新感觉派作品的某种色彩。例如：

《金锁记》写七巧的心情："茶给喝了下去，沉重地往腔子里流，一颗心便在热茶里扑通扑通跳。"

《第二炉香》用音响形容月光："到处都是呜呜咽咽笛子似的清辉。"

同篇写罗杰尴尬的笑："他只把头向后仰着，嘿嘿地笑了起来，他的笑声象一串鞭炮上面炸得稀碎的小红布条子，跳在空中蹦回到他脸上，抽打他的面颊。"

同篇写罗杰坐在海边的苦恼心情："整个的世界象一个蛀空了的牙齿，麻木木的，倒也不觉得什么，只是风来的时候，隐隐的有一些酸痛。"

《年青的时候》形容女打字员的装饰："头上吊下一嘟噜黄色的鬈发，细格子呢外衣。口袋里的绿手绢与衬衫的绿押韵。"

同篇写汝良恋爱中想念沁西亚的兴奋心情："野地里的狗汪汪吠叫。学校里摇起铃来了。晴天上凭空挂下小小一串金色的铃声。沁西亚那一嘟噜黄头发，一个鬈就是一只铃。可爱的沁西亚。"

《封锁》一开头就这样写："开电车的人开电车。在大太阳底下，电车轨道象两条莹莹的，水里钻出来的曲蟮，抽长了，又缩短了；抽长了，又缩短了，就这么样往前移——柔滑的，老长老长的曲蟮，没有完，没有完……"

《留情》写主人公出门遇到微雨天气："米先生定一定神，……微雨的天气象个棕黑的大狗，毛氄氄，湿唶唶，冰冷的黑鼻尖凑到人脸上来嗅个不了。"

《鸿鸾禧》写到玉清的烦倦心情："一个人先走，拖着疲倦的头发到理发店去了。鬈发里感到雨天的疲倦……"

同篇还这样形容笑声给人的感觉："棠倩的带笑的声音里仿佛也生着牙齿，一起头的时候像是开玩笑地轻轻咬着你，咬到后来就疼痛难熬。"

读过穆时英小说的人，大概都会感到张爱玲上述这类写法很有穆时英的味道。然而，在感觉的锐敏、细致，比拟的精妙、贴切与独创方面，张爱玲小说比之穆时英等新感觉派作品来，实在是有过之而无不及的。

更有意思的是，张爱玲的现代派小说竟是和传统的民族形式相结合的。她在叙述、描写方面，用的是《红楼梦》式的手法和语言。表面上看，它似乎与新感觉派作家大异其趣。其实不然。这条路子实际上正是新感觉派作家开辟的。施蛰存1937年春写的最后一篇历史题材心理分析小说《黄心大师》，采用的就是传统的手法和语言。它在《文学杂志》第二期上发表时，曾受到编者朱光潜的称赞，《编辑后记》说：

> 近来小说作者大半都受了西方的影响。在技巧方面固然促成很大的进步，但是手腕低下者常不免令人起看中国人画的"西画"之感。施蛰存先生的《黄心大师》很有力地证明小说还有一条被人忽视的路可走，并且可以引到一种新境，就是中国说部的路。施先生的作风当然也有西方小说的佳妙处，但是他的特长是在能吸收中国旧小说的优点。他的文字象他自己所说的，是"文白交施"，但是看起来比流行语言还更轻快生动。读许多人的小说，我们常觉得作者是在做文章；读《黄心大师》，我们觉得委实是在"听故事"，而且觉得置身于"听故事"所应有的空气中，家常，亲切，象两个好朋友夜间围炉娓娓谈心似的。

可惜的是，施蛰存本人后来并未沿着这条路写下去。生活本身限制了他，抗战的客观形势也改变着他的想法。施蛰存没有完成的任务，却由张爱玲承继下来，出色地完成了。这大概得力于她从小所受的旧诗和《红楼梦》一类古典小说的熏陶。张爱玲终于在尝试运用娴熟的民族形式去表现现代派的思想内容方面，取得了创纪录的成功。由于她作品的杰出成就，现代派小说在中国土壤中扎下了根子。这是张爱玲的又一个大的贡献。

上述这些告诉我们：张爱玲虽然不能算是一个狭义的新感觉派作家，但也许可以说在实践现代主义方面是个集大成者。

然而，张爱玲的起点也就是她的顶点。在40年代，她可能已把自己的生活积蓄乃至艺术积蓄使尽了。50年代所写的《秧歌》《赤地之恋》等作品，不但内容上不真实，违背生活逻辑，而且艺术上也平淡无奇，失去光泽。用作家自己的话来说，它们绝不是"酝酿上一二十年"的产物，只能是离开本土硬"要往别处发展"的树木。同以前的作品相比，它们简直使人难以相信出自同一个张爱玲的手笔。这再一次证明：离开了深切的生活体验，任何一种创作方法都不可能保证产生出色的作品。

第五章　社会剖析派小说

几乎是在新感觉派的都市文学和心理分析小说获得发展的同时，以《子夜》为代表的另一种路子的都市文学也应运而生了。《子夜》的出现还带来了社会剖析派小说①的崛起。这样，在30年代，新感觉派的都市文学与左翼作家的都市文学，心理分析小说与社会剖析小说，这两类作品就互相映衬，互相竞争，并在某种范围内互相影响，互相渗透。初步研究了新感觉派和心理分析小说之后再来考察与之对峙的左翼作家的社会剖析小说，我们将能看到小说史上一些很有趣的现象。

第一节　《子夜》的出现和社会剖析派的形成

1933年1月，茅盾（1896—1981）的长篇小说《子夜》由上海开明书店出版。它在当时读者和文艺界中迅速引起了热烈的反响。小说印出后"三个多月销至四版，可见轰动之概"②。据北平《晨报》1933年

---

① "社会剖析小说"或"社会剖析派"这个名称，原是我1982年为研究生讲课时提出的，我希望它能够比较准确、贴切地概括这个流派创作的特点。吴组缃先生对此表示赞同和支持，后来出版的有些教材也开始采用这个名称，我谨在此表示感谢。
② 吴组缃：《评茅盾〈子夜〉》，载《文艺月报》1933年6月1日创刊号。

4月报道,该市某书店一天内竟售出《子夜》一百多册。文学评论家纷纷撰文给予这部作品很高的评价。瞿秋白说:"1933年在将来的文学史上,没有疑问的要记录《子夜》的出版","这是中国第一部写实主义的成功的长篇小说"。① 朱自清在《〈子夜〉》一文中也说:"这几年我们的长篇小说渐渐多起来了,但真能表现时代的只有茅盾的《蚀》和《子夜》。"② 可见,《子夜》在中国现代小说史上的划时期意义,当时就为一些文学界人士所觉察和承认。

从茅盾个人来说,《子夜》是他自觉地改变创作道路的一个重大收获,是他创作的一个里程碑。他自己在《子夜》出版后的第二年说:"1927年中国大革命失败以后,我开始写小说。对于布尔乔亚的文学理论,我曾经有过相当的研究,可是我知道这些旧理论不能指导我的工作,我竭力想从'十月革命'及其文学收获中学习;我困苦地然而坚决地要脱下我的旧外套。"③《子夜》就是他要脱下旧外套的实绩。

《子夜》杰出的成就和贡献在于:

第一,它是中国现代文学史上第一部以科学世界观为指导的社会剖析小说,是运用革命现实主义方法熔铸生活、再现生活的出色成果。《子夜》通过30年代初期上海各阶层生活的真实描绘,力图科学地剖析中国社会,艺术地给以再现。就在《子夜》创作的过程中,茅盾曾经写过这样一段话:

> 一个作家不但对于社会科学应有全部的透彻的知识,并且真能够懂得,并且运用那社会科学的生命素——唯物辩证法;并且以这辩证法为工具,去从繁复的社会现象中分析出它的动律和动向;并

---

① 《〈子夜〉和国货年》。
② 《文学季刊》第2期,1934年4月1日。
③ 《答国际文学社问》。

且最后，要用形象的言语艺术的手腕来表现社会现象的各方面，从这些现象中指示出未来的途径。①

作者对此显然是身体力行的。当时，思想界已经爆发关于中国社会性质问题的论战：托洛茨基派在《动力》杂志上发表文章，鼓吹中国已走上资本主义道路；左翼知识分子则在《新思潮》杂志上撰文，批驳这种观点，指出中国社会依然是半封建半殖民地性质。《子夜》通过对生活本身的深刻描绘和剖析，有力地回答了思想界提出的问题。主人公吴荪甫发展民族工业计划的可悲失败，证实了所谓"中国已走上资本主义道路"这类说法的虚妄。正像瞿秋白所指出的："应用真正的社会科学，在文艺上表现中国的社会关系和阶级关系，在《子夜》不能够不说是很大的成绩。"②

第二，《子夜》在现代文学史上第一次以相当宏大的规模描绘了上海这个现代化大都市，第一次以相当可观的深度刻画了中国民族资产阶级的典型形象。《子夜》是现代都市文学的杰出代表。吴荪甫这个"魁梧刚毅，紫脸多疱"，曾经游历欧美，俨然要充当"20世纪机械工业时代的英雄、骑士和王子"，最后却在现实的墙上撞得鼻青脸肿的人物，是《子夜》的出色创造，是读者在以前的其他作品中从未见过的。和表现都市生活的内容相适应，作品的内在节奏也加快了。穆时英在1936年初完成的长篇小说《中国行进》，据良友文学丛书广告，其内容"写1931年大水灾和九一八前夕中国农村的破落，城市里民族资本主义和国际资本主义的斗争"③，显然受到了包括《子夜》在内的左翼小说的影响。

第三，《子夜》是"五四"以来第一部真正具有宏大而复杂的现代

---

① 《〈地泉〉读后感》。
② 《〈子夜〉与国货年》。
③ 此广告载于《良友》图画杂志第113期。

结构的长篇小说。在此以前,我国新文学虽然已经出现了不少长篇,但大多数线索单一,结构单纯,实际是些中篇,而不是真正现代意义上的长篇小说。《子夜》则完全不同。在这个作品里,多条线索同时提出,多重矛盾同时展开,小说情节交错发展,形成蛛网式的密集结构。仅以第二章为例,通过为吴老太爷举丧的情节,引出全书许多重要人物和多条矛盾线索:借雷鸣出场引出吴荪甫家庭内部矛盾,借徐曼丽出场引出吴荪甫与赵伯韬的矛盾,借费小胡子的告急电报引出吴荪甫与农民的矛盾,借莫干丞的报告引出吴荪甫与工人的矛盾,借客厅里人们的高谈阔论点出军阀混战的背景以及朱吟秋等实力不厚的资本家的处境。这样一些纷繁的线索头绪,就将主人公吴荪甫置于矛盾的中心,立体化地显示其性格,同时也便于宽广地展现出时代的风貌。这种多线索的复杂结构,大大扩展了《子夜》表现时代社会生活的容量。同时,《子夜》的结构又是有张有弛,张中有弛,活泼多变,富有节奏感的,因而读起来毫不显得刻板。虽然作者由于健康的关系力不从心,第四章确实显得游离,但总的看来,《子夜》的结构艺术达到了相当高的水平。

《子夜》的成功,开辟了用科学世界观剖析社会现实的新的创作道路,对一个新的小说流派——以茅盾、吴组缃、沙汀和稍后的艾芜为代表的社会剖析派的形成,起着重要的推动作用。茅盾本人在这一新的创作道路上,先后完成了《春蚕》《林家铺子》《霜叶红似二月花》《锻炼》等一批社会剖析小说。吴组缃、沙汀也从30年代中期起,陆续写出了各自的代表作。到40年代中后期,艾芜也踏上了这条新的创作道路。

应该说,社会剖析派在中国产生,是有其历史必然性的。只要以托尔斯泰、巴尔扎克为代表的重视社会解剖的欧洲现实主义能够传入中国并在这块土地上生根,只要马克思主义唯物史观的社会科学能够传入中国并在这块土地上生根,只要这两种思潮能够在文学实践过程中相互结合并且确实造就出一批社会科学家气质的作家,那么,社会剖析派的形成就是不可避免的。我们可以说，社会剖析派乃是"五四"现实主义向前发展、趋于革命化的产物，是一部分作家用社会科学消化自己所熟悉的现实生活的产物，是左翼文学界用作品参加社会性质大论战的结果，也是蒋光慈为代表的"革命小说"的"左"倾幼稚病得到克服的一种结果。如果客观条件不具备，即使是《子夜》这样杰出的作品，也不可能带出一个流派来。事实上，早在茅盾的《子夜》出现以前，就有一些作家已经在独立地进行许多思考和探索。

以吴组缃（1908—1994）为例，他从1931年前后起就在从事着社会解剖的工作。他自己安徽泾县的家庭是在1928年至1929年世界经济危机的冲击下破落的，他也亲眼看到那个时期像他家庭那样倒闭的商店难以计数，这就迫使他去研究这类社会现象产生的原因，其结果，如他自己所说："1929年进大学就念马列主义。"① 九一八事变后，他和他的哥哥吴半农② 等一起参加编辑《中国社会》半月刊，研究中国社会经济问题；并且参加了"社会科学研究会"。这些分析研究使他终于相信：唯物史观确实是真理，当时的中国的确并不是资本主义社会，而是半封建半殖民地社会。随着社会思想发生变化，他的文艺思想也发生变化。1931年11月，他写了一篇文章叫《谈谈清华的文风》，其中提出："要暂时把趣味放开"，"在我们可能范围内，多多注意和社会接触"，"放开眼，看一看时代，看一看我们民族的地位，看一看社会的内状，使我们意识到我们现在这种生活的内里，并不是多么美满，我们实在不能偷生苟安，视现状而麻然木然。我们该在现有的生活里抓住苦痛，悲慨，在我们现有的灵魂里抓住它的矛盾处，而后再用 Serious 的笔向沉着处写。"他自己在这时期创作的农村题材的小说，写阶级压迫已达到相当

---

① 吴组缃：《克服主观主义，在工作中锻炼自己》，载《人民清华》第24期，1951年10月18日。
② 吴半农，原名吴祖光，经济学家，北伐战争时期加入共产党。

可观的程度——如《官官的补品》，只是暂时还没有找到一种最适合的艺术表现方式。

沙汀（1904—1992）比吴组缃接触马克思主义更早。他是四川安县人，1927年就加入中国共产党。1931年与同班同学艾芜在上海相遇后开始写作，最初《法律外的航线》等短篇小说，表现的虽是社会革命的题材，却只是"凭一时的印象以及若干报纸通信拼制成"[①]，"单用一些情节、一个故事来表现一种观念、一种题旨"[②]，可以说远未摸索到对他来说最适当、最能发挥他的长处的艺术道路。

正是在这种情形下，《子夜》的出现使他们眼前一亮，打开了一种新的境界，看到了自己应该走的具体道路，在很大程度上满足了他们的要求。只要读一读吴组缃在《子夜》出版才三个月时写的一篇评论文章——《评茅盾的〈子夜〉》，就能体会到当时一批青年左翼作家的兴奋心情。吴组缃说：

> 中国自新文学运动以来，小说方面有两位杰出的作家：鲁迅在前，茅盾在后。茅盾之所以被人重视，最大原故是在他能抓住巨大的题目来反映当时的时代与社会；他能懂得我们这个时代，能懂得我们这个社会。他的最大的特点便是在此。有人这样说："中国之有茅盾，犹如美国之有辛克莱，世界之有俄国文学。"这话在《子夜》出版以后说，是没有什么毛病的。

吴组缃具体指出，《子夜》"这本气魄伟大的巨著"的贡献在于：它"用一个新兴社会科学者的严密正确的态度""暴露了民族资产阶级的没落，在积极的意义上宣示着下层阶级的兴起"；它写得非常紧凑集中，"时

[①] 沙汀：《兽道·题记》。
[②] 沙汀：《这三年来我的创作活动》，载《抗战文艺》第7卷第1期。

期大约在1930年夏间的两个月。地点是在上海——中国社会一身病毒的总爆发口。……全书重要人物不下三四十人,每一个人的性格都表现得十分明显。旧小说《红楼梦》《水浒传》的艺术手腕也不过如此"。与此同时,吴组缃也论述了《子夜》的某些不足与缺陷。吴组缃这篇写于《子夜》出版之初的评论文章,实在是30年代评价《子夜》的最好的文章之一,也是我们研究社会剖析派小说的一篇很重要的文献。文章实际上已经说到了同整个社会剖析派小说创作有关的一些特点。就在这篇文章发表几个月后,吴组缃陆续写出了《黄昏》《一千八百担》和《樊家铺》等代表作,体现他小说作风的转换。他本来已经创作过《箓竹山房》《卍字金银花》等相当圆熟精致的小说,这时更运用圆熟的技巧去再现处于动荡破产过程中的农村生活,创造了一批脍炙人口的名篇。

　　社会剖析派另一位代表作家沙汀,也从茅盾《子夜》《春蚕》以后的小说创作受到教益。沙汀本来受过蒋光慈等"革命小说"的影响,后来才转上现实主义道路。他在茅盾五十寿辰那天写了一篇文章,题目叫作《感谢》,不但称茅盾的《霜叶红似二月花》为"精进不已"的作品,而且说茅盾"曾经帮助我克服创作上的危机"。沙汀最早的小说常常采取松散的印象式的写法,茅盾给他写过短信,指出过这一毛病。沙汀说:"那时以后,我所走的路子才是当路,同时更认清了先生的诱导之功。""而《老人》《丁跂公》这几篇东西,正是我改换作风的起点。"①到抗日战争时期,他就写出了《代理县长》《在其香居茶馆里》《淘金记》等代表作。

　　社会剖析派几位作家之间,常有书信往还,讨论创作问题,而且还相互间评论对方的作品。除吴组缃评论《子夜》外,茅盾还评论过吴组缃的《西柳集》,评论过沙汀的《法律外的航线》等。正是在这种共同

---

① 沙汀:《感谢》,载《文哨》第1卷第3期,1945年10月1日。

讨论、相互影响的过程中，这一派作家形成了大体相似的审美趣味和艺术见解。

第二节 小说家的艺术，社会科学家的气质

有一位外国文学评论家把世界上的小说作家分成两种类型：一类具有诗人的气质，一类具有社会科学家的气质。我们的社会剖析派作家，可以说都是些具有社会科学家气质的小说家，他们对于用科学态度去分析、解剖社会，对于借鉴法国、俄国19世纪现实主义作家作品，都显示出浓厚的兴趣。我们知道，法国19世纪现实主义文学是人类认识史上一个特定阶段即科学实证阶段的产物，其特点是相信一切社会现象和自然现象都服从于一些"不变的自然规律"[①]，力图用观察、分析、推理的科学方法加以探究。巴尔扎克公开宣称："我爱好科学研究"，"我喜欢观察我所住的那一郊区的各种风俗习惯，当地的居民和他们的性格"[②]。因此，泰纳认为他"开始写作不是按照艺术家的方式，而是按照科学家的方式"[③]。佛罗贝尔1862年7月致皆奈特夫人信中，呼唤作家们"多需要科学胸襟！"[④] 在写作《包法利夫人》时，他尤其坚信："越往前进，艺术越要科学化。"[⑤] 左拉则甚至打出"实验小说"的旗号，认为小说应以科学实验方法研究人生。连托尔斯泰，在《艺术论》中也认为科学对艺术有指导、引路的作用。这些作家堪称"科学越来越渗透到艺术领域这个世纪的真正儿子"！茅盾从五四时期起，就醉心于19世纪法国现实主义文学这种"科学的描写法"。1921年，他在《纪念佛罗

[①] 孔德：《实证哲学教程》。
[②] 《法齐诺·加奈》，载《译文》1958年1月号，第117页。
[③] 泰纳：《巴尔扎克论》，译文见《文艺理论译丛》1957年第2期，第54页。
[④] 转引自李健吾译《包法利夫人》的《译者序》，人民文学出版社1958年版，第5页。
[⑤] 《西方古典作家谈文艺创作》，春风文艺出版社1980年版，第394页。

贝尔的百年生日》一文中，认为佛罗贝尔的科学的描写态度，能够"校正国内几千年文人的'想当然'描写的积习"。同年，他在《文学和人的关系及中国古来对于文学者身份的误认》一文中，不无偏颇地提出："文学到现在也成了一种科学。"1923年，在《文学与人生》的讲演中，他又说："近代西洋的文学是写实的，就因为近代的时代精神是科学的。科学的精神重在求真，故文艺亦以求真为唯一目的。科学家的态度重客观的观察，故文学也重客观的描写。"茅盾所看重的小说创作中这种科学理性精神，到他接受马克思主义之后，就发展成为唯物史观基础上的社会剖析，对他的创作发生深刻的影响。左拉谈到巴尔扎克等作家时说："从来没有人把想象派在巴尔扎克和司汤达的头上。人们总是谈论他们巨大的观察力和分析力；他们伟大，因为他们描绘了他们的时代，而不是因为他们杜撰了一些故事。"① 茅盾也认为，创作不应凭一时的灵感冲动或想象，诱导创作的真正动机应该是一种在观察基础上产生的分析的渴望。所以叶圣陶在40年代就说：茅盾"写《子夜》是兼具文艺家写创作与科学家写论文的精神"。② 吴组缃的情况也很相似。他最初上清华大学读的是经济系，而且参加《中国社会》半月刊的编辑工作，被社会分析解剖所吸引。他们的这种气质渗透融合到了小说艺术的许多方面，构成为独特的审美内容，使广大读者、研究者都能感觉到。捷克汉学家普实克在为捷译本《腐蚀》写的《后记》中，认为用"科学的、理性的，甚至是一种分析解剖式的态度去观察生活和社会"，乃是"茅盾特有的艺术审美的敏锐感受"③。日本汉学家尾坂德司在一篇文章中，也称茅盾的《子夜》为"中国现实社会的解剖图"④。海外学者程步奎（郑

---

① 左拉：《论小说》，载《古典文艺理论译丛》第8辑。
② 《略谈雁冰兄的文学工作》，载《新华日报》，1945年6月24日。
③ 李岫编：《茅盾研究在国外》，湖南人民出版社1984年版，第250页。
④ 《日文版〈子夜〉译后记》，见李岫编：《茅盾研究在国外》，湖南人民出版社1984年版，第147页。

培凯）等也指出：吴组缃自《一千八百担》起，在小说创作上显示了浓重的社会解剖色彩[①]。可以说，把小说艺术和社会科学结合起来，以前所未有的规模从各个角度再现中国社会，剖示近代中国社会的性质，这正是社会剖析派小说的一个基本特征，也是这个流派在小说史上的一大贡献。

进一层说，现实主义的小说作品都是对生活的再现，社会剖析派作品的独特性在于：它们力图对社会生活做出总体的再现，全貌式的再现。社会剖析派所尊崇的俄国作家列夫·托尔斯泰很喜欢采用"全貌"式的写法，他的朋友史屈拉克霍夫谈到《战争与和平》时，曾经归纳成这样几句话：这"是人生的全貌，是当日俄国的全貌，是所谓人民历史和人民挣扎的全貌，在其中人们可以找到他们的快乐和伟大、忧郁和屈辱：这就是《战争与和平》"[②]。社会剖析派作家学习借鉴的，正是这种"全貌"式的写法。茅盾在《创作的准备》一书中，主张作家要对现实生活"从社会的总的联带关系上作全面的观察"[③]，这是他一贯的带根本性的创作思想。这种思想体现在作品中，就成为注重现实生活的整体性。社会剖析派作品中描绘的生活内容与人物关系，往往是现实社会的某种模拟或缩影。茅盾在《蚂蚁爬石像》一文中说：

> 文艺作品是要反映"真实的人生"的。然而一篇文艺作品只能把片段的人生描写了进去。这片段的"人生"或者代表了"全体"，那就是社会生活全体的缩影；这样的作品就可说是"真实人生"的

[①] 程步奎的长篇论文《战斗的号角响了——吴组缃短篇创作的艺术成就》，载香港《抖擞》1975 年第 8—10 期。
[②] 转引自毛姆《托尔斯泰及其〈战争与和平〉》一文，见《世界十大小说家及其代表作》中译本，徐钟珮译，台北重光文艺出版社 1961 年 5 月版。
[③] 《茅盾论文学艺术》，第 319 页。

反映。①

这种借"缩影"来显示"社会生活全体"的写法,正是社会剖析派作家所经常采用的。《子夜》通过吴荪甫为中心的人物群的活动,显示了30年代上海这种大都市的半殖民地特质。《一千八百担》《淘金记》通过各自的艺术内容,显示了中国农村社会浓重的封建性、地主阶级的腐朽性以及由此而来的尖锐矛盾。艾芜的《山野》则借助一个山村的抗日活动,显示了抗战期间整个农村的阶级分野。即使像《黄昏》这样一篇很短的速写,作者吴组缃也在这里借一个回乡知识青年的耳闻目睹,集中展现了世界经济危机冲击下中国农村面临破产的一幅"全景性"图画:破落户"家庆膏子"(鸦片烟鬼)因"年头不好",到处行乞似的叫卖;三太太的儿子、媳妇因商店倒闭、债主逼债而双双被迫自尽,如今孙子又得了天花;松寿针匠失业后成了疯子,夫妇二人"一天哭三顿,三天哭九顿";可怜的桂花嫂子赖以为生的七只鸡被偷,她只好伤心而又狠绝地"砍着刀板咒";这一切都是在人祸频仍、"南京新近向美国借了五千万棉麦"的背景下发生的。作品的结尾是:

> 我向屋子里走着,不知几时心口上压上了一块重石头,时时想吐口气。桂花嫂子的咒骂渐见得有点低哑了。许多其他嘈杂声音灌满我的耳,如同充塞着这个昏黑的夜。我觉得我是在一个坟墓中,一些活的尸首在呻吟,在嚎啕,在愤怒地叫吼,在猛力挣扎。我自言自语说:
> "家乡变成这样了,几时才走上活路?"
> 我的女人没答话。

---

① 《话匣子》,良友图书公司1934年版,第142—143页。

全篇虽然只有五千多字,却同样是一篇具有"全方位视角",有力地传达出 30 年代农村凄厉郁怒的时代气氛的作品。

再进一层说,注重从经济的角度再现社会生活,揭示社会现象背后的经济动因,也是社会剖析派小说独特性的所在。这个流派的作品写了大量的经济生活内容,如养蚕、经商、开矿、办实业、搞投机、争公产、放高利贷、同行吞并(大鱼吃小鱼),等等。巴尔扎克曾经被毛姆称为"认识日常生活中经济重要性的第一个小说家"[①]。社会剖析派作家更向前推进,自觉地用唯物史观来观察和反映社会生活。吴组缃在给茅盾的一封信中谈到自己想写一部长篇小说的创作计划[②]时说:他打算"从经济上潮流上的变动说明这些人物的变动和整个社会的变动"[③]。其实,不仅吴组缃的一部长篇如此,整个社会剖析派作品都有这个特点。应当说明,小说中写经济活动,并非从社会剖析派作品开始。《金瓶梅》里早就写了西门庆开药店、开当铺;《红楼梦》里更写了乌进孝交租、探春理家、王熙凤放高利贷。问题在于,过去小说中这些描写主要出于交代情节或刻画性格的需要,并非明确地自觉地体现作者的基本创作意图。切菜刀和解剖刀虽然同样可以宰杀一只鸡,然而这两种切割的性质却大不相同。社会剖析派作家所做的是:自觉地从经济入手来剖析社会,发现社会现象背后的经济动因,从而深刻地揭示出某些规律,以完成自己的社会使命和艺术使命。茅盾在创作《子夜》时,就搜集研究了大量经济事实。仅从他当时写的《都市文学》一文所透露的下列经济史料,就可以知道他在这方面下了多少功夫:

---

① 毛姆著,徐钟珮译:《巴尔扎克及其〈高老头〉》,《世界十大小说家及其代表作》中译本,台北重光文艺出版社 1961 年 5 月第 4 版,第 34 页。
② 这部计划中的长篇题名《绿野人家》,实际上未写成。
③ 转引自茅盾评《西柳集》的文章,载《文学》第 3 卷第 5 期,1934 年 11 月。

……两年前上海有一百零六家丝厂,现在开工的只有十来家。"五卅"那时候,据说上海工人总数三十万左右,现在据社会局的详细调查,也还是三十万挂点儿零。上海是"发展"了,但发展的不是工业的生产的上海,而是百货商店的跳舞场电影院咖啡馆的娱乐的消费的上海!上海是发展了,但是畸形的发展,生产缩小,消费膨胀!

正因为这样,《子夜》出版后曾被有些经济学家推荐为研究中国现代经济的重要参考书。①吴组缃评论《子夜》时也说过:"社会科学者用许多严密精审的数字告诉我们:中国社会经济已走上怎样的一个山穷水尽的境界。——但这些都只是抽象的数字的概念。如今《子夜》就给我们这些数字的抽象的概念以一个具体的事实的例证。"可贵的是,社会剖析派作家虽然注重从经济角度再现生活,却并不忽视社会政治、文化、道德、心理多种角度的综合反映。在他们的作品中,经济动因并不简单地直接诉诸人物的行为言语,而是穿越政治、文化、道德、习俗、心理诸层次,经过它们的过滤方起作用。《樊家铺》中女主人公线子并非有预谋地图财害命却杀死了母亲,《子夜》中"海上寓公"冯云卿由原先讲究"诗礼传家"而终于寡廉鲜耻地出卖女儿,《淘金记》中地主何寡妇由最初关门相拒到后来扩大对金矿的认股,这些出人意料的转折都有较坚实的心理、文化、道德、习俗的基础;正因为写出人物的有背初衷,才更使读者为之震惊。此外,《子夜》中还有不少相当出色的心理描写和关于丽娃丽妲村这类"都市文化"的透析;《淘金记》写到的四川农村政治、文化、道德、习俗诸般状况,更是相当深刻。我们完全有理由说:运用唯物史观对中国现代社会从经济到政治、文化、心理各方面做

---

① 钱俊瑞:《怎样研究中国经济》,上海生活书店1936年9月版。

出创造性的有力描绘，正是社会剖析派作家在现代小说上的独特贡献。直到今天，这个经验依然值得我们借鉴。

　　社会剖析派作家的再现生活，其根本意图和侧重点在于向读者剖示中国社会的性质。他们用社会科学观察社会，得出对中国社会性质的明晰判断。如茅盾经过观察验证，认为中国民族工业不能发展，中国按现有道路走下去依然是半殖民地半封建社会——这个判断在《子夜》《林家铺子》《春蚕》等一系列作品中都得到了表现。吴组缃经过观察验证，认为中国农村面临破产，这种破产局面不是偶然的，不是由于农民本身的原因，而是世界经济危机与外国资本主义加紧对中国经济入侵的结果——他的这个看法体现在《一千八百担》《黄昏》《天下太平》《樊家铺》等一系列作品中。沙汀观察四川农村，认为中国内地的农村依然是封建势力盘根错节的黑暗王国，在那里开矿、办实业谈何容易——这在长篇《淘金记》和《在其香居茶馆里》等一系列短篇中同样得到了很好的表现。他们得出的这些结论不但是正确的，而且是深刻的、独到的。如果要讲"意识到的历史内容"，那么，应该说社会剖析派的作品所包含的"意识到的历史内容"是相当丰富的。30年代写农村破产、丰收成灾的短篇小说数以十计，有点名气的，就有叶圣陶的《多收了三五斗》，叶紫的《丰收》，夏征农的《禾场上》，蒋牧良的《高定祥》等。《现代》杂志的编者施蛰存、杜衡在1933年曾说："近来以农村经济破产为题材的创作，自从茅盾先生的《春蚕》发表以来，屡见不鲜，以去年丰收成灾为描写中心的，更特别的多，在许多文艺刊物上常见发表。本刊近来所收到的这方面的稿件，虽未经过精密的统计，但至少也有二三十篇。"① 在这么多描写农村破产、丰收成灾的作品中，社会剖析派作家茅盾、吴组缃的小说占有突出的地位，他们不是局限于反映一些现象，而

---

① 《现代》1933年第1期《编后记》。

是深入接触到问题的本质。尤其像《春蚕》,是这类小说中最早的具有开拓意义的作品。正因为这样,茅盾才被捷克的普实克称为"一位毫不隐瞒真相的外科医生,准确无误地解剖着社会的肌体"。

以上这一切,都是社会剖析派作家把现代小说的描写艺术和社会科学的精密剖析出色地融合起来的结果。

当然,这样做也要冒一点风险:如果理论与生活的关系处理不好,如果从理论出发还是从生活出发不明确,那么小说作品就可能社会学化,就可能产生某种概念化。但社会剖析派作家在这个问题上处理得相当好。他们坚持从生活出发,而不是从理论出发。如果生活经验不足,他们宁肯临时抱佛脚,也要争取在构思过程和创作过程中设法补足(茅盾写《子夜》时就曾到交易所去继续观察、体验)。在茅盾身上,"主题先行"这种情况也是有的,但这主题本身也还是来自生活,并非作家的主观空想,也不是书本上来的理论概念。例如《春蚕》这篇小说,据茅盾自己说,是从报纸上一则消息引起的,那则消息大意是:"浙东今年春蚕丰收,蚕农相继破产!"[①]这则消息引起了作家的思索,特别是"丰收"和"破产"这种尖锐矛盾的现象震动了作者,使他联想起新近回乡看到的种种情形,于是决意要写这篇小说。茅盾曾说:"生活经验的限制,使我不能不这样在构思过程中老是先从一个社会科学的命题开始。"[②]这确实也是一种"主题先行",但这种"主题先行"有时不可能完全避免。不能认为"主题先行"一概都是要不得的,都是违反艺术创作规律的。不能以简单化对待简单化。王蒙在1980年8月20日那次讨论他作品的会上发言,就说他的作品有时是人物先行,有时是故事先行,有时是场面、感觉先行,有时是心理活动先行,也有时是主题先行。王蒙说:"我觉得每篇作品的具体情况是不同的。有时候主题先行,

---

[①] 转引自李準:《真人真事与艺术加工》,载《文学知识》,1954年4月。
[②] 《我怎样写〈春蚕〉》,载《青年知识》第1卷第3期,1945年10月。

你真正有生活的话，如果再得到主题的启发把生活挖掘出来，写了就一定失败？也不见得。但原则上不赞成这样。"这就说得比较科学，比较实事求是，没有对"主题先行"绝对地采取一棍子打死的态度。所以，问题的关键主要不在是否"主题先行"，关键在于这"主题"是否从生活中来，而且获得这种来自生活的主题之后有没有相应的生活体验做后盾。茅盾写《春蚕》，不但主题是从生活中来的，而且在创作过程中调动了他少年时期的关于养蚕的一些生活积累，因而从总体上保证了作品的成功（虽然并非没有缺点）。

应该说明，在这个问题上，社会剖析派中比较年轻的一些作家与茅盾的态度并不完全一样。他们更多地强调从生活出发，直接从生活中获取主题。社会科学理论对他们来说只是观察生活的一种工具，他们根本不赞成从理论出发来创作，而是强调现实主义。吴组缃很早就这样评论茅盾创作的弱点："他作品的主题，往往似乎从演绎而来，而不是从归纳下手，似乎不是全般从具体的现实着眼，而是受着抽象概念的指引与限制。因此，他的一部小说，往往似乎只是为社会科学理论之类举出一个例证；作为艺术的创作者，就似乎缺少一点活生生的动人心魄的什么。最明显的是他的人物描写。……这些人物都是作者根据推理设想出来的，而不是根据深刻的实际观察与体验创造出来的；使人对这些人物感觉隔膜，邈远，不可把捉。"[1]吴组缃、沙汀等人自己的作品，则不但显示着社会的根本性质，而且充满着生龙活虎般的人物与迎面扑来的生活气息。他们在这点上比茅盾是有发展的。

---

[1] 吴组缃：《关于〈霜叶红似二月花〉》，载《时与潮文艺》第3卷第4期，1944年6月15日。

第三节　横断面的结构，客观化的描述

社会剖析派作家经常采用截取横断面的方法来解剖社会，而将作者的感情倾向尽量隐蔽在生活断面描写的背后。这是他们的小说创作的又一个基本特点。

横断面的描写方法是社会剖析派作品的显著优点。由于截取了横断面，把宽广丰富的内容集中到一个断面里来，通过有限的时间空间加以表现，因此，艺术上就要求相对的严谨和精致，表现上就要求朝深处开掘，而且更加要求写好场面和对话。这个流派的所有代表作，几乎都在这方面显示出很大的长处。吴组缃评《子夜》时，就认为这部长篇写得很集中："全书共分十九章，时期大约在1930年夏间的两个月。地点是在上海——中国社会一身病毒的总暴发口。故事的纵的方面是以野心的大企业家吴荪甫的一场发达民族工业的奢侈的噩梦为主要线索，写金融资本如何的操纵工业资本……故事的横的方面牵连了许多纷繁的头绪……"吴组缃赞赏地说："作者安排与表现这些复杂的东西很用了一番艺术手腕。"[①]吴组缃自己1933年以后的一些作品，也都采取横断面为主的写法，而且达到了相当高的成就。《一千八百担》和《樊家铺》，就是两篇很有代表性的作品。

《一千八百担》的副标题是"七月十五日宋氏大宗祠速写"，它写了封建大家族成员为了从一千八百担谷子的义庄财产捞取好处而进行的一场激烈的争夺。地点是宋氏家族的祠堂，时间只有一两小时。小说只写了宋氏大家族将要开会前的场面（实际上会议并未开成），却把这个先前很有名望、出过好几个举人的封建大家族内部的丑恶、腐朽、各谋私利、分崩离析表现得淋漓尽致，揭示了复杂丰富的社会内容，显示出

[①] 吴组缃：《评茅盾〈子夜〉》，载北平《文艺月报》创刊号，1933年6月1日。

鲜明的时代特点。先后出场的二三十人，他们各怀鬼胎，会前就钩心斗角，不可开交。商会会长子寿想以松龄要用钱安葬祖先骨殖的名义，让义庄买下他家没人要的竹山，便于自己捞取好处。义庄管事柏堂坚持要将这一千八百担首先用来归还欠宋月斋的借款连本加利一千五百元，以便自己可以贪污一笔利息。区长绍轩主张从义庄拿出钱来支付所谓"剿匪壮丁队"的开办费，以便自己侵吞。小学校长翰芝主张用这一千八百担的钱办学校。省城中学教员叔鸿声言自己有紧急用途，要向义庄借款。讼师子渔等人干脆提出："瓜分义庄，先分稻，后分田，大家平分。我们先来个共产。"豆腐店老板步青，草药郎中兼风水家渭生，也各有一套奇妙的言论。除了宋氏家族明争暗斗这条线外，小说还有一条暗线，就是祠堂外饥饿的农民聚会和抢粮。作者把这方面情节发展大部分放在后台来进行，直到最后才转到台前。就在宋氏大家族成员争得不可开交时，断粮的客民和佃户，成群结队、敲锣打鼓抢粮来了。他们抓住义庄管事和区长两人，从库里分走了稻谷。值得注意的是，连宋氏这个地主大家族中，也出了革命者、共产党人，就是竹堂。这个人物最初在小说中还是出了场的，他在农民抢粮斗争高潮中上台讲了话、叫了口号，是这场斗争的实际组织者，收入《西柳集》时作者才删去这一段。总之，《一千八百担》在祠堂这个单一的场面里，通过描写和对话，先后有条不紊地刻画了二十个左右身世不同、各有性格的人物。一个短篇小说能达到这样高的成就，实在不多见，它显示了作者对有关生活的熟悉和高度的组织情节、驾驭文字的能力。彭柏山有篇小说叫《忤逆》，也是写饥民在忍无可忍的情况下抢分了祠堂里的公积谷。题材与思想倾向几乎与吴组缃的《一千八百担》完全一样。彭的作品写于1934年8月，还在吴作之后。然而这两篇作品艺术上颇有高下之分。彭作从农民昌喜家这个角度来写，充满同情地写农民不得已而分了祠堂的祭祀谷，艺术上比较一般化。《一千八百担》则从地主家族内部争占公积谷的角度来写,把饥民推到幕后,时间地点都极为集中,艺术上精致得多。两篇作品一对比,社会剖析派的特点就显示得很清楚了。

社会剖析派小说场面描写得出色,又得力于人物对话的成功。社会剖析派作家大多是写人物对话的大师,他们非常重视人物对话的真实自然。吴组缃说:"写人物最忌成为作者观念的傀儡,他必须自己生活着,合乎客观的规律,那才真实。"茅盾也说:"作者千万不要将自己的嘴巴插进书中去'发议论',也不要将自己的嘴巴插进书中'作结论'。"他们完全按生活逻辑展开故事,事情的发展好像没有经过谁的加工处理,而是自己在显示自己。以吴组缃《一千八百担》为例,其对话有几个特点:一是口语化,不拗口,很自然(尽管叙述语言用的是书面语言)。二是性格化,语言很符合人物身份、经历、文化教养、个性特点,有些人物还有自己的习惯用语,使读者闻其声如见其人。三是符合规定的情景,动作性强。这些对话的确是生活的呈现(不像有些作品里的对话一望而知是作者硬编派的),并且成为情节发展的重要组成部分。四是富有地方色彩,用了一些方言,却又并不生僻。试读以下一段对话:

在西厅里榻上躺着默默想心事的子寿,那位商会会长,这时忽然沉着脸,走到正堂里来,大声嚷着说:

"柏堂兄,今天这个会你是存心不打算开了?"

柏堂望望子寿那张想寻是非的脸,苦笑了,说:

"老弟,你这话是个什么意思?我怎么有意不打算开?是在等月斋老叔——"

"宋月斋死了呢!我们姓宋的不活啦!——大家诸位,我们是受人家的欺!我要打倒把持公堂侵吞义庄的白蚂蚁!我……"

大家对这突如其来的事莫名其妙,吃一惊,都瞪眼望着他。柏堂堆了满脸的苦笑,走上去说:

"老弟,莫走气门,莫走气门,犯不着,犯不着!"

"犯不着?你这个笑面虎就是白蚂蚁!你和宋月斋勾串好了侵吞义庄!今天这个会,不是大家催迫你,你是不会召集的;现在你借口等人,你就是延宕着想不开这个会!一千八百担好让你两个盘剥上腰包!"

"什么事?什么事?"大家争着问。

"你们还不晓得什么事?这笑面虎掐宋家子孙的咽喉!他把持这一千八百担!"

"我把持?我是承大家推我做管事呀!"

"你鸟管事!你只晓得饱私囊!东官厅漏了你都不修!你和宋月斋狼狈作奸,一手遮天!你们就想侵吞这一千八百担!"

"老弟官,犯不着!犯不着!你不过是生意失败了,债务要发作,想拿义庄的稻去维持!你拿着个松龄官来唱'托傀儡戏';没唱得成,你就恼羞成怒。你纵然是狗急跳墙,可也真不通世务。这一千八百担,有多少正用?怎么挨到你来沾?打开天窗说亮话,那个野梦你不必做。"

商会会长象一只疯了的野狗,跳过去就要抓住那位一脸干笑的义庄管事。大家拉开了,说:

"这是祠堂里,不能这么撒泼!都是一家人,有话好说。现在就派人去请月斋老来。也不必等了,就开会!就开会!"

从描写大场面和运用人物对话的成功来说,吴组缃确实可以和茅盾媲美。由于场景集中,对话活泼,他的短篇小说已经非常接近于戏剧(连那篇速写《黄昏》都有这种味道,显得非常精致)。但究其实,这并非因为受了话剧的影响,而是和茅盾一样,主要是学习借鉴了托尔斯泰等作家的现实主义小说的结果。茅盾曾说,他"最爱读"的书是托尔斯泰的《战争与和平》和《安娜·卡列尼娜》。"关于这两部巨著,值得我们佩服的,就不单是人物性格的描写了。一些大场面——如宴会,打猎,跳舞会,打仗,赛马,都是五彩缤纷,在错综中见整齐,而又写得那么自然,毫不见吃力。这不但《水浒传》望尘莫及,即大仲马的椽笔比之亦有逊色。然而托翁作品结构之精密,尤可钦佩。以《战争与和平》而言,开卷第一章借一个茶会点出了全书主要人物和中心的故事,其后徐徐分头展开,人物愈来愈多,背景则从圣彼得堡到莫斯科,到乡下,到前线,回旋开合,纵横自如,那样大的篇幅,那样多的人物,那样纷纭的事故,始终无冗杂,无脱节。……所以我觉得读托翁的大作至少要做三种功夫:一是研究他如何布局(结构),二是研究他如何写人物,三是研究他如何写热闹的大场面。"① 茅盾的这些经验之谈,吴组缃也曾在另外的场合用几乎同样的话语谈到过。可见这至少是社会剖析派一部分作家的共同体验。至少艾芜长篇《山野》在结构方面的集中,横断面运用方面的成功,特别是沙汀短篇小说《在其香居茶馆里》等运用横断面的出色,更是众所周知,简直无须乎我们再来分析论述了。

　　同截取横断面来呈现生活、解剖社会这一特点相联系,社会剖析派作品常常将感情倾向隐蔽在断面的背后。沙汀曾经这样谈到自己创作的特点:"我在创作上长期倾向于现实主义,喜欢写得含蓄一些,自己从不轻易在作品中流露感情,发抒己见。"② 这也正是社会剖析派作品的普遍特点。在这方面,又显示了社会剖析派所受法国现实主义文学的影响。佛罗贝尔说过一句名言:"艺术家不该在他的作品里露面,就象上帝不该在自然里露面一样。"③ 的确,法国19世纪现实主义作家力求在创作中隐去作者自身的态度,尽力做到"客观"。茅盾很欣赏这种创作

---

① 《"爱读的书"》,《茅盾文集》第10卷,人民文学出版社1961年版,第145页。
② 沙汀:《关于〈许茂和他的女儿们〉的通信》。
③ 佛罗贝尔1875年12月致乔治·桑的信。

思想。他在1922年致吕蒂南信中说:"文学上的自然主义与写实主义实为一物,……法国有巴尔扎克著的《人间喜剧》已取客观的描写法,其后又有佛罗贝尔的作品,描写亦纯取客观态度。"在《西洋文学通论》中,茅盾谈到《包法利夫人》的作者佛罗贝尔时又说:"在小说中表现出来的他的态度,是异常冷静,他是这样努力克制着自己的主观感情,不使混进在他的作品中。"[①] 30年代茅盾创作的《子夜》等作品一脉相承地体现了这种创作思想。但因此,也就容易招来一种误解——被一些批评家认为是"客观主义"。社会剖析派几位主要作家,从茅盾,到吴组缃,再到写《淘金记》的沙汀,几乎没有例外地被人认为犯有"客观主义"毛病。茅盾的《春蚕》《秋收》《残冬》发表以后,有位署名"凤吾"的左翼评论家就责备茅盾采取"超阶级的、纯客观主义的态度",没有"完成其前进作家必然担负的任务"[②]。当时的左翼文学领导人瞿秋白等也都是强调反对客观主义的,茅盾本人后来大概也接受了这种看法,所以当吴组缃《西柳集》出版以后,茅盾评论其中的《一千八百担》《黄昏》等作品时,竟也说吴组缃的写作态度"太客观""纯客观"[③]。抗战期间沙汀的《淘金记》及一些短篇小说发表后,胡风、路翎(冰菱)以及稍后的季红木在他们好几篇文艺论文(如胡风《关于创作发展的二三感想》《现实主义在今天》,冰菱对《淘金记》的书评)中,都一再指名或不指名地批评沙汀的小说具有"客观主义的倾向",缺少革命"热情",只是"静观","含着一种淡漠的、嘲弄的微笑","不能给你关于那个高度的强烈的人生的任何暗示",说《淘金记》"是典型的

---

① 茅盾:《西洋文学通论》,书目文献出版社,第103页。
② 转引自茅盾《回忆录(十四)》,《新文学史料》1982年第1期。
③ 惕若(茅盾):《西柳集》(书评),载《文学》第3卷第5期,1934年11月。

客观主义的作品"，《替身》体现着"沙汀的客观主义态度"[①]，等等。这些批评对吗？我认为都不对。因为这些批评指责其实并不符合于作品的客观实际：作品本身尽管有缺点，但政治倾向性却都很鲜明。批评家们所谓的"客观主义"，实际上无非是现实主义的客观描写而已。把"客观性"等同于"客观主义""旁观主义""自然主义"，这是极大的误解。别林斯基说得好："客观性完全不是冷淡无情；冷淡无情是破坏诗意的。"[②] 在三四十年代这些并不正确的批评里，既有当时"左"倾思潮的影响，也有属于不同流派之间（如胡风、路翎等本来就属于强调主观精神的流派，而社会剖析派则历来强调客观描写）一些未必合理的要求。到今天，我们决不能再把某些流派的特点，当作缺点来看待了。

第四节　复杂化的性格，悲剧性的命运

社会剖析派作家放弃了革命小说那种简单划分"正面人物""反面人物"之类的流行观念。他们的作品大多采用多声部叙述的方法：在众多的人物中，作者不是通过一个人物的眼睛去看，去想，去听，而是让很多人物来看，来想，来听，这样，作者对各个人物都能保持相当的间隔，超越了小说中人物之间那些矛盾纠葛。因而塑造了处于种种复杂环境里的种种复杂人物，提供了许多富有认识意义、使人难以忘却的典型形象，如《子夜》中的吴荪甫、屠维岳，《林家铺子》中的林老板，《腐蚀》中的赵惠明，《淘金记》中的白酱丹、龙哥，《天下太平》中的王小福，《樊家铺》中的线子姑娘，《铁闷子》里那个逃兵，等等。这些人

[①] 40年代对沙汀的批评，除胡风、吕荧文章不点名外，路翎、季红木的文章都是指名道姓的。路翎（冰菱）文章发表在1945年12月出版的《希望》第1集第4期上。季红木《从〈替身〉感到的——对沙汀小说的一二感想》则发表在《中原·文艺杂志·希望·文哨》联合特刊1卷4期上。
[②]《莎士比亚的剧本〈汉姆莱脱〉》，《别林斯基选集》第1卷。

物的性格都相当复杂,作者对他们的态度也相当复杂。像吴荪甫、林老板、赵惠明、《铁闷子》里那个逃兵,都不是能用简单的"正面"或"反面","同情"或"批判"说得清楚的。以《腐蚀》中的赵惠明为例,学生时代也曾参加救亡运动,却由于严重的虚荣心和利己思想,在特务头子威逼利诱下,堕入阴森黑暗的罗网,参与罪恶害人的勾当,成为一名特务。但她并非嫡系,在特务组织内受到排挤、侮辱,尚未完全泯灭的良心常常使她感到矛盾和痛苦。作品通过日记这种最能显露内心隐秘的体裁,揭示了主人公复杂的心灵世界。写出赵惠明终于在被捕的革命者小昭谆谆规劝以及他被害这一事实感召下,决心弃暗投明,救出了即将陷入魔掌的女学生 N。这样的人物确实异常复杂,很难简单定性。她是不折不扣的特务,但"人之所以为人"的东西又未完全泯灭,最后还做了点好事。在"左"倾思潮泛滥时期,这一形象曾受到责备,有人批评作者美化赵惠明,同情特务,立场模糊。同样,吴荪甫和林老板两个形象,60年代上半期也受到过批评。吴荪甫是否"反动资本家",作者是否对人物同情过多,就产生过争议。至于根据小说改编的电影《林家铺子》,更受到过公开的连篇累牍的批判,罪名是"美化资本家","对抗社会主义革命"。茅盾小说中这么多人物受到怀疑,批判,甚至几乎弄到要为这些形象设立专案组的地步,这不是偶然的,确实说明人物本身的复杂丰富。这是社会剖析派作品共有的特点,是社会剖析派多声部叙述小说的光荣。吴组缃小说《铁闷子》里那个逃兵,不也是一个曾经"抢劫、强奸",做过不少坏事的角色吗?却又在关键时刻牺牲自己,做出了惊人的贡献。连五六十年代改写或创作的李劼人的《大波》、姚雪垠的《李自成》,也发扬、推进这一传统,塑造了端方、夏之时、崇祯、卢象升、洪承畴、张献忠、郝摇旗、李信、袁时中等一系列极其复杂、完全冲破正反面界限的人物形象。社会剖析派这些作品可贵之处在于:不是为复杂而复杂,不是人为地去编造,而是立足生活,真实地、深刻地写出性格本身的逻辑,写出生活固有的丰富性,写出作者本身对生活的独到的发现。拿吴组缃的《樊家铺》这个短篇来说,堪称左翼作家写的一出性格悲剧。贫苦的农家妇女线子,为了拯救入狱的丈夫,打点衙门上下,去向母亲借贷,却遭到有些积蓄并且放着高利贷的母亲的拒绝。母亲反而势利地劝女儿改嫁。线子无奈,趁夜间母亲熟睡时想偷她的钱,不料被母亲发觉,线子在情急时失手用烛台戳死了母亲,放火烧了茅屋,路上恰好碰到因土匪破了县城而从狱中逃出的丈夫。小说中母女二人性格刻画得都很突出:母亲的贪婪、冷酷、狡猾、势利,一心向上爬,羡慕富有者;线子的泼辣、坚强、善良,对贪婪者的憎恨,对丈夫的深情和忠贞。两种性格发生了尖锐冲突,而至于酿成悲剧,性格冲突里显示了丰富的社会内容。这应该说是写得很成功的一个例证。

社会剖析派小说人物塑造的另一特点是:充分尊重生活本身的逻辑,不以作者的主观愿望、主观感情而随意改变人物的命运。像老通宝、林老板、吴荪甫、王小福等形象,显然都赢得过作者的同情,有的人物在一定程度上还代表了正义所在,但他们并不因此就获得好运而避免走向失败,甚至像《腐蚀》里那个革命者小昭最后还遭特务杀害。这都表明作者在塑造他们时"爱而知其丑",坚持了严峻的现实主义原则,同中国过去一些作家那种"爱之欲其生,恶之欲其死"的主观主义态度是根本绝缘的。

值得重视的是,社会剖析派作家在认识、处理人物和社会环境的关系方面,积累了一些重要的经验。他们既不像新感觉派有些作家那样把历史看成由某些个人意志、个人变态心理决定的,却也并不简单地认为社会环境决定人物的一切,个人无所作为。在他们看来,首先当然是社会存在决定社会意识,不同的社会环境决定着人们不同的思想性格;但同时,每个人物又以自己的行动作用于社会环境,影响着社会环境,每个人也是现实社会环境的构成者;不过归根结底,个人行动还是离不了周围的社会条件，人们只能在特定的社会历史条件下生活和行动，个人虽然并非对命运无能为力，却未必都能决定自己的历史命运，关键还在于能否顺应客观历史潮流。他们就用这样一些比较复杂、比较辩证的认识消化着生活，指导着创作，相当深刻地揭示了人和环境的关系，创造着典型环境中的典型性格。他们笔下的不少人物，确实是与命运抗衡而不免失败的人物，具有浓重的悲剧性。捷克的中国文学研究家普实克认为，茅盾小说有种悲剧感。他说：茅盾作品中的人物虽然都在活跃地行动着，但他们的行动并不能决定自己个人的命运。《子夜》中的女工们在英勇斗争，吴荪甫也在野心勃勃地施展抱负，"农村三部曲"里老通宝一家如牛负重地劳动，但这些行动都不能决定他们个人的命运。"这命运是由在他们背后的，比他们强大得多的另一种力量支配着的。""看来，茅盾的作品似乎和希腊古代悲剧以及欧洲自然主义者如左拉的作品有些相象，都抒发了'人不能主宰自己的命运'这个在文学中由来已久的悲剧感。""但他的作品又和古希腊的、左拉的悲剧根本不同。古希腊悲剧中人的命运的主宰是神的预言；欧洲自然主义作品里的那种力量是生物性，是遗传；茅盾作品中背后的力量却是社会，是社会各种经济政治力量相互冲击抗争而产生的一种复杂的物质力量。古希腊人和左拉写的是个人或一个家庭、一个家族的悲剧命运，茅盾写的却是某一群人。"普实克还认为，从《子夜》开始，茅盾对这种主宰人的命运的力量的认识达到了相当科学的程度。"在《子夜》里，这背后的力量就描写得极为科学、准确。在《腐蚀》里，作家在表面的杀气腾腾下清楚地写出了这种力量的末日的预感。"[①] 普实克的这些看法，对我们理解茅盾作为社会剖析派的开路人的创作特色是有帮助的。

其实，不仅茅盾写到了不少悲剧性人物，吴组缃、沙汀等又何尝不

[①] 见普实克为捷克译本《腐蚀》所写的《后记》，收入李岫编《茅盾研究在国外》一书，湖南人民出版社1984年版。

是如此！吴组缃《天下太平》这篇小说中的王小福，沙汀《困兽记》这部长篇小说里那些"困兽犹斗"似的主人公们，不都是悲剧性的人物吗？他们同社会进行着抗争，却不是由于本身的过错，或者说主要不是由于本身的过错而失败了。王小福是一个做了二十三年店员的极其老实、勤苦的人，后来却失业了。他们全家做尽了种种努力和挣扎：卖油条，卖奶水，饿死了婴儿，结果还是落个家破人亡。如果要说王小福有缺点，那就是对旧社会还有小生产者的幻想。到他处于绝境、失去幻想的时候，已经晚了，只好偷窃穷邻居的东西；最后，在神志未必正常的情况下去偷庙顶上面的古瓶，终于坠落身亡。小说剖析着人物，实际却同时解剖着社会，剖析人物的每一笔，对于社会来说，也就是切中社会病理的一次次解剖刀。

应该对普实克的意见加以补充的是：茅盾和社会剖析派作家不仅写了悲剧扮演者的形象，也写了悲剧制造者的形象。像《子夜》中的赵伯韬，《腐蚀》里的特务头目和陈胖等政客，《锻炼》里的"简任官"严伯谦，以及沙汀《淘金记》里的白酱丹、龙哥等，这些形象也是实实在在、正面地写出来了的。他们决不像希腊悲剧或自然主义作品里那些背后支配人的命运的力量那样不出场，——这种不同正好显示了社会剖析派作品里人物形象的真实性、科学性和深刻性。尤其像沙汀《淘金记》里的白酱丹、龙哥这些反面典型，够得上是社会剖析派的出色的创造。不读一读《淘金记》，不亲自感受白酱丹、龙哥这些人物的谈吐与动作，我们就等于对中国内地封建势力的统治是怎么回事一无了解。四川号称"天府之国"，可是在地方军阀的中世纪式的统治下，生活像死水般沉滞，霉烂发臭，又充满骇人听闻的暴行和丑事，是个十足的黑暗王国。白酱丹、龙哥就是这样一个黑暗王国里的产物，是这样一个特定环境里的特定性格。尽管已经是所谓"民国"时代，这里的封建统治依然是盘根错节、十分牢固的，是集三位于一身——土皇帝＋强盗＋流氓式的。

他们都是吃了人肉连骨头都不吐的角色。龙哥本身就曾经是这一带有名的土匪,以后又参加哥老会,如今是北斗镇一镇之长。他的凶恶专横以一种无须掩饰,直率得令人吃惊的方式表现出来。当着众人的面,他可以从公款中抓一把票子给饭店老板付账;吞下同样是地主的何寡妇的公债钱之后,他还吼叫着说:"老子吃就吃了,我不相信她敢告我龙闷娃一状!"他和整个黑暗王国的环境气候是如此协调,以至他根本不必像白酱丹那样采用计谋,只凭他的直觉办事就已足够。作品里有这样一句话:龙哥的直觉有时"简直同精密的打算不相上下"。这是惊人准确的一笔,是洞见人物肺腑的一笔。作者了不起的地方,就在于他抓住了龙哥这种性格同整个环境的血缘关系来做文章,不得不使人感到惊异和发出赞叹!

除了创造悲剧扮演者、悲剧制造者的形象以外,社会剖析派作家也写了一批悲剧铲除者的形象,像《腐蚀》里的革命者小昭,《锻炼》里"背负十字架"的地下工作人员陈克明,等等。有些人物写得也还相当深沉。

总之,社会剖析派创造的人物典型是复杂而丰富的,多棱面的。这除了化为血肉的唯物史观此一认识上的原因外,与他们采用多声部叙述方法所获得的艺术效果也有关系。这里的表现特点和艺术经验值得总结研究。

社会剖析派是现代小说史上最重要的流派之一。他们贡献了一批有分量的作品,不但在左翼作家中占有重要地位,而且在整个现代文学史上产生过巨大的影响。后来的一些作家,像创作了《上海的早晨》的周而复,创作了《李自成》的姚雪垠,50年代重写了《大波》的李劼人,实际上都程度不同地受到了这个流派的滋润,有的作家在自己的实践中还有重要的新发展。今后,在这个流派开辟的创作道路上,也将会有新的来者。

第六章　京派小说

这里说的京派小说，既不是后来人们所称的"京味小说"，也不是一种单纯地域性的概念。它是指新文学中心南移到上海以后，30年代继续活动于北平的作家群所形成的一个特定的文学流派。他们处在周作人、沈从文的影响之下，与北方"左联"同时并存，虽未正式结成文学社团，却在全国文学界具有一定的号召力。

京派主要成员有三部分人：一是20年代末期语丝社分化后留下的偏重讲性灵、趣味的作家，像周作人、废名（冯文炳）、俞平伯；二是新月社留下的或与《新月》月刊关系较密切的一部分作家，像梁实秋、凌叔华、沈从文、孙大雨、梁宗岱；三是清华、北大等校的其他师生，包括一些当时开始崭露头角的青年作者，像朱光潜、李健吾、何其芳、李广田、卞之琳、萧乾、李长之等。这些成员的思想、艺术倾向并不完全一致，但在30年代前半期，他们在文学事业上有共同的趋向和主张，在创作上也有共同的审美理想和追求，因而形成了若干重要的鲜明的艺术特色。

京派的主要阵地有：创刊于1931年，由废名、冯至编辑的《骆驼草》；沈从文自1933年9月开始接编的《大公报·文艺副刊》；创刊于

1934年10月,由卞之琳、沈从文、李健吾等编辑的《水星》;创刊于1937年5月,由朱光潜编辑的《文学杂志》。

如果说京派在散文和诗歌方面的代表是周作人、俞平伯、何其芳、李广田、卞之琳,理论方面的代表是梁实秋、朱光潜、李健吾、李长之,那么,它在小说方面的代表作家就是废名、沈从文、凌叔华、林徽因和萧乾。尤以沈从文的成就为高,影响为大。40年代出现的汪曾祺,则是沈从文的大弟子,也是京派的文学传人。

第一节 从一场争论说起

提出现代文学史和小说史上有一个"京派",有人也许会不赞成。那就让我们先看一些历史事实。

从1933年到1934年,中国文坛上曾经发生过一场"京派"与"海派"的论争。这场论争是作家沈从文首先发动的,锋芒所向,直接指到了一批商业化的"海派"作家。早在《论中国创作小说》一文中,沈从文就指出:

> ……从民十六年,中国新文学由北平转到上海以后,一个不可避免的变迁,是在出版业中,为新出版物起了一种商业的竞卖。一切趣味的俯就,使中国新的文学,与为时稍前低级趣味的海派文学,有了许多混淆的机会,因此……创作的精神,是逐渐堕落了的。

他认为张资平就是造成这种堕落的带头人。在1933年10月18日天津《大公报·文艺副刊》第九期发表的《文学者的态度》一文中,沈从文又暗中指责了一些"海派"作家的商业化现象——"玩票白相精神",说他们是"在上海赋闲","赋闲则每礼拜必有三五次谈话会之类",带有奚落的意味。于是,上海的苏汶站出来,在《现代》四卷二期上发表《文人在上海》一文,反唇相讥,回敬了沈从文这个"北方的同行"。沈从文接着就写了《论"海派"》《关于海派》《论穆时英》《新文人与新文学》诸文,对海派文人痛加斥责,几乎揭示了海派的老底。这场争论对海派有点不利,弄得名声不大好听;自视为京派的一些作家,则颇有点洋洋得意。这就是鲁迅风趣地称之为"京派大师曾经大大的奚落了一顿海派小丑,海派小丑也曾经小小的回敬了几手"[①]一事的原委。

左翼作家在当时这场论争中是局外人,但不少作家也以局外人身份写了一些文章,对"京派"和"海派"都从实质和局限上做了一点剖析。鲁迅一人就写过两篇文章:《花边文学》里收的一篇,题目叫《"京派"与"海派"》,《且介亭杂文二集》里收的一篇,题目叫《"京派"和"海派"》,一字之差。其中都有这样一段著名文字:

> 北京是明清的帝都,上海乃各国之租界,帝都多官,租界多商,所以文人之在京者近官,没海者近商,近官者在使官得名,近商者在使商获利,而自己也赖以糊口。要而言之,不过"京派"是官的帮闲,"海派"则是商的帮忙而已。但从官得食者其情状隐,对外尚能傲然,从商得食者其情状显,到处难于掩饰,于是忘其所以者,遂据以有清浊之分。而官之鄙商,固亦中国旧习,就要使"海派"在"京派"的眼中跌落了。

姚雪垠也在左翼作家办的《芒种》半月刊第三期和第八期上,分别发表了《鸟文人》《京派与魔道》两文,就京派与海派的某些不健康倾向加以批评,认为:"海派有江湖气,流氓气,娼妓气;京派则有遗老气,绅

[①] 《"京派"与"海派"》,《鲁迅全集》第5卷,人民文学出版社2005年版,第453页。

士气,古物商人气。而后者这些气质,都充分表现在知堂老人的生活、脾味与文章上。"此外,祝秀侠写了《京派人们的丰采》(载《春光》一卷三期)。曹聚仁写了《谈海派与京派的文章》(收入《笔端》)。胡风则在《文学》四卷五号上发表了《京派看不到的世界》一文,一方面评论和推荐一位写北方农村生活的青年作家的小说集,另一方面也批评了京派的创作倾向,说京派作家们讲究"风雅""优美",却不能实实在在地反映一点辽阔的北方地区普通人的生活。左翼作家对京派所做的这些评论,一针见血地指出了当时以周作人为代表的绅士气和逃避现实的倾向,相当锋利,其中有些文章则稍嫌笼统而缺少分析,没有很好区分京派内部周作人与沈从文两种不很相同的情况[①],显示了某种"左"的思潮的痕迹;然而,他们一致认为文学上存在一个京派,这却是确定无疑的事。

除了30年代这场争论以及许多左翼作家当时的看法之外,我们还不妨多引一些材料,供大家判断京派到底是否存在做参考。

钱锺书在抗战期间写的短篇小说《猫》中,曾经用一种非常幽默的口吻提到:

> 在战事前几年,……当时报纸上闹什么"京派":知识分子们上溯到"北京人"为开派祖师,所以北京虽然改名北平,他们不自称"平派"。京派差不多全是南方人。那些南方人对于他们侨居的北平的得意,恰象犹太人爱他们所入籍归化的国家,不住的挂在口头上。

钱锺书是很了解京派底细的,他这番话不但肯定了京派的存在,还透露出京派作家们很有些人以当京派为荣。

朱光潜作为一位重要的当事人,回忆30年代沈从文的文学活动

[①]事实上,沈从文本人就在一些文章(如《论冯文炳》)中,批评了"北方文坛盟主"的周作人、俞平伯等人"趣味恶化"的现象。

第六章 京派小说

时说:

> 他(指沈从文——引者)编《大公报·文艺副刊》,我编商务印书馆的《文学杂志》,把北京的一些文人纠集在一起,占据了这两个文艺阵地,因此博得了所谓"京派文人"的称呼。①

可见,朱光潜毫不讳避京派存在这一事实。

沈从文自己则早在抗战期间,就写回忆文章谈到,30年代中期,在朱光潜家里曾经有过这样一种定期的文学活动:

> 北方《诗刊》结束十余年,……北平地方又有了一群新诗人和几个好事者,产生了一个读诗会。这个集会在北平后门慈慧殿三号朱光潜先生家中按时举行,参加的人实在不少。北大有梁宗岱、冯至、孙大雨、罗念生、周作人、叶公超、废名、卞之琳、何其芳诸先生,清华有朱自清、俞平伯、王了一、李健吾、林庚、曹葆华诸先生,此外尚有林徽因女士,周煦良先生等等。这些人或曾在读诗会上作过有关于诗的谈话,或者曾把新诗、旧诗、外国诗当众诵过、读过、说过、哼过。大家兴致所集中的一件事,就是新诗在诵读上,究竟有无成功可能?……
>
> 这个集会虽名为"读诗会",我们到末了却发现在诵读上最成功的倒是散文。徐志摩、朱佩弦和老舍先生的散文。记得某一次由清华邀来一位唐宝鑫先生,读了几首诗,大家并不觉得如何特别动人。到后读到老舍先生一篇短短散文时,环转如珠,流畅如水,真有不可形容的妙处。那次试验上,让我们得到另外一个有价值的结论,

---

① 《从沈从文的人格看沈从文的文艺风格》,载《花城》1980年第5期。

> 一个作者若不能处理文字和语言一致，所写的散文，看来即或顺眼，读来可不好听。……①

沈从文在这里并没有提到京派，但了解中国现代文学的人都会知道，这个"读诗会"虽然成员比较宽泛，实际上却是京派作家发动组织的，并且以京派作家为骨干（除了当时不在北平的凌叔华、萧乾等人外，几乎所有京派作家都参加了）。它可以说是京派的一种文学活动。

对沈从文的文学活动和创作情况相当了解的丁玲，1982年在《文艺报》上发表《五代同堂，振兴中华》一文，其中说：

> 当年京派作家的领衔者沈从文，最近也发表（应为重新发表——引者）了他的自传，很有趣味，文字优美不减当年。

丁玲同样认为确有一个京派，它的领袖人物之一是沈从文。

当年批评过京派的姚雪垠，1980年在《新文学史料》上发表回忆录《学习追求五十年》时，又一次这样讲到了沈从文和京派：

> 在北京的年轻一代的"京派"代表是沈从文同志，他在当时地位之高，今日的读者知道的人很少。他为人诚恳、朴实，创作上有特色，作品多产，主编刊物，奖掖后进，后来又是《大公报》文艺奖金的主持人，所以他能够成为当时北平的文坛的重镇。

罗列这些材料，目的只在说明，"京派"并不是本书作者的发现，而是文学史上的一种客观存在，治史者实在无权加以抹杀。

---

① 沈从文：《谈朗诵诗（一点历史的回溯）》，《沈从文文集》第11卷，花城出版社1984年版。

当然，我们也不赞成像有的文学史家那样，任意扩大京派的队伍。香港的司马长风先生，在他写的《中国新文学史》的《跋》里，为京派开了一串长长的名单，说它"包括闻一多、沈从文、老舍、周作人、巴金、李健吾、朱光潜、朱自清、郑振铎、梁宗岱、梁实秋、冯至、废名、吴组缃、李广田、卞之琳、何其芳、李长之等"。几乎包罗万象，只要当时在北平的，甚至当时不在北平而与北平作家交往密切的，都算进京派名单里去了。这其实也是荒唐的。以吴组缃为例，他"九一八"以后参加社会科学研究会和反帝大同盟，明明是个左翼作家，有他当时的作品为证，怎么能算是京派呢？！闻一多在30年代前半期，既不参加文学活动，也不从事创作，只是一心搞他的学术研究，正如沈从文《谈朗诵诗》中所说，是"改了业，放下了他诗人兼画家的幻想，诚诚恳恳的去做他的古文学爬梳整理工作"，和京派又有什么关系呢？其他像朱自清、巴金、郑振铎、老舍等，和京派作家虽有联系，但并不密切，文艺思想和创作情趣尤其不同，实在也很难想当然地把他们列入京派。

总之，在京派研究问题上，我们要反对两种倾向。第一是不要不承认事实。明明有这个文学流派，却硬要否认，那是缺乏起码的实事求是态度的。第二是不要任意夸大京派的队伍，无根据地把许多作家列入京派名单，那同样是不科学的。

第二节　京派小说的形成、发展与主要作家

京派小说最早的一位作家，是以写乡间儿女翁媪日常生活著称的废名。他在周作人的引导下，经过摸索，逐渐形成自己独特的风格。

废名（1901—1967），原名冯文炳，湖北黄梅县人。早年曾在北京大学英国文学系学习。1922年起，先后在《努力周报》、《浅草》季刊、《晨报副刊》上发表《长日》《讲究的信封》《柚子》《少年阮仁的失踪》

等短篇小说。语丝社成立后,成为该社成员,并在《语丝》周刊上登载《竹林的故事》等作品。1925年10月,出版了第一部小说集《竹林的故事》。他早年的小说尝试过多种途径和手法(包括某些意识流手法)。《浣衣母》等运用文字虽嫌滞涩费力,却体现了作者注视、关怀下层贫病者的倾向,完全可以归入当时乡土小说的范围。但此后,随着审美意识的渐次变化,作品中田园牧歌风味逐渐浓了起来。作者用一支抒情性的淡淡的笔,着力刻画幽静的农村风物,显示平和的人性之美。如沈从文所说:

> 作者的作品,是充满了一切农村寂静的美。差不多每篇都可以看得到一个我们所熟悉的农民,在一个我们所生长的乡村,如我们同样生活过来那样活到那片土地上。不但那农村少女动人清朗的笑声,那聪明的姿态,小小的一条河,一株孤零零长在菜园一角的葵树,我们可以从作品中接近,就是那略带牛粪气味与略带稻草气味的乡村空气,也是仿佛把书拿来就可以嗅出的。

这也是废名1928年以后出版的短篇小说集《桃园》《枣》和长篇小说《桥》的共同特色。这些作品以简洁奇僻的语言,写出古奥悠远的意趣,形成平淡朴讷的风味。可以说,以1927年秋《桃园》《菱荡》等短篇的写成为标志,废名开始具有了自己比较稳定、成熟的风格。

1932年出版的长篇小说《桥》,写的是程小林与史琴子青梅竹马的爱情故事。双方都是孤儿,两小无猜,相互体贴知心,史奶奶"便替两个孩子做了'月老'"。然而故事情节被作者大大淡化了,整个作品散发的是抒情诗的阵阵清香。私塾学生的顽皮,少年男女的无邪,乡间民情的淳朴,自然风光的美丽,这一切在上篇里大多写得亲切有致,平淡中见出悠远。下篇写十年以后,小林从外地回家,这时琴子的妹妹细竹也长大了。小林甜蜜地重温与琴子的昔日友情,同时也惊异于细竹的活泼美丽。于是,琴子有时不免产生林黛玉式的嫉妒心理。而小林,也变得带有贾宝玉的气质,他对人说:

> 我每逢看见了一个女人的父和母,则我对于这位姑娘不愿多所瞻仰,仿佛把她的美都失掉了,尤其是知道了她的父亲,越看我越看出相象的地方来了,说不出道理的难受,简直的无容身之地,想到退避。

又说:

> 我仿佛女子是应该长在花园里,……

这些地方都可以看出《红楼梦》对作者笔下人物的影响。从楔子所透露的作者构想来看,男女主人公最后似乎应该成为"一对佳偶"的,可惜《桥》的第二部并未写完(只在《新月》《学文》《文学杂志》上发表几章),读者无从得知整个故事的进程了。

废名小说最看重的是情趣和境界,而不大注意结构布局的集中与完整。有人这样比拟他的小说:"像一道流水,大约总是向东去朝宗于海。它流过的地方,凡有什么汊港湾曲,总得灌注潆洄一番,有什么岩石水草,总要披拂玩弄一下子,才再往前去,这都不是它的行程的主脑,但除了这些也就别无行程了。"① 这使废名的一些小说带有散文化乃至散漫的特点。弥补这一点的,是语言运用上的极为讲究。作者自言:"就表现手法说,我分明地受了中国诗词的影响,……不肯轻易浪费语言。"②

---

① 周作人:《莫须有先生传·序》。
② 《废名小说选·序》。

有人甚至称他为"最能用文字记述言语的一个人，同一时是无可与比肩并行的"①。在新文学初期一般作者奉行"信腕信口皆成律度"、对文字很不讲究的情况下，废名却在语言文字的运用上取得了出色的成就。试读《菱荡》中的一段：

> 陶家村过桥的地方有一座石塔，名叫洗手塔。人说，当初是没有桥的，往来要"摆渡"。摆渡者，是指以大乌竹做成的筏载行人过河。一位姓张的老汉，专在这里摆渡过日，须发白得象银丝。一天，何仙姑下凡来，度老汉升天，老汉道："我不去。城里人如何下乡？乡下人如何进城？"但老汉这天晚上死了。清早起来，河有桥，桥头有塔。何仙姑一夜修了桥。修了桥洗一洗手，成洗手塔。这个故事，陶家村的陈聋子独不相信，他说："张老头子摆渡，不是要渡钱吗？"摆渡依然要人家给钱他，同聋子"打长工"是一样，所以决不能升天。

真是简而不文，白而不冗，看似闲笔，实具情趣，平淡中见奇僻，显示出很高的文字素养。正因为文字上这番锤炼功夫，废名一部分小说读来才觉得诗意盎然。废名小说的生活题材、审美境界都比较狭小，内容比较单薄，有些作品还相当晦涩，《莫须有先生传》以后的作品更着力表现所谓"禅趣"，不免使读者兴味索然，连沈从文也认为"近于邪僻文字"②；但仅就周作人所称"用了他简练的文章写所独有的意境"③这点来说，废名已经对现代小说的发展做出了自己的奉献。

废名的出现带来了一小部分年轻的追随者。沈从文在30年代初曾

---

① 沈从文：《论冯文炳》。
② 沈从文《论穆时英》，《沈从文文集》第11卷，花城出版社1984年版。
③ 《〈枣〉和〈桥〉的序》。

说:"在冯文炳作风上,具同一趋向,曾有所写作,年青作者中,有王坟,李同愈,李明琰,李连萃四君。惟王坟有一集子,在真美善书店印行,其他三人,虽未甚知名,将来成就,似较前者为优。"① 可见,早在20年代末和30年代初,废名小说在孕育流派方面已经发挥着作用。

其实,较多接受废名小说影响的,还是沈从文自己。只要读读沈从文的小说《老实人》,就可以知道他很早赞赏《竹林的故事》的这位作者。1929年7月14日,在写完小说《夫妇》之后,沈从文又做过这样一篇附记:

> 自己有时常常觉得有两种笔调写文章,其一种,写乡下,则仿佛有与废名先生相似处。由自己说来,是受了废名先生的影响,但风致稍稍不同,因为用抒情诗的笔调写创作,是只有废名先生才能那样经济的。这一篇即又有这痕迹,……

在《论冯文炳》一文中,沈从文还说:

> 把作者(指冯文炳——引者)与现代中国作者风格并列,如一般所承认,最相近的一位,是本论作者自己。一则因为对农村观察相同,一则因背景地方风俗习惯也相同,……用同一单纯的文体,素描风景画一样把文章写成,……如人所说及"同是不讲文法的作者"……

这表明,他们之间的共同点,实在不少,而且在沈从文方面来说,走这一条路是相当自觉的。更其可贵的是,沈从文不仅接受了废名小说的影响,而且避免了废名小说的一些弱点,推进、健全了废名已有的风格。

---

① 沈从文:《论冯文炳》。

京派小说到了沈从文手里,得到了很大的丰富、发展和提高。沈从文是京派最杰出的小说家,是京派有代表性的大家。

沈从文(1902—1988),原名沈岳焕,笔名休芸芸、炯之、小兵、甲辰、懋琳、上官璧等,湖南凤凰县人。他有不一般的家族历史和个人经历:祖父曾任清朝贵州提督。嫡祖母为苗族。父亲年轻时从军入伍,辛亥革命时曾参与组织当地的武装起义,后因谋刺袁世凯事泄而亡命关外。母亲是世家之女,"极小就认字读书",对沈从文颇有影响。沈从文六岁入私塾,小学毕业后,在湘西土著部队当过上士司书,随部队在沅水流域各县驻留,见过军队残酷杀戮大批无辜乡民的惨状①。几十年后,他在回顾自己的小说创作时说:"笔下涉及社会面虽比较广阔,最亲切熟悉的,或许还是我的家乡和一条延长千里的沅水,及各个支流县份乡村人事。"②

1922年,沈从文因偶然机会接触《新潮》《改造》《创造》季刊等新书刊后奔赴北京。升学未成,在北京大学旁听并自学写作。1924年年底开始在《晨报副刊》,后又在《语丝》《现代评论》《小说月报》上发表作品。次年经郁达夫介绍而认识徐志摩。1928年到上海与胡也频、丁玲合编文学刊物《红黑》与《人间》,并在《新月》月刊上发表作品。1929年在吴淞中国公学教写作,1931年至1933年夏在青岛大学任教。随后常居北平。1933年9月起接编天津《大公报·文艺副刊》,并主持《大公报》文艺奖,有力地扩大了京派的影响。全面抗战爆发后入西南联大任教,胜利后为北京大学教授,兼编《大公报》《益世报》副刊。1949

---

① 沈从文《从现实学习》一文说:在湘西部队"六年中我眼看在脚边杀了上万无辜平民"。在《从文自传》的《怀化镇》一篇中,他记叙军队在那里清乡的"成绩"说:"我在那地方约一年零四个月,大致眼看杀去七百人。一些人在什么情形下被拷打,在什么状态下被把头砍下,我皆懂透了。又看到许多所谓人类做出的蠢事,简直无从说起。这一分经验在我心上有了一个分量,使我活下来永远不能同城市中人爱憎感觉一致了。"
② 《沈从文小说选集·题记》。

年以后转而研究文物，有《中国古代服饰研究》等著作出版。

沈从文是多产作家，有短篇小说集约三十种，中篇和长篇小说六部。收在《鸭子》《福生》《老实人》《入伍后》《在别一个国度里》等集里的早期小说，大多写的是湘西风物，向读者展示着一个神奇的世界：这里有秋夜明火捕鱼，冬日赶山围猎，街头单刀决斗，岩洞"山鬼"游宿；山大王娶商人女儿做压寨夫人，小哨兵听"鬼撒沙子"发奇异声响，青年农民被富有的仇家陷害致死，山村女孩独自捕捉钻进窝棚的野猪……这些作品题材新鲜而富有吸引力，有的且含较多社会意义，但作者还不善于向生活深处开掘，因而不免简陋和失之浅露。如他自己所说："首先的五年，文字还掌握不住。"①这个弱点同样表现在早年所写的若干都市生活题材的作品中（如《岚生同岚生太太》《晨》《蜜柑》《十四夜间》《篁君日记》等）。它们或暴露都市某些人生活的空虚无聊，或宣泄青年知识分子的内心苦闷，带有明显的郁达夫小说的影响，却缺少郁达夫作品的力度，有时鞭笞反成为展览。沈从文小说创作的转折，主要发生在1929年前后。这一年，他创作了《龙朱》《媚金，豹子与那羊》《会明》《牛》《渔》《夫妇》《菜园》《萧萧》等一系列成功的短篇小说，自觉地运用多种不同的方法和手法，既扩大了概括生活的广度，又增进了开掘生活的深度；既大大深化了一些写实性的作品（如《牛》《菜园》），又尝试进一步写废名式"抒情诗的笔调"（如《夫妇》《渔》），并用民间文学笔法写带有传奇性的故事（《龙朱》《媚金，豹子与那羊》）。这些作品表现含蓄，意蕴丰厚深沉，将原有的湘西题材创作推到一个新的境界。以此为起点，小说家的沈从文终于在30年代前期走上成熟的道路，创造出一些晶莹圆润的艺术珍品，为京派小说的发展做出了重要的贡献。

---

① 沈从文：《在美国哥伦比亚大学的演讲》，《沈从文选集》第5卷，四川人民出版社1983年版。

沈从文是带着奇异、新鲜和相对宽广的题材加入京派队伍的。他改变了废名及其影响下的一些青年作者题材过于狭窄的缺陷。由于社会阅历相对丰富，沈从文小说的视野远较废名开阔。[1] 在沈从文笔下，不仅有《龙朱》《雨后》那种对生命的原始活力的赞美，有《边城》《会明》《虎雏》那种西南地区淳朴民性的诗意的展示，有《月下小景》《媚金，豹子与那羊》那类古老风俗传说在想象中的再现，也有封建宗法制度下湘西人民悲剧命运的素描（如《萧萧》《贵生》），更有对湘西社会在外来政治、经济压力下崩溃、裂变所产生的种种苦痛的申诉（如《七个野人与最后一个迎春节》《牛》《失业》《顾问官》《丈夫》），还有对国民党屠杀、高压政策从侧面所做的揭示（如《菜园》《新与旧》《长河》）。读者从沈从文作品里看到的是一个原始氏族遗风与封建宗法关系并存的湘西社会，又是一个古老传统正在急剧损蚀、崩溃的湘西社会。其中所包含的现实内容，较之废名故乡题材小说要丰富得多。此外，沈从文还写到了都市中上流社会与"抹布阶级"的形形色色人生世相（《大小阮》《八骏图》《都市一妇人》《泥涂》等）。沈从文在把自己的小说和废名作品对比研究时这样说：虽然"同样去努力为仿佛我们世界以外那一个被人疏忽遗忘的世界，加以详细的注解，使人有对于那另一世界憧憬以外的认识，冯文炳君只按照自己的兴味做了一部分所欢喜的事。使社会的每一面，每一棱，皆有机会在作者笔下写出，是《雨后》作者的兴味与成就"[2]。又说："表现出农村及其他去我们都市生活较远的人物姿态与言语，粗糙的灵魂，单纯的情欲，以及在一切由生产关系下形成的苦乐，《雨后》作者在表现一方面言，似较冯文炳君为宽而且优。"[3] 沈从文小

---

[1] 沈从文1929年后的小说集有《雨后及其他》《山鬼》《十四夜间》《好管闲事的人》《龙朱》《石子船》《沈从文甲集》《一个女剧员的生活》《沈从文子集》《虎雏》《都市一妇人》《一个母亲》《月下小景》《阿黑小史》《如蕤集》《游目集》《八骏图》《新与旧》《主妇集》《小砦及其他》《新摘星录》《芸庐纪事》《雪情》《旅店及其他》《夫妇》。
[2] 沈从文：《论冯文炳》。
[3] 同上。

说确实努力在富有诗意地表现湘西"社会的每一面,每一棱"。较废名"宽而且优",这个评价应该说是诚实而又谦逊的。

沈从文小说另一贡献是拓展丰富了京派的艺术趣味和审美境界。废名和他的年轻追随者在作品中以简练的文字着力表现和平宁静的美,这在现代小说发展史上是有意义的。但这类小说多读几篇也会使人感到单调。沈从文并不满足于此。他曾经这样批评废名的小说:"冯文炳君所显的是最小一片的完全,部分的细微雕刻,给农村写照,其基础,其作品显示的人格,是在各样题目下皆建筑到'平静'上面的。有一点忧郁,一点向知与未知的欲望,有对宇宙光色的炫目,有爱,有憎,——但日光下或黑夜,这些灵魂,仍然不会骚动,一切与自然谐和,非常宁静,缺少冲突。"又说:"为周作人所称道的《无题》(实即长篇《桥》的一个片段——引者)中所记琴子故事,风度的美,较之时间略早的一些创作,实在已就显示了不健康的病的纤细。至《莫须有先生传》,则情趣朦胧,呈露灰色,……有作者衰老厌世意识。"① 沈从文自己的小说中所表现的美是比较多样的:不仅有善良,而且有雄强;不仅有温柔,而且有泼野;不仅有清丽,而且有神秘;不仅有单纯,而且有繁复。像《媚金,豹子与那羊》中主人公为爱情而献身的情节,就不大可能出现在废名作品中。《在别一个国度里》那位既雄强又多情、既懂恨也懂爱的山大王,也绝不可能生活在废名的小说环境里。沈从文笔下的那些苏醒过来的灵魂是懂得骚动与反抗的。君不见,《丈夫》里那位男主人公不是终于"把票子撒到地下",毅然带妻子回乡下去吗?《贵生》里的贵生不是最后放起一把火烧房出走吗?而《建设》里的工人,不是也砸死了一个传教士吗?更不用说《七个野人与最后一个迎春节》里那些"野人"们公然反抗官府、拒绝与官府合作的举动了!这些"骚动"虽

---

① 沈从文:《论冯文炳》。

未脱离盲动状态，但人物离开"平和""宁静"境界则颇远矣！在个人风格上，废名小说是以平淡含蓄晦涩著称的，沈从文则在保持、发展这种含蓄蕴藉的同时，弃其晦涩，一变而为活泼、淡远、隽永。沈从文小说的美学境界显然更宽广和多样化了。

沈从文对京派最重要的贡献，还在于提高了京派小说的艺术水平。以中篇小说《边城》为例，这真是一首晶莹美丽的诗。作者以一支浸透感情的笔，写了老船工孙女翠翠的不幸的爱情故事。透过种种误会和偶然机缘，在原始淳朴的民情这一背景上，深刻揭示了悲剧的真正原因在于另一种与此不调和而又难以抗拒的力量——封建买卖婚姻的力量：团总女儿作为陪嫁物的那座碾坊，毕竟胜过破旧的渡船，因而成为翠翠与傩送幸福结合的不可逾越的障碍。通过这一出湘西小儿女不能自主地掌握命运的人生悲剧，作者寄托了民族的和个人的隐痛。整个作品充溢着叙事、抒情与象征相融合的诗的气氛，显得素朴，清淡，悠远，隽永，发人深思。《边城》《长河》和沈从文一些优秀短篇小说的出现，使人们对京派刮目相看，并直接影响到一批文艺青年的成长。

京派的另一位小说家是凌叔华。凌叔华（1900—1990）[①] 原名凌瑞棠，以字叔华排行，笔名素华、瑞唐，祖籍广东番禺，出生于北京。1919年毕业于天津第一女子师范学校。1923年考入燕京大学外文系。1924年开始在《晨报副刊》发表小说。1926年大学毕业后任职于故宫博物院。1928年后因丈夫陈西滢在武汉大学任教而长期居住珞珈山。1947年随同陈西滢出国，旅居英、美、法、加拿大及新加坡三十余年，其间曾多次回国。她原是一位画家，自言生平用功夫较多的艺术是绘画。她的好友朱光潜认为：她的画"继承元明诸大家"，"在向往古典的规模法度之中，流露她所特有的清逸风怀和细致的敏感"。[②] 她的小说作风也

[①] 凌叔华生年一般注为1904，此处据其家属之说予以订正。
[②] 朱光潜：《小哥儿俩》，见《凌叔华小说集》，台北洪范书店1984年版。

与此颇为相似。自从短篇小说《酒后》1925年在《现代评论》上发表后，凌叔华就开始引起人们的注意。以后她又陆续在《新月》月刊、《大公报·文艺》上发表不少小说，先后结集为《花之寺》《女人》《小哥儿俩》出版。《花之寺》中的早年作品，写的多为绅士家庭的生活情趣和中等人家姑娘的梦。稍后，她逐渐转向儿童题材，有时也涉及下层劳动者，境界有所扩大，作品风格也与京派其他作家更为接近。在这些小说中，作者寄托着自己未泯的童心以及对贫苦人民的同情。《杨妈》通过刻画劳动妇女的善良灵魂，写出一种混合着愚昧与伟大的执着的母爱。《开瑟琳》写主观武断的主人对孩子的毛病习焉不察，致使女佣冤枉受诬。《搬家》写出枝儿与四婆间的纯真友谊以及孩子热爱生命的赤诚心理。《小哥儿俩》一篇描述大乖、二乖兄弟两人由仇猫到爱猫的心理转换过程，显示孩子们的稚气可爱和天真善良的本性。当发现可爱的八哥儿已被老黑猫吞噬得只剩下一堆血肉模糊的羽毛时，兄弟俩满腔悲愤，发誓要为鸟儿报仇，协力打死这头黑猫。但第二天在后院，二乖"忽然看见装碎纸的破木箱里，有两个白色的小脑袋一高一低动着，接着咪噢咪噢的娇声叫唤"：

> 原来箱里藏着一堆小猫儿，小得同过年时候妈妈捏的面老鼠一样，小脑袋也是面一样滚圆得可爱，小红鼻子同叫喊时一张一闭的小扁嘴，太好玩了。二乖高兴得要叫起来。
>
> 他用手摸小猫的头，一只手又摸它的小尾巴，嘴里学它们咪噢咪噢叫着逗它们玩。
>
> 一只黑色的大猫歪躺在一傍，一只小猫伏在它胸前肚子上吃奶，大猫微微闭着眼睛得意的看着。其余两只爬在一边。

仇敌就在面前，下手丝毫不难，这时兄弟俩却只顾"用手摸那小猫，学它们叫唤，看大猫喂小猫奶吃，眼睛转也不转一下"。他们还担心猫儿"连褥子都没有，躺破纸的上面，一定很冷"，出主意跟妈妈要些棉花为它们垫一个小窝儿。就这样，孩子们爱屋及乌，放弃了（或者说忘记了）原先要打死老黑猫的计划，转而全力护养几只小猫了。这一切写得极为细腻自然，水到渠成。儿童的天真可爱，跃然纸上。可以说，用童心写出一批温厚而富有暖意的作品，正是凌叔华为京派做出的贡献。

凌叔华创作态度朴实诚恳，长于用对话刻画人物（《写信》一篇则甚至全用独白式口语写成，家庭妇女口吻惟妙惟肖），观察细致入微，笔法柔婉熨帖，每一篇故事都能在合理的情形中发展与结束，虽然"文字因谨慎而略显滞呆，缺少飘逸"①，但因生活气息较浓，仍颇有感染力量。沈从文在评论凌叔华小说创作时说："使习见的事，习见的人，无时无地不发生的纠纷，凝静的观察，平淡的写去，显示人物'心灵的悲剧'，或'心灵的战争'，在中国女作家中，叔华写出了另外一种创作。"② 这个评价说中了凌叔华小说的一些特点。

30年代中期是京派活跃的时期。《大公报·文艺》的接编，《水星》《文学杂志》的创办，都在这个时期。朱光潜家中那个以京派作家为主干的读诗会，也活动在这个时期。在沈从文主持下，1937年，《大公报》的文艺奖决定颁发给何其芳的《画梦录》、曹禺的《日出》、芦焚的《谷》。京派更由此扩大了在文学界的影响。这样，京派除了上述几位中年作家以外，也有了一些年轻的小说作家。其中较重要的，有30年代中期出现的萧乾和40年代出现的汪曾祺。他们都曾得到沈从文的培养帮助。

萧乾（1910—1999），原名萧秉乾，蒙古族，出生于北京。因家境窘困，自幼半工半读。在北新书局当学徒时开始接触文艺。1926年曾因

---

① 沈从文：《论中国创作小说》。
② 同上。

在北京崇实中学参加共青团而被捕。获保释后，于1928年化名到广东汕头一所中学任国语教员。30年代初回到北平，进入燕京大学外文系。1933年开始在《国闻周报》《大公报·文艺》和《水星》上发表小说，先后结集出版的有《篱下集》《栗子》和长篇小说《梦之谷》。沈从文在《篱下集·题记》中说："朋友萧乾第一个短篇小说集子行将付印了，他要我在这个集子说几句话。他的每篇文章，第一个读者几乎全是我。他的文章我除了觉得很好，说不出别的意思。这意见我相信将与所有本书读者相同的。"清楚地表明了相互间的密切关系。1935年，萧乾毕业于燕京大学，不久接替沈从文编辑天津《大公报》文艺副刊，兼任该报旅行记者。1939年至1944年，先后在英国伦敦大学任教，在剑桥大学留学，并兼《大公报》驻英特派员及战地记者。1946年以后，在上海《大公报》社工作并兼任复旦大学教授。50年代任《人民中国》与《文艺报》副总编辑。

　　萧乾最初两年的小说创作，京派的韵味相当浓重。他喜欢通过小孩天真的眼光，展示人间的不平和不幸，给作品染上忧郁的色彩。《篱下》借助于不懂事的孩子环哥的眼睛和感觉，分外衬托出母子俩寄人篱下的辛酸。《雨夕》通过私塾学生躲雨时的目睹与耳闻，有力地写出一个为丈夫抛弃、又遭人蹂躏、被逼致疯的少妇的悲惨命运。《俘虏》则活泼生动地写了男女孩子间的一场纠葛，着力塑造了荔子这个年仅十二三岁却富有志气的可爱的小姑娘形象。她从小看见爸爸欺侮妈妈，男子欺侮妇女，常常爱嘟囔："讨嫌的男人"，"我的小咪咪要比一个男人好多了"。生活经验使她思想早熟，懂得自尊，喜欢避开男孩子而独立活动。调皮的男孩子们为了报复她，故意偷走了她心爱的白猫，使她伤心和着急。后来双方讲和，相互合作扎灯，迎接盂兰盆盛会。小说写得意趣盎然，把荔子的聪明、懂事、自尊、善良和男孩子们的顽皮、稚气、好强，表现得极为真切感人。有些写景文字简直是神来之笔：

> 七月的黄昏。秋在孩子的心坎上点了一盏盏小萤灯，插上蝙蝠的翅膀，配上金钟儿的音乐。蝉唱完了一天的歌，把静黑的天空交托给避了一天暑的蝙蝠，游水似的，任它们在黑暗之流里起伏地飘泳。萤火虫点了那把钻向梦境的火炬，不辞劳苦地拜访各角落的孩子们。把他们逗得抬起了头，拍起手，舞蹈起来。

萧乾笔下的下层劳动者形象也相当出色。《印子车的命运》写了一个想凭出卖体力挣到车子的骆驼祥子式人力车夫的悲剧。《花子与老黄》通过少爷的眼睛，从花子这条狗与黄姓老仆的相互映照中，写出十分忠厚的老黄终于落个死无葬身之地的结局。《邓山东》以活泼的笔法传神地刻画了一个卖杂货糖食的担贩形象。他的担上全是孩子们喜欢的东西："有五彩的印画，有水里点灯的戏法，有吓人一跳的摔炮，甚至还有往人背上拍王八用的装有白粉的手包……凡是足以使我们小小心脏蹦跳的，他几乎无一不有！"更重要的是邓山东的性格：他诙谐，仗义，豪爽，体贴人。当学生遭校方无理罚打时，邓山东竟甘愿代学生挨打。因此，"同学们把钱花到邓山东担子上成了一件极当然、极甘心的事"。

1935年以后，萧乾在杨刚等影响下态度更趋激进，写了侧面反映"一二·九"运动的《栗子》和一组揭露教会题材的小说（如《皈依》《昙》《鹏程》等）。其中《鹏程》对王志翔灵魂的描写可谓鞭辟入里。它们在现代小说史上弥补了一个方面的空白。包括爱情题材的长篇小说《梦之谷》在内，萧乾作品艺术上都下了较多功夫，比较精致，也有一定深度。这在一位青年作者，是颇不容易的。

京派最后一个作家是汪曾祺（1920—1997），江苏高邮人。抗战期间去大后方，入西南联大中文系，肄业四年。离校后当过中学教员、历史博物馆职员。40年代初刊出的第一篇小说，原是沈从文在西南联大所开"各体文习作"课的作业,经沈从文推荐发表。1947年出版短篇小说集《邂逅集》,收有《复仇》《老鲁》《落魄》《鸡鸭名家》《邂逅》等八篇作品。新中国成立后,汪曾祺长期担任编辑工作,曾编过《北京文艺》《说说唱唱》《民间文学》。60年代初发表的小说《羊舍一夕》,以其风格的特异受人注意。此后,在一个京剧团任编剧;著名的《沙家浜》,就是由他执笔改编的。新时期发表的《受戒》《大淖记事》等,颇受欢迎,有的曾获优秀短篇小说奖。

汪曾祺小说受沈从文明显的影响。《老鲁》使人联想起沈从文的《会明》。《复仇》使人联想起沈从文的《渔》。《鸡鸭名家》《邂逅》以及后来写的《受戒》《大淖记事》,都使人想起沈从文的一些乡土小说。不但风味像,连《受戒》中那首民歌也是从沈从文一个短篇中套来。这些作品都是以絮絮道来的方式,用带着感情的笔触写的一首首风土诗;重在写出生活中的情趣,却没有明显的主旨意图。有些笔墨看来扯得很远,但实际是为后面人物、故事烘托气氛的,并不与主干游离。作者在《汪曾祺短篇小说选》的《自序》中说:"有人说我的小说跟散文很难区别,是的。……散文的成分是一直明显地存在着的。所谓散文,即不是直接写人物的部分。不直接写人物的性格、心理、活动。有时只是一点气氛。但我以为气氛即人物。一篇小说要在字里行间都浸透了人物。"又说:"我的小说的另一个特点是:散。这倒是有意为之。我不喜欢布局严谨的小说,主张信马由缰,为文无法。"这些特点,大体上也可看作废名、沈从文影响之下的京派小说的一般特点,而汪曾祺则实践得更为自觉。汪曾祺在评论阿城的《棋王》时曾说:"阿城是有师承的。……他似乎还受过废名的影响。他有些造句光秃秃的,不求规整,有点像《莫须有先生传》。"① 阿城是否像他说的受废名影响,我们不得而知;但

---

①汪曾祺:《人之所以为人——读〈棋王〉笔记》,载1985年3月21日《光明日报》。

是，汪曾祺对废名作品有过研究，接受过废名的影响，从这里似乎确实得到了证明。[①] 他40年代写的《复仇》，用了一些意识流手法以及将诗、散文融入小说的写法，未必不得力于废名早年所做的试验。当然，汪曾祺经过自觉的探索，是形成了个人独特风格的。他的《羊舍一夕》《大淖记事》，在境界上比起京派作家原有的，也已提高、发展了一步。他已经站在新的高度上去抒写新的性格，作品中洋溢着一种暖意，洋溢着一种美的力量。无论是《羊舍一夕》中的四个孩子，或者是《大淖记事》中的巧云与十一子之间坚贞的爱情，都是在一定程度上沐浴着新的思想阳光的新的形象。这也许可以看作京派在社会主义条件下的一种发展。

第三节　京派小说的风貌和特征

京派作家的小说是一种什么样的小说？有些什么特色？我们试图从以下几个方面作些综合的考察。

赞颂纯朴、原始的人性美、人情美

京派小说第一个显著的特色，是着力赞颂纯朴、原始的人性美和人情美。

李长之这位京派理论家曾经认为："文学只应求永恒不变之美"，不必"描写现实"[②]。事实上，小说完全不"描写现实"，那是不可能的。如前所述，京派作家的作品同样描写了一部分现实。但前一句话——"文学只应求永恒不变之美"，确实可能说出了京派作家的共同心声。他

[①] 汪曾祺在1984年《文学月报》刊载的《谈风格》一文中，则明确承认"确实受过废名的影响"。
[②] 转引自姚雪垠发表在《芒种半月刊》1卷8期上的《京派与魔道》一文。

们真是以表现美作为文学的最高职能,作为创作的极致的。表现什么美?在京派作家说来,最基本、最核心的就是表现纯朴、原始的人性美、人情美。沈从文在他的《〈从文小说习作选〉代序》中,把自己的创作比喻为建造庙宇,说:"这神庙供奉的是'人性'。"在《看虹摘星录后记》中,他称自己的一些短篇小说是在"用人心人事作曲","其间没有乡愿的'教训',没有腐儒的'思想',有的只是一点属于人性的真诚情感"。在《〈篱下集〉题记》中,他又说:

> 曾经有人询问我:"你为什么要写作?"
> 我告他我这个乡下人的意见:"因为我活到这世界里有所爱。美丽,清洁,智慧,以及对全人类幸福的幻影,皆永远觉得是一种德性,也因此永远使我对它崇拜和倾心。这点情绪同宗教情绪完全一样。这点情绪促我来写作,不断的写作,没有厌倦,只因为我将在各个作品各种形式里,表现我对于这个道德的努力。人事能够燃起我感情的太多了,我的写作就是颂扬一切与我同在的人类美丽与智慧。……"

的确,沈从文笔下的故乡人物,无论是农民、士兵、猎人、渔夫、水手、土娼、富家子弟、青年男女,都那么淳厚,真挚,热情,善良,守信用,重情谊,自己生活水平很低却那么慷慨好客,粗犷到带点野蛮却又透露出诚实可爱,显示出一种原始古朴的人性美、人情美。《会明》里那个做了十几年老伙夫的主人公,长期把蔡锷讨袁时说的话记在心里,把护国军的那面军旗视作无上光荣,珍惜地裹在身上,他对革命的忠不免有点"愚",却也正好表现了劳动者出身的下层士兵的性格本色。《月下小景》中那对青年情侣,在得不到自由的爱情时,宁可双双服毒而死,展现了一种使各式良辰美景相形之下都黯然失色的美好情操。《边城》中的爱情故事也许永远是个悲剧,但无论是一个死去、一个出走的傩送兄弟也好,还是决心等待爱人一辈子的翠翠也好,都显示了各自的洁白无瑕的高尚心灵。——而且整个作品写到的那个环境,也都充满了淳厚朴实、老少无欺的古风。至于废名,朝写人性美这个方向作的努力比沈从文更早,而且比沈从文走得更远:他从20年代后半期起,就在《竹林的故事》《桃园》《菱荡》《枣》和长篇小说《桥》等一系列作品中,表现故乡极为纯朴的风土人情之美了。他笔下的人物,有老汉,有村姑,有牧童,有雇农,也有业主,却大体都有一颗善良闪光的心灵。《桥》中的史奶奶与三哑叔之间,《菱荡》中的二老爹与陈聋子之间,没有一般业主与长工的关系,他们都各自尽心竭力,不存利害芥蒂,保持良好的人性。京派作家往往喜欢称自己为"乡下人",连出生在北京的萧乾也说:"虽然你是地道的都市的产物,我明白你的梦,你的想望都寄托在乡村。"[①] 其原因就在于:他们认为朴野的乡村真正保留着原始、美好的人生。沈从文说得明白:

> 我欢喜同"会明"那种人抬一箩米到溪里去淘,看见一个大奶肥臀妇人过桥时就唱歌。我羡慕"夫妇"们在好天气下上山做呆事情。我极高兴把一支笔画出那乡村典型人物的脸同心,好像《道师与道场》那种据说猥亵缺少端倪的故事。我的朋友上司就是《参军》一流人物。我的故事就是《龙朱》同《菜园》,在那上面我解释我生活的爱憎……我太与那些愚暗、粗野、新犁过的土地、同冰冷的枪接近,熟悉,我所懂的太与都会离远了。[②]

这一切,就都是由他们的人性观所决定的。

[①]《给自己的信》,《萧乾选集》第3集,四川人民出版社1984年版,第274页。
[②]《生命的沫·题记》。

在京派作家看来，淳厚、善良、美好的人性除保留在农村以外，还往往本色地体现在天真无邪的儿童身上。因此，京派小说有不少是以儿童生活为题材，表现和讴歌童真美的。像废名《桥》的上篇和《竹林的故事》中一些作品，凌叔华《小哥儿俩》集里的绝大部分作品，沈从文的《福生》和《三三》（前半篇），萧乾的《俘虏》，汪曾祺《羊舍一夕》等，就都在写孩子们的至情至性。凌叔华《搬家》中的枝儿，与四婆一家好到了不能分离的地步，"曾有两三次，被生人错认她是四婆的孙女"。如今，枝儿在全家搬到北京前，特意将自己心爱的花母鸡送给了四婆。四婆出于对枝儿的挚爱，杀鱼宰鸡，准备了许多菜，为她饯行。那鸡就是宰的枝儿的大花母鸡。枝儿为此伤心得大哭了一场，饭也不吃，觉也不睡，发了好大的脾气。沈从文《三三》中的三三，常"坐在废石槽上洒米头子给鸡吃"，"什么鸡逞强欺侮了另一只鸡，三三就得赶逐那横蛮无理的鸡，直等到妈妈在屋后听到声音，代为讨情才止"。这些作品都细致直率地写出了孩子们喜爱小动物的天性和纯洁可爱的心灵。作者凌叔华在短篇集《小哥儿俩》的《自序》中说："这本小书里的小人儿都是常在我心窝上的安琪儿，有两三个可以说是我追忆儿时的写意画。我有个毛病，无论什么时候，说到幼年时代的事，觉得都很有意味，甚至记起自己穿木屐走路时掉了几回底子的平凡事，告诉朋友一遍又一遍都不嫌烦琐。怀恋着童年的美梦，对于一切儿童的喜乐与悲哀，都感到兴味与同情。这几篇作品的写作，在自己是一种愉快。"这番童心未泯的话，在京派作家中可以说是有代表性的。

京派作家之所以如此讴歌淳朴、原始、美好的人性，一个重要根源在于他们对近代中国特别是都市半殖民地化过程中人性异化现象的憎恶与不满。这些作家看到了帝国主义侵凌下大都市生活的丑恶与腐烂方面，看到了资本主义金钱势力怎样无孔不入地腐蚀着一切、扭曲着一切，看到了上流社会的极其堕落与荒淫无耻，因而更加怀恋和向往较多地保存着古朴民风的内地农村,尤其像湘西一带留存着不少原始风俗习性的农村。沈从文写过一系列小说(如《绅士的太太》《八骏图》《王谢子弟》《大小阮》《若墨医生》《有学问的人》),揭露都市中"衣冠社会"的种种丑行,鞭挞他们的投机、欺诈、虚伪、出卖以及生活的空虚无聊。他在《绅士的太太》中公开声明:"我是为你们高等人造一面镜子"。萧乾在《鹏程》中,塑造了王志翔这个灵魂被金钱腐蚀、人性完全丧失的典型。废名也写过《李教授》《浪子的笔记》等揭露都市生活内容的作品。这些作家都对人性异化现象相当敏感和相当反感。沈从文说:

> 我是个乡下人,走到任何一处照例都带了一把尺,一把秤,和普通社会总是不合。一切来到我命运中的事事物物,我有我自己的尺寸和分量,来证实生命的价值和意义。我用不着你们名叫"社会"代为制定的那个东西,我讨厌一般标准。尤其是什么思想家为扭曲蠹蚀人性而定下的乡愿蠢事。①

又说:

> 禁律益多,社会益复杂,禁律益严,人性即因之丧失净尽。许多所谓场面上人,事实上说来,不过如花园中的盆景,被人事强制曲折成为各种小巧而丑恶的形式罢了。②

因此,京派作家有意把农村生活的淳朴、自然和都市生活的扭曲、堕落相对照来写。《〈从文小说习作选〉代序》中就有这样一段话:"请你试从我的作品里找出两个短篇对照看看,从《柏子》同《八骏图》看看,

---

① 《水云》,《沈从文文集》第10卷,花城出版社1984年版。
② 《烛虚》,《沈从文文集》第11卷,花城出版社1984年版。

就可明白对于道德的态度，城市与乡村的好恶，知识阶级与抹布阶级的爱憎，一个乡下人之所以为乡下人，如何显明具体反映在作品里。"在沈从文心目中，《柏子》里那种"爱情"当然是畸形的，却毕竟多一点自然和真诚，远胜于《八骏图》里的虚伪、堕落和扭曲。沈从文和京派多数作家虽然也是人性论者，却并不承认"衣冠社会"与"抹布阶级"之间有相同的人性，这说明他们的许多看法是从现实的人生经验来的，比教条地贩卖外国文学理论的梁实秋优越得多。

扬抒情写意小说的长处，熔写实、记"梦"、象征于一炉

京派小说另一重要特色是：把写实、记"梦"、象征熔于一炉，使抒情写意小说走向一个新的阶段。这一特色是专就文体与创作方法而言的。

京派小说以抒情写意作品最为见长。京派小说的代表作，几乎全是抒情写意成分相当重的，有些简直就是小说体的诗。这种情况完全是作者有意为之。沈从文在20年代末谈到废名小说时就说："用抒情诗的笔调写创作，是只有废名先生才能那样经济的"；他承认自己的《夫妇》等篇"受了废名先生的影响"[①]。30年代谈到自己乡土题材小说时，沈从文认为："作品一例浸透了一种'乡土抒情诗'的气氛"[②]。即使到50年代，在独尊现实主义的思潮盛极一时之际，沈从文为人民文学出版社编自己小说选集并写《题记》时仍然承认：他的"故事在写实中依旧浸透一种抒情幻想成分"[③]。80年代初，在为湖南人民出版社编的《沈从文小说选》写《题记》时，他又说：当年那样写家乡生活，目的是想对人事哀乐、景物印象"试试作综合处理，看是不是能产生点散文诗效果"[④]。

---

① 《夫妇·附记》。
② 《长河·题记》。
③ 《沈从文小说选集·题记》。
④ 见《沈从文小说选》，湖南人民出版社1981年版。

凌叔华在《小哥儿俩》一书的《自序》中，也称自己的一部分小说是"写意画"[①]。至于萧乾、汪曾祺的小说，也是人们公认为富有诗意的。可见，在小说创作中渗透感情，凝结诗意，形成意境，这是京派作家们共同的审美追求。

京派小说的写实成分自然是不少的。但是，也有一个很奇怪、很值得思索的现象：废名和沈从文这两位京派的代表作家都很喜欢把自己的小说和"梦"联系起来。废名在《语丝》一三三期上发表的《说梦》的文章，就承认：他的有些小说，是"与当初的实生活隔了模糊的界"的"梦"。周作人为废名《桃园》写的《跋》中也说：书中"这些人与其说是本然的，无宁说是当然的人物，这不是著者所见闻的实人世的，而是所梦想的幻景的写真"。沈从文在《烛虚》集《小说作者和读者》一文中说：小说"容许包含两个部分：一是社会现象，即是说人与人之间的种种关系；二是梦的现象，即是说人的心或意识的单独种种活动"。他认为：写小说"必须把'现实'和'梦'两种成分相混合"。他们两人所说的"梦"，同弗洛伊德说的"梦"不一样，都是现实生活之外属于作家创作过程中主观孕育的范围，实际上是浪漫主义的东西。他们都觉得：只有把"梦"的成分羼和进去，小说才能成为有生命的。

那么，"梦"的成分有哪些呢？大体上说，无非是融作家的"情"入小说，融作家的"意"入小说，融作家的想象入小说，融作家的美学理想入小说。像《月下小景》这篇爱情悲剧故事，用那样幽婉的笔调叙述，用那样神异的气氛烘托，用那样清丽的月色衬景，最后又用男女主人公双双含笑死去作结，在充满浪漫主义的想象中构成了和谐的境界。全篇小说完全是一首诗，或者说诗化了的小说。京派作家创作了不少相

[①] 还应指出：凌叔华所佩服的元代画家倪云林也是个有"写意"倾向的艺术家，他曾说："所谓画者，不过逸笔草草，不求形似，聊写胸中逸气耳"。凌叔华的审美思想很受他这种"写意"主张的影响。她有篇小说就叫《倪云林》。

当出色的抒情写意小说,除上面已经提到的之外,如废名的《河上柳》《阿妹》《我的邻居》,沈从文的《灯》《三三》《边城》《长河》,萧乾的《俘虏》《雨夕》等,可以说都充满情韵。尽管有的作品从社会内容来衡量未免薄弱,而且废名后来所谓"写意"写的是佛教哲学的禅意,很怪涩,但作为抒情写意小说这种文体,它们是很好地完成了自己任务的。这些作品具有那么独异的风格,那么鲜明的创作个性,即使去掉署名,读者也不会猜错究竟是哪位作家的作品。

记"梦"之外,象征,在京派抒情写意小说的意象构成上同样是十分重要的因素。许多小说从题目到具体形象,都具有象征性。废名小说《桥》,沈从文小说《渔》《泥涂》,《菜园》中的菊花,《夫妇》中的野花,凌叔华小说《凤凰》,萧乾小说《蚕》《花子与老黄》,涵义都远远超过了形象本身。然而,这大多还只是局部性的象征。沈从文的长篇《边城》,则蕴蓄着较全书字面远为丰富的更深的意义,可以说是一种整体的象征。不但白塔的坍塌象征着原始、古老的湘西的终结,它的重修意味着重造人际关系的愿望,而且翠翠、傩送的爱情挫折象征着湘西少数民族人民不能自主地掌握命运的历史悲剧。朱光潜谈到《边城》时认为:

> 它表现受过长期压迫而又富于幻想和敏感的少数民族在心坎里那一股沉郁隐痛,翠翠似显出从文自己的这方面的性格。……他不仅唱出了少数民族的心声,也唱出了旧一代知识分子的心声,这就是他的深刻处。[①]

这个判断应该说是有根据的,有作品本身的艺术内容乃至情绪气氛可资

---

① 朱光潜:《从沈从文先生的人格看他的文艺风格》,载《花城》1980 年第 5 期。

参证的。总之，京派小说意象中象征性内涵的出现，大大丰富了作品的抒情容量，增强了含蓄性，扩大了小说艺术表现的空间。

现代抒情小说从鲁迅开辟源头以后，到废名、沈从文等作家手中，把各种人生形态和自然美景大量引进小说中来，扩大了小说的抒情领域和抒情容量，使这种小说获得很大发展，这个功绩，不能不归于京派。

总体风格上的平和淡远隽永

京派小说再一个显著的特色，是总体风格上的平和淡远隽永。这是由京派作家的审美追求特别是他们选择题材、处理题材和艺术表现的特殊性所决定的。

京派小说往往具有温厚的牧歌情调，它对这个流派总体风格的形成大有关系。废名最有代表性的一些小说，像短篇小说《菱荡》、长篇小说《桥》等，都具有浓重的田园牧歌风味。《菱荡》写的是陶家村的风物，这里有美好的传说，美好的风光，更有人们美好的心灵。菱荡主人二老爹固然待人和善，他的长工陈聋子更是淳厚朴实。"二老爹的园是他种，园里的菜也要他挑上街去卖。二老爹相信他一人，回来一文一文的钱向二老爹手上数。""大家都熟知这个聋子，喜欢他，打趣他，尤其是那般洗衣的女人。"真是一派宁静和谐的田园风光，朴野可爱的生活情趣！令人怡然愉悦。废名小说里不止一次地引用一首由一到十数字编成的歌谣："一去二三里，烟村四五家，楼台六七座，八九十枝花。"也同样点染出这种情调。沈从文在论及废名小说时说："冯文炳是以他的文字'风格'自见的，用十分单纯而合乎'口语'的文字，写他所见及的农村儿女事情，一切人物出之以和爱，一切人物皆聪颖明事。作者熟悉他那个世界的人情，淡淡的描，细致的刻划，且由于文字所酝酿成就的特殊空气，很有人欢喜那种文章。"① 这里说的就是他风格清淡悠远的方面。其实，沈从文自己的小说相当一部分也具有这种牧歌风味。他自己在《水云》中曾说："完美爱情生活并不能调整我的生命，这要用一种温柔的笔调来写爱情，写那种和我目前生活完全相反，然而与我过去情感又十分相近的牧歌，方可望使生命得到平衡。"② 这大概就是《夫妇》《雨后》《三三》到《边城》一类作品产生的原因。作者谈到《边城》的写作时说："我要表现的本是一种'人生的形式'，一种'优美，健康，自然而又不悖乎人性的人生形式'。我立意不在领导读者去桃源旅行，却想借重桃源上行七百里路酉水流域一个小城小市中几个愚夫俗子，被一件普通人事牵连在一处时，各人应有的一分哀乐，为人类'爱'字作一度恰如其分的说明。"③ 又说："写《边城》"时，"心若有所悟，若有所契，无滓渣，少凝滞。"④《边城》风格之所以淡远隽永，正是由"温柔的笔调"和"心若有所悟"这类牧歌因素决定的。其他京派作家如凌叔华、萧乾、汪曾祺的作品中，温馨的牧歌情愫也随时可见，有时还混合着一层淡淡的悲哀。

与牧歌情调的追求有关，京派作家对大自然也怀有特殊的审美感情。他们主张"人与自然的契合"⑤。沈从文和废名都在不同程度上接受过泛神论思想。沈从文在《水云》《潜渊》等文中多次谈到自己有"泛神的思想""泛神倾向""泛神情感"。《潜渊》中有这样一段文字："美固无所不在，凡属造形，如用泛神情感去接近，即无不可以见出其精巧处和完整处。生命之最大意义，能用于对自然或人工巧妙完美而倾心，

---

① 沈从文：《论中国创作小说》，《沈从文文集》第11卷，花城出版社1984年版。
②《水云》，《沈从文散文选》，人民文学出版社1982年版。
③《〈从文小说习作选〉代序》。
④《烛虚》，《沈从文文集》第11卷，花城出版社1984年版。
⑤《湘西·泸溪·浦市·箱子岩》，《沈从文文集》第9卷，花城出版社1984年版。

人之所同。"① 中篇小说《凤子》中，采矿工程师在欣赏湘西大自然的美以后，就与人讨论了泛神论的问题，得出"神即自然"的结论。完全可以说，泛神倾向促进了沈从文对自然美的抒写与讴歌。而在废名那里，由于对哲学的研究，对庄子思想的研究，他作品中"人与自然契合"，神往甚至陶醉于大自然的倾向，更是非常明显。有些作品干脆让写景抒情压倒写人叙事，形成情景交融的和谐境界。其他作家像凌叔华，原是山水画家；朱光潜说她"写小说象她写画一样，轻描淡写，着墨不多，而传出来的意味很隽永"②。的确，凌叔华小说中的大自然特别富有绘画美、诗意美。试举《女人》集里《疯了的诗人》一段为例：

> ……到了山脚已是太阳要落的样子，往南行了一里看见流势汩汩的浑河，附近河边的是一些插了秧儿没有几天的稻田，望去一点一点韭苗似的新绿缀在杏黄色肥沃的地上，河岸上一排不过一丈高的柳树，薄薄的敷了一层鹅黄，远远的衬上淡紫色的暮山，河的对岸有四五个小孩子，穿着旧红的袄子，绕着一棵大柳树捉迷迷玩，可爱的春昼余辉还照在他们小圆脸上。
>
> "春水白于玉，春山淡若烟，闲乘书画舫，撑上蔚蓝天。"觉生悠然的记起这一首诗……

蓝天，白水，黄土，新绿的稻秧，旧红的童袄，鹅黄的柳芽，淡紫的暮山，一派田园风光都沐浴在春日余晖里，层次那么远近分明，色彩那么丰富和谐，意境那么恬淡悠远，充分显示了作者那小说家兼画家、诗人的艺术气质。京派作家对自然美的这种态度，无疑加强了他们作品总体风格上的一致性。

---

① 《沈从文文集》第11卷，花城出版社1984年版。
② 朱光潜：《小哥儿俩》（书评）。

京派小说选取的题材一般是平和的。即使写到一些时代性强的尖锐的题材，京派作家也有自己很不相同的处理方法。他们的作品中，很少有强烈激越的悲剧，也很少有横眉怒目的姿态和剑拔弩张的气氛（如果有悲剧成分，也往往像《三三》那样是淡淡的，或者像《边城》结尾的两句："这个人也许永远不回来了，也许明天回来！"）。对此，他们有自己的看法。沈从文说："神圣伟大的悲哀不一定有一摊血一把眼泪，一个聪明的作家写人类痛苦是用微笑来表现的。"① 又说："要血和泪吗？这很容易办到，但我不能给你们这个。"② 这不能理解为京派作家对黑暗现实不痛恨。他们其实同样是痛心疾首的，不过不用这横眉怒目、大声疾呼的方式表现而已。"四一二"以后国民党政府对青年的血腥屠杀，沈从文在《菜园》《大小阮》《新与旧》中就都是从侧面写去，采用"暗转"的方法来处理的。像穷苦人的妻子被迫卖淫或被他人占有这类题材，如果到左翼作家笔下，一定写得义愤填膺，而沈从文的《丈夫》、废名的《小五放牛》却不这样处理。他们避开事情本身，把冷酷的背景推向远处，有时故意用些轻松的笔墨，或借不懂事的孩子的眼光来看待。因此，有人曾经责备京派作家"缺少一点愤怒"。但其实，这种处理在淡远中发人深省。如果《大小阮》里写小阮这类革命者的遇害作者可能有所顾忌的话，那么，对于大阮这类见利忘义的投机者和飞黄腾达的新贵的鞭挞，理应酣畅地抒其愤懑；事实却不然。作者在小说结尾时只轻轻落笔：

> 他很幸福，这就够了。这古怪时代，许多人为多数人找寻幸福，都在沉默里倒下，完事了。另外一种活着的人，都照例以为自己活得很幸福，生儿育女，还是社会中坚，社会上少不得他们。尤其象

---

① 沈从文：《废邮存底·给一个写诗的》。
② 作者在多处说过这一思想，如《〈从文小说习作选〉代序》等。

大阮这种人。

点得似乎很轻,却在沉痛中流露出深深的鄙视;然而,这种感情一旦和怜悯相混合,又显得温厚蕴藉。这是典型的京派风度。它不仅仅由于追求艺术表现上的含蓄所致,而且同作家的美学理想直接有关。沈从文在《〈看虹摘星录〉后记》中说:"不管是故事还是人生,一切都应当美一些!丑的东西虽不全是罪恶,总不能使人愉快,也无从令人由痛苦见出生命的庄严,产生那个高尚情操。"① 在《长河·题记》中又说:"叙述到地方特权者时,一支笔再残忍也不能写下去。"正是这样一种审美追求,造成了京派小说平和淡远或接近于平和淡远的境界。此外,京派小说有时故意淡化情节,淡化故事发生的时代背景,叙述事件时故意采用信马由缰的散文笔法,给人超凡绝俗的空灵之感,使作品蒙上一层朦胧永恒的色彩,特别是用笔时故意留下空白②,这些也增强了淡远隽永的艺术效果。

简约、古朴、活泼、明净的语言

京派小说还有一个显著的特色,是语言的简约、古朴、活泼、明净。就讲究语言这一点说,京派在中国现代各小说流派中,也许是努力最多的。

京派作家都程度不同地接受过欧美文学语言的影响。废名、凌叔华、萧乾曾直接诵读过不少英语作品(如废名之于哈代、艾略特)。沈从文、汪曾祺也曾通过翻译作品,大量接触外国文学。在创作实践过

---

① 1945年12月8日天津《大公报》,或《沈从文文集》第11卷。
② 沈从文在《短篇小说》一文(《沈从文文集》第12卷)中说:"重要处全在'设计'。什么地方着墨,什么地方敷粉施彩,什么地方竟留下一大片空白,不加过问。有些作品尤其重要处,便是那些空白处不着笔墨处,因比例上具有无言之美,产生无言之教。"可以说,强调留下空白,这是形成京派小说恬淡悠远风格的又一个重要的艺术因素。

程中，他们都尝试以欧化语言（有的还尝试以现代派语言）写小说。但是，他们的代表作，都在吸收欧美文学语言长处的同时，出色地运用了自己的民族语言，显示了较高的中国文学的素养。

京派小说最早的一位作家废名，语言运用上相当有特色。周作人曾说："废名君的著作在现代中国小说界有他独特的价值者，其第一的原因是其文章之美。""废名君用了他简练的文章写所独有的意境。"① 这是说到了废名小说的一些独特贡献的。废名的文字极简练，在白话文基础上，吸收了若干文言成分，显得古奥朴讷，平淡中见出优美；而人物对话则仍相当活泼，并能显示地方特点。但后来由于审美趣味的变化，语言的跳跃性过大，由奇僻走向晦涩，便成为沈从文所批评的"离朴素的美越远"② 了。

沈从文小说的文字同样有古朴味，却更显得活泼清新。尤其是进入成熟期后写的那些湘西题材作品。一位研究沈从文很有成就的学者凌宇曾经精到地指出：

> 沈从文成熟期小说的语言，具有独特的风貌——格调古朴，句式简峭，主干凸出，少夸饰，不铺张，单纯而又厚实，朴讷却又传神。这里显示出沈从文与周作人、废名等人在文字风格上的某些一致追求。沈从文曾将自己的小说与废名的小说做过比较，指出在表现人生方面，自己不如废名那样"经济"，却又比废名"宽而且优"。表现在语言上，沈从文少废名语言的高度概括性与句与句之间的跳跃性，却无废名的晦涩与朦胧；无废名之雅——一种文人语言的气度，却多生活实感，富泥土气息。究其根源，周作人、废名语言风格的形成，更多地来源于中国文学的修养，而沈从文却是以湘西地

---

① 《〈枣〉和〈桥〉的序》。
② 《论冯文炳》。

方话为母体，经过提炼与加工，予以书面化的结果。①

人们可能对沈从文小说语言形成的因素有不同看法，然而这位作家语言的简朴、新鲜、有活力则是公认的事实。他摒弃各种浮文，也很少用虚词，很少用"的""了""吗""呢"这类字样，有浅近文言的那种简约精练，却又保持着口语的活泼、亲切感和表现力。例如《长河》中的一段文字：

> 到午后，已摘了三晒谷簟橘子。老水手要到镇上去望望，长顺就托他带个口信，告会长一声，问他什么时候来过秤装运。因为照本地规矩，做买卖各有一把秤，一到分量上有争持时，各人便都说："凭天赌咒，自己秤是官秤，很合规矩。大斗小秤不得天保佑。"若发生了纠纷，上庙去盟神明心时，还必须用一只雄鸡，在神座前咬下鸡头各吃一杯血酒，神方能作见证。这两亲家自然不会闹出这种纠葛，因此橘子园主人说笑话，嘱咐老水手说：
> "大爷，你帮我去告会长，不要扛二十四两大秤来，免得上庙明心，又要捉我一只公鸡！"

又如小说《山道中》的一段文字：

> 这时节他们正过一条小溪，两岸山头极高。溪上一条旧木桥，是用三根树干搭成，行人走过时便轧轧作声。傍溪山腰老树上有猴子叫喊。水流汩汩。远处山鹊飞起时，虽相距极远，朋朋振翅声音依然仿佛极近。溪边有座灵官庙，石屋上尚悬有几条红布，庙前石

---

① 凌宇：《从边城走向世界——对作为文学家的沈从文的研究》，生活·读书·新知三联书店1985年12月版，第318页。

条上过路人可以休息。

这两整段都没有一个"的"字。句子长短不一,简峭利索,很能绘声绘色。作者善于将描写转化为叙述,在叙述中杂以情趣,因而更收到古朴悠远的效果。这些长处的得来,很可能还是受了传统白话小说的影响。

但沈从文小说语言的长处,根本上还是得力于丰厚的湘西生活经验。他自己说:"我文字风格,假若还有值得注意处,那只因为我记得水上人言语太多了。"[①] 无论是人物对话中那么多生动风趣的谐谑,还是叙述语言中那么多新鲜、贴切的比喻,都是从生活海洋中直接采来的珠贝,因而显得特别珍贵。

京派小说语言的简约、精炼、活泼,还同作家们努力借鉴中国古典诗歌艺术有关。废名说自己小说创作的表现手法,"分明地受了中国诗词的影响","我写小说同唐人写绝句一样"[②]。沈从文在《短篇小说》一文中,也强调:"短篇小说的写作,从过去传统有所学习,从文字学文字,个人以为应当把诗放在第一位。"他指出,向古代抒情诗学习很有好处:"由于对诗的认识,将使一个小说作者对于文字性能具特殊敏感,因之产生选择语言文字的耐心。"这确是沈从文的经验之谈。可以说,古典诗歌的学习,给了废名、沈从文小说丰富的语言文字营养。

京派小说其他作家中,凌叔华语言朴实亲切;萧乾较多吸收现代派用语的长处,显得清新而富有诗意;汪曾祺则颇得废名与沈从文两家的长处。他们的语言各有个性,但又都洗练、活泼、明净并带有不同程度古朴的意味,因而具备一个流派的共同特点。

[①] 《废邮存底·我的写作和水的关系》。
[②] 《废名小说选·序》。

第四节　京派小说的思想性质

京派小说批判现代城市文明，赞美原始纯朴的农村生活，容易给人一种"向后看"的感觉，似乎这个流派要倒退回中世纪去。事实上，过去对这些作家（如对沈从文）的评论，真有认为他们"倒退"以至"反动"等看法。如果京派真是主张退回中世纪去，那么，它能否算现代小说流派，确乎成了问题。因此，我们有必要对这个流派的性质作些分析。

首先应该指出，京派所谓批判现代城市文明，并非否定工业化带来的现代文明，而是揭露资本主义生产关系所带来的人的异化现象，特别是揭露拜金主义对正常人性的扭曲。人的异化现象在资本主义生产关系发生发展以后大量地出现。正像《共产党宣言》所说："资产阶级在它已经取得了统治的地方把一切封建的、宗法的和田园诗般的关系都破坏了。它无情地斩断了把人们束缚于自然尊长的形形色色的封建羁绊，它使人和人之间除了赤裸裸的利害关系，除了冷酷无情的'现金交易'，就再也没有任何别的联系了。"[①] 异化现象的一个突出表现就是拜金主义，人在金钱的淫威下使自己失去了尊严和价值。京派的小说确实揭露了这类异化现象。沈从文的作品就揭示出金钱对两性关系的严重扭曲和对人性的严重腐蚀。《绅士的太太》这篇小说中，写到了各种混乱、丑恶的男女关系：儿子和庶母乱伦，绅士和另一个绅士的姨太太发生不正当关系，绅士的妻子又勾上了另一个绅士的儿子……所有这些关系中间，没有一对出于真正的爱情，无非是那种为了几百洋元和一块金表就可以出卖肉体的变相卖淫行为。这就是一种尖锐的揭露。凌叔华的小说《再见》，也显示了金钱吞没正常人性这一主题。那一对相爱过的男女主人公，都曾经是富有进取心的青年，甚至参加过进步的群众运动。几年

[①]《马克思恩格斯文集》第 2 卷，人民出版社 2009 年版，第 33 页。

以后再次相逢,男的当上了省督办的秘书长,已经有权力有钱,但他还是整天想着怎样孝敬上司,进一步飞黄腾达。女的希望工作和学习,男的不能理解。金钱和权欲已使男的变成了一个脑满肠肥的新贵。女的忍受不了这一切,终于离他而去。其他作家像废名,也有一些揭露城市丑恶现象的小说。这些作品都不是真正否定现代城市文明,而是鞭挞拜金主义和人性异化现象的。

其次,还应该指出,京派小说对人性异化现象的揭露,出发点是人本主义或人道主义,这是一种地道的现代思想,而不是倒退回中世纪的思想。像沈从文的小说《丈夫》,就揭示了农家夫妇被生活所迫让妻子卖淫的现象,作者怀着巨大的同情,写出了隐藏在这种生活背后的深沉的痛苦,它的出发点就是人道主义思想。萧乾的小说创作中,也贯穿着反对弱肉强食的人道主义精神。在一篇题名《蚕》的作品中,作者用蚕来象征以大蹦小、以强欺弱的不合理的人生。当一群蚕争食桑叶时,"健壮的,就尽力排挤他们的同食者",即使饲养人"赌气把叶全挪到那瘦的身边,但壮的一耸一耸地又追了过来",最后,弱的由于吃不到桑叶被饿死,壮的则养得粗大肥胖,没有谁能做他们公平的保证。作者怀着愤懑的感情斥责了人间关系被兽化的现象。这也是真正的现代思想。

最能说明沈从文这类作家有现代思想的,莫过于这样一件事:40年代初,当"战国策"派的陈铨提倡"英雄崇拜"(实际上是法西斯崇拜)而攻击"民主"与"科学"精神时,沈从文主动站出来作了驳斥。他在《读〈论英雄崇拜〉》(1940年)一文中,坚决反对崇拜英雄个人,认为"领袖也是一个人,并不是神";认为叔本华、尼采一类思想"与时代实不大相合"。沈从文精辟地指出:"若真的以一个人具神性为中心,使群众由惊觉神秘而拜倒,尤其是使士大夫也如陈先生所描写的无条件拜倒，这国家还想现代化，能现代化？"[①]他认为："真正的'民治主义'与'科学精神'还值得来好好的重新提倡。"[②] 沈从文这篇文章有力地捍卫了"五四"的科学与民主精神，批驳陈铨鼓吹的法西斯思想。

由此可见，京派作家和绝大多数中国现代作家一样，他们的基本思想是现代的。他们是一些民主主义者和人道主义者。

还有必要指出：京派作家这些现代思想一直渗透在他们的作品中，使他们的审美观念、审美情趣也都是地道现代的。他们在小说中，向往着一种人与人之间真诚、友爱、纯朴、天真的关系，袒露着作者自己的襟怀和性灵。汪曾祺在《人民文学》1986年5月号上发表过一篇回忆沈从文的文章（《沈从文先生在西南联大》），其中有一段说到沈从文喜欢谈天，喜欢谈到一些朋友：

> 他几次谈及玉龙雪山的杜鹃花有多大，某处高山绝顶上有一户人家，——就是这样一户！他谈某一位老先生养了二十只猫。谈一位研究东方哲学的先生跑警报时带了一只小皮箱，皮箱里没有金银财宝，装的是一个聪明女人写给他的信。谈徐志摩上课时带了一个很大的烟台苹果，一边吃，一边讲，还说："中国东西并不都比外国的差，烟台苹果就很好！"谈梁思成在一座塔上测绘内部结构，差一点从塔上掉下去。谈林徽因发着高烧，还躺在客厅里和客人谈文艺。他谈得最多的大概是金岳霖。金先生终生未娶，长期独身。他养了一只大斗鸡，这鸡能把脖子伸到桌上来，和金先生一起吃饭。他到处搜罗大石榴、大梨，买到大的，就拿去和同事的孩子的比，比输了，就把大梨、大石榴送给小朋友，他再去买！……沈先生谈及的这些人有共同特点。一是都对工作、对学问热爱到了痴迷的程

[①]《沈从文文集》第12卷，花城出版社1984年版。
[②] 同上。

度；二是为人天真到像一个孩子，对生活充满兴趣，不管在什么环境下永远不消沉沮丧，无机心，少俗虑。这些人的气质也正是沈先生的气质。"闻多素心人，乐与数晨夕"，沈先生谈及熟朋友时总是很有感情的。

的确，我们从沈从文谈到的这些朋友的性格，就可以感受到沈从文本人的性格。他在自己的作品中，袒露的也正是这种性格，或者说显露的是这种性灵。中国过去讲究诗文要表现作者的性灵，京派却在小说中也表现作者的性灵。京派小说在很大程度上可以说是"性灵小说"。——当然，这是一种现代性灵小说。

在这里还应该指出：京派虽然不是一个现代主义的流派，但现代主义的文艺思想并非对他们没有影响。以沈从文为例，他自己就说过，乔伊斯也曾是他取法的对象①。沈从文还喜欢过弗洛伊德。他不但在创作《看虹录》《摘星录》时采取变态心理学的分析方法揭示人物心理，而且在理论上还这样说过："创作动力，可说是从性本能分出，加上一种想象的贪心而成的"②，明显地表明了受弗洛伊德的影响。萧乾的小说中，有不少现代派的手法和句子，例如：

一个远了淡了的影子，清馨静穆的夜空里，一声鹅黄色的叹息啊。

——《梦之谷》第二十一节

淋湿了的心。

——《梦之谷》第二十二节

七月的黄昏。秋在孩子的心坎上点了一盏盏小萤灯，插上蝙蝠

---

① 凌宇：《从边城走向世界》，生活·读书·新知三联书店1985年版，第19页。
② 沈从文：《烛虚·小说作者和读者》。

的翅膀，配上金钟儿的音乐。

——《俘虏》

废名的有些小说，还具有明显的意识流的影响。如《追悼会》这篇，写一位作者参加"三一八"一周年追悼会，由于要他上台讲话而心情受到干扰，一边默想演说辞，一边烦躁不安，听不进台上讲话，终于半途脱身而去。小说显然是用意识流手法来写的。又如《桃园》，写人物心理也有这种痕迹（当然，《桃园》同时又有梭罗古勃小说《捉迷藏》的影响）。有的学者完全否认废名与西方意识流文学的关系，未免有些武断。还可以举汪曾祺为例证。他的小说《复仇》，写为父复仇的青年剑客千方百计寻找仇人，在看到仇人手臂上同样刺着父亲名字时，终于觉悟到冤冤相报何时了，理性取得了胜利。小说部分地用了意识流手法以及将诗和散文融入小说的写法，颇有废名的味道。如果再读读他的《小学校的钟声》，则作者自言早年曾试验过现代派的写法，更可得到确凿的证明了。

所有这一切，都表明京派并不是一个封闭的想要倒退回中世纪去的流派。

那么，应该怎样理解他们喜欢赞美原始的人性，赞美淳朴的农村生活这类现象呢？

是的，京派作家喜欢描写较少受到现代文明侵蚀的乡村田园生活，喜欢描写原始的幽静的农村。他们之所以既接受现代思想，又依恋小康情趣，我认为这是受中国社会条件决定的，是中国已经出现了资本主义，而各种社会关系却还并不十分成熟的表现。京派作家毕竟长期生活在北平这种发育得很不充分的现代都市中，他们没有机会接触现代的工业无产阶级。在这种状况下，当他们对现实极端失望时，便从湘西、鄂东的家乡农村寻找和寄托美的理想。湘西接近中国的西南部，是苗族、土家族聚居地,直到20世纪初期,这里还没有受到资本主义生产关系的侵袭,风俗习性极其纯朴质直,人民有种种传统的美德:勇敢,勤劳,诚实,友爱,很少受到金钱关系的支配,这就成为京派小说题材的良好源泉。但京派作家并不是主张倒退回去。对于未来社会的发展趋向,他们大体上是清楚的。沈从文在《论冯文炳》一文的结尾处说:"时代的演变,国内混战的继续,维持在旧有生产关系下面存在的使人憧憬的世界,皆在为新的日子所消灭。农村所保持的和平静穆,在天灾人祸贫穷变乱中,慢慢的也全毁去了。使文学,在一个新的希望上努力,向健康发展,在不可知的完全中,各人创作,皆应成为未来光明的颂歌之一页,这是新兴文学所提出的一点主张。"可见,京派毕竟不同于18世纪经济浪漫主义和《共产党宣言》所批判的西斯蒙第的小资产阶级社会主义。这是我们对京派小说应有的一点认识。

第五节 再析京派小说中的现代主义

上节虽然指出了京派作品存在着现代主义的成分,但因受到论题角度的限制,不可能比较充分地展开。这里再有必要做进一步的申述。

京派作家中比较自觉地尝试现代主义技巧的,应该是林徽因。她受弗洛伊德影响而创作的心理分析小说《窘》,令人不禁联想到施蛰存那些同类小说——它们之间相似处与不同点都很值得对照研究。而她的名篇《九十九度中》,则可以说就是30年代北平的"都市风景线"。小说写了华氏九十九度酷暑下古都正在同时发生着的五个故事:张宅老太太做七十大寿,酒楼专派挑夫送去丰盛的宴席菜肴,大儿子特意从上海赶来主持这个庆寿盛典,一时亲朋满座,热闹非凡;另一处,喜燕堂里正在举行婚礼,新娘阿淑却为这场不幸的婚姻几乎要寻死,她期待表兄逸九前来搭救,然而,"现在一鞠躬、一鞠躬的和幸福作别";第三处为东安市场无所事事的卢二爷坐着自家的人力车到这里请两个朋友吃饭,其中之一就是逸九,他心中也在思念着表妹阿淑,却不知她正在被逼出嫁;而在街头,卢家人力车夫杨三,因追索十四吊钱而与赖账的另一名车夫殴打,以致双双锒铛入狱;为张宅送菜的一名挑夫在街头喝了不洁的酸梅汤,回家不久就呕吐不止,暴病身亡,妻儿号啕大哭,求告无门。五组故事被作者完全打散后再糅合,借不同人物的内心活动或自由联想,不断变换着作品的视角,构成错综交叉的叙事网络,辅以电影蒙太奇的手法相互衔接——这种新颖的不断由一个故事转到另一个故事的回旋式结构,也不免使人联想起穆时英的《上海的狐步舞》和《夜总会里的五个人》。一个短篇小说而能同时表现如此宽广丰富的都市生活内容,令读者不能不佩服女作家林徽因的艺术才能和宏大魄力。也许正是由于作品的成功和技巧的圆熟,李健吾评论这篇小说时,就赞不绝口地称它为"最富有现代性"[1]。汪曾祺也称林徽因是"中国第一个有意识地运用意识流方法,作品很像弗·吴尔芙的女作家"[2]。事实上,李健吾本人写的长篇小说《心病》,作者也承认取法于弗·吴尔芙。

更应该受到重视的,是京派盟主沈从文的艺术趋向。他的大量小说创作自然是传统形态者居多。但是,随着沈从文接受精神分析和生命哲学影响的增长,他的小说同样出现了现代主义成分。他本人曾说过"我愿意在章法外接受失败,不想在章法内得到成功"[3],也说过以乔伊斯为取法对象的话[4]。显然,在40年代,沈从文自觉地进行着现代主义的实验,其明显标志就是《看虹录》的出现。

《看虹录》是一篇象征、抒情色彩都很重的心理分析小说。关于这

---

[1] 李健吾:《〈九十九度中〉——林徽因女士》。
[2] 汪曾祺:《晚翠文谈·我是一个中国人》。
[3] 沈从文:《石子船·后记》。
[4] 凌宇:《从边城走向世界》,生活·读书·新知三联书店1985年版,第19页。

篇小说,作者自己曾说过:"我将我受压抑的梦写在纸上。"①作品通过男主人公一天之内的生活横截面,表现对生命活力、爱情、女性美的追求,体现出对美的近于宗教的崇拜。从20年代末30年代初开始,沈从文便以生命的表现、礼赞为自己的职志。到《看虹录》,作者更在小序中提出:"神在我们生命里。"给予爱情、生命以直接的歌颂。所谓"虹",正是美好事物和活泼生命的象征。正像小说正文所说:"因为美,令人崇拜,见之低头。发现美接近美不仅仅使人愉快,并且使人严肃,因为俨然与神对面!"作品虽然有着相当重的象征主义色彩,但主旨却是清楚的:借男女微妙心理的表现,礼赞了生命和爱情。男主人公在夜的"空阔而静寂"中,"感情"发着酵。他和女主人公的对话,都是话里有话,言在此而意在彼,包含着表层的和内在的多种微妙的意义。客人口里说着"怎么捉那只鹿"的故事,实际却在用行动捕获一份美好的爱情,或者说,"是用生命中最纤细的神经捉住了一个美的印象"。

有些研究现代主义的学者曾以浪子踯躅街头和女性体态窥视为现代派文学通常的两类内容(例如张英进在美国《现代中国文学》杂志上的文章)。我不能判断这种概括是否准确。如果这种概括也有一定的道理的话,那么,中国新感觉派作品中《夜总会里的五个人》《黑牡丹》等也许可算前一类,《白金的女体塑像》《Craven "A"》则大概属于后一类。京派作家沈从文的《看虹录》,正是介乎海派作家穆时英的《白金的女体塑像》和《Craven "A"》之间的一篇作品,它对女体的某些象征性描述,实际上是和后者异曲同工的,虽然作品本身显得更美,更为含蓄和抒情。

到此为止,我们还只讨论了京派在现代主义实验方面那些虽然有贡献却还不算是最重要的作家。

---

① 《水云》,《沈从文文集》第10卷,花城出版社1984年版,第280页。

京派真正与现代主义关系最密切,成就也最显著的作家,是后起之秀汪曾祺。他对现代主义可以说进行了多方面的试验。由于他年轻,登上文坛时已有较多西方现代主义作品翻译过来足资借鉴(汪曾祺本人告诉我,1944年他就读弗吉尼亚·吴尔芙的《浪》《到灯塔去》等小说),加上西南联大的环境,沈从文、卞之琳等师辈的指导切磋,尤其他自身的天分与努力,可以说兼得天时、地利、人和,因此,他成为京派作家现代主义实践的一名最为出色的代表。

汪曾祺的现代主义小说,我们现在知道的有:《复仇》《小学校的钟声》《绿猫》《囚犯》《礼拜天早晨》《疯子》等。他自己回忆说,40年代初他在西南联大读书时,曾经迷恋过现代主义作品,"喜欢追求新奇、抽象、晦涩的意境",起先是吴尔芙、阿佐林,后来"有一个时期很喜欢A.纪德的作品,成天挟一本纪德的书坐茶馆。那时萨特的书已经介绍进来了,我也读了一两本关于存在主义的书,虽然似懂不懂,但是思想是受了影响的"①。在这种情况下,他做过种种现代主义的试验。正如穆时英曾经在30年代初同时写过传统和现代两种迥然不同的作品一样,汪曾祺在40年代也有过两支笔,同时写作乡土派的传统小说和现代抒情的新型小说。

汪曾祺的现代派小说一个显著特点,是字里行间蕴蓄着丰富的意象和色彩,流动着诗的质素和意趣,显露着作者过人的才华。《复仇》写那位到处流浪、寻找仇人的主人公出场时,用了这样的笔墨:

> 太阳晒着港口,把盐味敷到坞边的杨树的叶片上。
> 海是绿的,腥的。
> 一只不知名的大果子,有头颅那样大,正在腐烂。

---

① 汪曾祺:《晚饭花集自序》,《晚翠文谈》,第22页。

贝壳在沙粒里逐渐变成石灰。

……

来了一船瓜,一船颜色和欲望。

一船是石头,比赛着棱角。也许——

一船鸟,一船百合花。

深巷卖杏花。骆驼。

骆驼的铃声在柳烟中摇荡。鸭子叫,一只通红的蜻蜓。

惨绿色的雨前磷火。

一城灯!

嗨,客人!

客人,这仅仅是一夜。

你的饿,你的渴,饿后的饱餐,渴中得饮,一天的疲倦和疲倦的消除……你一定把它们忘却了。你不觉得失望,也没有希望。你经过了哪里,将去到哪里?你,一个小小的人,向前倾侧着身体,在黄青赭赤之间的一条微微的白道上走着。你是否为自己所感动?

作者仿佛用富有魔力的眼睛和心灵,感受着生活中的一切,目光所触之处,点石成金,转化成了诗句。有人称之为"几乎是意象派诗人的笔调",似乎不无道理。

汪曾祺小说的另一个特点,是意识流运用的圆熟和自然。他笔下的意识或潜意识的流动,读起来既不艰涩,也没有人为做作之感,而且能通篇坚持统一的内心视角,贯彻到底。例如《礼拜天早晨》,从"洗澡实在是很舒服的事"开头,意识便跑开了野马,扯到"有什么享受比它(洗澡——引者)更完满,更丰盛,更精微的?——没有。酒,水果,运动,谈话,打猎,——打猎不知道怎么样,我没有打过猎……没有比'浴'这个字更美的了。多好啊,这么懒洋洋地躺着,把身体交给了水,又厚又温柔，一朵星云浮在火气里"。——简直忘乎所以。忽然惊觉地自问："我什么时候来的？我已经躺了多少时候？""记住送衣服去洗！再不洗不行了，这是最后一件衬衫。今天邮局关得早，我得去寄信。"因为是礼拜天，又想到了"教堂的钟声"，想到了"抽烟"，想到了"把一个人的烟卷浇上水是最残忍的事"。当困倦逐渐袭来时，"我的身体已经离得我很遥远了"，脑子像"害过脑膜炎抽空了脊髓的痴人似的，又固执又空洞"。接下去，从"垂着头，像马拉"，竟下意识地想到"马拉的脸像青蛙"。让人感到无比真实和亲切。与汪曾祺笔下的意识流相比，郭沫若、林如稷、废名、穆时英的意识流小说，都显得或生硬幼稚，或拘谨局促，欠完整，欠充分，真所谓小巫之见大巫。可以说，到了汪曾祺手里，中国才真正有了成熟的意识流小说。甚至与80年代中国作家许多意识流小说相比，汪氏作品也显得更为圆熟些。

　　汪曾祺小说的再一个特点，是能进入现代派文艺的内核，写出现代人那种孤独感。从这个意义上说，汪曾祺的现代主义小说可谓形神兼备：不仅形似，也有了神似。《绿猫》这篇小说的主旨，就体现在核心意象——无中生有的"绿猫"身上，它实际是现代人孤独感的象征。作品在大故事中套了这样一个小故事，特意用来点题：

　　　　柏的《绿猫》，要写的，是一个孩子，小时极爱画画，可是大家都反对他。反对他画画，也反对他画的画。有一回，他画了一个得意杰作，是一头猫。他满腔热望，高高兴兴的拿给父亲看，父亲看也不看。拿给母亲看，母亲说："作算术去！"拿给图画老师看，图画老师不知道生了什么气，打了他十个手心，大骂他一顿："哪有这样的猫？哪有这样的猫！"他画的是个绿猫。画了轮廓，他要为猫着色，打开颜色盒子，一得意，他调了一种绿色，把他的猫涂成了绿的。长大了，他作公务员，不得意。也没有什么朋友，大家说他乖僻。他还想画画，可是画不成，乱七八糟的涂得他自己伤心。他想想毛某（今译毛姆——引者）的《月亮和六辦士》（今译《月亮和六便士》——引者），更伤心。到后来他就老了。人家送他一个猫。猫，人家不要养了，硬说他喜欢猫，非送给他不可，没有办法，他就收养了。他整天就是抱着他的猫。有一天，他忽然把他的猫染成了绿的。看到别人看到绿猫的惊奇样子，他笑了。没有两天，他就死了。

这是一颗多么孤独的灵魂，一颗完全不被理解的灵魂。如果说废名、沈从文作品已表现出相当浓重的孤独、忧伤（《桃园》中的阿毛永远由孤单而清凉的月光相伴，《边城》中的翠翠也许永远等待下去），然而还颇带传统意味的话，那么，汪曾祺笔下的孤独感却是真正现代的。因而这种孤独和不被理解就很令人战栗。《礼拜天的早晨》中的主人公，通过对时间的体验，还提出了对人本身存在的意义与价值的怀疑——虽然这怀疑又是不肯定的。

汪曾祺从他前辈那里有着多方面的吸取借鉴：从废名那里吸取语言的跳跃和诗意，从沈从文那里借鉴作品的象征暗示和情趣，从纪德和意象派诗人那里参用意象的组合，从弗·吴尔芙、普鲁斯特也许还有阿佐林、劳伦斯那里学习意识流，……从某种意义上说，汪曾祺是京派作家现代主义实验的集大成者。

人们也许会奇怪：京派这个曾经与海派发生过对立和争论的文学流派，怎么也会试验起现代主义来？

一个答案是：在20世纪，特别在它的前半期，西方现代主义文学曾经以其对资本主义的叛逆性和艺术上的先锋性而产生过广泛的影响。京派中的许多作家，如废名、林徽因、萧乾、卞之琳、李健吾、凌叔华，都曾就读于大学外文系，直接研习过欧美文学；他们对西方现代派的熟悉和了解,并不亚于海派作家刘呐鸥、施蛰存、穆时英、叶灵凤。以废名为例,20年代他就译过波德莱尔的散文诗《窗》,也读过乔治·艾略特《弗洛斯河上的磨坊》一类心理分析小说,对象征暗示、意识流等手法都是熟知的。即使在40年代的战争环境中,中国一批作家、翻译家也还将吴尔芙、纪德、萨特、普鲁斯特、阿佐林等西方现代派作品翻译介绍过来①,这就使一部分京派作家有可能自觉不自觉地接受西方现代主义文学的影响。

更重要的答案是:京派作家虽然处在工业落后的半殖民地中国,却也和西方现代派作家一样,面对现代城市文明带来的种种困扰,他们在处境上很有些相同或相似之处。资本主义本身的混乱和弊端,拜金主义对正常人性的扭曲以及道德的堕落,现代物质文明造成的人的异化以及强烈的孤独感,尤其是两次世界大战带给人类的巨大灾难和痛苦,所有这些,都使作家们重新思考人的存在状态和生命的存在形式。用沈从文的话来说,便是现代文明使乡民"失去了原有的朴素、勤俭、和平、正直的型范……变成了如何贫困与懒惰"②。于是,京派作家也尝试用相似于西方现代派的方法来表现人在精神上的苦恼和困扰。而京派作家本身所具有的来自乡村与下层的文化自卑感,这时便可能更容易转化为乡村在精神上的某种优越感,有助于他们在作品中去创造不同于西方现代派作品的优美"心境"。

种种事实表明:京派并不像有些人理解的那样从根本上和海派相对立。它只是反对海派作家的某种商业化倾向,而在文学现代化乃至使文学具有民族特点方面则是和海派互补,并且殊途同归的。

---

① 在这方面,卞之琳、萧乾、盛澄华、冯亦代等有很大功绩。
② 《边城·题记》。

第七章　七月派小说

七月派是抗战时期形成的一个以小说和诗歌为主体的文学流派，是以胡风为核心的一个有影响、有贡献的流派。但由于众所周知的原因，50年代以来很长一段时间内，胡风周围的一些作家在现代文学史上的地位，他们创作的成就、特点等，都没有得到应有的研究和评价。至于流派，更无人涉及。

这里，我们想从史实、作品和理论批评的实际资料出发，尝试着对七月派小说的基本状况及各个有关方面作些综合的考察和评述。

第一节　胡风的文学活动、理论主张与"七月"小说流派的形成

"七月派"因胡风创办的文学刊物《七月》而得名。

《七月》发刊于1937年10月，初为周刊，后为半月刊、月刊、双月刊。编者胡风在创办初期就说：这是一个"同人杂志"或"半同人杂

志",它在"编辑上有一定的态度,基本撰稿人在大体上倾向一致"①。胡风通过刊物,团结着一批作家。从现已公开发表的彭柏山1937年10月到1940年4月写给胡风的信中,可以知道:当时彭柏山、丘东平、曹白与胡风等人有密切的联系,他们共同关心着文学的时代使命,经常讨论着创作问题,交流着文艺思想,追求着某种理想的美学境界。《七月》周围这些作家对胡风非常推崇,有人甚至下过这样的断语:"中国文坛上将来有造就的人,恐怕只有老谷。"②所谓"老谷",即谷非,是胡风另一名字。确实,胡风是鲁迅之后的一位重要的文艺思想家,他在反对左翼文艺队伍内部的"机械论"方面建树了巨大的功绩,在七月派形成方面更起了重要的作用。他热忱地编辑刊物,克服重重困难,扶植新生力量,以他的理论批评和文学活动,推进着抗战文学的发展,赢得了颇高的声望。《七月》自第四集(1939年)起,经常开辟《新作家小说集》栏,发表新人作品。像短篇小说《肉搏》的作者何剑薰,发表小说《"要塞"退出以后》的路翎,便都是胡风于1940年一手发现和支持的青年作家。何剑薰的作品因讽刺现实,遭当局扣压,胡风在校后记中披露实情,伸张正义,给予支持。路翎当时"还是一个不到二十岁的小青年",不久,也在胡风的支持帮助下,专心写小说,"后期的《七月》上几乎期期都有他的作品"③。皖南事变以后,《七月》杂志虽然因环境险恶而停刊,但胡风又主编了《七月诗丛》《七月新丛》《七月文丛》这三种丛书。1945年,他们又开辟了《七月》之后第二个文艺阵地《希望》。此后还出版了刊物《呼吸》《泥土》。当然,在《七月》和《希望》等杂志上发表作品的作家,有些不一定属于七月派,有的后来与胡风等疏远了,也有的在转战中牺牲了,直到现在,究竟哪些作家属于七月

---

① 《七月》第15期所载座谈会记录《现时文艺活动与〈七月〉》中胡风的发言。
② 《新文学史料》1984年第4期所载《彭柏山书简》第一封,1937年10月10日。
③ 胡风:《抗战回忆录之八·重庆前期》,载《新文学史料》1987年第1期。

派，可能还有争议。但是，已经有一批比较能为人公认的肯定属于七月派的作家，例如，理论方面的胡风、舒芜、阿垅；小说创作方面的丘东平、彭柏山、路翎、冀汸；诗歌方面除胡风本人外，还有庄涌、鲁藜、绿原、牛汉等。

和现代小说史上其他流派相比，七月派可以说是理论主张最为完备，理论对创作的影响比较明显的一个流派。这种状况是同流派领袖胡风本人的文学活动，特别是他在文学理论批评上的指导，有着直接关系的。胡风和他的同人们理论上的优长之处，为七月派小说创作的发展带来了生气；他们理论上的失误，也给创作造成了某种损害。

胡风（1902—1985），原名张光人，字谷非，湖北蕲春人。早年曾受过厨川白村的《苦闷的象征》的影响。30年代初在日本参加左翼文艺运动，并参加日共。1933年7月被驱逐回国后，就在上海投身进步文艺工作，曾任"左联"行政书记。他评论过林语堂、张天翼、欧阳山、艾芜、萧红、端木蕻良、田间、曹禺等不少作家作品，颇有见地，为时人所推重。从30年代后期一直延续到50年代初期的关于现实主义的争论中，胡风作为论争的一方，曾发表大量文章，阐述自己见解。他主要的文学理论批评文集，有《密云期风习小纪》《剑·文艺·人民》《论民族形式问题》《在混乱里面》《逆流的日子》《论现实主义的路》。他不但是七月派的主要理论家，而且是中国现代文学史上一位重要的有过杰出贡献的理论家。

胡风文艺思想的基本点是现实主义。但他认为这是生活真实和主观精神两方面的融合。胡风说："'为人生'一方面须得有'为'人生的真诚的心愿，另一方面须得有对于被'为'的人生的深入的认识。……这种主观精神和客观真理的结合或融合，就产生了新文艺底战斗的生命，我们把那叫做现实主义。"① 早在 1935 年，胡风在强调现实主义时就反对"热情薄弱的观照态度"。他认为："艺术活动底最高目标是把捉人底真实，创造综合的典型。这需要在作家本人和现实生活的肉搏过程中才可以达到，需要作家本人用真实的爱憎去看进生活底层才可以达到。"② 胡风责备张天翼"用的是多么冰冷的旁观者底心境"，说他"对于人生的观照态度，使他的作品里完全没有流贯着作者底情热"；"就是描写作者应该用自己底情绪去温暖的场面，他也是漠然不动的"。③ 这些具体论点未必都符合张天翼作品的实际，却体现了胡风在文艺上的某些一贯思想。

虽然从 30 年代中期起，胡风就在典型与个性、两个口号等问题上卷入论争，但他真正对文学创作与文学运动的发展提出方向性、纲领性的主张，却是在全面抗战时期。他这个时期的一系列文章，就抗战文学的健康成长，阐述了重要的意见。在《七月》发刊辞《愿和读者一同成长》中，他就提出："在神圣的火线后面，文艺作家不应只是空洞地狂叫，也不应作淡漠的细描，他得用坚实的爱憎真切地反映出蠢动着的生活形相。"这里同样体现着胡风对文学创作的根本要求。胡风长期反对创作上的两种倾向——主观公式主义和客观主义（在较早的《文学与生活》中的提法是"自然主义"）。他认为，主观公式主义的创作方法主要出现于全面抗战初期。作家们处在全民抗战的亢奋状态中，宣传抗战的热情很高，却不注意与实际感受结合，忽视了创作的现实深度，结果出现大量新的公式化的作品，将文艺引上"轰轰烈烈"而"空空洞洞"的道路。至于客观主义，胡风认为，主要出现在抗战进入相持阶段的创作中。作家们由于受恶劣环境的围困，渐渐失去了对现实的把握力和拥抱

---

① 《现实主义在今天》，《胡风评论集》中册，人民文学出版社 1984 年版，第 319 页。
② 胡风：《张天翼论》，《胡风评论集》上册，人民文学出版社 1984 年版，第 36 页。
③ 胡风：《张天翼论》，《胡风评论集》上册，人民文学出版社 1984 年版，第 46 页。

力，看不到历史的潜在动向和蕴藏着的光明、新生的力量，所写的只是缺少热情的灰色的东西。胡风把这称作作家主观战斗精神的衰落。他认为，客观主义道路的危险在于：作家被现实腐蚀、俘虏而致屈服。胡风把这两种创作倾向都作为抗战时期文学的病态来反对，指出这两种态度的症结在于主观与客观的关系均不正常：主观公式主义是将作家主观置于现实之上，而客观主义是将作家主观屈服于现实之下。为了克服这两种病态，使文学适应于民族斗争的时代要求，胡风提出了主体与客体之间的另一种关系，即作家主观的战斗意志和人格力量对现实的"突入"。在胡风看来，创作时作者主体与现实客体之间，应该是相生相克、互相搏斗的过程。他说："从对于客观对象的感受出发，作家得凭着他的战斗要求突进客观对象，和客观对象经过相生相克的搏斗，体验到客观对象底活的本质的内容，这样才能够把客观对象变成自己的东西而表现出来。"①当丘东平的优秀小说《一个连长的战斗遭遇》在《七月》上刊出并引起文学界的热烈反响之后，《七月》同人们曾就他生活和创作的经验进行讨论，认为："东平现在获得的成绩，决不是偶然的。他是从不间断的实践生活里培养出来的。过去，他曾直接参加过海陆丰的土地革命，现在，他是直接参加了抗日战争，他的生活就是战斗着的，所以才能写出这样好的作品来。""而且，他对于创作的不肯随便的态度，也是可宝贵的。""在东平作品里面被我们看到的最好的地方，是对于现实的拼命的肉搏。没有所谓小说家的随便的地方。"②可见，对于现实主义，胡风和七月派强调的还是现实客体与作者主体两个方面，并没有陷入片面地只强调主观的错误。

但从胡风及其同人对主观和客观这对范畴的理解中，我们又确实能看到七月派与以往现实主义小说流派的不同之处。过去的现实主义一

---

① 《论现实主义的路》，《胡风评论集》下册，人民文学出版社1985年版，第319页。
② 《七月》第15期所载座谈会记录《现时文艺活动与〈七月〉》中吴奚如等人的发言。

般都注重于客观现实的观察、再现，而胡风及其同人则历来把作家主观能否"体验""搏斗""突入""扩张"当作贯彻现实主义的关键。不但《置身在为民主的斗争里面》提出："文艺创造，是从对于血肉的现实人生的搏斗开始的"；直到50年代初，张中晓致胡风信（1951年8月22日）中仍说："作家与对象在创作过程中进行搏斗，在我觉得这是真假现实主义的分歧点。"胡风在同年8月26日回信中也说："'观察、体验、研究、分析'这说法，稍有人心者就应该抓住'体验'去提出问题，发展下去。而他们（引者按：指信的上文所称的'一些低能兼恶意者'）的做法却完全相反。这就做成功了一些乱七八糟的皂隶式的机械主义，耀武扬威，把现实主义底生机闷死了。"可以说，历史上还没有哪个现实主义流派像胡风把作家主观作用强调到如此突出的程度，以至几乎包含了某种夸张的成分。这正是七月派理论的一个重要特点。胡风与七月派如此强调作家主观的作用，其结果是在中国小说史上促成了一种新形态的现实主义的出现。我们也许可以把七月派这种现实主义，命名为"体验的现实主义"。

胡风和七月派上述文艺思想，我以为，很大程度上得力于匈牙利文艺理论家卢卡契（Georg Lukács，1885—1971）的影响。卢卡契在1936年发表的《叙述与描写》一文（《七月》曾予译载）中，着力反对自然主义的客观描写（据说以弗罗贝尔、左拉为代表）和形式主义的主观心理描写（据说以乔哀斯、约翰·杜司·帕索斯为代表）。卢卡契说：

> 观察和描写的方法，是随着使文学科学化、把文学变成一门应用的自然科学、变成一门社会学的观点一同产生的。但是，通过观察来把握、通过描写来表现的种种社会因素，是如此贫弱，如此稀薄而又图式化，它们很快、很容易就变成了它们的极端对立面，变

成了彻底的主观主义。①

他谴责道:"所有这些写作方式都是资本主义的残余",是"屈服于资本主义现实的既成的表现形式";"现代作家的虚伪的客观主义和虚伪的主观主义造成了叙事作品的图式化和单调化。"② 在卢卡契看来,"即使在苏联,体验和观察的对立,叙述和描写的对立,也是一个作家对于生活的态度问题"。③ 不管卢卡契这些论点应该怎样评价,显然,它们实际上已成为胡风文学理论的支柱。胡风正是根据这些论点来批评社会剖析派作家作品的。

胡风所说的作家主体向现实客体的"突入""搏斗",以及两者的"相生相克",常常招致各式各样的误解、曲解和批判。其实,它究竟包括一些怎样的内容呢?透过胡风那些相当艰涩费解的文字,我们大致可以归结出这样三层意思:

其一,胡风认为,创作过程中作者对复杂的客观对象既体现又克服,既肯定又批判,在深入把握客体的同时,由此也引起主体本身的深刻的自我斗争。这是一种双向的运动过程。他在《置身在为民主的斗争里面》一文中说:"作家应该去深入或结合的人民,并不是抽象的概念,而是活生生的感性的存在。那么,他们底生活欲求或生活斗争,虽然体现着历史的要求,但却是取着千变万化的形态和复杂曲折的路径;他们底精神要求虽然伸向着解放,但随时随地都潜伏着或扩展着几千年的精神奴役底创伤。作家深入他们要不被这种感性存在的海洋所淹没,就得有和他们底生活内容搏斗的批判的力量。"因此,胡风曾经得出结论:

---

① 刘半九译:《叙述与描写》,《卢卡契文学论文集》第1卷,中国社会科学出版社1980年版。
② 同上。
③ 同上。

"反映现实,并不是奴从现实。相反地是站在比生活更高的地方"。[①] 同时,胡风又说:"在体现过程或克服过程里面,对象底生命被作家底精神世界所拥入,使作家扩张了自己;但在这'拥入'的当中,作家底主观一定要主动地表现出或迎合或选择或抵抗的作用,而对象也要主动地用它底真实性来促成、修改,甚至推翻作家底或迎合或选择或抵抗的作用,这就引起了深刻的自我斗争。"[②] 可见,在世界观与现实主义创作方法的关系方面,胡风的认识是比较辩证的。

其二,胡风认为,作者必须深入体验和理解人物的心理,把握人物的灵魂。这是深一层的"突入"。胡风很早就神往于鲁迅小说所开创的"灵魂的写实主义"。他在《人生·文艺·文艺批评》和《文艺工作底发展及其努力方向》中分别说过:文学作品必须能表现"活的人,活人底心理状态,活人底精神斗争"[③],"要反映一代的心理动态"[④]。《置身在为民主的斗争里面》一文又说:"不能理解具体的被压迫者或被牺牲者底精神状态,又怎样能够揭发封建主义底残酷的本性和五花八门的战法?不能理解具体的觉醒者或战斗者底心理过程,又怎样能够表现人民底丰沛的潜在力量和坚强的英雄主义?"在胡风看来,主观对客观的突入,就是要透过现实的表面,深入到更隐蔽的深层本质上,创作主体必须有发掘和发现这些人物的精神和心理的潜在因素的力量:"一个真正能够把握到客观对象底生命的作家,就是不写人物底外形特征,直接突入心理内容和行动过程,也能够使人物在读者眼前活生生地出现,把读者拖进现实里面"[⑤]。

其三,胡风还认为,作者在表现对象的过程中,应该自然地将感情

[①]《一个要点备忘录》,《胡风评论集》中册,人民文学出版社1984年版,第134页。
[②]《置身在为民主的斗争里面》,《胡风评论集》下册,人民文学出版社1985年版,第20页。
[③]《胡风评论集》下册,人民文学出版社1985年版,第29页。
[④] 同上,第12页。
[⑤]《论现实主义的路》。

渗透融化进去，防止冷淡的客观主义态度。在他看来，感情、激情正是文艺作品生命力之所在。因此，胡风提出："体现对象的摄取过程就同时是克服对象的批判过程。这就一方面要求主观力量底坚强，坚强到能够和血肉的对象搏斗，能够对血肉的对象进行批判，由这得到可能，创造出包含有比个别的对象更高的真实性的艺术世界；另一方面要求作家向感性的对象深入，深入到和对象底感性表现结为一体，不致自得其乐地离开对象飞去或不关痛痒地站在对象旁边，由这得到可能，使他所创造的艺术世界真正是历史真实在活的感性表现里的反映，不致成为抽象概念底冷冰冰的绘图演义。"[①]胡风的这一理论，促成了从丘东平到路翎再到冀汸等人小说创作的一个重要特点：充满内在的激情。七月派作家后来大多转上多叙述少描写的道路，也正是同他们强调主观热情有关系的。

和许多左翼作家一样，胡风也把文艺看作人民求生存、得解放的战斗武器。但同时，他又非常重视文艺的审美特性。他认为文学作品应该"在生龙活虎的感性力量里面反映这时代的人生真理"[②]，认为"有武器性能的武器，才能够执行血肉的斗争"[③]。他不赞成狭隘地写重大题材论，主张"到处有生活"，写熟悉的题材。他坚持反对庸俗社会学，强调文艺的感性、直观性。所有这些，都体现出胡风对艺术特征的充分尊重。

胡风的这些理论，或者得之于生活和创作的实际感受，或者得之于他和同人间的相互切磋，或者受了国外某些文艺思潮的影响，带有较多经验论的性质，包含着许多极宝贵的真知灼见。这些想法形成之后，反过来指导和推动着他周围一些作家的创作，从而促成了一个具有鲜明特色的小说和诗歌的流派——七月派。

[①]《置身在为民主的斗争里面》，《胡风评论集》下册，人民文学出版社1985年版，第22页。
[②]同上。
[③]《〈逆流的日子〉序》，《胡风评论集》下册，人民文学出版社1985年版，第4页。

第二节　七月派小说主要作家

七月派小说作家中，最早登上文坛的是东平。他在抗战初期就已发表过一批作品，有了文名。

东平（1910—1941），原名丘谭月，又名丘席珍，广东海丰县梅陇镇马福兰村人。童年是在农村度过的，曾参加"劳动童子团"。1927年参加彭湃所领导的海陆丰起义，在革命政权中工作。革命根据地失陷后，做过渔夫、杂工、摊贩。在回述这段经历时，他曾对人说：他"参加过血的斗争，但看到了因为猜忌，自己人怎样残酷地屠杀自己的同志，所以觉得中国问题不那么简单，还得做进一步的研究，还得充实自己"。[①] 以后加入十九路军，亲身经历了上海"一·二八"抗战和热河的抗战。在上海，他成为"左联"举办的工农兵文艺通讯员运动的参加者。1932年结识胡风。不久，在《文学月报》上发表处女作《通讯员》，"用着质朴而遒劲的风格单刀直入地写出了在激烈的土地革命战争中农民意识底变化和悲剧"[②]，开始受人注意。接着又发表《多嘴的赛娥》《红花地之防御》等小说。曾参加福建人民政府的起义，失败后继续从事文学创作。收在《长夏城之战》《沉郁的梅冷城》两本集子里的短篇小说，大多写革命根据地人民严酷的斗争生活，色调悲壮沉郁。

经过一段时间的摸索与思考，东平于1937年加入中国共产党。

全面抗战爆发后，东平参加"八一三"上海抗战，随后又奔赴山东等地抗日前线。当时文学创作的一般状况是热情而流于浮泛，东平发表在《七月》上的那些小说（如《暴风雨的一天》《一个连长的战斗遭遇》）和报告文学（如《第七连》《我们在那里打了败仗》），却由于亲身参加战争得来的深切感受，突破了这种面貌。它们以有血有肉的战斗生

---

① 胡风：《忆东平》，作于1946年，收入《为了明天》，作家书屋1950年版。
② 同上。

活,真实感人的艺术形象,热情而又深沉的艺术风格,有力地反映了抗战时期的现实,产生了相当广泛的影响。《一个连长的战斗遭遇》既写出国民党下层官兵炽热的爱国感情和英勇作战的顽强意志,又写出国民党军队上层的腐败凶暴,把二者统一起来,写得有声有色,充溢着悲壮的气氛,尤其显得可贵。这些作品后由胡风编为《第七连》出版。

东平还是小说家中最早提出要发挥作家主观作用的人。1938年2月,他在给胡风的题为《并不是节外生枝》的一封信(载《七月》第十期)中,就这样说:"对于没有生活就没有作品的问题,人们举出来的例子总是这样说:高尔基如果没有在俄罗斯的底层里混过,高尔基就不会写出那样的作品,今日的苏联,不,今日的世界也就没有那样的一个高尔基。但有一个更重要的问题人们没有提出:俄罗斯当时有多少码头工人,多少船上伙伴,多少流浪子,为什么在这之中只出了一个高尔基?高尔基有没有天才我们不能肯定,但高尔基能够用自己的艺术的脑子非常辩证法地去认识,去融化,去感动,并且把自己整个的生命都投入这个伟大的感动中是铁一样的事实。这就要看自己的主观条件来决定了。在这里,我很高兴举出一个例子:就一块磁石说吧,磁石在主观上决定自己是磁石之后,它就能够吸收了。不然,对于一块石头,钢铁也要失去存在的价值!中国的作家直到今日还说自己没有认识生活,没有和生活发生关系,我觉得这将不免是一种嬉皮笑脸的态度。其实中国的作家(尤其是年轻的)早就和生活紧紧配合着了,问题是缺少许多像磁石一般能够辩证法地去吸收的脑子。"东平把问题提得相当尖锐。他这样看,也这样做。

1938年春,东平参加新四军,转战大江南北。在《向敌人的腹背进军》(载《七月》第十五期)一文的末尾,他曾这样记述自己的生活和心情:

……我现在成为了怎样的一个人呢？我用着最高的喜悦告达我所有远隔在异地的同志、朋友，我非常光荣地充当了新四军先遣支队的一员，身上和全军所有的同志一样非常摩登地用绿色的树枝作着防空的伪装，有时候我象小孩子似的唱着歌，有时候却为严肃、凛然的气氛所笼罩，使我坚实地敛束着身躯，由于一种坚不可破的自信心和自尊心所激发，我深深地体会到自己对于祖国的忠诚和虔敬，在这时候，我独自个沉默下来了，在这献身于战斗的神圣的大道上，我微笑着，偷偷地独自个昂头挺胸的走起了规规矩矩的正步……

东平在抗日根据地，一方面热心地从事艺术教育工作（任鲁迅艺术文学院华中分院教导主任），一方面继续勤奋地写作：不但写了《王凌岗的小战斗》这类报告文学，而且用较大精力去写长篇小说《茅山下》。这部长篇仅从开头五章来看，线索头绪已很繁复，触及的生活矛盾相当尖锐，那全方位式地反映苏南抗日根据地生活的气势已很不凡。正在东平准备潜心写作的时候，不料，1941年6月，发生了日本侵略军"扫荡"苏北盐阜区抗日根据地的战事。东平在一次战斗中，率领鲁艺二队的文艺战士英勇突围。眼看一批战友和学生在敌人枪林弹雨中倒下，他自己突围出来时也负了伤；一种无法抑制的痛苦感情燃烧着他，使他痛不欲生，终于像《通讯员》中的主人公那样，当场举枪自杀。①

东平是个富有革命激情的理想主义者。30年代中期，他曾给郭沫若写过一封长信，其中有这样的文字：

---

① 关于东平之死，有两种不同的说法：一为牺牲在日寇枪弹之下，一为自杀。据盐城新四军军部旧址纪念馆保存的孟波、章枚等人撰写的《北秦庄突围》的材料和目击者、原中共盐城地区监委副书记黄元喜提供的情况，东平死在敌人枪弹远不能及的我方地区内，头部致命伤口较小，乃手枪子弹所中，当为自杀。请参阅拙作《论辩必须忠于事实》一文，载《文艺报》1988年第2期。

> 我是一把剑,一有残缺便应该抛弃;我是一块玉,一有瑕疵便应该自毁。因此我时时陷在绝望中……我几乎刻刻在准备着自杀。

他果然以生命殉自己的理想,用鲜血实践了自己的誓言。这位有才华、有热情、有创造力、有诗人气质的作家,正当三十一岁的盛年,就离开了世界。《茅山下》成为他一部未竟的力作。

胡风在《忆东平》中说:"在革命文学运动里面,只有很少的人理解到我们底思想要求最终地要归结到内容底力学的表现,也就是整个艺术构成底美学特质上面。东平是理解得最深的一个,也是成就最大的一个,他是把他底要求、他底努力用'格调'这个说法来表现的。"的确,东平的小说创作具有自己的独特的"格调"。他作品中那倔强得令人难以置信的灵魂,遒劲的炭画式的笔锋,直追人物心理性格的写法,字里行间隐含的激情,汇为很强的艺术穿透力,烙印在读者头脑中。他在七月派小说风格上可以说是个开路的人。

东平之外,彭柏山也是一位较早和胡风有联系的七月派小说作家。

彭柏山(1910—1968),原名彭冰山,笔名柏山,出生于湖南省一个农民家庭。家人多拥护革命,有的为此献身。彭柏山早年在鄂西洪湖根据地打游击,曾担任师政治部主任。当地红军游击队被打散后,1933年6月流落到上海寻找党的关系,参加左翼作家联盟的工作,经周扬的介绍结识胡风。后担任"左联"大众化工作委员会书记。晚年的胡风曾这样回忆彭柏山:"他当政治部主任时接触了一些战士、干部的生活和思想情况,想写一部和法捷耶夫的《毁灭》似的小说。生活那样苦,怎么做得到呢?很苦闷。……后来,他用苏区题材写出了短篇《崖边》。当时,盟员杨骚出了一个小刊物《作品》,我把这小说拿给他,放在第一篇发表了。这支持了他，又写了几篇。"① 不久，彭柏山被捕，关入苏州监狱。他的一些短篇小说由胡风收集起来，题名《崖边》，作为巴金主编的《文学丛刊》之一出版。这些作品有生活气息，形象真实，细致写出各阶层农民在革命过程中的内心变化，显示作者一开始就注重体验、注重心理刻画的特点。

全面抗战爆发后，柏山出狱，在上海做抗日地下工作，又任中共江苏省委机关刊物《斗争》的编辑。1938年初夏，调到皖南新四军军部任政治部民运科长，后任新四军第四纵队政治部主任、苏北抗日联军政治部主任等职。这一时期他写的小说如《一个义勇队员的前史》《某看护的遭遇》《叉路》等，均发表于《七月》杂志。无论是在感情色调的体验上，还是在人物气质的把握上，以及直追人物心理的写法上，这些作品都与七月派小说风格有了进一步的靠拢。1950年，上海海燕书店曾汇集他三四十年代的短篇创作，集为《三个时期的侧影》出版。

1952年，彭柏山离开部队，先后调到华东区文化部、中共上海市委宣传部担任领导工作。1955年，因受"胡风反革命集团"案牵连，长期遭审查，并被下放到上海郊区、青海、福建、河南等地。其间，他在极艰难的条件下，创作了长篇小说《战争与人民》。这部作品直到他已去世十多年后的80年代才获得出版。

七月派最重要的小说作家还是后起之秀路翎。

路翎（1923—1994），原名徐嗣兴，笔名路翎、徐烽、冰菱、余林、嘉木等，出生在江苏南京一个赵姓商人之家。两岁丧父。继父为张姓公务员，路翎乃改从母亲徐丽芬之姓氏。徐丽芬善于讲述故事。她的舅父家是苏州的一个封建大家庭，路翎童年时曾随同外祖母到苏州探亲，耳闻目睹舅妗一辈为争夺家产演出的一幕幕悲喜剧，这在他幼小心灵中留

---

①胡风：《回忆参加左联前后》之二，载《新文学史料》1984年第3期。

下了深刻的印象，成为他日后写作长篇小说《财主底儿女们》的重要素材。少年时起，路翎便酷爱文学，嗜读《三国演义》《水浒传》《西游记》和《封神演义》。1935年进入江苏省立江宁中学后，更常读《文学》杂志和中译本屠格涅夫的小说。课余的广泛阅读，初步奠定了路翎文学修养的基础。

"八一三"抗战爆发，路翎随家西迁鄂北与蜀中。通过阅读邹韬奋主编的《抗战》三日刊、生活书店出版的"青年自学丛书"和各种进步书刊，路翎开始较多接触革命的文化思想，包括马克思主义思想。颠沛流离的过程中，他写了控诉日寇侵华罪行的散文《一片血痕与泪迹》，在武汉赵清阁主编的《弹花》文艺半月刊上发表，被《编后记》称为"充实兼有力的作品"，"值得向读者介绍的佳构"。1938年夏，路翎读高中期间，就编辑四川省合川县《大声日报》文艺副刊《哨兵》，经常以徐烽、莎虹等笔名在这个宣传抗日的刊物上发表文章，还试作小说《空战日记》。终因文字触犯官绅利益，本年底被学校开除。不久，路翎进入后来改名为"青年剧社"的一个宣传队工作。在此前后，他研读了陀思妥耶夫斯基的《穷人》《罪与罚》，高尔基的《在人间》《草原故事》，法捷耶夫的《毁灭》，肖洛霍夫的《静静的顿河》《被开垦的处女地》等大量俄苏作品，为小说创作进一步准备着条件。

1939年9月，不足十七岁的路翎，创作了短篇小说《"要塞"退出以后——一个青年经纪人底遭遇》，发表在次年5月出版的《七月》第五集第三期上，并由此结识了胡风。这篇小说以"八一三"后的江南战场为背景，以"×山要塞"（可能指江阴的君山要塞）的撤退为情节主线，写出国民党军事指挥的怯敌、无能与混乱，爱国官兵空怀献身之志而竟无仗可打。年轻的主人公沈三宝违令作战，两次打死了日本骑兵，又枪杀了有汉奸嫌疑的金主任，最终却被执行军纪的人冤枉地处死。小说从题材、主题、构思到手法及至题目，都明显地受了丘东平一些作品（特别是小说《一个连长的战斗遭遇》、战地特写《我们在那里打了败仗——江阴炮台的一员守将方叔洪上校的战斗遭遇》）的启发和影响。虽然如此，这篇作品依然有其自身的价值。小说基本上真实地写出了沈三宝从害怕战斗到勇于战斗的心理转变过程；路翎后来作品中显示的写人物心理一百八十度大变化的突出才能，在这里已初露端倪。小说也显示了路翎长于运用亦描亦叙、夹叙夹议的笔法。至于文字的感情色彩，更是随处可见。初年作品中显示的这些特点，与丘东平的小说都有一脉相通之处（说明路翎曾细心钻研过东平的小说），它们对路翎个人或是对整个七月派的小说发展，都是很有意义的。

1940年，路翎到重庆北碚一个矿冶研究所会计室当办事员。他生活在矿区，有机会到井下与矿工接触，目睹他们所过的几乎赤身裸体的非人生活，了解煤矿塌方、涌水、瓦斯爆炸等事故给工人及家属带来的悲惨后果，也看到"坐在办公室里的老爷们底悠闲和漠不关心"。他在这两年里写了《家》《祖父底职业》《黑色子孙之一》《何绍德被捕了》《卸煤台下》等一系列反映矿区工人苦难及其与吸血鬼们斗争的短篇小说，后来收入《青春的祝福》第一辑中。这些作品都有浓郁的生活气息，与公式化、概念化完全无缘；它们善于用不多的笔墨凸显特定的形象，浮雕感很强；不少文字显示了作者出众的艺术感受力和想象力。这些小说的风貌、手法也很多样：既有《卸煤台下》那样凝聚着工人的血泪和愤怒的厚实深沉之作，也有《何绍德被捕了》那样表现原始的生命力和复萌的爱国心的速写；既有《祖父底职业》那样迸发着理想火花的美好诗篇，也有《棺材》那样深刻揭露吸血鬼内心世界的怪异作品。它们证明了青年路翎创造力惊人地旺盛。

中篇小说《饥饿的郭素娥》，也是不到二十岁的路翎写矿区生活题材的作品。这是一出劳动妇女的悲剧。年轻美丽的郭素娥由于逃荒而流落矿区，成为老鸦片烟鬼的妻子。她一心爱着强悍的机器房技工张振山。就在准备双双出奔的那个晚上,她被丈夫勾通保长、痞子绑架卖出。郭素娥拼死抗拒,终于被鞭打得遍体鳞伤,又遭烫烧、强奸而死。作者以出众的才华,在充分展现生活本身的丰富复杂性的同时,有力地写出劳动妇女追求幸福解放的坚韧意志——一种可惊的"原始的强力"。这部小说被胡风编入《七月新丛》于1943年3月出版后,在国统区文学界中赢得了极高的声誉,被认为"中国的新现实主义文学中已经放射出一道鲜明的光彩"①。

1943年路翎失业,经舒芜介绍,到国民党中央政治学校图书馆任助理员。在此期间,他研读托尔斯泰的《战争与和平》、罗曼·罗兰的《约翰·克利斯朵夫》和一些哲学著作;经常以每天四五千字的速度,重写他在香港战事中丢失的长篇小说《财主底儿女们》,经三四年之久,终于完成了这部八九十万字的巨著。小说以江南大地主蒋捷三家庭风流云散,他的儿女们各奔西东为情节主线,反映了30年代初期到40年代初期十年间中国社会的发展趋向和知识分子的不同的生活道路。上部由"一·二八"事变写到七七事变,集中展现了蒋家在外部压力和内部冲突中分崩离析的过程。泼辣、放荡的长媳金素痕,挟制着最受宠爱然而软弱无能的丈夫蒋蔚祖,掀起了一场争夺家产的轩然大波。她把精神失常的蒋蔚祖关在南京家中,却披麻戴孝赶到苏州找公公要人,在厮打撒泼中抢走了田契文书。老人蒋捷三终因身体虚弱、受不住刺激而死去。以二子蒋少祖、三婿王定和为盟首的蒋家也落了个官司败诉的结局。这一切都写得惊心动魄,水到渠成。下部由"八一三"抗战写到苏德战争爆发,主要描述三子蒋纯祖在战乱中的曲折经历,穿插写到蒋家儿女在后方的平庸、麻木生活以及青年一代的摸索挣扎。蒋纯祖从上海向内地流亡过程中,亲眼看到有正义感的工运领导人反被散兵无赖杀害,而自

---

① 邵荃麟:《饥饿的郭素娥》,载《青年文艺》1944年1卷6期。

己对这一悲剧的发生又负有不可推诿的责任，因此内心感到极大震动。他来到大后方参加演剧队，受教条主义和宗派倾向都很严重的领导者的打击。后来在乡间小学当校长，他的进步理想又和封建的乡场文化发生冲突，连学校本身也被恶势力挤垮。他回到重庆，和背叛了当年进步理想的二哥蒋少祖见面，终因话不投机，不欢而散。他和恶势力搏斗，和封建主义搏斗，和打着封建烙印的教条主义、宗派主义搏斗，也和自己身上的个人主义搏斗。他贫病交加，临死前仍在苦苦追求着，寻找着，为自己看到旷野中人民前进的脚步而欢欣鼓舞。蒋纯祖的道路，体现着中国进步知识分子尽管背负沉重的个人主义包袱，依然为人民、为理想历尽痛苦曲折，"虽九死其犹未悔"的可贵的追求精神。这正是《财主底儿女们》提出知识分子道路问题的意义所在。《财主底儿女们》在把具体真实的历史事件引进小说的艺术世界方面，在把握和表现生活的复杂性尤其表现人物性格的复杂性方面，在剖析心灵变化尤其表现一百八十度的心理激变方面，都借鉴了前人的艺术经验而又有许多出色的创造。虽然作品也有明显弱点，但就总体来说，胡风在《序》中的话也许是对的："《财主底儿女们》底出版是中国新文学史上一个重大的事件。"

从《希望》1945年1月创刊前后起，路翎致力于短篇小说创作，到40年代末50年代初，有《求爱》《在铁链中》《平原》诸集出版。路翎将他的视线很大程度上转移到了农村。《罗大斗底一生》写了一个破落户子弟在乡场文化熏陶下成为奴才。"他底一生的目底，便是在于求得黄鱼场，也就是那些有势力的大爷和光棍们底好感。"他懦怯，受欺凌，却又效法光棍无赖去欺侮别人。他的奴才性格到了变态、疯狂的地步。作品对这种性格赖以产生的环境的揭示是深刻而令人触目惊心的。《王兴发夫妇》写热爱生活的普通农民王兴发被无理抓壮丁后逃了出来，再次被抓时终于举斧杀死一个坏蛋的故事。作品出色地写了王兴发和妻子之间纯朴而动人的充满泥土气息的感情。抓壮丁题材在沙汀笔下出现过不少，然而到主观感受性很强的路翎写来，风貌大异于前者。《王家老太婆和她底小猪》以别有风味的笔法，令人同情地写了老妇孤苦无告的生活和弥留前的幻觉；《易学富和他的牛》写了妻死卖牛、满怀忧愤的农民片刻间心情的急剧转折；《滩上》则是纤夫们艰辛劳动和坚强性格的庄严赞歌。它们代表了路翎这时期发展起来的一种深挚、柔和、圆熟、具有诗意的风格。此外，路翎还先后写了中篇《蜗牛在荆棘上》、长篇《燃烧的荒地》等，从各个角度剖示封建传统根深蒂固的中国农村，刻画了郭子龙、吴顺广等若干具有典型性的人物形象。这些作品同样丰富充实了中国现代小说的人物画廊。

新中国成立初期，路翎是一个热情、勤奋、富有创造力的作家。他多次深入工厂，后来又奔赴抗美援朝前线。不仅写了《英雄母亲》《祖国在前进》等剧作，而且创作了不少小说：除短篇集《朱桂花的故事》外，还有反映志愿军生活的短篇小说《战士的心》《初雪》《你的永远忠实的同志》《洼地上的"战役"》等（其中有些相当优秀），以及五十万字的长篇《战争，为了和平》。不幸，1954年起，灾难接踵而至。这位七月派挑大梁的作家，先是受到批评围攻，接着又前后遭幽禁近二十年，直到70年代中期才获得自由。长篇《战争，为了和平》在尘封四分之一世纪后，80年代初方获发表（头两章已佚失）。

第三节 七月派小说的风貌和特征

小说审美内容的异常复杂性

七月派小说给予读者的突出印象，首先是审美内容和艺术风貌上异常的复杂性——这种复杂，有时简直到了难以言传的程度。生活，在这里以其本色的面貌呈现出来：江潮夹裹着泥沙，广袤包容着芜杂，常态伴生着变态，即使我们获得饱和感、满足感，也使我们产生压迫感、紧张感。如果说京派作家追求单纯的美，以淡远隽永、玲珑剔透为美的极致，那么七月派作家则恰好相反，他们追求繁复的美，以浓重遒劲、复杂丰富为审美理想。如果将京派小说比作素净淡雅的水墨画，七月派小说则可以说是色彩浓重的油画。两派作品的差距，真是难以道里计。

七月派作家竭力挖掘生活本身的复杂性。东平、柏山的小说虽然大多写革命根据地的生活，展现的却并非单纯的阳光普照的欢乐世界，而是充满着光明与黑暗、勇敢与怯懦、理智与愚昧、献身精神与自私心理的激烈搏斗。柏山的《崖边》《皮背心》《叉路》，都写了各种复杂的旧意识怎样羁绊着农民小生产者的觉醒和行动。作者探索着人民群众在走向光明、解放过程中与自己身上各种弱点和精神奴役创伤所进行的艰难斗争。东平的《通讯员》《沉郁的梅冷城》《一个小孩的教养》，甚至写到了根据地发生的痛苦和悲剧。长篇小说《茅山下》虽只写出五章，民族矛盾与阶级矛盾相互错综的形势，工农干部和知识分子干部为大目标合作却又格格不入的关系，也都显示了相当复杂严峻的生活趋向。至于路翎写大后方的小说，更具有异乎寻常的复杂内容，许多方面超出人们的想象。《燃烧的荒地》中那个从外地带了左轮手枪回家的郭子龙，一出场就摆出一副挑衅的不可一世的姿态，公开声称要向地主吴顺广复仇，读者真以为他是《原野》中仇虎式的人物。不料过了没多久，就是这位郭子龙，反而成为吴顺广的帮凶！曾经那样诚恳地向农民张老二许愿给予"帮助"的这位过去的大少爷，有谁料到，不久之后反而会占据了他的妻子！吴顺广那样独霸一方、神通广大、阴狠奸猾的笑面虎，又有谁能料到，最后竟不死于任何"英雄"之手，而是被老实温顺、善良可欺的张老二所杀！《蜗牛在荆棘上》里的黄述泰，在镇公所愤怒控诉劣绅们的恶行时，又有谁能料到，对方的反应竟很温和，"仿佛在恋爱，仿佛有些羞怯"，而乡亲们竟也和他打趣，仿佛"包庇兵役和私贩鸦片都是很有趣的事"！读路翎的不少小说，读者常常会感受到许多出人意料的笔墨，引起极大的兴趣。这里的根本原因，就在于胡风所说的："他从生活本身底泥海似的广袤和铁蒺藜似的错综里面展示了人生诸相"，"他底笔有如一个吸盘，不肯放松地钉在现实人生底脉管上面。"①也正因为这样，路翎的许多小说的主题常常不是单一的，而是如生活本身一样：繁复多面。就拿长篇小说《燃烧的荒地》、中篇小说《蜗牛在荆棘上》来说，写的可以说是地主与农民间一种特定形态的阶级斗争以及地主集团内部的斗争，但实际主题又远不止这一些，它们接触了群众身上的"精神奴役创伤"，批判了"乡场文化"——内地农村封建文化的特定形式，揭示了那种冷漠中庸的心理环境对任何英雄悲剧的拒绝、抵制和软刀战法，也解剖了中国地主统治的各种形态……确实丰富得很。诗人兼评论家唐湜在40年代就这样说过："路翎所以有远大的前途，就在于他没有给庸俗的'逻辑'的眼光束缚住，只平面地、孤立地'暴露'人生的一些所谓有'社会意义'或'政治意义'的现象；他抓住一些简单的东西来写，却没有故意使它在繁复的人生的网里孤立起来。他只敲起一个键子，却引起了无数喑哑的然而强烈的和音。一个启示，却透明无尘，可作多方面的解释。一片光影，却几乎是一片无边无涯的海洋。"②

七月派小说的这种复杂性，最核心、最集中地表现在人物性格的复杂性上。七月派作家几乎不写单纯的性格。尤其是路翎，他笔下的人物性格，恐怕没有一个是单一的。路翎曾经在《对于大众化的理解》(《蚂蚁小集》之二)一文中，批评《王贵与李香香》的弱点在于没有扣紧社会矛盾这个中心来写人物，"政治信仰的乐观精神还没有能在人生情节和矛盾中活出来"，以至"在表现和那历史形势相应的人民的生活斗争

---

① 胡风：《〈饥饿的郭素娥〉序》。
② 唐湜：《路翎与他的〈求爱〉》，载《文艺复兴》1947年4卷2期。

的精神变革斗争这一点上,它是过于简单,甚至单调了"。这个批评体现着路翎的审美追求和审美情趣。他的小说中的人物形象,常常是多种精神倾向的奇异结合,是极端复杂的矛盾统一体。《财主底儿女们》里那个金素痕,既有王熙凤式的泼辣、狠毒,又有暴发户式的贪婪、放荡,从这些方面说,她都是可怕的"恶魔";然而,在丈夫蒋蔚祖逃亡失踪后的一段时间里,她又痛哭流涕,真诚地忏悔,热切地思念着蒋蔚祖,这又像是"温柔的天使"。虽然后一方面并不能掩盖前一基本的方面,然而人物性格的复杂,确实到了令人惊诧叹服的地步。《燃烧的荒地》中那个破落户子弟郭子龙,"是一个狂妄、聪明而大胆的角色,这种角色,是由山地里面的强悍的风气,袍哥的英雄主义,以及几十年来的社会动荡培植起来的"。他还曾经"是一个军阀的烂兵,一个逃走的杂牌军官,贩卖鸦片,强奸女人,劫掠村庄,是一头粗野而痛苦的野兽"。然而这只是一个方面。另一方面,"在这野兽底里面,又有着一个少爷、梦想家底纤弱的灵魂。这少爷、梦想家总在给自己描绘一个美满而安适的将来;或者,受着挫伤,诗人似的企图着一个凄凉而悒郁的归宿"。正是这种亡命徒和阔少爷统一的性格,使他没有经过几个回合,就败在吴顺广手里,并且被其收买过去,落了个"大粪营长"的诨名。在七月派作家看来,只要是活生生的人,就不可能那么单一。他们对人物复杂性格的醉心,甚至导致他们偏爱地去描述某些变态的难以理解的成分(这在下一节中我们还将谈到)。然而,人物性格的复杂面貌毕竟是历史的产物,是现代社会错综复杂的社会关系相互渗透的结果。七月派作家把对现代社会关系的这种认识,转化为有关人物形象的美学思考,于是形成了一些独到的见地。《财主底儿女们》中,蒋纯祖就有这样的想法:"我们为什么爱一个人,认为他是我们底朋友?因为他,这个人,也有弱点,也有痛苦,也求助于人,也被诱惑,也慷慨,也服从管理,也帮助他的在可怜里的朋友!"(第842页)在蒋纯祖看来,"有时候,即使是最卑劣的恶棍,在他自己的生活里,也是善良的;而他,蒋纯祖自己,也不全然是善良。假如他是可爱的,那是因为他只有一点点善良。此外他有很多的妒嫉。"(第1112页)蒋纯祖对人物性格的这些分析,相当程度上可以代表作者自己的看法。在路翎等七月派作家看来,"活的人"具有人性与兽性两个方面,兽性的一个具体表现为奴性——精神奴役创伤,而人性则既有雄强有力的形态,又有美好柔弱的形态。作家的性格描写,就是要透过一面来显示另一面,写出活生生的复杂性格来。用胡风的话说,路翎"是追求油画式的,复杂的色彩和复杂的线条融合在一起的,能够表现出每一条筋肉底表情,每一个动作底潜力的深度和立体"[①]。这正是七月派小说能够吸引和震撼读者的一个重要原因。

心理刻画的丰富与独到的深度

七月派小说给予读者的第二个突出的印象,是人物心理刻画的丰富性与独到的深度。七月派作家不满足于一般的心理描述,他们要求表现"一代的心理动态"[②]。不同于心理分析小说的是,七月派小说的心理刻画不从弗洛伊德的精神分析学出发,而是从生活出发。胡风说得好:小说必须表现"活的人、活人底心理状态、活人底精神斗争"。七月派作家就很看重表现这种活人的丰富复杂的心理,把它作为小说美学的重要追求。丘东平、彭柏山、路翎等作家都喜欢采用一种直追人物心理的写法:只花极少的笔墨,就进入人物的内心世界。而且,他们笔下的心理描写,往往不是通常那种静态的、单向的,而是动态的、多向的、有立体感的,连生活里各种偶然性因素在人物身上引起的心理效果也都一

[①] 胡风:《〈饥饿的郭素娥〉序》。
[②] 胡风:《文艺工作的发展及其努力方向》,《胡风评论集》下册,人民文学出版社1985年版,第12页。

并写出来，使读者犹如置身在立体声交响乐的氛围中，感受到生活本身的那种丰富性。《饥饿的郭素娥》第九章中，那个被迫痛苦地和老鸦片烟鬼刘寿春共同生活了几年的郭素娥，由于想到当天晚上就要和她的情人——技工张振山一起出走，一种幸福的狂喜，升起在她心头，她竟愿意打扫那间从不打扫的屋子；随后，野外一支充满悲愤的歌声——"十字街头无米卖，饿死多少美姣年"，逗得曾经因饥饿而卖身的郭素娥心情焦灼起来；张振山晚餐以前没有如约出现，而阴险毒辣的刘寿春又全天躲着不照面，这使郭素娥因惊觉、疑惧而"心绪变得险恶"；她煮了包谷羹，但一种不祥的预感使她无心去吃一点……这是真正从生活里来的艺术；周围环境哪怕是很细微的一些因素，都可以触发人物心情的变化，而心情的变化又会反作用于环境，使人物做出一些本来并不想做的事，这些描述充满生活本身的魅力，而写得又如此精彩和富有层次。路翎当时以一个刚满二十岁的青年，就能写到这种水平，实在不能不令人吃惊和佩服。

　　七月派作家，特别是路翎，心理刻画方面最大的成功之处，是善于写出人物在特定境遇中异常丰富的心理变化，善于写出从某种心理状态向另一种对立的心理状态的跳跃，如从低沉懊丧转向昂扬自信，从深深痛苦转向极度欢乐，从百般烦恼转向和谐安宁，等等，这种心理变化的幅度往往是一百八十度，频率往往是瞬息万变，这样的变化幅度与速度在中国现代小说史上都是罕见的。胡风在《财主底儿女们》的《序》中指出：路翎"所要的并不是历史事迹的纪录，而是历史事变下面的精神世界底汹涌的波澜和它们底来根去向，是那些火辣辣的心灵在历史命运这个无情的审判者前面搏斗的经验"。实际情形正是这样。蒋少祖曾经通过五四运动接受西方进步思潮的影响，站在时代的前列，然而他在心灵深处把人民视为"异类"，对人民有恐惧感。"革命是什么？""人民懂什么？"自由主义的立场终于使蒋少祖靠近汪精卫，认为只有汪精卫一个人"最清醒"。而他的弟弟蒋纯祖则宣告信仰人民。但蒋纯祖的道路同样是极为曲折的,他经历了"心灵的炼狱",在他心理渐变的长链上,同样充满了许多这一类的突变。包括蒋纯祖几次恋爱中的心理波折,都写得酣畅淋漓,撼人心魄。这是一种能抓住读者灵魂的很高的美学境界。甚至路翎的短篇小说像《王家老太婆和她的小猪》《易学富和他的牛》《俏皮的女人》《感情教育》《平原》等,也都出色地写出了主人公片刻间急剧的心理转折。王家老太婆对自己喂养着的那头小猪,简直当作宝贝,因为在小猪身上寄托着她身后的一点低微可怜的希望。虽然小猪在风雨之夜逃到了屋外,老太婆仍只是口头吆喝,舍不得用篾条抽打小猪。当保长夺过篾条抽打小猪时,她感到心疼,就像抽打在她自己身上。后来她被保长的话气得发抖,从保长手里愤而要回篾条,"疯狂地抽打着小猪"。一边抽打,一边念念有词地叫:"你孤儿!别个能打你,我就打不得?……"把对保长的气全发泄到小猪身上,真是一百八十度的转折。这一切都写得极为入情入理。我们不妨再读读《燃烧的荒地》中郭子龙从虔诚地想当和尚,忽而又转到恶意地嘲弄和尚的这一节文字:

……那晚餐也同样的洁净,一片萝卜,和一小碗冷饭,那老和尚坐在那里虔敬地吃着。

郭子龙顿时觉得自己是非常的渺小。纯洁、受苦、孤独的老和尚,是比他这个浑身血腥的人要神圣得多了。

"师父!"他喊,漂亮的唇边含着一个惶惑的,甚至是稚气、害羞的微笑。

"阿弥陀佛!"老和尚说,合了一下掌,放下了筷子站了起来,惊骇地看着他。

他这才觉得太不像样了,只穿着一件破汗衫和一条短裤。于是他更加惶惑地笑着,红了脸。

"师父，对不起，我穿这种衣服，我说，收我做徒弟吧！"他说，生怕人家觉得他虚伪，做了一个恳求的手势。

"阿弥陀佛！"和尚说，呆看着这半赤裸、肋下和胸前生着黑毛、苍白的肌肉上蒸发着难闻的体气的好汉。

"师父，你老人家以为我是开玩笑吧？"郭子龙庄重地说，"过去，我的确开过玩笑，过去我太无聊了，这回我是绝对不开玩笑，我用……人格担保！"

他愤懑地红着脸，尴尬地笑着而闪出他底洁白的牙齿来。和尚沉默着。他在郭子龙眼里现在不仅是神圣的，而且是亲爱的——郭子龙渴望向他倾诉一切。

"师父，你听得懂我底话吧？我想师父你也许晓得我，是不是？"

"晓得的，郭福泰的儿子啊！"老和尚肯定地说。

"所以你是能够明了我的！你不以为我是一个坏人吧！譬如一个人落水了，师父，你是要救救他的吧？我从前年轻，不晓得利害，"他含着眼泪说，"老实跟你说，师父，我底良心跟我过不去！我做的坏事太多了！我看破了，一不为名，二不为利，我总是受人利用，其实我自己底心象小孩子一般的！真的，师父。"他用力地说，并且温柔地笑了，而他底眼睛是闪耀着欢喜的眼泪。这是他这么多年以来唯一的一个纯洁的时间。"一个人要看破人生，过一种干净的、受苦的生活！在我年轻的时候，我以为我会做大事业，打倒一切腐败的东西！我简直发疯了！可是呢，中国还是这个样子，我自己倒腐败了！倒是吴顺广做了那么多的恶反而享福！他还是大善人，大施主！靠穷人的血养肥起来——我倒不想过那种猪样的生活！"

郭子龙又愤激了起来。在他骂着吴顺广的时候，老和尚念了两声佛，显然觉得这是罪过的。但那意思又很暧昧，好像是，吴顺广固然有些罪过，然而骂他也是罪过的：大殿里的长明灯是因了他底施舍而点燃的。郭子龙停了下来，看着老和尚。他忽然觉得，他刚才要拜他为师父的人原来也是这样的卑贱而渺小。于是他冷笑着，闪烁着他底灵活而聪明的眼睛，叉着腰对着老和尚。

"师父，你收我吧？"

"阿弥陀佛，世事难说得很啊！"老和尚不安地说。

"那倒真是难说！"郭子龙说。"就是菩萨的事情，我看也是难说得很——怎样，收不收我这个徒弟？"他恶意地说。

"郭大爷，你真是会开玩笑，嘻嘻。"

"我倒不开玩笑呢。我说菩萨的事也难说得很！姑娘婆婆信观音菩萨，这个观音菩萨我倒喜欢他一点点；不过你们左边那个大的、头上挂两块红布的男菩萨是啥子菩萨呢？"

"罪过罪过。那是地藏。地藏是救母的目莲。"

"我不喜欢它，肥头大耳的，恐怕还是吃多了。"

这样恶劣的玩笑，恐怕也只有郭子龙能够开得出来，而且他底态度还是一本正经的。老和尚惶惑地望着他：这个刚才非常动情地说着要出家的人。

郭子龙，在这种恶劣的活动里，不再烦闷了，感到一股强旺的内心的活力。他继续说着："你们那个年轻的秃子——他是你师弟罢？他有几个老婆？我看他天天要回家跟老婆睡觉呢。"

老和尚发出了一个恐惧的喊声，不断地摇着头。郭子龙底恶意的嬉笑的神情突然地转变为愤怒——露出了他底那一副漂亮的狞恶的相貌，从鼻孔里哼了一声，走出去了，并且猛烈地冲击着破烂的格子门。他带着高扬的邪恶的心情走到街上来了。对于过去、现在和未来，他都不再感到哀痛⋯⋯

——第 148—151 页

片刻间的心理活动写得这样丰富、真切、自然,心理变化的幅度又是这样巨大,这在其他作家笔下是很难看到的。如果说《财主底儿女们》中对蒋纯祖的心理描写还有因学习罗曼·罗兰《约翰·克利斯朵夫》而留下的生硬痕迹的话,那么,上述这些描写就已经达到相当圆熟的境地了。

由于对人物心理把握得准,体验得深,七月派作家有时甚至不正面展开内心活动的描述,也有本事能深刻地显示人物心灵的震颤。如路翎短篇小说《祖父底职业》中,通过少年主人公的眼睛,侧面烘托了祖父死后父亲的沉重心境:

> 父亲仿佛整夜都没有睡,……他的发胖的身躯每走一步,就使壁上的小柜子簌簌地颤抖。他仿佛有着无底的怨恨,他仿佛要把地踩陷下去,或是踩成一个坑,使自己陷到地里去。

我们并不清楚父亲此刻内心的具体痛苦,但"他仿佛要把地踩陷下去,或是踩成一个坑,使自己陷到地里去",这几句话就使我们震动,使我们产生强烈的共鸣。有关人物心理的体验能够深切到这种地步,就有了真正抓住读者的魔力。路翎的另一个短篇《老的和小的》,用了这样的笔墨来写一个平时受尽欺凌的小女孩在糖食担前中奖——得到一个胖大的糖罗汉后的表现:

> 怯弱的赤脚的女孩,这失去了父亲的、孤苦的女孩,她一直没有开口。她从不敢想象她会得到这个——这伟大的犒赏,……她底脸发白,她底嘴唇发着抖,她紧紧地抱住了这个伟大的糖罗汉。她底光赤的脚向前移动,她向空场慢慢地走去,显得怀疑、动摇、不安。但她突然地发出了一个尖锐的狂热的叫声,向前飞奔了。

不说没有一个字写到小女孩内心的激动兴奋，反而写了"她底脸发白"，"她底嘴唇发着抖"，"慢慢地""向前移动"，等等。后来才"突然地发出了一个尖锐的狂热的叫声，向前飞奔"，仿佛与女孩兴奋的心情很不一致。然而只要仔细体味，我们就会感到：唯其这样描写，才把这个平时受尽欺侮的孩子面临突如其来的幸福时的激动，写得惊人地准确和深刻。这就叫作"无声胜有声"，没有直接写心理活动，正是最好地写了心理活动，并给读者留下了充分想象的余地。这也是七月派小说家的一点成功的艺术经验。

热情的重体验的现实主义色调

七月派小说给予读者的再一点突出的印象，是它那种富有热情和重视体验的现实主义色调。这种色调使七月派小说和一般现实主义作品相比有了很大的区别。

《财主底儿女们》下册里那个主人公蒋纯祖，有一次就文艺问题发表了意见，他认为："真的、伟大的艺术必须明确、亲切、热情、深刻，必须是从内部出发的。兴奋、疯狂，以至于华丽、神秘，必须从内部底痛苦的渴望爆发。"（第981页）这些见解，可以看作作者本人的见解。路翎自己也曾说过："'万物静观皆自得'我们不要，因为它杀死了战斗的热情。将政治目的直接搬到作品里来我们不能要，因为它毁灭了复杂的战斗热情，因此也就毁灭了我们的艺术方法里的战斗性……"[①]七月派作家确实一致强调现实主义作品里要渗透作者的热情和战斗精神，认为这是真假现实主义的区别。他们对于叙述、描写上的冷漠态度表示极大的反感，甚至对于社会剖析派作品那种有倾向性的客观描写也难以容

---

①路翎：《〈何为〉与〈克罗采长曲〉》。

忍。他们自己的作品在发挥主观战斗精神、融合爱憎感情方面，进行了极有意义的试验。

七月派作家讲的创作上的热情和主观战斗精神，并不是创造社作家那种直抒胸臆、大声呼喊式的感情宣泄，而是要求作者把艺术感受力、表现力尤其体验的能力提高、发挥到最大的限度，要求作者把爱憎、热情融合到叙述描写的字里行间。以东平的小说《一个连长的战斗遭遇》为例，字里行间就充溢着内在的不可抑止的激情。如写林青史们在战斗胜利后悼念高峰和其他牺牲者的一段文字：

> 林青史挥着臂膊，他低声地这样叫：
> "同志们，都起来吧！立正吧！……要的，要立正的。"
> 兵士们踉跄地从地上爬起来，新的漂亮的武器抛掷在地上，松解了的弹药带象蛇似的胡乱地在腰背上悬挂着，有的一只手拉着解脱了的绷腿。仿佛在峻险的山岭上爬行似的佝偻着身子。血的气味重重地压迫着他们，使他们不敢对那英勇的战士的尸体作仰视。
> 于是人类进入了一个庄严而宁静的世界，他们的灵魂和肉体都静默下来，赤裸裸地浸浴在一种凛肃的气氛里面，摒除了平日的偏私，邪欲，不可告人的意念，好象说：
> "同志，在你的身边，我们把自己交出了，看呵，就这样，赤裸裸地！"
> 两个兵士（抬着高峰的尸体）稳稳地、慢慢地走着，屏着气息，仿佛注意着已死的斗士的灵魂和他的遗骸的结合点，不要使他受了惊动，要和原来一样的保存他的一个意念，一个动作，一个姿势……

这也许是我读到的现代小说中写悼念写得最动人的文字。这里用了许多"仿佛……""好象……"在这类字样后面，往往传达着作者从生活中得来的一些最精彩的体验。这是一种最确切的形容,最微妙不过的提示。它们能把干巴的转化为生动的,抽象的转化为具体的,模糊的转化为明晰的。它们显示着作者良好的艺术感觉。

路翎从他在《七月》上发表小说《"要塞"退出以后》开始,也在行文中随时渗透着鲜明的感情色彩。如《"要塞"退出以后》写到中国军队自己炸毁刚刚修筑起来的抗日工事,准备不战而撤退时,先后用了这样两段笔墨:

> 天黑下来了,外边有巨大的爆炸声,不知是放炮还是炸工事。水流声大起来,仿佛远远的江岸有什么巨大的东西在爬走。机枪在哭。金主任又一次抓起冰冷的电话筒。
>
> 村舍也象秋天季节的田野一样荒凉。人全不知逃到什么地方去了,纺织机和磨坊哑了,在纺织机旁还有零落的纱和布匹,大量的谷粒散落在禾场上,草堆旁边。——那些仿佛脱落了牙齿的口腔样的黑洞洞的门窗带有责备意味地张着,仿佛在说:"你们为什么这样无用,光顾逃走啊!……"

又如在《家》这篇一方面写劳动者金仁高在困难环境下坚持工作,另一方面写吸血鬼刘耀庭荒淫无耻(四十多岁的人再娶十七岁的小老婆)的小说中,写劳动者不怕敌机轰炸、坚守岗位时用了这样沉重而又刚健的笔墨:

> 大门搬拢了,黑布帘幔象哀伤的面幕一般垂了下来。恐怖而寂静的山谷和旷野被关在屋外。锅炉底下,火笑着,汹涌着。

而写到吸血鬼刘耀庭房子着火时,则用了这样一种欢快的笔调:

> 火灾是黑色的昏倦的生活上的鲜红的光朵：是女人们和孩子们底节日。他们高兴而满足地谈笑着，欢跃着。

在七月派其他作家的小说中，这类渗透着感情的文字也很普遍。冀汸的长篇《走夜路的人们》写了一个不幸的青年妇女小玉，她嫁给了一个有生理缺陷的丈夫，反而因为不生育受到人们的鄙视和折磨；她和一个男青年银堂相好，对方又缺少勇气和她一起出奔，她只好在怀孕后孤身出走，终于演出了悲剧。作者写小玉深夜出走时，用了这样的抒情性笔墨：

> 小玉跑出了村庄。
> 暗夜，田野，凉爽的风，显出了无比的宽阔和深厚。她感到了真正的自由，象幽囚得太久了的野兽，要即时奔回山野去。但她没有方向，没有目标，顺着大路没命地奔跑。她感到了夜风底清凉，感到了夜底静，感到了田野底无际无边。她因为饥饿，而贪馋地呼吸。这大气啊，清凉，然而新鲜。对它们，她很陌生，但她觉得，它们是早就等待着她的。于是，她贪馋地呼吸着，跑着。她有了多么难得的幸福啊。……夜啊，这是温柔的夜啊！夜在说话，夜在亲切地招呼她："你来吧，来吧。我要拥抱你，我将保护你。信任我，信任我。我张开了我底温暖的臂膀呀，对于你。来吧，来这里，接受我底无比的爱抚和支持。"……在这里，她得到了非常的鼓励和诱惑。她清醒而快乐。她奔跑。她把自己交给了无边的夜。

作者对人物的同情洋溢在字里行间，一边叙述，一边忍不住就抒情。虽然在我们看来这种感情的抒发同路翎相比也许少了一点节制，但它无疑是七月派作家强调主观热情、反对客观主义的又一个极好的例证。

注意到了七月派现实主义作品中的上述感情色彩以后，我们也就能够理解他们小说中的叙述成分为什么那样多。《七月》曾全文译载卢卡契的论文《叙述与描写》（译者吕荧）。其中说："叙述是综合性的表现，需要充足的生活储藏和知识，描写是片断性的表现，作者只要匆匆一眼，就可大描写特描写起来。"这种看法其实是有偏颇的，但《七月》的编者显然赞同这种看法。原因就在于：叙述便于分析评议，更能体现作家的爱憎感情，而描写则意味着作家把思想感情色彩隐藏在生活事件和形象的背后。《财主底儿女们》上部写到老仆人冯家贵时，用了这样的笔墨："在这个家宅里，现在是有着两个诗人和王者，一个是蒋蔚祖，一个便是他，冯家贵。他底记忆，他底爱情，他底傻瓜的忠贞使他得到了这个位置。当蒋蔚祖坐在他底烛光中时，他，冯家贵，吹熄了灯笼站在水流干枯的石桥上，寒冷的、薄明的花园是他底王座。"（第356页）下部叙述了蒋纯祖在日军到达前逃出南京，他在昏乱中独自向荒野逃亡，夜间睡在潮湿的稻草堆中。接着，作者分析道："一个软弱的青年，就是这样地明白了生活在这个世界上的自己底生命和别人底生命，就是这样地从内心底严肃的活动和简单的求生本能的交替中，在这个凶险的时代获得了他底深刻的经验了。一个善良的小雏，是这样地生长了羽毛了。现在他睡去了，睡得很安宁。冷雨在夜里落着，飘湿了稻草堆；他深藏在稻草中。"（第617页）这两段文字，几乎把叙述的优点发挥到了最大限度。如果是描写，就不会提供这种夹叙夹议的方便，就不会有作者对人物进行分析、进行概括评论的优越性。可以说，《"要塞"退出以后》中对主人公沈三宝的叙述和分析，《饥饿的郭素娥》中对女主人公的叙述和分析，《燃烧的荒地》中对郭子龙的叙述和分析，都是基于这样一种理由而采取的。

有一点应该指出：七月派小说由于在文字中渗透感情，在创作时重视体验，这就使他们同强调主观表现的现代派有了某种接近。丘东平最早几篇小说，就被郭沫若认为有日本新感觉派的味道。路翎的一些作品中，现代派成分也相当明显。如《饥饿的郭素娥》中，张振山眼前的景物是这样被体验的："当深夜的山风掀扑过来的时候，柳树们底小叶子上就摇闪着远远射来的灯光的暧昧的斑渍，水面上的雾气就散开去。在雾气散去的黑暗的水面上，闪着淡淡的毛边的光，犹如寡妇底痛苦。"还有一处说：张振山"感到他的无论怎样的一个发音，一个动作，都和这烂熟的夜不调和。——而夜的庄严的缄默，则使他底耳朵感到空幻的刺响"。又如《在铁链中》一开头用了通感手法："何姑婆在雾里走着。……空气是潮湿、寒冷、新鲜的。各处的凌乱的声音听起来很是愉快，这些声音也是潮湿、寒冷、新鲜。"最明显的现代主义写法，是在路翎的《棺材》这篇小说中。小说写了一对贪婪的兄弟王德全与王德润。他们先是来路不正地占据了一家"不知道因为什么缘故在几天内全家病死"者的宅园，后来兄弟俩又相互欺诈，大打出手，争做棺材生意，闹着一出丑剧。哥哥虽然心计很多，但全然不是凶悍的私设鸦片馆的弟弟的对手。小说中有些片断写得很怪异，如：

> 这一夜，王德润底鸦片客人刚刚散去，就起了狂风。这狂风仿佛一张有着钢牙的大嘴，在咬嚼屋顶，使得这家庭底碉楼和屋子簌簌地抖动着。王德润是睡得很沉的，假若不捶他底头，就不能喊醒他。但王德全却不然。狂风一起，门板一碰响，他就不能睡了。他点了一盏灯走出房来，用手护住火苗，向四处察看，因为相信自己听见了一种窸窸走动的声音。
>
> 但什么也没有。然而在这种察看中，他底凝固了的心却被所得的严肃的印象偷偷叩开了。他寒冷，对周围的一切有了一种鲜跃的感觉，突然和他底挂虑，他底全部生活的昏朦状态远离了——缩了

缩身体再看的时候,一切全带着自己底打着辛苦的印记的历史生动地对他无声地说起话来。陈旧的桌椅说:"从你娶亲的时候起,我便在了!那后来被人害死的麻子木匠做了我!"写了"枝书""采药"的挂在中堂左边的黑漆牌说:"你底祖父,你底祖父!"院子里的破裂了的石水缸也说着和这类似的话;至于那竖立在围墙一面的黑色的碉楼和它后面的在狂风里啸出怖人的大声的高大蔽天的沙桐树,则愤怒而悲切的鸣叫道:"我们有两百年了!两百年了!你底生活永远不会好,你就要倒下去!"

　　主人怔住了!这些灰暗的摆设,古旧的建树,它们能活多少年!在这变幻的世界里,他昏沉地钻营,自大而空虚地消磨生命,有多少时日在心里连一点空隙也不留给它们呀!然而它们却一直是统治者!

　　他恐惧,一阵风扑熄了灯。他依着门柱懊丧地站着,从嘴里喃喃地发出昏迷的,悲凄的哼声。

这段心理刻画,很容易使人联想起美国表现派剧作家奥尼尔的一些手法。它对呈现主人公王德全的性格、心理确是有帮助的。

　　由此可见,七月派的现实主义是一种独特的强调激情并十分重视体验的现实主义,是一种突出主体性的现实主义,是一种和现代派有了某种接近的现实主义。

总体风格上的沉郁、浓重、激越、悲凉

　　七月派小说给予读者最后一个突出印象,是总体风格上的沉郁、浓重、激越、悲凉,是作品中弥漫着的一种深沉的悲剧气氛。这种风格和气氛,一方面是时代赋予的:七月派形成和发展的时代,正当中国处于黎明前的黑暗时代，恶势力正在腐烂和受到打击，却并不甘心退出历史舞台；人民的力量正在飞快成长，却并不在各方面都成熟。这是一个曙光虽可预期，却仍然充满痛苦、挫折并产生悲剧的时代。七月派小说无疑折射着这种时代历史的气氛。另一方面，七月派小说那种沉郁、浓重、激越、悲凉的风格，又是作家们本身的思想气质和特定的审美理想、审美追求所决定的。东平、路翎等作家都曾深深地服膺于"五四"个性主义的思潮，并直接间接地受过尼采、托尔斯泰、罗曼·罗兰和早年的高尔基等哲学和美学思想上的熏陶。个人奋斗的顽强性和孤独感，都深刻地浸润着他们的灵魂，使他们对时代的痛苦和现实生活的一些激越、悲凉的方面具有特殊的敏感与特殊的审美兴趣。正是这两方面的原因，支配着他们小说创作的总体风格。

　　七月派作家笔下的人物，大多是些"倔强的灵魂"，他们具有异常强韧的有时简直令人震惊的性格。作者表现了这些性格在各种条件下不得不走向毁灭，这就发人深思，给作品抹上激越、悲凉的色调。东平《多嘴的赛娥》中的女主人公是个普通的农家童养媳，她被看作多嘴的人，经常挨打，为大家嫌弃。但她被派去为革命队伍送信而被敌人抓起来时，受尽苦楚，到死都没有吐露过一个字，显示了坚韧可贵的品格。小说表明，置赛娥于死地的凶手是敌人，然而"男尊女卑"之类的封建观念也早已使她陷于不幸。以"八一三"抗战为背景的《一个连长的战斗遭遇》，其主人公林青史是个对日作战有功的连指挥官，在血战中消灭了两批敌人，然而却被获救的友军恩将仇报地缴械。作品沉痛地写道：

　　　　象一簇灿烂辉煌的篝火的熄灭，英勇的第四连就在这个阴霾的晚上宣告完全解体了，而可惜的是，他们不失败于日本军猛烈的炮火下，却消灭于自己的友军的手里。

更使人悲愤不已的是，林青史返回自己的部队时，竟被营长不问青红皂白地下令枪决。作品具有抗战时期特有的时代的重压。这些小说的风格多半沉郁、苍凉，有的还相当悲壮感人。路翎的不少作品，从他的《"要塞"退出以后》起，应该说同样是相当激越高亢的。《饥饿的郭素娥》中的女主人公，就颇有点强悍的气概：她在卑鄙的阴谋和严酷的火刑面前不屈服，"她用原始的强悍碰击了这社会底铁壁，作为代价，她悲惨地献出了生命"，她的死终于"扰动了一个世界"[①]。《卸煤台下》里那些命运悲惨的工人们，也曾经有组织地反抗过，他们失败了，却并没有变得驯服。《何绍德被捕了》里的主人公虽然被捕，却还是把吸血鬼狠狠教训一顿。《财主底儿女们》中的蒋纯祖，经历了漫长、曲折、痛苦的探求过程，他倒下了，临死前却为自己又见到旷野上人民前进的脚步而感到欣慰。《王兴发夫妇》中的农民王兴发，《燃烧的荒地》中的农民张老二，也都在不同的境遇中拿起比较原始的武器向压迫者复仇而且得胜了。尽管有的作品气氛不免压抑，但这些倔强性格的刻画，使七月派小说沉郁、浓重、激越的总体风格获得了内在的坚实基础，显得更为浑厚深沉了。

形形色色的倔强性格走向毁灭，这使七月派许多小说弥漫着浓重的悲剧气氛。事实上，浓烈的悲剧性，正是七月派小说总体风格的一个重要构成因素。这里有几种不同情况。东平小说的人物（如林青史、友军营长、上校副官）往往是道德上的无辜者和残酷环境的受害者，悲剧的根源在于社会的恶势力。柏山小说的人物（如《崖边》《枪》《皮背心》的主人公）大多带有小生产者的深刻烙印和精神奴役的创伤，悲剧的根源在于历史的沉重负担；《皮背心》中分到浮财的农民穿上地主的皮背心便神气十足，高人一等，最后皮背心还是被还乡团抢走了，小说揭示

---

① 胡风：《〈饥饿的郭素娥〉序》。

出私有观念、封建等级观念与农民精神悲剧之间的深刻联系。而路翎小说的悲剧主人公，则上述两种情况兼而有之，有时甚至是两者的奇异结合，显得更为错综复杂。当50年代有人批评路翎爱写悲剧似乎代表了一种不健康倾向时，路翎曾引用苏联作家爱伦堡的话为自己的美学追求辩护："对于一个作家来说，描写幸福，当然要比描写不幸愉快得多"；但只要现实中存在着灾难，就"不能简化人们的内心生活，从内心生活中抽出它的那些亲切的经验或悲哀"。① 可见，七月派作家都有相当强烈的悲剧意识。这也是他们和京派作家不同的地方。

七月派小说所以具有总体风格上的沉郁、浓重、激越、悲凉，是同作家们企图浑厚遒劲地表现"原始生命力""原始的强力"这类美学追求有极大关系的。不但《饥饿的郭素娥》《多嘴的赛娥》等如此，连《滩上》② 这个散文诗式的短篇也是这样。这是一首纤夫们的劳动和力量的庄严的歌。"纤夫们，那肉色的、向前倾斜的紧张的整体里面，发出了年青的男子底嘹亮底歌唱声，而后就是那一声柔和而宏阔的应和，那个整体向前移动了一步。"这番描述简直就是一座极有表现力的群体雕塑。那位叫着号子的强壮而赤膊的青年男子是如此不幸（结婚才半年，妻子已病入膏肓），却又如此坚强（"摆好了架势，准备迎接命运底打击"）。当邻居老妇前来报信："赵青云，你那个女人她过去了！"这时，

> 赵青云几乎是冷淡地看了她一眼。但他底脸忽然地发抖了，他底歌唱声音破碎了，他觉得有一阵眩晕，但他感觉到，他底兄弟们发出了呼声，抬着他前进了一步。他突然有燃烧般的奇异的快乐，他一切都不明白了。他用可怕的眼睛望着江面的远处，于是他用轻

---

① 路翎：《为什么会有这样的批评？》，载《文艺报》1955年第2期。
② 《滩上》，收入路翎短篇集《求爱》。

柔的、美丽的、动情的声音唱：

　　江上的风波呀从古到如今哟！

　　人间底事情呀有多少问不得，

　　拉得牢呀侬哟呀兄弟们啊底心咚！

"嗨——嗨！"纤夫们唱，于是他们沉重地前进了一步，好象使得地面都震动起来了。……

从原始生命强力（及其集体形态）得到动人的有力的表现这点来说，《滩上》可以说是七月派小说总体风格的一个代表作。

还应该说，七月派小说沉郁、浓重、激越、悲凉的总体风格，同样得力于他们的语言艺术。他们运用的不是精巧、简洁、明快的语言，相反，粗犷、重浊、拖沓、不透明倒构成了它们的特色。种种的附加成分，常常使句子显得拖泥带水，臃肿而累赘。然而在这冗长的句子里，却有着热辣辣的激情，能够勾画出一种郁沉沉的气氛。这种语言和他们小说的总体风格是协调的，是有助于那种独特的总体风格的形成的。

第四节　关于七月派作品的争议与评价

从40年代末期起，七月派的理论与小说创作，就在进步文艺界中引起了争论。香港的《大众文艺丛刊》，曾连续发表乔木（乔冠华）的《文艺创作与主观》，荃麟的《论主观问题》，胡绳的《评路翎的短篇小说》等文章，批评了舒芜的《论主观》、胡风的文艺理论和路翎的小说创作。胡风赶写了《论现实主义的路》作为回答。由于解放战争的形势发展非常迅速，这场论争并没有充分展开，包括胡风在内的许多进步作家不久都进入了解放区。但在1949年7月举行的全国第一次文代会上，在准备起草和讨论茅盾所做的国统区文艺运动的报告时，分歧仍然尖锐地暴露了出来。报告中不指名地批评了《希望》杂志所代表的强调主观的创作倾向,认为它是小资产阶级与无产阶级在文学战线上争夺的一种迹象;而胡风则对报告的这一部分,表示了保留意见。这种状况预示了新中国成立后一场更激烈的争论是不可避免的。

七月派在进步文艺界中只是少数派,而对方则不仅占多数,还是文艺战线上主要的当权派。早在30年代中期,胡风就曾与周扬在典型与个性问题上发生过争论,随后又因提出"民族革命战争的大众文学"口号而与周扬等早先所提的"国防文学"口号相对立,并引起两个口号论争的轩然大波。抗日战争时期,胡风以及路翎、吕荧等先后多次反对客观主义,不指名或指名地批评了茅盾、沙汀等社会剖析派作家的作品,特别是批评了沙汀的《淘金记》,指责它缺乏革命热情。1945年,七月派为了强调主观战斗精神,在《希望》杂志创刊号上发表舒芜的《论主观》这篇哲学思想上包含不少混乱与错误的文章,招致进步文艺界的不满。加上胡风的文艺思想又确实与毛泽东的《在延安文艺座谈会上的讲话》有不相一致之处(胡风更重视文艺的审美特征)。所有这些历史的与现实的、宗派的与思想原则的种种分歧因素交错在一起,就促使双方的这场论争进一步复杂化,并在新中国成立初年民主法制不健全、阶级斗争扩大化的条件下,铸就了一大冤案,使七月派作家经受了几乎长达四分之一世纪的不幸遭遇。

当然,就七月派作品、理论本身而言,并非没有弱点和失误。胡风的文学理论批评,同样没有完全摆脱时代的印记——某些"左"的痕迹。他和七月派作家强调作品中要渗透热情,这原是无可非议的;但他们因此而去指责社会剖析派作家的小说为"客观主义",不仅表现了七月派审美标准上的狭隘,而且也显得不够实事求是。以沙汀《淘金记》为例,作品对四川农村那种封建黑暗王国表现出强烈憎恶,思想倾向应该说相当鲜明,怎么能认为是"客观主义"?!胡风和七月派作家的这类批评,往往流露了某些宗派主义情绪。

但是,我以为,七月派作品、理论的主要缺点,还不是上述这类问题,而属于另外一种类型和性质。我们不妨随手举一些例子:

东平《多嘴的赛娥》中,写了赛娥的母亲这样对待自己的女儿:"母亲象野兽一样暴乱地殴打伊。"而女主人公赛娥的行为也与此相似:"伊在草丛里赶出一只小青蛙,立即把它弄死,残暴地切齿着,简直要吃掉它一样。"小说里的"母亲"和赛娥都有变态的性格成分,有着相似的疯狂与暴虐。

路翎《财主底儿女们》第438页写少年蒋纯祖与陆明栋冲突后,出现了令人吃惊的内心斗争,他居然骂自己是"最坏的坏蛋",想逃到海岛上去。多么奇怪!接着,第538页上,又写少年蒋纯祖竟也有"那种对一切人的仇恨感情"。一个十三四岁的孩子,涉世未深,并未经历任何重大的人生变故,何以会"对一切人"都"仇恨"?出现这种歇斯底里心理的内在根据是什么?委实使人难以理解。第972至974页上,蒋纯祖性格里也有一些莫名其妙的东西。"他几乎妒嫉他周围的一切人"。"觉得一切希望都破灭了,他想在江南的旷野里他就应该死去,他想唯有宗教能够安慰他底堕落的、创痛的心灵,他有时喝得大醉,有时发疯地撕碎了书本、稿纸,狠恶地把它们踩在脚下。他对别人同样的无情,以前他善于发现别人底真诚,现在他很容易地便看出他底周围底胡闹、愚昧和虚伪来。"从作品写到的具体环境来看,这类心理活动在很大程度上也是难以令人信服的。

《罗大斗的一生》中的主人公,按作者原意,是一种要鞭挞的奴才性格。然而,他被抓壮丁后,作品却突然出现这样一大段心理分析:

> 他心里很静,在想着被鞭挞而鼻子冒血的周家大妹。渐渐的,他心里有了一种渴望:他渴望非常的、残酷的痛苦,他渴望他所不

曾遭遇过的那种绝对的痛苦。他渴望那种痛苦：有力的，野蛮的，残酷的人们，把他挑在刀尖上；他渴望直截了当的刀刺，火烧，鞭挞，谋杀。他渴望这个，因为他底生命已经疲弱了，这种绝对的力量，是他底生命里面最缺乏的；而且，无论在云门场或是在黄鱼场，你都找不到这种绝对的有力，野蛮，而残酷的人们。他底在黄鱼场和云门场所生活过来的生命，是疲弱了。

他震动了一下，觉得他被当胸刺杀了，他感到无上的甜蜜。

一个惯于残酷地毒打周家大妹的人，何以忽然因她被鞭挞得"鼻子冒血"而挂虑不安？一个向来怯懦、充满奴才性格的人，何以忽然如此"英雄"起来，竟然渴望"痛苦""野蛮"，甚至因"被当胸刺杀"而"感到无上的甜蜜"？这种歇斯底里的转折究竟怎样会出现的？

《卸煤台下》中的许小东，在家中饭锅破碎以后，偷偷挖起了矿上掩埋在沙土下的一口废锅，从此却永远背上了沉重到无可解脱的精神包袱，连孙其银自述苦难羞辱（母亲被迫为娼）的那番话对他都失却作用。这种偏执，似乎也到了变态的可怕的地步。

…………

读七月派作家的小说，特别是路翎的小说，我们常常会不由自主地产生一种感叹：好像天才与疯子只隔着一层薄纸。许多非常精彩的体验和描述，使读者禁不住要称赞这位作者实在是个了不起的文学天才；然而过不了多久，读者又可能会遗憾地看到一些莫名其妙的令人无法理解的歇斯底里的东西——人物性格上的痉挛性。

造成这种情况，原因大概是多方面的。七月派作家热心塑造一些相当复杂的性格，这是他们的一个很大的优长之处。而且他们这样做，是从生活出发的。但有时，由于复杂性格本身的难以把握，或者由于作者当时还过于年轻，生活经验不足，因而体验得不准确的情形也时有发生。特别是由于作者主观感情的渗透和对人物精神状态的介入，往往也会迫使性格退出他自身的逻辑。再者，七月派作家重视直觉，重视生活的感性显现，这带来了他们小说创作的明显的丰富性、生动性。但直觉和感性显现如果不和作者的理性思考相结合，有时也会误入歧途，带来神秘的不可解的成分。"感觉到了的东西，我们不能立刻理解它，只有理解了的东西才更深刻地感觉它"①，这层道理对文学创作也是适用的。一般来说，七月派作家并不排斥理性，并不提倡非理性主义，胡风曾说："感性的对象不但不是轻视了或者放过了思想内容，反而是思想内容底最尖锐的最活泼的表现"②，可见他并没有把感性和理性对立起来。然而在创作实践中，如果只重视直觉，只从生活的感性显现出发，也会带来认识上的障碍，对性格的客观内容把握不准，甚至走向神经质的不正常的方面。七月派小说的部分缺点，可能正是在这种情况下产生的。

更为重要的是，七月派作家自身在思想气质上的某些弱点，某些不很健康的东西，也会投射到作品中，投射到人物形象身上。东平和路翎早年都受过尼采思想气质上的较深的影响。东平曾经这样谈到过他自己的美学追求："我的作品中应包含着尼采的强者，马克思的辩证，托尔斯泰和《圣经》的宗教，高尔基的正确沉着的描写，鲍特莱尔的暧昧，而最重要的是巴比塞的又正确、又英勇的格调。"③所谓"尼采的强者"，就意味着力的崇拜，意味着对倔强而走向毁灭的性格的酷爱。东平作品中那些意志倔强的人物往往都有尼采式的气质和感情趋向，如《通讯员》中的林吉，《多嘴的赛娥》中的赛娥等，他们的倔强坚毅有时简直和残酷混同在一起。虽然其中也有高尔基笔下人物性格的影子，但恐怕主要还是受了尼采的影响。路翎的《财主底儿女们》中，蒋纯祖在

---

① 《毛泽东选集》第1卷，人民出版社1991年版，第286页。
② 胡风：《置身在为民主的斗争里面》。
③ 这是东平致郭沫若信中的一段话，引自郭沫若《东平的眉目》一文，见《沫若文集》第8卷，人民文学出版社1958年版。

逃难路上出于同情心把面饼送给了一对难民夫妇，随即却又严厉地谴责自己，认为这样做"侮辱"了别人；这也是出于一种尼采哲学。在尼采看来，同情表面上虽属慈善，实际上却消解了对方的自尊心和人格完整，所以尼采说："拯救不幸的人，不是你的同情，而是你的勇敢。"同样，青年蒋纯祖之所以会有"毁灭的、孤独的、悲哀的思想，渴望从这孤独、悲凉和毁灭底报应里得到荣誉"，甚至"想到自杀"（第594页），其中也包含了尼采哲学的影响。蒋纯祖反权威、反教条、反对压抑个性时所采取的战斗方式，也和尼采自述的"战斗四原则"毫无二致。所有这些，事实上都有作者自身思想气质的投影，都有作者自身所受的尼采的影响。七月派作家是既强调客观现实生活，又强调主观战斗体验的，他们的现实主义带有较重的主观色彩；他们小说创作的长处和缺点，似乎都可以从这方面寻找原因，总结经验。

在七月派作家中，路翎还受过罗曼·罗兰的很大影响。他特别借鉴了罗曼·罗兰在《约翰·克利斯朵夫》中表现出的善于描写心理转折的艺术长处，很多情况下出色地加以运用，获得很大的成功。但有时，路翎创作实践中也存在着把罗曼·罗兰的心理描写艺术加以模式化的倾向：痛苦总是急转直下地转化为欢乐，消沉也总会瞬息之间转换为昂扬，……脱离特定生活情境去追求大幅度的心理转折，也会离开现实主义而走向歧途，落入俗套。这同样是七月派值得警惕和注意的一点教训。

总之，七月派的小说创作，在中国现代小说史上进行了十分有益的探索，带来了许多独特的创造，取得了其他流派所未取得的那种成就，却也显示出一些明显的弱点和失误（这些弱点和失误同样是独特的）。我们应该纠正从40年代末期以来对七月派的许多不实事求是的批评指责，还七月派创作的本来面目。经过科学的分析和总结，七月派小说的成就和失误，经验和教训，都将成为我们小说史上一笔重要的财富。

第八章 后期浪漫派小说

我在《中国现代小说流派鸟瞰》的讲演中曾说:

> 40年代的国统区,也存在过一个小小的浪漫主义流派,其代表作家就是《鬼恋》《阿拉伯海的女神》《风萧萧》的作者徐訏,《北极风情画》《塔里的女人》《野兽·野兽·野兽》的作者无名氏(卜乃夫)。他们都曾在《扫荡报》工作,作品很多,有些曾在一部分青年中风行。

我把徐訏、无名氏归在同一流派,全凭40年代读他们两位作品产生的一点直觉。后来看到港、台的一些书籍,才知道香港、台湾的学者中,早就有了类似的说法。例如李辉英先生在他1976年再版的《中国现代文学史》(香港东亚书局出版)中说:

> 受了徐訏的影响而出现的无名氏(即卜宁),不管他本人承认也好,不承认也好,他的《北极风情画》《塔里的女人》是对《荒谬的英法海峡》和《鬼恋》的仿效,那是任何人都看得出来的。这类小

说表现的同样都是作者近乎怪诞的幻想，标奇立异希望给人们以刺激、以陶醉，……

周锦先生在台湾长歌出版社1977年1月再版的《中国新文学史》中说：

> 无名氏，模仿徐訏作风，出了长篇《北极风情画》和《塔里的女人》，抗战期间最恶劣的小说。作者以近乎荒诞的幻想，标奇立异地希望给人以刺激及陶醉。虽然这些书畅销过，也有不少的读者，甚至还有人争着要做作者，但毕竟是些离奇的神化故事，是遣送时间的消闲书，说不上文学的成就。

台湾杨昌年先生在1976年1月初出版的《近代小说研究》（兰台书局出版）中说：

> 另一派的小说：与抗战关系较少或丝毫无关系的小说，就为艺术而艺术言，也该是具有价值的，个中翘楚，当推徐訏与无名氏……唯美文学的发展，文言方面，诗文自清龚定庵之后，至民国有郁达夫、苏曼殊承继，精彩地做了广陵绝响的结束。语体方面，无名氏异军崛起，以其浓美细致之笔，尽写热烈爱情，典雅华丽，而不流于俗腻，难能可贵。杰作有《塔里的女人》《北极风情画》《海艳》等。

一位名叫王恩的读者也说：

> 在初中的时候就已经读到无名氏的作品。那已是二十多年前的事了。……第一本就是《塔里的女人》。后来，就在这好奇心之下，

读无名氏的作品入了迷。那时候,在幼稚的心灵中,觉得无名氏的作品和徐讦的《鬼恋》有些相近。①

这些作者无论对徐讦、无名氏在具体评价上有多大不同,但在把徐讦、无名氏看作同一流派这一点上则是完全一致的。可见"吾道不孤"。下面,我们尝试着对这些作家和这个流派的作品做一初步的考察。

第一节　徐讦及其小说创作

徐讦是抗战时期小说作品相当风行的作家。

徐讦(1908—1980),本名伯讦,亦署徐讦,曾用笔名东方既白。浙江慈溪人。他自己在《海外的情调·献辞》中称:"我是一个农夫的儿子。"幼年在家乡读完小学。1927年在潮南第三联合中学高中毕业后,考取北京大学。先在哲学系毕业,又进心理系修业两年。大学期间接触马克思主义。他曾自述:"二十岁时候,的确是共产主义的信徒。"又说:"当时我还是一个大学生,处于这样的思潮中,受各方面的挑战,好胜争强,几乎这些艰涩的译作(按:指马克思主义译作——引者),本本都读。那正是知识欲旺盛的年龄,但是消化力不见得强,有的实在是生吞活剥的吃下去。那时候马克思的《资本论》还没有中译本,我在上海买了一部'万人丛书'英译本上下两册的本子,也勉强的一知半解把它读完。"②早年小说《鬼恋》③就表现了这种同情革命者的倾向。小说中自称"鬼"的女主人公,其实是一个革命者。请读读她与"我"的一段对话:

---

①王恩:《中共应批准无名氏出国》,载《香港快报》1977年1月27日。
②徐讦:《我的马克思主义时代》,载香港《传记文学》第28卷3期。
③《鬼恋》刊载于《宇宙风》1937年1月、2月号,是抗战时期畅销书。

"自然我以前也是人，"她说："而且我是一个最入世的人，还爱过一个比你要入世万倍的人。"

"那么……？"

"我们做革命工作，秘密地干，吃过许多许多苦，也走过许多许多路。……！"她用很沉闷的调子讲这句话，可是立刻改成了轻快的调子："人，我倒要知道你到底爱我什么？"

"爱是直觉的。我只是爱你，说不出理由，我只是偶像地感到你美。"

"你感到我美；那你有没有冷静地分析你自己的感觉？到底我的美在什么地方呢？"

"我感到你是超人世的，没有烟火气：你动的时候有仙一般的活跃与飘逸，静的时候有佛一般的庄严。"

"但是假如你所说的是真的，这个超人世的养成我想还是根据最入世的磨练。"

"……？"我听不懂她的意思。

"我暗杀人有十八次之多，十三次成功，五次不成功；我从枪林里逃越，车马缝里逃越，轮船上逃越，荒野上逃越，牢狱中逃越。你相信么，这些磨练使你感到我的仙气。"她微笑，是一种讪笑，"但是我的牢狱生活，在潮湿黑暗里的闭目静坐，一次一次，一月一月的，你相信么？这就造成了我的佛性。"她换了一种口吻又说：

"你或者不相信，比较不相信我是鬼还要不相信的，我杀过人，而且用这把小剑我杀过三个男的一个女的。"于是隔了一个恐怖的寂静，她又说：

"后来我亡命在国外，流浪，读书，一连好几年。一直到我回国的时候，才知道我们一同工作的，我所爱的人已经被捕死了。当时我把这悲哀的心消磨在工作上面。"她又换一种口吻说:"但是以后种种,一次次的失败,卖友的卖友,告密的告密,做官的做官,捕的捕,死的死,同侪中只剩我孤苦的一身!我历遍了这人世,尝遍了这人生,认识了这人心。我要做鬼,做鬼。"

小说《鬼恋》除了神秘离奇的故事吸引人之外,它对研究徐訏的早年思想,也有一定的史料价值。

1933年夏,徐訏离平赴沪,协助林语堂、陶亢德编辑《论语》半月刊。1934年又和陶亢德一起协助林语堂编《人间世》半月刊。1936年3月与孙成合力创刊《天地人》半月刊。同年秋赴法研究哲学,在法国接触托洛茨基思想,改变对马克思主义的态度,转而信仰柏格森的哲学。

抗日战争爆发,徐訏弃学返国,于1938年1月回到已成为"孤岛"的上海。一段时间里以卖文为生,在《西风》《宇宙风乙刊》《中美日报》上发表不少作品,并创办《读物》月刊。这时期的小说如《阿拉伯海的女神》《吉卜赛的诱惑》《精神病患者的悲歌》《荒谬的英法海峡》《英伦的雾》等,均富有异国情调与神秘色彩,显示了梅里美对他的影响。稍后,徐訏在中央银行留沪机构经济研究处就职,开始获得较安定的生活。先后创办《人世间》半月刊与《作风》杂志。太平洋战争爆发后的1942年,徐訏离开沦陷后的上海,经长途跋涉,由桂林转往重庆,除仍任职中央银行外,又兼任中央大学师范学院国文系教授。1944年任《扫荡报》驻美特派员,前一年已在该报连载长篇小说《风萧萧》[①]。

《风萧萧》是徐訏最有代表性的一部作品。作者在这里巧妙地把爱情小说、哲理小说与间谍小说熔为一炉,用浪漫化的抒情笔法和哲理性的语言,赞颂了抗战时期的反日秘密工作战士。小说一开头,"我"——

[①]《风萧萧》自1943年3月1日起在《扫荡报》副刊连载。

一个在"孤岛"活动的独身的青年哲学家,带着一位结识不久的舞女白蘋,去参加美国军医史蒂芬家为庆祝太太生日而举行的家宴与舞会。这位白蘋,最初是被史蒂芬从日本舞客手中夺过来的,她聪明美丽,既会日文,又会英文,曾豪爽地帮助"我"在赌场上渡过难关,为此而当去了自己的钻石戒指。"我"和白蘋在一起愉快地度过了这次家庭舞会。但"我"在舞会上还遇见了另外两位引人注目的年轻女性:一位是梅瀛子,她是中美混血儿,在日本长大,英、日、中三国语言说得都很好,是活跃在上海社会里的国际小姐,兼有东西方女子的风韵;另一位是具有少女的单纯、天真、活泼,又酷爱音乐的海伦·曼斐儿小姐。"我"不但在史蒂芬家舞会上分别和她们跳了舞,后来还多次参加了她们的请客吃饭、听音乐、伴舞的活动。他对几位姑娘似乎都感兴趣,却又只是"有距离的欣赏"。白蘋有一次对"我"这样谈到了梅瀛子:假如"我"爱梅,愿全力把她从星云中摘下,放在写字台上,做"我"的灯火;假如不爱她,警告"我"不要太接近梅。而梅瀛子也在游杭州时和"我"谈到了白蘋,她劝"我"如真爱白蘋,就该放弃独身主义,带白蘋到内地去,过比较切实的生活;如果不爱白蘋,就少同她亲密往来,因为白蘋绝非一般舞女。这些出自女子口中似带醋意的谈话,产生了扑朔迷离的效果。作者在前二十章中就这样有意用爱情线索掩护不同的政治背景间的斗争,将读者引进一男三女四角恋爱的错觉中。二十章以后,紧锣密鼓,情节愈逼愈紧,线索愈趋复杂,而随着迷雾层层拨去,谜底渐渐揭开,原先的伏笔便显示新的意义,造成分外吸引读者、感染读者的强烈效应。原来,前半部中被怀疑为日军间谍的白蘋,竟是中国方面派到上海来屡建奇功的秘密工作战士。她最后为神圣的抗日战争,不惜捐躯赴难,壮烈牺牲。"风萧萧兮易水寒,壮士一去兮不复还!"——这"风萧萧"正是应在白蘋身上的。而梅瀛子,则是美国方面的情报工作人员,她机智干练,弄清了白蘋的真正身份后,就和白蘋密切配合,共同与日方间谍斗智斗法，取得日方军事机密，在白蘋牺牲后还为白蘋报仇雪恨，消灭了敌方阴险奸诈的女间谍宫间美子。"我"和海伦·曼斐儿两人，后来也分别参加到美国反日的情报队伍中。作者用理想化的虔诚笔调，比较成功地塑造了三位风格不同的女性：白蘋虽处风尘，却圣洁不染，热情豪爽，作者以银色象征她，赋予神圣而凄清的韵味。梅瀛子以交际花身份出现，干练强悍，机敏过人，仍不失妩媚，作者以红色象征她，赋予她以烈火般的侠情。海伦·曼斐儿则是温柔可爱、沉迷于音乐和哲学的另一种人，也许在她身上多少寄托了作者所认为的理想女性。作者曾说："这本书的故事是虚构的，人物更是想像的"①；又说："我是一个企慕于美，企慕于真，企慕于善的人，在艺术与人生上，我有同样的企慕；但是在工作与生活上，我能有的并不能如我所想有，我想有的并不能如我所能有。"② 如果寻找小说的破绽，确可找出不少；但作者简洁明丽的文字、奇谲灵动的想象以及诡异而出人意料的情节弥补了一切，掩盖了一切。作品全没有看了头就知道尾的毛病，抒情、哲理与惊险交融的风格吸引了许多读者。一位当事人曾回忆道："徐先生的《风萧萧》在《扫荡报》连载时，重庆渡江轮渡上，几乎人手一纸，这应是纯文学的小说与报纸结合的最成功的例证之一。"③

  1946 年，徐訏由美国返回上海。1950 年又由上海去香港，继续从事写作，发表了《炉火》《盲恋》《彼岸》及长篇《江湖行》等不少小说。《炉火》写画家叶卧佛五次恋爱结婚的生活，是运用弗洛伊德思想写的心理分析小说。《盲恋》是一篇出色的人生哲理小说，它写一个心地善良而容貌丑陋的男子和一个美貌而双目失明的姑娘由恋爱而结婚的故事。他们婚后生活是幸福的。然而，一旦姑娘视觉经治疗得以复明，她

---

① 徐訏：《风萧萧·后记》。
② 同上。
③ 彭歌：《忆徐訏》，《徐訏二三事》，台北尔雅出版社，第 248—249 页。

终于服毒自杀。这就是说,"盲目才配有真正的恋爱",获得光明后,原生的恋爱也就毁弃了。小说前半篇将两人的爱情写得相当感人,浪漫气息重,有助于提高人们的精神境界。后半篇则不能不回到严酷的现实中来,表现了严峻的现实主义逻辑。作者借此探讨了关于人性、爱情的哲理,发人深思。《江湖行》大约是徐訏写的最长的一部作品,总计一千多页,六十多万字。它以主人公周也壮(野壮子)在江湖流浪为线索,写了他先后几年里与葛衣情、紫裳、小凤凰(容裳)、阿清四个女子的恋情(却一个也没有成婚)。这位多少有点贾宝玉味道的"多情"的主人公,在爱情上结出的全是苦果,最后消沉到几乎出家当和尚。小说写的生活面比较宽,涉及戏子、盗贼、土匪、舞女、和尚、尼姑、帮会头目等,可惜这些江湖人物写得往往不大像。实际上写出来的还只是知识青年的恋爱心理(而且有过多的人为成分)。小说结构则颇有特点:全书以主人公"我"的经历为线索展开故事,开头写得似乎松散,枝蔓很多,但后来这些枝枝蔓蔓又都能串联起来加以利用,成为有效的伏笔,收到了较好的效果。

徐訏在香港期间,曾先后创办并主编《热风》《幽默》《论语》《笔端》《七艺》等期刊,均因销路不佳,创刊不数期即停刊。在此期间,徐訏曾任教于香港中文大学、新加坡南洋大学。1970年后任香港浸会学院中文系主任、文学院院长。1980年夏退休后不久即因肺癌逝世。他终其身是个浪漫主义的小说家。

第二节 无名氏及其小说创作

抗日战争末期另一个以小说风行的作家是无名氏。

无名氏,原名卜宝南,改名卜乃夫。笔名"卜宁""宁士""百万岁人""无名氏"等。祖籍江苏扬州,1917年生于南京,兄弟六人,排行第四。南京中央大学附属实验小学毕业,在五卅中学读了四年,未毕业即远走北平。到北京大学旁听了三年课程。1937年古城北平沦陷时,无名氏二十岁,曾流亡武汉、重庆等地,做过艺文研究会编译员(1938年)、重庆《扫荡报》记者(1941年)。其间开始从事散文和小说创作。据作者在《抗战时期写作生涯回顾》[①]中说:1940年完成的小说《人之子》,"是我后来代表作《无名书稿》的艺术风格与造型的一个最初小试验,同时又照顾了小说情节与内容的戏剧性,手法是象征主义兼哲理风格,而套用写实主义外形"。早年短篇小说如《海边的故事》《日耳曼的忧郁》《鞭尸》《棕色的故事》等,即已呈现出色调忧郁、感情浓烈、想象奇特、用语铺陈的特点。

记者生涯帮助无名氏获得不少素材,也使他结识了一些朝鲜革命志士。他在1940年6月、9月期间发表的多篇通讯,就是向朝鲜革命者金九及光复军总司令李青天所做的访问。1941年8月,无名氏开始在韩国光复军二支队长李范奭处做宣传工作。次年9月随李范奭由重庆去西安。他与李过从甚密,从此开始以朝鲜抗日志士斗争生活为题材,写了一系列作品,如《骑士的哀怨》《露西亚之恋》《荒漠里的人》《北极风情画》等。这些作品有更多的空想成分与浪漫情调。其中多篇是根据李范奭的素材写成的。以《北极风情画》为例,它连载于1943年11月起的西安《华北新闻》。作者后来在《寒斋法场边——无名斋十记之一》中回顾此书创作情形时说:"这时,我荣膺该队'拉拉队'队长,与支队长李范奭颇友善,两人几乎好得要合穿一条裤子。……1943年11月9日至29日,我以二十天时间,快马加鞭,根据范奭在托木斯克的艳遇,写成《北极风情画》约十三万字。"[②]它与无名氏稍后创作的《塔里的女人》,均属抗战末期的畅销书。

[①] 此文刊载于香港《星岛日报》1984年3月12日、13日。
[②] 此文刊载于香港《星岛日报》1985年10月25日。

《北极风情画》《塔里的女人》都是浪漫气氛很重的爱情故事。情节本很简单：前者写随军撤退到西伯利亚的爱国军官与美丽的俄国少女相恋，但军队撤退时，少女无法跟随，于是留信自杀，并要求男主角在十年后登山唱"离别歌"。后者写提琴家罗圣提与美丽高贵的黎薇相恋，可是罗在家乡已有原配，黎只好含恨他嫁；十年后重逢，艳女已成老妇，男主角就去当了和尚。两部长篇都以悔恨交加的男主角出来话当年的方式写成。小说中充塞着铺陈华丽的辞藻与狂热倾泻的感情，使许多青年为之倾倒，也使有些读者感到腻烦。

为了帮助了解无名氏的作风与气质，我想引用他旧时朋友依风露先生回忆1944年初到西安拜访无名氏的一段经历：

> 一进屋，他屋里的摆设就把我弄愣了，除了简单的书桌和床铺外，就是一面墙上那长长的木架子，架上没有书，全是人身的道具、骷髅，尤其是大大小小的脑瓜骨令人发毛。我看住他俊美的脸蛋，他大概看出我的吃惊，满足的笑了，他戴着银边眼镜，默默的瞅住我，我很久才问他：
>
> "你是孙殿英第二，盗墓的？"
>
> 他先无表情，后始微笑，接着问我：
>
> "害怕？"
>
> 要说我这么大个人怕这些，我这个北方老粗不就成了豆腐？！我告诉他，卧房里摆这些，总觉得有点那个！
>
> 他顺手拉开抽屉，一样又一样的小刀子扔在桌面上，那是杀手的家伙，竟成为他刮去蚀骨的修整工具。
>
> 我看住小刀子，又看看他，他朝我一笑地说：
>
> "这些头骨是我们一面镜子，你我只要一死，脑袋就是这副样子。不管生前多漂亮、多迷人。"他有点激动的说，"脑袋里是空的。

迷人的眼睛是两个大窟窿。丰满的脸蛋象这样的峭壁。诱人的嘴唇是一个吓死人的黑洞。"他更激愤地坐下来说:"依先生,任何美丽的女人,你只要在吻她的同时,用手指使力气按在她的眼眶子上,你才体会出她的真实!"他冷笑而愤慨的站起来,走向一边:"什么睫毛!什么秋波!什么顾盼……"他说,他愤恨的说,他摇头激昂的说。

我沉默地看住他宽广的后背,这时,窗纸被风沙刮得一阵响动。我体会出他是有什么变故。于是我问他:

"你受过感情的伤?"

他许久没回头,回头时已是一副苦笑的脸,点了点头,他问我:

"你呢?"

我告诉他,和女友同时走出大学之门,我进了社会,她在我们结婚前夕进了坟墓。

"你还想她?"

我说我已经忘恩负义,又爱上了另一个女人。

"现在带她来到这里?"

"没有!"我说,"她躺在她男朋友怀里等我!"

他听了,一阵犹疑,突然就狂笑起来,然后他讲述他的她:"二转子,白俄,家有一个母亲!(好像说还有一个哥哥,记不得了)她实质是这样!"他指着一个头骨,"可是现在上帝给她一个青春的外衣!她的眼睛本来有这么两个洞洞!"他指头骨上眼睛部位,"可是上帝给她一副迷住我的蓝眼珠!她说她爱我,可是她母亲嫌我穷!"……乃夫的眼泪,使我盈眶欲坠。

失恋自然是痛苦的,这是人之常情。但上述无名氏的表现,有两点值得特别注意:一是他感情反应之强烈,以及由此带来的感伤乃至颓废的色彩；二是他喜好哲理思索，爱把人生问题提到哲学的高度："任何美丽的女人"，"脑袋就是这副样子，不管生前多漂亮、多迷人。"……这两点正好体现了无名氏风格、气质上的独特性。他的小说作风，正是与作者本身的这种独特个性有关的。

无名氏把他三四十年代的小说写作划分为两个阶段：1945年以前为习作阶段，1945年以后为创作阶段。他的代表作就是创作阶段的产品——长达七卷的《无名书稿》。其第一卷名《野兽·野兽·野兽》（初名《印蒂》），第二卷名《海艳》，第三卷名《金色的蛇夜》，第四卷名《荒漠里的人》，第五卷名《死的岩层》，第六卷名《开花在星云之外》，第七卷名《创世纪大菩提》。前三卷的初稿曾在40年代末期出版，这里略作介绍和评述。

《野兽·野兽·野兽》通过主人公印蒂的活动，写了20年代的中国。印蒂是"五四"青年，他为了探索人生，1920年就脱离N城里优裕的家庭而走向社会。在北方，他参加了中国共产党的地下组织。五年后，他又奔赴广州，参加北伐。"四·一二"事变后，他被捕。在狱中，他受尽威胁利诱仍不屈服，经受住了酷刑的考验，还领导了狱里的绝食斗争。经父亲营救出狱后，还要求继续做革命工作。然而，左狮、贾强山等"左"倾分子却无端怀疑印蒂有自首行为，诬他"同情"托洛茨基，强制他交代自己的"错误"。印蒂愤而离去。小说所写主人公狱中生活以及出狱后在母亲精心照料下恢复健康这些部分，尚能给人一定的实感。但作者把"左"倾路线等同于中共路线本身，由此得出反共的结论，却是先验而显得极为牵强生硬的。

《海艳》写主人公印蒂退出革命后对爱情由狂热追求，到实现目标反而失望，终于出逃的过程。这是印蒂在人生道路上的第二个大回合。小说由印蒂月夜在海轮上与白衣少女瞿萦邂逅写起，继而写印蒂对瞿萦的苦苦追求，发展到两人热恋，去青岛海边避暑时狂热的浪漫生活，达到目的后又感到空虚失望，害怕结婚，最终为逃避瞿紫而不得不远走高飞。较之第一卷《野兽·野兽·野兽》，此书的一些章节显示了较多的生活气息和艺术上的特长。本来，无名氏的看家本领还是在写充满浪漫情调的青年男女爱情生活，《海艳》正好发扬了作者的这一长处。关于海轮夜景以及男女主人公邂逅的笔墨，甚至使人想起徐訏带神秘性的小说《阿拉伯海的女神》。

以《海艳》第三章《西湖》、第五章《重逢》、第六章《矜默》为例。《西湖》这章中的瞿太太（瞿紫之母，印蒂之姨），性格、语言都写得极为成功。这是一个泼辣、风趣、聪明、洒脱、注重现实、讲求享受的女性。试读这样一段文字：

印太太母子到来的这一天，是这半年来，瞿太太最乐的一天。一见面，她就叫印蒂走近了、站正了，让她细细端详。端详了许久，她笑着道：

"啊！印蒂，十几年不见，你长得这样高大了。在大街上，我真不敢认你！"停了停，叹了口气，"好魁梧的大个子！连小胡子都留上了！打扮得这样体体面面，真正是个 Gentleman 了！……印蒂，你还记得，小时候你爱吃酥油饼，常常在我家厨房桌子下爬来爬去的？……"

印蒂笑道："姨妈，您现在把酥油饼扔到地上，我也仍会爬着抢吃的。"

说得大家都笑起来。

"印蒂，你真是个没良心的孩子！头些年，几次三番，写信迎你大驾，请你来，你都甩牌子，不肯来看看你姨妈！……听说有一阵子你就住在 S 埠，你都不来！是不是你姨妈头上长角了，会刺你？还是你姨妈大门口有老虎，要咬你？……"

印蒂笑道："不是我不来，姨妈一家都是银行界人物，我怕你们疑心我找上门，专为低利贷之类。为了免得叫你们夜里睡不着觉，我想还是不来的好！"

　　瞿太太笑道：

　　"你们瞧瞧我这位姨侄！真会说话！……你姨妈家就是开一百爿银行，也不能亏待你呀！你向我们来一套什么马克斯牛克斯的，那还了得！……"顿了顿，突然收敛了笑容，稍稍严肃的，"说真话，印蒂，听说有个时候，你很闹了一阵子共产，差一点出了事，是不是？……"转脸对印太太，"姐姐，亏你是做母亲的，你也不拦拦他，尽他年青青的，在外面野马似的乱闯！还好！万一要有个三长两短，你就这么一个宝贝！……"

　　印太太笑道："儿子一长大，再不肯吊在妈裤带上了！他的脚那么长，我哪拦得住他？"

　　"咳，我的姐姐，你终是个老实教徒，一天到晚，只晓得对十字架叩头作揖！……"话题忽然离开印蒂，"我就不赞成你这一宗！一天到晚读神学，把脸都读老了，读白了，有什么用？……"带了点自赞，"象我，吃一点，喝一点，没事，养养鸟，种种花，看看鱼，游游湖，画画画，听听戏，多好！……人活一阵子，不快快活活的，却一天到晚对木头十字架叽哩咕噜，不发神经？……"

一位机灵、能干的银行家太太的形象，委实跃然纸上。这是作者真正熟悉的生活和人物，所以写得如此得心应手，活灵活现。另外，第五章《重逢》，第六章《矜默》，也都写得不错，有真实感，有出人意料的笔墨，又有在人意中的情理。虽然《海艳》中同样存在以作者主观空想代替客观生活逻辑的问题（如印蒂与瞿萦在热恋中忽然分手，完全是为了适应某种先入为主的观念），但总体看来，这部小说可以看作整个《无名书稿》乃至全部无名氏作品中最好的一部。

《金色的蛇夜》写印蒂去东北参加义勇军抗日一年后溃散回沪,与庄隐等人共同参加上海黑社会的走私活动,有时过着醉生梦死的享乐生活。印蒂"决定把自己灵魂送给染坊,彻底染另一种深色"。(第1262页)庄隐也说:"生命本是场赌博。我们既已赌过那么多,现在自然仍得赌下去。……哪里都行,只要有金子和女人!学蝴蝶在虚无缥缈空际里飞,今后我才不干这种傻事!"(第1264页)也就是说,什么理想都不要了。然而这种生活使印蒂更感到绝望,他"只有从堕落得救"(第1553页)。他希望同被称为"地狱之花"的神秘女人莎卡罗来往。几经曲折,终于被莎卡罗允许:"随时敲我的门"(第1681页)。此卷在情节上仍有作者任意驱遣主人公的毛病。有些部分相当色情、低级,想学《红楼梦》里的薛蟠行令,然而并无性格,只剩粗俗。

据作者1950年给兄卜少夫的信中说:"《无名书稿》第四卷探讨神和宗教问题,第五卷写东方的自然主义和解脱,第六卷写综合的东西文化的境界及新世界人生观,第七卷写五百年后的理想的新世界的人与人的关系。"又说:"近来自觉很有进步,无论文字思想,均较成熟。我自信,只要我能将此巨书(自然,头二卷还得修改一下)写完,将来在中国文学界的领导地位是无问题的。"作者很有雄心,可惜生活体验并未跟上,艺术功力亦嫌不足,全书浮词多而主观随意性大,蓬松如棉花,远违作者初衷。这是无名氏所未曾意料的。

第三节 后期浪漫派小说的艺术特色

徐訏、无名氏都较有才华,都创作了风行一时的作品,这些作品又都充满浪漫色彩,颇有相似之处,显示出若干共同的特色。

从创作方法上看,后期浪漫派小说的一个显著特色,是人物和故事往往只凭想象来编织，有不少夸张和理想化成分，不一定有多少实际生活的根据。这使他们作品中不少人物有某种光彩，同时却也少了一点人间烟火气。徐訏说到长篇小说《风萧萧》的创作时说："长夜独自搜索我经验中生活中的事实，几乎没有一件可以与这里的故事调和，更不用说是吻合。"又说："在我写作过程里，似乎只有完全不想到那些见到过或听到过的实在人物，我书中的人物方才可以在我脑中出现，如果我一想到一个我所认得的或认识的人，书中的人物就马上隐去，那就必须用很多时间与努力排除我记忆或回忆中的人物，才能唤出我想象中的人物。"这是徐訏的经验之谈。他的《鬼恋》《风萧萧》中的主要人物（如"鬼"、白蘋、梅瀛子等）就都是些"想象中的人物"，是些相当理想化、勇于自我牺牲、涂着一层神圣光圈的人物形象。早年的中篇小说《精神病患者的悲歌》，同样具有这种代表性。

《精神病患者的悲歌》以第一人称展开故事。"我"是个东方男青年，旅游在巴黎，有一天从杂志上看到一则《E.奢拉美医师招考助手启事》："兹为医治一个特殊精神病的病人，需要助手一名。资格：一、对于变态心理及精神病有相当研究而有特殊兴趣者；二、年龄在二十与三十之间；三、有非常耐心与勇气；……月薪四千法郎。""我"于是应试而被录取，由奢拉美医师分配去护理一个富贵世家的独生女儿梯司朗小姐。奢拉美医师向"我"交代："你到她的家里去，算是她父亲雇佣的一个整理他家藏书的人。以后你应当尽量同她接近，你应当假装作是她所交的那群低级的人，博她的信任，慢慢你再依照我的指示进行我们的治疗。""我"到梯司朗家以后，为了接近女病人的方便，找了梯司朗小姐贴身女仆海兰做助手。海兰才十九岁，很美，很得小姐欢心，也很喜爱梯司朗小姐，愿意为治好小姐的病而一切听命于"我"，愿意将小姐生活状况记成日记给"我"看。"我"通过海兰对梯司朗小姐真挚的爱，使小姐慢慢相信世上人与人关系并不那么冷酷，至少海兰是真心爱着她的。工作过程中,"我"与海兰相爱。小姐后来也喜欢上了"我",有时显得对"我"与海兰的关系有点嫉妒。海兰发现了这一点,经过痛苦的思想斗争,决心做出自我牺牲。她约"我"盛装艳服出游,夜间两人同居,享受了唯一的一次爱情生活乐趣后服药自杀,留言要"我"与小姐结合。但海兰的死使小姐与"我"两人都心碎了。小姐觉得自己对不起海兰,就在精神病痊愈后皈依上帝,当了修女。"我"也矢志不婚。——这就是整个小说的故事梗概。

《精神病患者的悲歌》是作者编织的又一出三角恋爱故事。缺少生活根据的地方非常多。不但三个人之间的关系相当理想化,而且细节上也有各种破绽:梯司朗小姐的生活与精神状态实在没有多少精神病患者的气息;她父母亲对"我"在整个工作过程中竟也放任到难以想象的地步;海兰既然是极爱小姐的关键人物,她又早在小姐身边,奢拉美医师何不早加利用;海兰为成全小姐而自杀身死,这种"高尚道德"背后,实在又有些奴性(演的是一出传统的"忠仆救主"的戏),等等。但是,这种三角恋爱故事与张资平的毕竟不同,它们不是唱滥了的调子,其中也没有色情的描写。故事情节虽然出于空想,但感情写得比较纯洁。而且故事情节的编织也有不一般之处,有时颇出人意料。如小姐向"我"拔枪,结果招来相吻。海兰为成全小姐与"我"而自杀,然而她死的结果反而使两人不可能成婚。这些都是没有落入俗套的地方。稍后的《风萧萧》,正是发展了这个优点,把三角恋爱故事与间谍小说结合起来而取得的新进展。

无名氏的许多小说味道与徐訏的相接近。他也喜欢表现爱情的热烈缠绵,或写恋爱中、人生中的一些缺憾,以此衬托人物纯洁、真挚、高尚的心灵。《塔里的女人》编织的也是一种三角爱情故事:提琴家罗圣提与白衣少女黎薇热恋,但罗在家乡还有发妻,黎薇只好含恨另嫁。《北极风情画》中的俄国少女,因为不能与异邦军官结合,故而留信自杀，还遗恨绵绵地要求男方十年后登高歌祭。其情致与徐訏的《鬼恋》《荒谬的英法海峡》《精神病患者的悲歌》等十分相似。即使写人与物的关系，无名氏的小说也有不少夸张、想象的成分。如《骑士的忧郁》不但写主人与马的真挚动人的感情，还写了宝马"无前"所建的神奇的功勋——从死神怀里夺回了主人：

> 那是一场激烈的战斗后，他头部受伤，肿得象笆斗大。在木炭色的夜里，他带伤领着一营骑兵，以急行军向一个新地转移，在一座几十丈高的削壁边沿上，五百多骑疾驰着、疾驰着、疾驰着。
>
> 突然——
>
> "崩察——"
>
> 无前滑了前蹄，一足踏空削壁，沿着壁面滚下去，直滚下去。……
>
> 五百多骑立刻混乱起来。
>
> 削壁有七十多度的急倾斜，远远看去，与平地几成直角。无前滚下去，它的最高智慧逼它死搂住壁面的黄土层，它死扒着、死搂着、死抓着，又一节节滚下去、滚下去。
>
> 受伤的骑手已忘去一切苦痛，石像样直坐在马上，一动也不动，两腿拼命往内夹，似要把马的肋条骨夹断。……
>
> 黑魆魆的夜饕餮的吞噬了一切。
>
> 离地约三丈时，马终于支持不住了，作出将要滑失前蹄把一切付诸命运的表示。就在领会死亡将到来的前一秒钟，骑手突然闪电式一挺腰，向马臀部疾倒下去，把重心移向马后身，双手用全力急拖住缰绳，尽全力向上高举着，高举着，……这一扶助动作，刹那间给马似狂风暴雨式的敏悟，它拼出最后危险，孤注一掷，纵身一跃，向地上跳去，竟落在一片平坦地上——人马无恙。

这一切，都是地道的浪漫派的写法。

但无名氏的夸张、想象有时达到了主观性极强的程度：可以不顾情理地任意驱遣人物，结构故事，将不可能发生的事强加到故事情节中。《海艳》写印蒂在与瞿萦美满、和谐的结合后，突然无缘无故地从欢乐的高峰上跌下来，陷入疲倦、苦闷，终于在第十二章《残酷》中出走他去。这一转折使人无法理解。作者这样解释印蒂与瞿萦的分手："因为他如此爱她，所以必须离开她。因为她如此纯洁崇高，所以他必须离开她。假如她是一个下流妓女，他倒容易爱她，和她相处了。"这种解释完全无法令人信服。事实上，作者做出这种安排，无非为了体现"色即是空"这类潜在的先验的哲学观念而已。为了体现某种先验的观念，无名氏常常可以牺牲艺术，牺牲生活的逻辑，陷入一种最拙劣的"主题先行"的绝境。如《野兽·野兽·野兽》新版第547页上通过杨易的谈话，说30年代中共"认为在S埠的工作遭遇困难，环境太风平浪静，革命推进既缓慢，又不大容易，于是决定制造一些严重事件，刺激社会，造成紧张的形势。计划谋杀几位同情革命运动的二三流社会名流（第一流，还得利用他们），一方面嫁祸于统治者，激起文化界和青年们对当局的愤怒，一方面乘机可以展开工作"。证之以历史事实，这番话究竟是真有其事的史料，还是无中生有的编造，实在是最清楚不过的事。谁都知道，杨杏佛究竟是谁暗杀的？史量才又是死于谁手？无名氏无中生有地编造这些，目的无非是要完成一种先入为主的批判。这种创作方法，大大限制了无名氏创作的成就，成为他较徐訏创作逊色的一个重要原因（徐訏《江湖行》所写的夏立惠即映弓形象也有这类毛病，但程度较轻）。

后期浪漫派创作的第二个特色，是异国情调和神秘色彩。

徐訏在《海外的情调》集的《后白》中说："《海外的情调》则是应《西风》编者的鼓动而写的，本来是想用一点小故事写一点异国的空气……写(第一篇)《鲁森堡的一宿》时,并没有立志试写什么异国的空气,但是现在读起来,觉得所写的旅情与心绪都是个人对于异国空气的反应。"其实,不仅是《海外的情调》如此,徐訏的大部分作品都有这一特点。

《阿拉伯海的女神》写"我一个人在地中海里做梦"。梦见船上一个阿拉伯巫女,似乎是神秘的海神,她让女儿在夜间出来,与"我"恋爱,交换戒指。由于伊斯兰妇女不准与异教徒恋爱,两人终于跳海殉情。作品带着很重的宗教的神秘朦胧色彩。其中的"我"说有一句话:"我愿意追求一切艺术上的空想,因为它的美是真实的。"实际上代表了徐訏的艺术观。

《英伦的雾》写的是这样一个故事:"我"与妻子为了声援西班牙反法西斯战争,参加了伦敦的一次义演。在这次义演后,妻子收到一个西班牙青年的信,对她的舞蹈极口赞美,妻就把这个青年引为艺术上的知己。两人接触多后,产生了感情,也引起妻子的内心矛盾与苦恼。"我"采取的态度是:尊重妻子的决定。妻子后来决定与"我"离婚,与西班牙青年结合,两人双双到西班牙去参加战斗。青年在战争中亡故,妻伤感地回到伦敦,正遇"我"与一个英国女青年结婚。于是,妻说明态度,决心回国,把感情永远寄托在孩子身上。在这一过程中,"我"也表现了现代人应有的高尚态度。作品理想色彩很浓。有些部分写得颇为机智。

《鲁森堡的一宿》用象征手法写"我"在一个失眠之夜听着钟表嘀嗒作声所产生的烦闷心绪。作者把钟表的声响想象成两个仆人在对话,流露出对主人不许自己休息、必须永无休止地劳碌的不满。结尾富有抒情意味和哲理性:"那只五十年的钟,与我这只二十年的表,现在终可以长期休息了,而我则还是喘不过气来似的在度这无尽止的人生。——长夜漫漫,我祝福它们。"

《鬼恋》背景写的是上海龙华,却也充满诡异神秘的气氛。这种气氛,正同表现孙传芳统治时期革命的地下工作者的活动相协调。

直到晚年,徐訏小说中的神秘气氛仍相当多。如短篇小说《园内》,就写一位梁小姐患心脏病死了半年,她的男友李采枫却还在深夜的花园里看到她的身影。真是这个园子里闹鬼?还是李的痴情引出了自己的幻觉?或者简直是《牡丹亭》式的神秘故事又重现?明明是荒唐的故事,但作者的善于讲述和烘托气氛,仍使读者受到感染和吸引。

异国情调和神秘色彩是徐訏浪漫主义的重要特点,是他奇谲灵动的想象力的出色表现,也是徐訏作品艺术魅力的原因所在。梅里美和毛姆的影响,加重了徐訏这方面追求的自觉性。

和徐訏相比,无名氏在这方面也许不那么自觉。本人的气质和经历也限制着他。他的作品一般来说偏于浓艳。但无名氏的一部分作品,如《日耳曼的忧郁》《露西亚之恋》《北极风情画》《海艳》《金色的蛇夜》等,依然具有程度不同的异域风味和神秘色调。

以《海艳》所写印蒂与瞿萦会面时的海上夜景为例,就写得很有特色:

> 夜晚来了,月亮从海平面升起,像一株银色火,又冷静,又精炼。海上立刻釉了层祟惑色彩。整个大海幻成个妖娆的女巫,抖动着罗可可式的蛊惑,引诱人投向她,虽然投向她只是投向危险。白色睡莲花,无数千万朵,恍恍惚惚,梦样展在海上。月光把海造成一座白色花苑一个花式的海。适应海面水分子圆运动、椭圆运动和水平运动,这一片白花作圆舞蹈,拍着缓静的节奏。对照海上这片玉白,天上一片深蓝,蓝中又一片透明:是星斗。天和海似乎本只是一个存在体,一个无穷无限的巨大蛤蛎,忽然张开来,上面蓝,下面银。

> 在蓝和银的界限内，轻驰着亚热带海风，像麋鹿，敏捷而温柔，带点咸味。在海风缭绕中，渐渐的，月光也染了点咸味，那片乳白色不只冲入人的眼帘，也钻入人的唇舌。

这些描写，使人不禁想起徐訏的《阿拉伯海的女神》——两者在海的神秘性上尤其相似。

《露西亚之恋》在营造气氛以烘托流亡者对故土的依恋方面，也是相当深沉的。小说有个副标题："1933年发生在柏林深夜的故事。"写朝鲜抗日志士金在异国遇到一批远离"俄罗斯母亲"的白俄，双方在亲切交谈、乐曲感应、伏特加助兴中，发生了一场暴风雨式的流亡者爱国感情的猛烈交流，情境刻画得苍凉而又浓郁。这种内在的异国情调的写出（包括将俄罗斯乐曲的感受通过语言文字描画出来），显示了作者具有的较为宽广与充实的文化素养，为作品增色不少。

后期浪漫派小说的第三个特色，是人生哲理的丰富思考与象征、诗情的刻意追求。

徐訏是研究哲学和心理学的，他的作品中颇多意味隽永的人生感悟与哲理。以长篇小说《风萧萧》来说，这类例子俯拾即是。

有献身精神的梅瀛子在向"我"谈自己、谈海伦时说：

"人类童年的生命是属于社会的，人类中年以后的生命也是属于社会的，惟有青春属于自己，它将从社会中采取灿烂的赞美与歌颂。……所以我所引导的是正常的人生，而你对于海伦的期望只是永生的镣铐。"

独身主义者男主人公曾对史蒂芬夫妇说：

"女人给我的想象是可笑的，有的像一块奶油蛋糕，只是觉得饥饿时需要点罢了；有的像是口香糖，在空闲无味时，随口嚼嚼就是；还有的像是一朵鲜花，我只想看她一眼，留恋片刻而已。"

"我"和白蘋讨论银色与白色的一段对话则是这样的：

我说:"我很爱银色,但不喜欢。"

"这是什么意思呢?"

"我很爱银色的情调,但它总象有潜在的凄凉似的,常唤起我淡淡的哀愁。"

"那么你喜欢什么呢?"

"白色,纯白色。"

"我爱白色,但不喜欢。"

"你是说……"

"我爱它纯洁,但觉得不深刻,"她说,"你不觉得银色比白色深刻么?"

"是的。白色好象里面是空的,银色好象里面有点东西,"我说,"可是里面有什么呢,是一种令人起淡淡的哀愁的潜在的凄凉。"

在作者精心安排下,这银色就成为白蘋的美好象征。当然,这类人生感悟是见仁见智的事,但它们常能给人提供思考与启发。

无名氏的小说中,《无名书稿》是长河型的诗与哲理小说,其他一些作品中的诗与哲理性语言也不少。且读读《野兽·野兽·野兽》写印蒂从狱中出来后,到河水中游泳的一段:

他泅着泅着,忘记了一切,忘记了自己。仿佛不是他的肉体泅泳,而是他的灵魂泅泳。不是他的肉体在河水里游泳,而是他灵魂在自由里游泳。一切是牧歌样的美,羚羊角样的美。全宇宙象在写赞美诗,唱赞美诗,一遍又一遍重复赞美生命。他从未感到生命是这样芬芳,这样明亮,这样鲜丽。他泅着泳着,忽然冲到岸边,躺在草地上,大声哭泣了。他不是哭他过去十几个月的黑暗,而是哭这一秒这一刹那的传奇式的明亮。他哭泣,因为他太幸福,太幸福。幸福与蓝天、白云溶在一起,又从天上落下来,和他的黑发结成一片。幸福如太阳燃烧于天穹,也燃烧于他心底。这一切一切的幸福和幸福,只来自一个源泉——自由!

能够结合特定情景,用抒情诗和哲理的语言,把一个在暗牢中关了一年多、一旦获得自由者的欢愉心情,写得这样贴切,这样动人,这样美好,这样透彻,是很难得的。"幸福与蓝天白云溶在一起"一句,尤其是神来之笔。有时,连小说的叙述语言也带有哲理性,如《金色的蛇夜》中的一段:

一千九百三十四年七月,印蒂从N大城回到S市,象从一座大荒野回到另一座大荒野。

经过这二十天的反省,他至少明白了一件事:他还得下降,降到深渊底的最最深渊处。摆在他面前,既没有上升的路,剩下来的,只有下降。人类假如不能从上升得救,只有从堕落得救。

无论是徐訏或无名氏,都在追求一种有哲学内蕴而又诗情浓烈的文体。不同处在于:徐訏懂得节制,追求的境界较为淡远隽永;而无名氏急功近利,追求的相当浓艳繁丽。

徐訏的《精神病患者的悲歌》中,写到"我"与海兰这两位情人的同居,用了这样一段文字:

我靠在她的膝上沉默了。于是整个湖山的寂静一齐拥进我们房内。我们在寂静之中体验到一瞬间的生命就包括了天地的永恒。

就在这永恒的天地中,海兰交给我整个灵魂与肉体的温柔,我们的生命在充实也在溶化,化成纯净的水,化成汽,在无涯的空间中消失,填补了宇宙的残缺,于是我们忘了一丝的过去与半寸的将来,听凭和谐的躯壳在人世流落,让灵魂的交流在静穆的时间中淹没。

无名氏的《海艳》中写到印蒂与瞿萦在青岛海边的同居,却反复不厌其烦地用了许多相似的场面与镜头,刻意铺陈,大事渲染,不留余地。这种写法,有时收到了层层深入、繁复丰富的艺术效果,有时却并无新鲜的审美感受,也无新鲜的表现方法,一味重复,令人难以消受。

不同于徐訏的是,无名氏的语言和意象已开始受到现代派影响。试举《海艳》中的数例。

一是写印蒂悠闲垂钓的一段:

下午,有时候,他欢喜靠着根柳树,坐在湖边钓鱼。他并不真想钓什么。他只觉得:静静坐在湖边的人,必须这样拿着根长长鱼竿子,才能加深心中的水的感觉。他坐着,常常闭目睡去,直到鱼快把饵吃完了,他才惊醒,偶然一提竿子,他不由笑起来,十有九回倒是空的,——他也爱这点空。他会笑着再饵,把钓丝投下水,然后又假寐,让鱼咬破他的梦。

一是写印蒂黄昏散步的一段:

晚饭时,有时他爱在白堤上散步,许久许久,一声晚钟声从黑暗中响起来,东方式的敲着夜,敲着他的情绪。有时候,他就泛舟在钟声中,很久很久,直到装满一船钟声,才慢慢划回去。

一是写夜晚的景色:

> 这是初夜懒散情调之一。
>
> 夜才出现不久,带着突然的最初的新鲜,黑暗华鸽样娇嫩,毫无硬度。一种蝙蝠翅膀式的温柔罩着一切。……

这就给人一种诗的情趣和新鲜意味。这确是无名氏所独有的。

上述三项艺术特色,都和浪漫主义有关,显示着这个流派的性质特征。

在三四十年代现实主义主潮十分盛行的时候,后期浪漫派小说的出现,打破了艺术上的一统天下,开创了小说创作的一种新的境界,促进了小说领域的多样化局面的到来。这个功劳实在是不可抹杀的。今天,已到了还小说史本来面目的时候了。

结束语

考察上述小说流派，使我们对"五四"以来文艺思潮的复杂性增进了认识，知道现代小说流派是相当丰富的，决不像过去独尊现实主义的人们说的那样，"五四"以来只有一个现实主义传统。虽然现实主义可以说是主流，起了重要的作用，但现实主义之外，毕竟还有浪漫主义、现代主义。它们之间的错综作用与交互影响，构成了小说流派史上种种极复杂的状况，我们应该予以正视。

考察"五四"以来的小说流派，我们可以得到哪些基本认识和基本经验呢？至少有这样四点值得注意：

第一，必须解放我们的文学观念，科学地认识现实主义及其与现代主义的关系。

在中国现代小说流派史上，成就最高的还是一些现实主义或现实主义占相当成分的流派，如"乡土派""社会剖析派""京派"以及"七月派"等。这种情况不是偶然的，它一方面与现实主义这种创作方法具有某种先天的优越性有关，另一方面也因为现实主义较能体现小说这种叙事、写人的文学体裁的客观要求和艺术规律，正像在抒情诗这种体裁中浪漫主义、象征主义必然会占据主要地位一样。但是，现代小说流派史同时证明，现实主义并非只有一种模式，现实主义的道路本身就很广阔——广阔多样到如同生活本身一样。此外，现实主义本身的优越性也不意味着它应该导致在小说中占据垄断、独占的地位。我们既反对把现实主义看作"过时"因而排斥于现代化的文学之外，也反对现实主义独尊的理论，反对把现实主义和现代主义看作截然对立、互不相容的两极。绝不能认为只有现实主义才是表现现代生活的唯一创作方法。应该承认，表现现代生活的方法，可以是多种多样的；有些内容采用并非现实主义的荒诞怪异的方法表现出来，可能取得比现实主义远为强烈的效果——卡夫卡的《变形记》与鲁迅的《铸剑》都是这方面的例证。在过去的社会中，某个人如果从较有地位之处突然跌落到破产、失业、穷困的深渊，那将会陷入一种多么难堪的境地，是可想而知的。这种境遇和心情用现实主义方法已经表现过无数次了。卡夫卡则想象某人一个晚上变成了甲虫，通过怪诞的情节表现这种困难的处境和绝望的心情，效果就很强烈。人当然不会一个早上醒来后变成甲虫，但《变形记》在表现人们突然陷入绝境时的痛苦心理方面，达到极为深刻的程度，可以说写绝了，足以引起我们许许多多联想。鲁迅那种同封建势力不共戴天、誓不两立的精神怎样表现？用现实主义的方法具体描写是一种途径，但像《铸剑》那样通过神话题材用怪异的方法（即让眉间尺、黑衣人和国王的头颅在沸水锅中撕咬而同归于尽），也是一种很可取的途径。在我们看来，各种方法的优缺点都是相对的。拿表现主义和现实主义相比较，前者缺少后者那种历史具体性，却可以比后者具有更大的哲理概括性。拿现实主义和心理现实主义、心理分析小说相比较，一个倾向于再现客观现实生活，一个侧重于剖析人物内心变化——开掘意识与潜意识领域的深处，如果正常发展而不是趋于畸形变态的话，那么两者也应该说各有长处。正确的态度应该是：从表现生活的实际需要出发，采取"拿来主义"，勇于吸收包括西方现代派在内的各种有用的创作方法、手法和技巧,以开阔我们的艺术思路,丰富我们的表现手段。我们应该欢迎王蒙、高行健等进行的各种有益的尝试。按照列宁的说法,马克思主义"绝不是离开世界文明发展大道而产生的一种故步自封、僵化不变的学说"[①];对于现代主义,我们在分析批判它的思想体系的同时,也应该不拒绝吸收一切有用的东西。在现实主义发挥重要作用的同时,使各种创作方法互相竞赛,互相吸取对方的长处,这可能是发展繁荣文学创作的唯一正确的道路。

第二,各个流派发展的前途如何,归根结底取决于这个流派本身扎根自己民族生活的深度和艺术满足现实需要的程度。

一位文化巨人曾经说过:理论的命运取决于它满足现实需要的程度。文学作品也是一种意识形态,情形大致仿佛,我们也可以说:文学流派的命运取决于艺术地满足现实需要的程度。而为了能够艺术地满足现实的需要,首先就要求有关的流派和作者能深深扎根在民族生活的土壤中。尤其中国的一些小说流派,并不像欧洲各国那样是在国内固有的条件下经过长期积累而自然地形成和发展起来的,而是经过欧美、日本、苏联等外国文艺思潮和文艺派别的影响和催化才建立起来的。也就是说,它们在成长发展过程中实际上是吃了激素的,不是完全依靠内部条件水到渠成地形成的。在这种情况下,这些流派的前途命运如何,就更要取决于有关的条件是否充分,取决于这个流派本身在民族生活的土壤中扎根的深度。并不是所有流派都能健康地成长为大树的。有些在自己的土地上扎根深的,能够健康成长,发展很快,成了材,如"乡土派""社会剖析派""京派""七月派"等。有些扎根不深、生活土层不丰厚的,即使从异域搬来了珍材奇木,到头来也还可能只成为盆景。有些根上不带什么泥土的,就可能长得如苍白细瘦的绿

---

① 《列宁选集》第2卷,人民出版社1995年版,第309页。

豆芽，虽然一个短时间内也曾出现过一点翠绿色，终究还是生长不起来，免不了枯萎或夭折。相反的，也还有另一种情况：有的流派接受的外国文艺思潮并不正确，但在作家扎根生活的条件下，却有可能在某种程度上克服这种不正确文艺思潮的影响。例如蒋光慈为代表的"革命小说"派直接或间接地接受苏联"无产阶级文化派"和"拉普"的影响，使他们走了很大弯路，但后来随着革命实践的深入，蒋光慈也写出过《咆哮了的土地》，这就是对苏联"左"倾文艺思潮有所冲破、有所克服的结果。总之，扎根民族生活土壤的深度，同流派的前途命运有莫大的关系，这确实是一条谁也改变不了的普遍的规律。现代技巧、手法的追求，只有同作者对生活本身的熟悉联系起来，才有意义。形式、手法、技巧不是万能的，它弥补不了生活的贫血症；只有在对生活本身下功夫的基础上，技巧才能发挥它的长处，作者也才会真有用武之地。30年代初新感觉派一些写得较为成功的小说，如施蛰存的《梅雨之夕》《春阳》《鸥》《名片》，穆时英的《夜总会里的五个人》《上海的狐步舞》《黑牡丹》等，都是将心理分析技巧用之于作者充分熟悉的生活，写出了某种微妙的内心活动的结果。如果作者对自己所要表现的题材并不熟悉，形式、手法、技巧再新奇，仍然无补于事，甚至还可能因为脱离生活一味追求技巧而使创作陷入歧途。施蛰存的《阿秀》，变换了四五种角度去写自己的女主人公，技巧上不可谓不用力；然而作者毕竟对这类人物并不熟悉，因此作品的实际效果仍然是比较一般化的。同一个施蛰存，还曾写过像《夜叉》《凶宅》一类追求情节曲折离奇，却完全陷入空想的作品。连他自己在《梅雨之夕》集的《自跋》中也承认："读者或许也会看得出，我从《魔道》写到《凶宅》，实在是已经写到魔道里了。"30年代新感觉派有关技巧与生活的这些经验，至今依然值得我们汲取。

第三，充分认识流派在其繁衍、演变过程中的复杂性，切忌简单对待。

　　小说流派的变迁，并非只有生存和衰亡两种形态，而是要复杂得多。例如"乡土派"小说，后来实际上分化为两支，并非简单消失；它原有的揭示旧制度的野蛮落后和描写乡土风习这两方面的功能，分别融入了30年代的"社会剖析派"和"京派"。这是一种"分流"现象。而"七月派"，它承继了现实主义的遗产，又吸收了心理现实主义的因素，两者汇合就产生变异。这又是一种"合流"。此外，一时衰竭了的风格，也并不意味着"死亡"，它可能在某种条件下重新复活，而且变得比较有生气。如心理分析小说，后来施蛰存已经写不下去，但到了张爱玲手里，却发展得颇为圆熟自如，获得了前所未有的心理深度。又如，40年代小说领域中再也看不到独立的现代派，并不等于现代派已经从此灭绝。我们看到，它渗透到了京派一些作家作品中，渗透到了七月派一些作家作品中，还渗透到了后期浪漫派一些作品中，它像蒲公英，虽然原地不见，却已随风飘落到了各处，留下它的种子。

　　即使在一些对立的流派之间，也并非只有相互斗争，还可能存在着相互影响、相互渗透的关系。

　　例如，新感觉派的都市文学与左翼作家的都市文学，心理分析小说与社会剖析小说，这两类作品就可以说是相互对立、相互映衬并在某种范围内相互影响的。左翼作家对新感觉派并不是只有批判。茅盾曾经注意到穆时英的小说，他在1933年7月《文学》创刊号上发表的《新作家与处女作》一文中，谈到黑婴的小说《五月的支那》时说："我们最先感到的，就是黑婴此篇的作风同穆时英非常相像。如果说穆时英的作品在形式上的技巧而外，多少还有些内容（正确与否，另一问题），那么，黑婴此篇在内容上非常贫弱。"可见，茅盾一是注意到穆时英小说在形式上技巧上有长处，二是认为穆时英小说"还有些内容（正确与否，另一问题）"。另一位左翼作家楼适夷，在《施蛰存的新感觉主义》

一文中，既批评了施蛰存有些小说的不健康倾向，也对作品的形式、技巧给予了很高评价。他自己还曾用新感觉派的某些手法写了《上海狂舞曲》。我们不知道30年代一些左翼作品节奏加快，是否同日本与国内新感觉派的影响有关（似乎有关）。至于新感觉派，某种程度上受到左翼文学影响，则是可以肯定的。就拿穆时英来说，他一直计划要写一部长篇小说（《上海的狐步舞》就是其中一个片段），初名《中国一九三一》，到丁玲的《水》、茅盾的《子夜》发表以后，他用两年半时间写了初稿，改名为《中国行进》。1936年初良友文学丛书的广告说：这部刚脱稿的小说"写1931年大水灾和九一八前夕中国农村的破落，城市里民族资本主义和国际资本主义的斗争。作者在这里不但保持了他所特有的轻快的笔调，故事的结构也有了新的发展"。作者创作计划的这种变动，题材的这种扩充，写法的带有更多实验性，除受美国作家约翰·杜司·帕索斯的影响外，显然也受到了国内左翼作品的启发。而施蛰存，不但复归到现实主义道路后写了《小珍集》里一些揭露半封建半殖民地种种社会问题的小说，而且还想写一部讽喻现实的长篇《销金锅》，"以南宋临安城为背景，从一些小百姓日常生活反映一个亡国的社会状况"。这些都显示了左翼文学的影响。注意各流派之间这类错综复杂的相互渗透的关系，有助于我们思考许多问题，从而得出一些有益的结论。

第四，用一种流派的审美标准去批评另一种流派的作品，这种"跨元批评"或"异元批评"，往往很不科学，不利于流派创作的发展和繁荣。

这类教训很多。例如：

五四时期，郭沫若受弗洛伊德学说影响，写了一篇小说叫作《残春》，描写"潜在意识的一种流动"[1]。这也许是中国最早的意识流小说

---

[1] 郭沫若：《批评与梦》。

之一。它本是一种实验,一种新的探索与创造。但是,有一位摄生先生,在1922年10月12日《时事新报》副刊《学灯》上发表文章,用传统的"情节""高潮"之类小说审美标准给以批评,认为《残春》"平淡无奇……没有Climax(顶点)"。在这场争论中,成仿吾站出来保护了郭沫若所做的探索。他用现代主义批评标准衡量郭的现代主义作品,正确阐明了作者的写作意图。

然而,同一个成仿吾,在评论鲁迅小说集《呐喊》时却失足了。他把《呐喊》里绝大多数作品,都称为"庸俗的自然主义"——意即模仿生活而无创造性的小说,只称赞了一篇运用弗洛伊德学说写成的《不周山》。鲁迅后来再版《呐喊》时,忍不住"回敬了当头一棒":宁可将《不周山》抽去,使《呐喊》成为"一无可看""只剩着'庸俗'的跋扈"①的书。成仿吾之所以会犯这样的错误,就因为他又在进行"异元批评":用现代主义的标准去评论鲁迅那些基本上是现实主义的作品。这一错误的性质,与摄生用传统标准评论郭沫若现代主义的《残春》,是完全一样的。

以后,这种错误在文学评论界仍继续着。突出的例子是有些左翼评论家对茅盾作品以及胡风、路翎等七月派作家对沙汀作品(特别是《淘金记》)的评论。他们都把茅盾、沙汀等社会剖析派作家的小说指责为"客观主义"。30年代,当《春蚕》等小说发表时,有位署名"凤吾"的批评家就责备茅盾采取"超阶级的纯客观主义的态度"②。抗战期间,胡风、路翎(冰菱)又在《关于创作发展的二三感想》《现实主义在今天》以及对《淘金记》的书评中,一再指名或不指名地批评沙汀的小说具有"客观主义的倾向",缺少革命"热情",只是"静观","不能给你关于那个高度的强烈的人生的任何暗示"。其实,无论是茅

---

①鲁迅:《故事新编·序言》。
②转引自茅盾《回忆录(十四)》,载《新文学史料》1982年第1期。

盾的《子夜》《春蚕》《林家铺子》，还是沙汀的《淘金记》《替身》，都不存在"客观主义"的毛病。理由很简单：这些作品都有鲜明的倾向性，它们只是用了客观的描写手法，使倾向从场面、情节中自然流露出来而已。七月派作家却容不得社会剖析派作家这种客观性的描写，硬要用本流派的审美标准去要求其他流派的作品。七月派是以强调作者主观战斗精神、强调作者的体验和感情色彩、强调叙述而轻视描写（受卢卡契影响）著称的，他们由此形成了一种特殊色调的现实主义——我称之为"体验的现实主义"，这确是他们的贡献。然而，他们因此以为现实主义只应有这一种形态——"只此一家，别无分店"，以为自己有权力垄断现实主义，这却是大错特错的事。事实上，现实主义文学可以有多种形态：七月派的小说是一种现实主义，社会剖析派的小说同样是一种现实主义，它们应该互相竞赛，互相补充，而不应该互相排斥，你死我活。

如果说胡风等七月派作家错误地评论社会剖析派作品表现了审美观点上的狭隘性，那么，50年代一些人批判胡风、路翎等人时，又重蹈了七月派的覆辙。他们根据自己机械论的理解牵强地把胡风及其周围这个流派的文艺思想、创作特征概括为主观唯心主义（更不用说政治帽子）。这又一次变本加厉地把自己的标准——而且是不恰当的标准和结论强加到了对方头上。

总之，20世纪在文学上是一个多种流派思潮并存的多元化的时代。在这样的时代，谁要想用其中的一元去统一其他各元，不仅违反科学，也是逆时代潮流而动，犯了忘记时代的错误。文学艺术最容不得刻板简单和整齐划一。先哲有言："你们并不要求玫瑰花散发出和紫罗兰一样的芳香，但你们为什么却要求世界上最丰富的东西——精神只能有一种存在形式呢？"① 这也应该是我们从一部现代小说流派史中记取的根本教训。

1980年冬——1983年夏大部分初稿

1984年夏——1987年9月陆续补充修改

1988年整理誊清

---

① 《马克思恩格斯全集》第一卷，人民出版社1995年版，第111页。

初版后记

这是根据我的讲稿整理、补充、修订而成的一部著作。

1982年和1983年，我先后对北京大学中文系文学专业的研究生、进修教师、本科高年级生开设了"中国现代小说流派史"的课程（以后又讲授多遍）。校外听课者很多，近十台录音机同时启动，不少人还做了较详细的笔记，使我的讲课内容一下子传到了校外一些地方，有些文学史、小说史著作还把我一部分观点吸收了过去，但也有辗转传抄，将错就错的（有书为证）。于是我想，与其听之任之，以讹传讹，不如正式整理出版。当时曾和出版社商定，如果我1984年年底交稿，1985年国庆节前可以出书。不料从1984年春天起，我担任了系主任工作，常常忙得昏天黑地，整理加工的事，竟再也没有时间去做。直到1986至1987年度应美国亨利·卢斯基金会邀请赴斯坦福大学东亚研究中心担任访问教授，才挤了一部分时间基本完成整理、补充、修改工作。今年起又边做行政工作和教学工作，边陆续誊抄，现在接近完工，60年代以来的一点愿望和追求即将实现，心情的高兴是可想而知的。

许多友人曾为课程的开设、本书的写作给予鼓励。一些不认识的同行、读者也常常来信询问本书的出版情况。借此机会，我要向一切关心、支持本书的写作、出版的朋友、同事、同志们表示我衷心的感谢。尤其要向美国卢斯基金会和斯坦福大学提供给我的那一年研究工作上的方便表示我深挚的谢意。

当此出版业处境艰难，印学术著作常常赔钱的时候，人民文学出版社积极热情地出版这部著作，我要在这里向他们致谢，并表达我的敬意。

我还要感谢香港的朱文扬先生，他在前几年给我从香港寄来剪报和复印资料，减除我不少困难。此刻提笔的时候遥念友人，我心头仍流着一股暖意和感激之情。

严家炎
1988年11月18日

二版后记

《中国现代小说流派史》二十年前由人民文学出版社出版。最初印的是压膜平装本。当时恰逢我十分紧张忙碌之际，付印前未能在清样上亲自校阅，以致出书后发现有极少几个错字，如将"碴碴主义"印成了"嗳碴主义"之类。1995年出版绸面精装本时，只得利用原来的纸型将错字挖改。那已是该书获得全国高校第二届优秀教材奖（一等奖）之后的事了。

如今时光又过去了十多年，原先的出版合同已经到期。长江文艺出版社两年前就提出由他们来出本书的新版，我也表示乐于和长江文艺出版社合作。利用这个印新版的机会，我重读了全部书稿。除顺手进行少量文字润饰外，新版较初版作了下列几方面的变动和增补：

第一，根据新发现的一些史料，对新感觉派那章的相关内容——尤其是穆时英的小说创作和抗战时期的作为，以及张爱玲的身世，作了若干必要的修改和充实。

第二，在京派小说一章内，增写了第五节《再析京派小说中的现代主义》，约五千字，作为该章的补充。

第三，依拼音为序，编了一份本书涉及的作家人名与出现页码的索引。[①]

第四，编制了一份二十年来评论《中国现代小说流派史》和《新感觉派小说选》两书的文章目录（未必周全，例如瑞士学者 Raoul David Findeisen 教授[②]说他多年前曾用法文写过评论《中国现代小说流派史》的文章，因不知所载的刊物，故未收录），并按发表的时间顺序将其中温儒敏、萧乾、朱晓进、黄修己四位先生的评论[③]全文收入本书作为附录。

这些措施，既是出于学术研究工作自身的需要，也是为了给读者使用时增加一点方便。

严家炎
记于 2008 年 9 月 22 日

[①] 此次整理《严家炎全集》，为整套书体例统一，本卷未收录此索引。——编者注。
[②] 中文名冯铁。
[③] 此次整理《严家炎全集》，未予收录。——编者注。

三版后记

《中国现代小说流派史》最初由人民文学出版社1989年在北京出版。1992年获得教育部颁发的全国第一届高校教材一等奖。1995年又由人民文学出版社改正个别错字后用绸面精装印刷第二次。1999年，韩国外国语大学中文系主任朴宰雨教授将它译成韩文出版。2009年则由长江文艺出版社在武汉出了增订版（二版），平装本、精装本兼有。现在由高等教育出版社来出版该书第三版，我是很高兴的。作为学术著作，平均十年能印上一次，读者有兴趣读，出版社有兴趣出，我想，那也许就是一种比较正常的状况。

责任编辑轩红芹女士建议在第三版附录中增收一篇黄曼君教授对本书的评论——《一部学术性与开拓性并重的小说史力作》[①]，这个想法我也赞同。只是此篇评论比较长，此前出增订版就因这个缘由把它搁置下来。现在有此机缘，我也愿意无保留地予以支持。

严家炎
记于2014年5月30日

[①] 此次整理《严家炎全集》，未予收录。——编者注。

附 录

近二十年国内外评论《中国现代小说流派史》和《新感觉派小说选》的部分文章目录

（以发表时间先后为序）

按：《中国现代小说流派史》在人民文学出版社正式出版之前，自1984年春季起，曾在《小说界》杂志、《北京大学学报》《文艺报》等报刊上连续刊载（仅《小说界》即连载六期）。《新感觉派小说选》亦于1985年5月出版，其《前言》长达三万余字。故国内外学术界、文艺界对此均颇为关注，自1985年起即有评价。

文章题目	作者	所载报刊
三十年代有过现代主义小说流派——介绍严家炎在《小说界》上的文章	文汇报记者	上海《文汇报》1985年2月10日
中国的新感觉派——读严家炎《新感觉派小说选》	叶积奇	香港《星岛日报》1985年10月13日
为新文学史补缀新页——评介严家炎编的《新感觉派小说选》	闻思	香港《文艺报》1985年10月25日
读《新感觉派小说选》	毕山	香港《明报》1985年10月31日

文章题目	作者	所载报刊
喜读《新感觉派小说选》	上尹	香港《文汇报》1986年1月20日
中国文坛的新感觉派	竹内实	日本《京都新闻》1986年7月9日
听北大中文系主任严家炎演讲,胜过综览一部中国当代文学史(长篇报道)	《中报》记者	美国《中报》1987年2月14日
现代小说"群落"的开创性研究——读严家炎著《中国现代小说流派史》	温儒敏	北京《文艺报》1989年11月11日
严家炎先生(本篇为人物特写,评论到《中国现代小说流派史》)	张颐武	天津《文学自由谈》杂志1990年第3期
关于"京派"小说的探讨——读《中国现代小说流派史》有感	萧乾	上海《文汇报》1990年5月1日
理清中国现代小说发展脉络——评介《中国现代小说流派史》	闻思	香港《文汇报》1990年5月20日
一部学术性与开拓性并重的小说史力作——评严家炎《中国现代小说流派史》	黄曼君	《文艺理论与批评》杂志1990年第5期
理论之光照亮了现象研究——评严家炎《中国现代小说流派史》	朱晓进	《文学评论》杂志1990年第5期
读严家炎《中国现代小说流派史》	何杰	《书讯报》1991年4月29日
严谨厚实的文风,宽广深沉的内容——严家炎现代文学研究论	冯肖华	收入冯肖华著《当代批评家评介》一书,陕西人民出版社1992年1月出版

近二十年国内外评论《中国现代小说流派史》和《新感觉派小说选》的部分文章目录

文章题目	作者	所载报刊
作为现代文学史家的严家炎	萧晋	《徐州师范学院学报》1995 年第 3 期
对严家炎《中国现代小说流派史》的评论	黄修己	见《中国新文学史编纂史》，北京大学出版社 1995 年 5 月出版
严家炎现代文学研究述略	朱晓进	《文学评论》1998 年第 3 期
韩译本《中国现代小说流派史》前言	朴宰雨（译者）	载 1999 年韩国出版的韩文版《中国现代小说流派史》（韩国学术振兴财团翻译丛书 204）
法文《京派与海派》一书的《引言》	Isabelle Rabut, Angel Pino	载 2000 年巴黎出版的《Peking—Shanghai》一书

图书在版编目（CIP）数据

中国现代小说流派史 / 严家炎著．——北京：新星出版社，2021.8
（严家炎全集）
ISBN 978-7-5133-4544-6

Ⅰ．①中⋯　Ⅱ．①严⋯　Ⅲ．①现代小说－文学流派研究－中国－文集
Ⅳ．① I207.42-53

中国版本图书馆 CIP 数据核字（2021）第 105410 号

严家炎全集

中国现代小说流派史

严家炎 著

责任编辑：孙立英
责任校对：刘　义
责任印制：李珊珊
装帧设计：冷暖儿

出版发行：新星出版社
出 版 人：马汝军
社　　址：北京市西城区车公庄大街丙3号楼　　100044
网　　址：www.newstarpress.com
电　　话：010-88310888
传　　真：010-65270449

读者服务：010-88310800　　service@newstarpress.com
邮购地址：北京市西城区车公庄大街丙3号楼　　100044

印　　刷：北京盛通印刷股份有限公司
开　　本：660mm×970mm　　1/16
印　　张：21
字　　数：271千字
版　　次：2021年8月第一版　　2021年8月第一次印刷
书　　号：ISBN 978-7-5133-4544-6
定　　价：48.00元

版权专有，侵权必究；如有质量问题，请与印刷厂联系调换。